GABINETE SECRETO

Stephen Frey

GABINETE SECRETO

TRADUÇÃO:
Luiz Antônio Oliveira de Araújo

2003

EDITORA BEST SELLER

Título original: *The Inner Sanctum*

Coordenação editorial
Janice Flórido

Editores
Eliel S. Cunha
Fernanda Cardoso

Editoras de arte
Ana Suely S. Dobón
Mônica Maldonado

Revisão
Agnaldo Alves

Editoração eletrônica
Dany Editora Ltda.

EDITORA NOVA CULTURAL LTDA.

EDITORA BEST SELLER
uma divisão da Editora Nova Cultural Ltda.
Rua Paes Leme, 524 - 10º andar
CEP 05424-010 – São Paulo – SP
www.editorabestseller.com.br

2003

Impressão e acabamento:
RR Donnelley América Latina
Fone: (55 11) 4166-3500

Para Lil

Prólogo

Abril de 1997

MUITO CALMO, o homem estava sentado numa poltrona de couro estrategicamente posicionada fora do alcance do tênue cone de luz do abajur. Inalou a fumaça, reteve-a durante alguns segundos nos pulmões e então, inclinando a cabeça para trás, soltou-a lentamente. Não tinha por que se apressar. Já havia negociado muitas vezes, sabia como era útil aparentar indiferença nessas ocasiões.

David Mitchell fixou o olhar no vulto na poltrona, mas não conseguiu perceber mais do que sua silhueta e a brasa do charuto se movendo na penumbra. Queria tratar logo do assunto, mas continuou em silêncio: não valia a pena deixar transparecer a impaciência e precipitar o ritmo das negociações.

— E a comissão é de quanto? — a voz grave do homem finalmente ecoou no ambiente enfumaçado.

— Dois milhões de dólares. Um milhão na assinatura do contrato e o restante quando a produção começar.

— Dois milhões de dólares... Em troca do que você está me pedindo, dois milhões é pouco. — Bateu delicadamente a cinza do charuto, fazendo com que caísse bem no centro do cinzeiro de cristal.

— Quanto seria então?

— Mais do que isso.

David respirou fundo. Estava contrariado com o andamento da coisa, mas não podia demonstrá-lo.

— O senhor tem mesmo condições de fazer a entrega? — Era uma provocação e, mesmo no escuro, ele notou que o homem enrijecera o corpo.

— Claro que tenho. — A voz não se alterou, a calma a dissimular a irritação que o atrevimento daquele jovem provocava.

— Como eu posso ter certeza disso? — disparou David, sentindo que havia posto o dedo na ferida.

— Não pode. Tem de confiar em mim.

— Mas são 2 milhões de dólares. Confiança só não basta, eu preciso de uma garantia.

— Impossível. Eu não garanto nada.

Fez-se um breve e desconfortável silêncio.

— Talvez tenha sido um erro vir aqui — David se arrependeu imediatamente, quis apagar o que acabava de dizer.

O homem se reclinou na poltrona.

— Tudo bem — disse cheio de confiança. — Pode ir se quiser.

David sentiu o suor escorrer-lhe a têmpora direita e descer pelo rosto. Não podia aceitar uma transação naqueles termos. Mas tampouco podia dar-lhe as costas e ir embora.

Percebendo sua indecisão, o homem investiu.

— Em troca desse dinheiro, Mitchell, você conta com a minha capacidade de agir sozinho. E não subestime a importância disso. É justamente essa a grande vantagem da situação. Você não vai perder tempo com avaliações técnicas, comissões etc., que arrastariam o processo durante anos. — Intensificou o tom de voz. — E não pense que é por ganância que estou cobrando mais que dois milhões. Se eu aceitar a sua oferta, você não vai me pagar nada além de uma justa participação nos lucros.

David se encheu de expectativa. Era verdade. As compensações seriam imensas.

— *Quanto* o senhor quer? — insistiu, voltando uma vez mais ao ponto crítico.

O homem sacudiu a cabeça.

— Reavalie a sua proposta e volte a me procurar. Entre em contato com os nossos intermediários.

— Mas o tempo é decisivo. Diga quanto, *agora.* — David sentiu que a parede protetora erguida em torno de suas emoções começava a ruir, seu olho esquerdo piscou involuntariamente. Não fosse a penumbra, teria visto o sorriso no canto dos lábios daquele sujeito. A piscadela involuntária, uma traição de seu semblante, não passara despercebida.

— Eu não costumo propor números. Nunca faço isso. — Apontou a brasa do charuto para David. — Mas confesso que já estou ficando impaciente. Quando você me apresentar a nova proposta, esteja certo de que é a melhor que pode fazer.

David balançou a cabeça, concluindo que não fecharia negócio naquela noite.

— Está bem.

Mitchell se saíra melhor do que qualquer outro na avaliação psiquiátrica da empresa. Agora o homem sabia por quê. Apesar da pressão, conseguia manter o controle. Era admirável. Os únicos deslizes foram a gota de suor e a piscadela. A maioria dos seus predecessores naquela empreitada tinham fracassado.

— Você está fazendo a coisa certa, Mitchell. — Havia benevolência na voz do homem. Não que ele desse alguma importância para o rapaz, o tom compassivo era apenas um meio de manipular suas emoções. Um negócio, nada mais. Mitchell precisava ficar envolvido até a raiz do cabelo. Precisava comprometer-se desde já para que não tivesse a possibilidade de se arrepender e tentar se safar. — Sem dúvida, a coisa certa — insistiu.

— Eu sei — concordou David, tentando aparentar autoconfiança.

— Sem essa grande demonstração de boa vontade, eles vão crucificá-lo. E o deixarão na cruz até expirar, depois ateiam fogo. E saiba que é impossível ressurgir das cinzas. Nesta história não há lugar para nenhuma fênix.

— Eu sei — repetiu David, dessa vez cerrando os dentes. O homem tinha razão. A pressão era intensa. Sem um grande desempenho, muito melhor do que havia demonstrando até então, ele estaria liquidado, perderia o emprego. E não valia a pena perder um emprego daqueles.

O homem apagou o charuto. Um dia, se Mitchell se mostrasse competente, eles o deixariam participar do esquema. Explicariam por que uns saíam ganhando e outros perdendo. E lhe mostrariam o que fazer para ganhar.

David se levantou. Era evidente que a entrevista estava encerrada.

— Mitchell.

Já na porta, ele se voltou.

— Pois não?

— Eu quero que você compreenda duas coisas antes de ir embora.

— Sim?

— Primeiro, eu nunca tirei partido da minha posição. Sou um homem extremamente ético, não sou corrupto.

O silêncio de David disse tudo.

O homem semicerrou as pálpebras, enfrentando seu ceticismo.

— Segundo, o único motivo pelo qual eu levo em conta a sua proposta é o bem do nosso país. O dinheiro não é a minha principal motivação.

David teve a fugaz impressão de lhe ver o rosto, mas o sujeito tornou a mergulhar na penumbra.

— Que o senhor quer dizer com isso?

— A minha principal preocupação é a segurança nacional. E, por ela, eu sou capaz de recorrer aos meios que forem necessários. Só por isso resolvi levar em consideração a sua proposta. O dinheiro é secundário. Está claro?

— Sim, senhor. — David ficou olhando para a silhueta, espantado com a capacidade de racionalização daquele homem. Ter o descaramento de afirmar que os dois milhões de dólares ou o valor ainda mais elevado a que ainda chegariam não tinha importância. — Eu entro em contato amanhã por intermédio do nosso conhecido.

— Ótimo.

David saiu ao corredor deserto e fechou a porta. Um vento frio lhe açoitou o rosto; ele ficou alguns instantes imóvel, limpando os pulmões da fumaça, aguardando que o ritmo de seu coração voltasse ao normal. Fora preciso muita coragem para ir àquele encontro. E o pior era que tudo podia não passar de uma armação. Por fim começou a andar. O ruído dos seus passos no piso de mármore ecoou no corredor. Mas não podia ser uma armação; e agora os arranjos finais estavam quase concluídos. Mais uma noite, e o trabalho árduo, todo o planejamento, o suborno começariam a render dividendos.

CAPÍTULO 1

Setembro de 1999

— VAI LEVAR O ESCRITÓRIO para casa? — Neil Robinson, o diretor do escritório regional da Receita Federal na cidade, apontou para a pasta abarrotada de processos que Jesse carregava. Iam pelas ruas do centro, em meio à multidão que Baltimore jogava nas calçadas no final da tarde.

— Ora, são uns processos antigos que eu enfiei na pasta para impressioná-lo, chefe — sorriu ela ao mesmo tempo em que desviava de um grupo de executivos que acabava de virar a esquina. — É para você pensar que eu trabalho muito e recomendar a minha promoção.

— Essa é boa! Não faz nem dois meses que você foi promovida — disse Robinson, fingindo-se zangado. E virou o rosto para ocultar o riso. Sabia perfeitamente que todos aqueles processos estavam em andamento. Jesse Hayes e sua amiga Sara Adams eram as agentes fiscais mais atuantes da repartição. Mas Jesse conseguia conciliar a espantosa capacidade de trabalho com um sorriso contagiante e uma atitude construtiva, coisa que Sara nem sempre conseguia fazer.

— Você bem que podia mexer os pauzinhos para mim, Neil — insistiu Jesse, ajeitando a alça da pasta no ombro. — Eu não mereço?

— Claro que merece, mas não é bem assim que a coisa funciona no serviço público. O Estado não dá a mínima para o mérito dos funcionários, a única coisa que conta é a antigüidade.

Ela riu.

— Não é nada animador. Desse jeito, como é que eu vou sustentar os meus quatro filhos?

Robinson franziu a testa.

— Desde quando você tem filhos, Jesse?

— Desde que eu cheguei à conclusão de que não seria nada mau ser promovida outra vez.

O diretor sacudiu a cabeça e riu. Consultou o relógio: 18:05. Estava cinco minutos atrasado para o encontro com Gordon Roth. Gostava de ser pontual, mas dessa vez o atraso era proposital. Com um pouco de sorte, Roth acabaria se cansando de esperar.

— Aonde você vai agora, Jesse?

— Para o curso.

— Ah, sim, o curso de administração — lembrou Robinson. — Os dois pararam na esquina, aguardando o sinal verde para os pedestres. Ele a fitou com admiração. — Mestrado em administração, hem? Soa bem.

— Vai soar melhor quando eu me formar.

O sinal abriu, e os dois avançaram em meio aos transeuntes.

— Como você está se saindo?

— Bem, acho. Não posso me queixar. — Ela suspirou. — Mas às vezes é difícil encarar três horas de aula depois de uma jornada de trabalho. Tomara que o diploma compense o sacrifício.

— Tenha paciência — disse ele em tom paternal. — Vai compensar no futuro.

Jesse sentiu uma leve censura no comentário.

— Sei que não devia estar tão desanimada, Neil. Mas a pressão às vezes é muito grande.

— Claro que é, mas você sempre vai até o fim quando começa uma coisa. E toda recompensa depende de um pouco de sacrifício. — Ele tirou o lenço do bolso do paletó e enxugou a transpiração em torno da boca. Talvez fosse melhor não ir ao encontro com Roth.

Subindo a rua com passos apressados, Jesse se virou e sorriu. Eles não mantinham um relacionamento chefe e subordinado. Apesar da superioridade hierárquica, Robinson era um verdadeiro amigo dela.

— Eu vou ser eternamente grata a você pela carta de recomendação, Neil. Foi decisiva para que me aceitassem na faculdade de administração.

— Nada disso, foram os seus próprios méritos.

— Foi muito importante. A garota da secretaria disse que a carta de recomendação influenciou muito. — Jesse se calou um instante. — E você também foi muito legal por ter me deixado sair mais cedo uma vez por semana para não faltar ao curso de finanças públicas.

Robinson fez um gesto com desdém.

— Ora, você faz mais na hora do almoço do que a maioria durante todo o expediente. Não que eu esteja criticando os outros. Eles também trabalham muito. — Os dois se separaram, por um instante, ao desviar de um grupo de turistas aglomerados à porta de um hotel. — Quando você se forma?

— Em junho.

— E então vai diretamente para Nova York, certo? Trabalhar em um banco de investimento.

Jesse vacilou. Ir para Nova York implicava exonerar-se do cargo na Receita Federal. Não queria admitir diante do chefe que pretendia abandonar o emprego. Mas já haviam discutido o assunto muitas vezes, e Robinson sempre a estimulava a investir na nova carreira.

— É o que eu espero. Mas a concorrência é muito grande.

— Não se preocupe. Eu conheço muita gente que pode dar uma mãozinha em Nova York. Quando chegar a hora, bastam alguns telefonemas. É impressionante a quantidade de amigos que um diretor da Receita Federal acaba tendo no meio financeiro.

Os dois se entreolharam. Afinal, quem não queria ter um amigo na Receita Federal?

— Eu nem sonho em pedir sua ajuda de novo, Neil — gritou ela disputando com o barulho do motor de um ônibus. — Você já fez muito por mim.

— Que bobagem. Eu gosto de ajudar quando posso. Você se dedicou muito para chegar aonde chegou, e eu respeito isso. Também precisei dar duro. Algumas pessoas me ajudaram, e eu prometi fazer a mesma coisa quando conquistasse uma posição; por quem merecesse, é claro.

— Muito obrigada, Neil.

Chegando à esquina, Robinson diminuiu o passo.

— O sinal fechou — disse, apontando para o semáforo. Enxugou uma vez mais o rosto. — Nós nos separamos por aqui. Eu ainda tenho um compromisso no Grand Hyatt Hotel.

—Você está bem, Neil? — perguntou Jesse. Desde que saíra da repartição, vinha notando a transpiração excessiva do chefe. Sinal de nervosismo.

— Por quê?

Robinson passara o dia muito distraído, só agora ela se dava conta.

— Está preocupado com alguma coisa?

— Não, tudo bem. — Ele lhe segurou delicadamente o braço para tranqüilizá-la. —Boa aula, menina. E trate de manter a cabeça erguida. Sempre. Tudo vai dar certo.

Jesse sorriu.

— Obrigada. — Robinson era um homem maravilhoso. Ela nunca poderia retribuir tanta gentileza. — Até amanhã — disse já se afastando.

— Ah... Jesse!

Ela se virou novamente.

— Sim?

Robinson fez menção tirar uma coisa do bolso interno do paletó, mas mudou de idéia. Ficou olhando para ela, os pedestres passavam apressados entre eles.

— Que houve, Neil?

— Nada. A gente conversa amanhã no escritório — disse ele enfim. Jesse sorriu, mudou a pasta para o outro ombro e foi para o carro.

Cinco minutos depois, Robinson entrou no salão do terceiro andar do Hyatt. Estava examinando os presentes, como que à procura de alguém, quando tocavam em seu ombro.

— Senhor Robinson?

— Sim.

— Gordon Roth.

— Oh, como vai? — Robinson suspirou desapontado ao apertar a mão do desconhecido. Tinha estado tão perto de desistir. — Pode me chamar de Neil. — Roth era bem diferente do que ele imaginara. Louro, o cabelo roçando a gola do paletó, barba e bigode muito bem aparados. — Você não é bem diferente do que eu imaginava. Achei que vocês todos tinham cabelo curto e a cara raspada.

Roth sorriu, percebendo a ironia da observação.

— Que tal conversarmos num lugar mais discreto? — disse apontando para uma mesa de canto. — Ali, por exemplo.

— Sim.

Atravessaram o salão agora abarrotado de executivos, contornando sofás, mesas e poltronas. Instalaram-se no canto, onde o burburinho não era tão alto.

— Está bom aqui? — perguntou Roth.

— Claro. — Ali tinham uma vista panorâmica do porto de Baltimore. Aquela devia ser uma das mesas mais disputadas, pensou Robinson, era curioso que estivesse vazia com tanta gente no salão. — Dá até para ver o *Constellation* ancorado na enseada — observou, apontando para o lendário navio de guerra agora transformado em museu.

— É... — resmungou Roth sem muito interesse. Fez um sinal para a garçonete. — Senhorita!

Terminando de anotar o pedido da mesa vizinha, a moça e se acercou.

— Pois não, senhor?

— Um *scotch* com água. Glenlivet, se possível — Roth se virou para Robinson. — E você?

— Uma cerveja. De preferência, National Premium *long-neck*. Nada melhor que uma cerveja gelada depois de um longo dia de calor, Gordon.

— Tem razão — concordou Roth com um sorriso dissimulado. Tornou a olhar para a garçonete. — Não esqueça de providenciar uma caneca gelada para o meu amigo, hem?

— Sim, senhor. — A moça anotou o pedido e foi para o balcão.

Robinson voltou a admirar o *Constellation*, depois sacudiu a cabeça. Não devia estar ali. Tinha uma pilha de documentos para analisar. Chefiar uma regional da Receita Federal não era brincadeira — nem mesmo em setembro, cinco meses depois da habitual loucura de abril. Mas Gordon Roth tinha sido muito insistente no telefone, e Robinson precisava enfrentar a coisa com cautela.

Roth cruzou a perna e relaxou na cadeira.

— Diga uma coisa, senhor Robinson, por que esse interesse por Elbridge Coleman? — Robinson sentiu o pulso acelerar-se instantaneamente. Roth estava retomando exatamente o ponto em que haviam parado no telefonema. — Por que resolveu analisar as declarações de pessoa física de Coleman dos últimos sete anos? Por que todo esse interesse pelas restituições da Coleman Technology?

Um alarme estranho, quase inaudível, disparou na cabeça de Robinson. Roth estava pegando pesado e depressa demais.

— Eu gostaria de dar uma olhada na sua credencial — disse com firmeza.

O outro enfiou a mão no bolso do paletó, abriu a carteira de couro e exibiu o documento com a fotografia e uma enorme insígnia dourada.

— Como já lhe disse, eu sou da equipe especial do subprocurador-geral. — Fechou a carteira e tornou a guardá-la.

Desconfiado da pressa com que Roth havia fechado a carteira, Robinson teve vontade de pedir para ver melhor o documento. Mas a insígnia parecia autêntica e, mesmo examinando-a mais detidamente, não teria condições afirmar se era autêntica ou falsa. Isso só serviria para irritar aquele homem, coisa que não lhe convinha. Os agentes do Ministério da Justiça tinham fama de durões e vingativos.

— Deixe-me *perguntar* uma coisa, Gordon. Por que tanto interesse no fato de eu estar revendo algumas declarações?

Roth balançou a cabeça.

— É uma pergunta sensata. — Tamborilou os dedos no braço da poltrona, como que avaliando quanto devia revelar. — Como você sabe, Elbridge Coleman é o candidato republicano que, nas eleições de novembro, vai disputar a vaga atualmente ocupada pelo democrata Malcolm Walker no Senado. — Baixou instintivamente a voz ao notar a aproximação da garçonete. — Há suspeitas de que estejam ocorrendo algumas irregularidades na campanha de Coleman. Por isso nós queremos saber o que você descobriu, se é que descobriu alguma coisa. Não há de ter sido por falta do que fazer que você resolveu esmiuçar essas declarações.

Robinson se aprumou na cadeira.

— Irregularidades? — Interessante. Talvez fosse a confirmação de que ele precisava.

A garçonete serviu a cerveja na caneca gelada e foi para outra mesa.

— Sim, irregularidades.

— Eu não estou interessado nos motivos que despertaram a sua suspeita — disfarçou Robinson, tentando conter o entusiasmo. — Só me interessa saber o que vocês descobriram.

Roth ergueu o copo, esquivando-se momentaneamente da pergunta. Tomou um longo gole de uísque.

— Foi um trabalho em colaboração com outras unidades federais.

— Certo. — Robinson provou a cerveja. — Mas o que vocês têm contra Elbridge Coleman? — Estava começando a ficar impaciente.

Roth sacudiu a cabeça.

— Nada disso. Primeiro eu quero saber por que você está recalculando as restituições do imposto de renda dele.

O alarme se intensificou. É melhor ouvir bem, pensou Robinson.

— Também há de ser para colaborar com o governo — retrucou com uma careta e tomou mais um gole de cerveja.

Roth alisou a barba em silêncio e apontou o dedo para ele.

— Você subiu na vida. Chegar a chefe da seccional da Receita Federal não é pouco para um homem que saiu de um conjunto habitacional como Jefferson Heights.

Robinson balançou a cabeça com cautela. Tinha sido à custa de muito esforço que saíra de um gueto predominantemente negro. Mas como aquele homem conhecia semelhante detalhe de sua vida pessoal?

— E, segundo meus superiores, eles planejam coisa muito boa para o seu futuro. Duvido que você esteja disposto a arriscar tudo isso.

— Quem disse que estou arriscando? — Robinson já começava a se irritar com a arrogância daquele sujeito.

Roth revirou os olhos, como se a resposta fosse óbvia.

— Meu caro Robinson, não é normal o chefe de uma seccional da Receita instaurar uma auditoria por conta própria, principalmente se o contribuinte investigado for um candidato ao Senado Federal. Isso é incumbência de fiscal. Pelo que nós sabemos, você não encarregou nenhum dos seus funcionários dessa auditoria.

Requisitou os documentos com muita discrição. E não tocou no assunto com ninguém.

Robinson ficou ainda mais irritado. Era provável que Roth tivesse um informante no escritório e houvesse grampeado os telefones, do contrário não estaria tão bem informado. E o Ministério da Justiça dispunha facilmente desses dispositivos.

— É verdade. Eu não comentei isso com ninguém. — Robinson estava furioso, mas também preocupado. De fato, *não* era comum o chefe de um escritório regional encarregar-se pessoalmente de uma auditoria. O início dos processos era assunto dos fiscais e, mesmo assim, devia haver motivos claramente justificáveis, a menos que a auditoria fizesse parte de um programa autorizado de revisão aleatória. A cúpula da Receita Federal temia muito que a União Americana de Liberdades Civis acusasse um funcionário de usar as prerrogativas do cargo para se vingar de um inimigo pessoal.

Roth disparou mais um de seus mísseis:

— Não vai ser nada bom se os seus superiores, em Washington, descobrirem que você iniciou uma auditoria contra um candidato ao Senado sem autorização. Pode ter certeza, se souberem disso, você vai enfrentar um verdadeiro pesadelo político.

A insinuação foi clara.

Robinson não tinha muito contato com o pessoal do Ministério da Justiça, mas os tipos eram todos iguais: arrogantes e muito bem informados. Lamentavelmente, nesse caso, as informações eram mais do que exatas. Se seus superiores tomassem conhecimento disso, ele viveria de fato um pesadelo. Um pesadelo capaz de destruir a sólida reputação que levara anos para construir.

O míssil tinha acertado o alvo, e o estrago estava estampado no semblante de Robinson.

— Enfim, por que essa auditoria? — perguntou Roth triunfante, certo de que finalmente obteria uma resposta.

O alarme na mente de Robinson estava assinalando alerta máximo. Não diga nada!

— Foi só um palpite.

— Um palpite?

— Elbridge Coleman era um zé-ninguém. Apareceu um belo dia, gastou os tubos em propaganda política e derrotou todos os outros candidatos nas primárias do Partido Republicano. Políticos antigos, reconhecidos. E agora está jogando pesado contra Malcolm Walker, investindo em mais propaganda e, na minha opinião, na compra de votos. Walker é um político muito popular em Maryland. Coleman deve estar gastando uma fortuna, do contrário não estaria à frente nas pesquisas. Isso se não houver coisa pior nessa história.

— E o que há de errado em gastar o próprio dinheiro, meu caro Robinson? Coleman ficou milionário com a empresa de *software* de processamento público. Se quiser, pode torrar tudo numa campanha para o Senado. Ele tem esse direito. Que eu saiba, este é um país livre.

— Coleman montou essa empresa há menos de quatro anos e, segundo dizem, não entendia nada de processamento de dados. Pois não é que já negociou 60% das ações por 50 milhões de dólares e está prestes a desbancar Malcolm Walker no Senado? Justamente Walker, um crítico notório do Ministério da Defesa. E o curioso é que o forte da Coleman Technology é a indústria bélica. Não é preciso ser um gênio para desconfiar de que o pessoal do Pentágono e da indústria de armamentos esteja interessadíssimo em pôr Coleman no lugar de Walker. — Curiosamente, no momento em que Robinson pôs as cartas na mesa, o alarme parou de soar.

Roth se inclinou para a frente.

— Quer dizer que você desconfia que Coleman está metido em uma conspiração?

— Pode ser. É o que estou tentando descobrir.

— Claro que pode ser. — Roth riu com sarcasmo. — Escute, se esses caras estão mesmo dispostos a correr tanto risco para se livrar de Walker no Senado, por que não mandam acabar com ele de uma vez? Seria muito mais fácil e mais barato.

— É possível que ainda façam isso.

— E você chegou a essa conclusão sozinho?

— Cheguei — murmurou Robinson com desconforto, olhando para os lados.

Roth baixou a voz.

— Esse seu interesse por Coleman não tem nada a ver com o fato de você e Malcolm Walker serem negros? Nem com o seu desejo de ver Walker derrotar um legítimo representante do *establishment* como Elbridge Coleman?

— Quê? — Robinson por pouco não cuspiu a cerveja.

— Malcolm Walker é um homem respeitado em Maryland, um político bem conceituado. Vai ver que você só está querendo contribuir para que ele seja reeleito. E sirva de exemplo para a sua gente. — Roth hesitou. — Ou, quem sabe, tem outros interesses mais pessoais.

— Escute aqui, para mim chega...

Um grito interrompeu Robinson. Ele se virou rapidamente para ver o que estava acontecendo no balcão.

— Idiota! — gritou uma moça, dirigindo-se a um homem de terno verde-oliva e gravata vermelha. — Quem você pensa que é para falar assim comigo?

Sem jeito por ser o centro das atenções num salão subitamente silencioso, o homem endireitou os ombros. A mulher jogou a bebida em seu rosto, deu-lhe as costas e saiu correndo.

Robinson ficou observando durante alguns instantes, depois olhou novamente para Roth, que parecia estar se divertindo com o incidente. Tomou um generoso gole da cerveja. Sua irritação não tinha limites.

— Gordon, eu não admito que você diga que estou me valendo do meu cargo na Receita para investigar Elbridge Coleman porque ele é branco e Malcolm Walker é negro. — Vinda do Ministério da Justiça ou não, Robinson não engoliria tal afronta.

— Desculpe — disse Roth com um gesto de desdém. — Acho que eu me excedi. Você tem toda a razão de ficar irritado. Escute, acontece que nós desconfiamos de que alguma coisa está errada na campanha do Coleman. Não acredito que o Ministério chegue a suspeitar de uma conspiração, mas estamos investigando. — Roth pousou o copo na mesa. — Você está bem?

Subitamente ofegante, Robinson tinha a impressão de que seu coração ia lhe saltar pela boca.

— Não sei. Estou com tontura — disse, afrouxando a gravata e tentando desabotoar a camisa. — Que coisa horrível, a minha língua...

— Que houve com a sua língua?

— Está muito seca. Formigando... — balbuciou, misturando as palavras.

— Quer que eu mande chamar um médico?

— Não, eu... Ai!

Roth se levantou, derrubando intencionalmente a caneca de cerveja de Robinson.

— Mas o que está acontecendo?

— Meu peito! — Robinson agarrou a própria camisa. — Parece que estão me esfaqueando... — Levantou-se, cambaleou alguns passos e caiu.

— Um médico, por favor! — gritou Roth.

Um jovem que estava a uma mesa próxima aproximou-se correndo e se ajoelhou ao lado de Robinson. A garçonete foi chamar a polícia. As pessoas se aproximaram para ver o que estava acontecendo. Aproveitando-se da aglomeração, Gordon se afastou calmamente e foi para a escada rolante.

Robinson olhou para o homem que estava lhe aplicando massagem cardíaca. A mesa mais privilegiada do salão estava vaga porque Roth a havia reservado. Por isso fizera questão de pedir uma caneca gelada à garçonete: era mais fácil colocar o veneno na caneca do que na garrafa. E o escândalo no bar fora um estratagema para desviar a atenção. Para que Roth pudesse pôr o veneno na bebida sem ser notado. Estava tudo tão claro. Se Robinson tivesse dado ouvidos aos pressentimentos, ao alarme que não parava de tocar...

Colocaram uma máscara de oxigênio em seu rosto. Era inútil, ele sabia. O sujeito fora muito eficiente e cuidadoso. Ele não tinha chance. Sentiu as pálpebras pesadas, muito pesadas, e então tudo sumiu.

Segundos depois, Gordon Roth embarcou numa Explorer branca que estava à sua espera em frente ao hotel.

— Gostou do meu desempenho? — perguntou a moça ao volante, a que pouco antes tinha jogado bebida na cara do acompanhante.

— Adorei — Ele se inclinou para beijá-la, mas antes brincou com o colar de pérolas que havia comprado para ela aquela manhã. — Você merece o Oscar.

— Sério?

— Sério.

Ela riu.

— E agora?

— Vamos jantar, é claro.

* * *

O policial se aproximou lentamente da Explorer estacionada em frente a um dos armazéns do terminal de cargas completamente deserto àquela hora. Foi caminhando com cuidado, mas sem muita preocupação. Provavelmente surpreenderia um casal fogoso se divertindo. Era o que mais acontecia por ali. Um homem e uma mulher que se conheceram num bar da vizinhança e que, sem poder ir para casa por serem ambos casados e sem dinheiro para o motel, resolviam o problema ali mesmo, no escuro. O policial sacudiu a cabeça. Que maravilha de mundo!

Ao iluminar o interior do veículo com a lanterna, viu que a situação era bem mais grave do que ele imaginava. Ao volante, havia uma jovem, os braços soltos junto ao corpo, a cabeça inclinada para trás, os olhos arregalados. Tinha um corte profundo na garganta.

Da janela de um armazém desativado, Gordon Roth acompanhou os movimentos do policial. Vendo-o retornar correndo para a radiopatrulha a fim de alertar a delegacia pelo rádio, tirou a peruca, a barba e o bigode postiços, guardou tudo no saco, onde já estava a roupa manchada do sangue da garota que ele acabava de matar, e foi para a escada.

CAPÍTULO 2

TODOS OS DIAS na vida de um fiscal da Receita Federal eram iguais. Auditorias, revisões, a burocracia interna, enfim, tudo exatamente como tinha sido no dia anterior e como seria no seguinte. Jesse olhou para a mesa abarrotada de papéis e respirou fundo. Aquilo não acabava nunca. Por mais que trabalhasse, sempre havia sempre o dobro por fazer.

Ela se encostou na cadeira para ler as manchetes do *Wall Street Journal*. O pequeno anúncio da abertura do capital de uma empresa de alta tecnologia lhe chamou a atenção. A pulverização de 40% das ações da empresa no mercado, ocorrida na véspera, rendera nada menos que 400 milhões de dólares. O empresário, que dez anos antes criara a empresa, podia se aposentar se quisesse. E as corretoras que intermediaram a transação — a Goldman Sachs e a Merrill Lynch — tinham faturado 25 milhões de dólares em comissões.

Desconsolada, Jesse sacudiu a cabeça e examinou seu minúsculo escritório. O mercado financeiro de Nova York. Isso, sim, empolgava. Os 28 mil dólares anuais que ganhava na Receita Federal não representavam mais do que uma gota no oceano dessa gente. Não que ela fosse gananciosa. Mas sabia muito bem o que era viver sem dinheiro e não achava a menor graça nisso. Tinha sido criada em Glyndon — uma cidadezinha ao norte de Baltimore —, ela e os nove irmãos. Enquanto as colegas de classe passavam os fins de semana comprando roupas, discos, fitas, ela trabalhava numa estrebaria para ajudar a pôr comida na mesa da família. Seu pai — um modesto empregado da companhia telefônica — trabalhava bastante, mas com tantas bocas para alimentar, não tinha muito a oferecer, mesmo fazendo hora extra. E sua mãe passava o dia em casa, cuidando das crianças e dedicando-se às infindáveis obras da paróquia católica local.

Jesse releu o artigo. Como seria bom ganhar centenas de milhares de dólares por ano! Que havia de condenável em desejar essa sorte?

— Oi, bom dia. — Sara Adams bateu na porta aberta e entrou.

— Oi. Entre. —Jesse fechou imediatamente o jornal. Embora não gostasse que lhe interrompessem a leitura matinal, não se mostrou irritada. Já aprendera a refrear as emoções e se mostrar o mais educada possível. Trate os outros como você quer ser tratada, dizia sua mãe. Jesse sempre seguiu o conselho.

— Lendo as fofocas do mercado financeiro? — Sara apontou o jornal e se sentou diante dela.

— Como adivinhou?

— Eu li o artigo sobre o papel da Goldman e da Merrill na venda das ações dessa empresa. Sei que era nisso que você queria trabalhar — disse Sara com um matiz de decepção na voz.

— E qual é o problema? — perguntou Jesse, notando a contrariedade da outra.

— Que eu saiba, o pessoal que trabalha nesse meio, em Nova York, vive exclusivamente para o dinheiro. É um mundo de cachorros famintos numa cidade de cachorros loucos.

— E você acha que eu não sobreviveria?

— Eu não estou falando em sobrevivência, e sim em qualidade de vida. A única coisa que essa gente faz é trabalhar. Catorze horas por dia, sete dias por semana. São uns infelizes e não sabem. É o que vai acontecer com você se se meter nesse meio. — Sara ajeitou o brinco. — Sem falar que vai passar as suas raríssimas horas de folga naquela selva de concreto armado que eles chamam de *Big Apple*. Você foi criada no campo, onde as pessoas têm tempo para se emocionar. Vai detestar Nova York.

— Eu acabo me acostumando.

— Você é uma das pessoas mais amáveis e autênticas que eu conheço. Para que se sujeitar a tanta violência? Por dinheiro?

— Por acaso é pecado querer um pouco mais de conforto? Conquistar as coisas boas? E eu também quero ajudar a minha mãe. Ela está ficando velha, não pode passar o resto da vida sozinha naquela casa. Precisa se mudar para uma casa de repouso, mas não tem dinheiro. Com 28 mil dólares por ano, eu mal consigo me sustentar.

— Quanto você paga pelo curso? — provocou Sara. — Uma fortuna, aposto.

— Eu fiz um empréstimo.

— Ótimo, então, quando estiver formada e começar a ganhar mais dinheiro, ainda vai ter de pagar esse empréstimo.

— Vale a pena o sacrifício — disse Jesse, repetindo as palavras de Neil.

— Você devia se contentar com o que tem e tratar de curtir a vida. — O rosto de Sara se iluminou. — Falando nisso, hoje você vai jantar comigo na cantina Mount Washington. Aquele amigo de quem eu lhe falei é muito legal. Comentei algumas coisas a seu respeito, e ele está muito a fim de conhecer você. O cara é banqueiro, Jesse. Sabe como é: grana, estabilidade. O tipo do sujeito com quem você devia se relacionar — acrescentou em tom maternal.

— Lamento, Sara. Eu gostaria muito de ir, mas amanhã tenho um seminário com uma das maiores especialistas em mercado financeiro e preciso me preparar. Imagine se ela me fizer uma pergunta. Eu não quero passar vergonha.

— É exatamente disso que eu estou falando. Você nunca tem tempo para si. Vive nessa pressa, nessa correria. Vai acabar enlouquecendo. Não sei qual é a vantagem de passar tanto estresse.

— Eu sei.

— Que bobagem. Você nunca vai sair deste emprego.

— Por que não?

— Não vai ter coragem de dizer a Neil Robinson que quer se exonerar. Você é a queridinha dele.

— Ele gosta de mim tanto quanto de você, Sara.

— Mas não vai querer que você vá embora.

— Pois eu acho que ele vai ficar contente se eu conseguir coisa melhor. — Jesse não queria que ninguém soubesse que ela já tinha o apoio de Robinson. Sara podia interpretar mal.

— Não tenho tanta certeza assim. Escute, eu reconheço que estou sendo pessimista. Desculpe. Você está dando um duro danado, trabalha, estuda, eu admiro a sua determinação. Mas venha jantar conosco — insistiu Sara. — Vai ser divertido. Mesmo porque você precisa namorar um pouco. Nós já estamos beirando os trinta, não é fácil arranjar marido depois dessa idade. Leia as estatísticas.

Jesse amassou um guardanapo que estava na mesa e o atirou em Sara.

— É a própria fiscal da Receita falando. Você e suas estatísticas.

— Bom dia, meninas — Helga Ketzer, a secretária que Jesse compartilhava com os outros fiscais, cumprimentou-as com seu arrastado sotaque alemão. — Aqui está o processo que você me pediu, Jesse. — E, colocando a pasta de arquivo na mesa, virou-se para sair.

— Um minuto, Helga — pediu Sara. — Nós queremos ouvir a sua opinião sobre uma coisa.

— Sim?

— Pare com isso, Sara. — Jesse detestava ser o centro das atenções, mesmo entre as pessoas com quem tinha certa intimidade.

A outra não se importou com o pedido.

— Nós estávamos discutindo a vida amorosa da Jesse, Helga.

— Por favor, não...

— E eu estava dizendo que ela precisa sair mais. Namorar um pouco.

A alemã pôs as mãos nos gordos quadris e olhou para Jesse.

— Isso mesmo, mocinha, você precisa arranjar marido logo. É um desperdício viver nessa solidão. Você é bonita, simpática. Quer dizer, pode ser bonita se quiser. — Tapou a boca para rir. — Faz de conta que eu não disse isso.

— O quê? — sorriu Jesse embaraçada.

Helga se aproximou da escrivaninha.

— Você tem tudo para ser bonita. Os cabelos loiros, os olhos azuis, as maçãs do rosto salientes, a pele sedosa. Mas precisa se cuidar mais. Sempre de coque, onde já se viu? Solte os cabelos, menina. Use maquiagem. E tire essa roupa folgada. Você precisa mostrar o que tem. Exibir umas curvinhas não faz mal a ninguém. Afinal, é disso que eles gostam. É lamentável, mas é a mais pura verdade.

Jesse corou.

— Helga!

A alemã apontou para Sara.

— Você tem de fazer como ela. Se pintar, cuidar dos cabelos. — Sorriu com malícia. — É claro que, se você se produzir um pouco, os homens daqui só vão ter olhos para você, acho que é por isso que Sara nunca lhe deu esse conselho.

— Quê? — Dessa vez foi Sara que ficou constrangida.

Jesse começou a rir. Helga era mesmo uma pessoa *sui generis*.

— Desculpe, mas você sabe que eu não tenho papas na língua — disse a secretária, saindo do escritório.

Sara se levantou como que disposta a ir tomar satisfação.

— Às vezes essa velhota me deixa fula da vida.

— Quem mandou provocar? Ela adora uma fofoca. Mas também não precisa levá-la tão a sério.

— É fácil dizer. É por você que os homens vão ficar de quatro — retrucou a outra com uma careta. — Ei, vamos fazer compras na hora do almoço? — propôs, indo para a porta — Parece que inauguraram uma butique nova na Galeria.

— Tudo bem.

Sara vivia fazendo compras. Tinha herdado 20 mil dólares da avó no inverno anterior e parecia ter muita pressa em gastá-los.

— Bom, é melhor voltar ao trabalho. Mais tarde a gente combina o jantar. Faz séculos que não saímos à noite. — Ela hesitou. — Estou com saudades.

— Eu vou... — Jesse foi interrompida pelos três bipes consecutivos do computador, anunciando a chegada de um *e-mail*. Digitou algumas teclas para salvar a mensagem.

— Que é isso? — sorriu Sara da porta. — Um romance clandestino do qual eu não fui informada? Você anda trocando *e-mails* secretos com alguém aqui da repartição?

— Não, só estão me lembrando da reunião do fim da tarde.

— Bom, isso não tem nada de interessante. Até!

— Tchau.

Jesse esperou que a amiga desaparecesse no corredor para abrir a mensagem.

> Se você estiver lendo isso, é porque alguma coisa me aconteceu. E deve prosseguir a partir do ponto em que eu parei.
>
> Vá ao terminal rodoviário de Greyhound, no centro de Baltimore, e procure o guarda-volumes número 73. O se-

gredo é 22-31-17. Lá encontrará a chave do meu chalé em Severn River, perto de Anápolis. O endereço é Gull Road, 6. No fundo da última gaveta do lado esquerdo da escrivaninha do escritório há uma pasta de arquivo com informações que obtive investigando um candidato a senador. A primeira página traz um resumo dos motivos que me levaram a desconfiar da campanha dele. Há interesses escusos. O resto da documentação explica tudo.

Saia de lá o mais depressa possível. Eu nunca contei a ninguém que tinha esse chalé perto do rio, mas eles logo ficarão sabendo, pois têm meios de se informar sobre todo mundo. É gente muito poderosa. Aposto que a esta altura já estiveram na minha casa de Baltimore. Tome cuidado. Não confie em ninguém.

Neil

Sem conseguir tirar os olhos da tela do monitor, Jesse releu várias vezes a mensagem. Por fim a imagem desapareceu. Então ela sorriu. Devia ser um trote. Seu aniversário seria dali a dois dias. Decerto os colegas estavam preparando alguma brincadeira. Queriam se divertir, fazendo com que saísse apavorada da repartição para, depois, surpreendê-la no chalé de Neil ou no próprio terminal rodoviário.

Foi nesse momento que ela ouviu um grito no corredor; pouco depois, Helga entrou no escritório. Estava chorando.

— Que aconteceu? — perguntou Jesse ao mesmo tempo em que desligava o computador.

Sufocada pelos soluços, a alemã não conseguia articular uma palavra.

Jesse se levantou e contornou a escrivaninha para confortá-la.

— Que aconteceu, Helga?

— Uma notícia horrível — disse ela com a voz entrecortada. — Neil Robinson morreu. Teve um ataque cardíaco ontem à noite no Hyatt.

CAPÍTULO 3

O EDIFÍCIO HUGHES, um moderno espigão de vidro, alçava seus quinze andares no coração de Towson, bairro de alta classe média no limite norte de Baltimore. Nos dias claros, David Mitchell chegava a avistar da janela de seu escritório, na cobertura, os arranha-céus do centro comercial da cidade, a mais de trinta quilômetros de distância. Também via Glen Owens, um bairro pobre da Zona Leste, a periferia repleta de casebres onde ele fora criado.

Quatro anos antes, quando começou a trabalhar na corretora Sagamore Investment Management Group, ele levou a mãe viúva para conhecer o suntuoso escritório com revestimento de madeira nas paredes e tapetes persas no chão. Os grã-finos da empresa torceram o nariz para aquele gesto simplório — e acharam graça na calça de poliéster da pobretona —, mas David não se importou com os sorrisinhos esnobes. Ela queria muito ver com os próprios olhos o que o seu caçula conquistara, e ele não ia deixar de lhe mostrar.

David se lembrou do fim da visita, quando a acompanhou até o saguão e dela se despediu com um beijo. Sua mãe não cabia em si de orgulhosa. Que não pensaria dele agora se soubesse? Só de imaginar ele sentiu um mal-estar.

A Sagamore administrava um patrimônio de quase 200 bilhões de dólares e, sem dúvida alguma, seria um dos maiores fundos de investimento do país, não fosse o fato de o grupo se esquivar obstinadamente da publicidade e nunca divulgar o valor de sua carteira. Na incansável busca de informações, a *Forbes* e a *Fortune* recorriam a todo tipo de expediente para definir esse número, mas era uma informação a que poucos tinham acesso no escritório, e estes jamais a revelavam nas raras entrevistas que davam.

A corretora não administrava o dinheiro de qualquer um, portanto não precisava ostentar sua carteira como a Fidelity, a Vanguard e outras grandes empresas do ramo. O dinheiro era dos milionários e de certos fundos de pensão dispostos a investir em transações privadas, mas só depois que o comitê executivo avaliasse o estado real de sua saúde financeira. A lista de acionistas ficava guardada a sete chaves: só os poucos que conheciam o volume de negócios administrados pelo grupo tinham acesso a ela.

Para ser aceitos, os acionistas eram obrigados a se sujeitar a extensos procedimentos, prática incomum, mas tolerada em vista do extraordinário retorno oferecido pelo grupo. Fundado em 1979, o escritório enfrentara grandes dificuldades iniciais. Mas fazia quinze anos que batia o índice de retorno da Dow Jones Industrial Average, e sempre com ampla margem. Um milhão de dólares investido pela Sagamore em 1984, um de seus primeiros anos de grande sucesso, representavam hoje algo em torno de 100 milhões.

David ingressou na empresa aos 28 anos, assim que concluiu o curso de administração na Universidade de Virgínia. Depois de dois exaustivos anos de estudo, conseguiu se graduar em terceiro lugar na classe. O primeiro e segundo colocados foram diretamente para Wall Street, mas a Sagamore conseguiu persuadi-lo a permanecer em Baltimore, oferecendo-lhe um pacote de compensações, o importante atrativo de não ter de mergulhar no ritmo desgastante de Nova York e a inquestionável garantia de que as pressões a que o submeteriam nada significavam em comparação com o desempenho exigido em Wall Street. Esse detalhe o entusiasmou muito. Não que ele se sentisse incapaz de resistir às pressões, mas porque não estava disposto a dedicar a vida exclusivamente ao trabalho.

David passou o primeiro ano na função de assistente de carteira, como era de praxe na Sagamore; depois veio a integrar o grupo de quinze gerentes de fundos, inicialmente administrando cinco bilhões de dólares do escritório; decorridos outros seis meses, passou a responder por dez bilhões. O trabalho era estimulante, empolgante e, ao contrário do que lhe haviam prometido, tão tenso quanto em Wall Street.

O desempenho dos gerentes de carteira — mesmo o dos mais antigos — era avaliado mensalmente com base nos índices da Dow Jones e nos resultados obtidos pelos demais gerentes da própria corretora. No primeiro dia de cada mês, todos os empregados recebiam um *e-mail* com a relação do primeiro ao último colocados. Figurar na metade inferior da lista durante certo número de meses implicava ficar sob o escrutínio do comitê executivo e correr o sério risco de ir parar no olho da rua.

Essa pressão intensa tinha várias conseqüências. Gastrite e úlcera eram um lugar-comum. Pelo menos cinco gerentes de carteira freqüentavam regularmente o psiquiatra. E, desde que David começou a trabalhar na Sagamore, dois rapazes de pouco mais que 30 anos haviam se suicidado: um se asfixiou com a fumaça liberada pelo escapamento do carro numa garagem fechada, o outro saltou da Ponte de Chesapeake Bay.

Aparecer na metade inferior do *e-mail* mensal da Sagamore era um péssimo negócio para qualquer administrador de portfólio. David começou a nela figurar logo depois de se tornar gerente e nunca mais se recuperou. Ele contemplou os arranha-céus na distância. Se tudo corresse bem no dia seguinte, em breve estaria topo da lista.

— David!

Perdido em pensamentos, ele continuou olhando pela janela.

— Maninho, eu não quero pressioná-lo, mas preciso voltar para a oficina.

David se voltou e foi sentar-se à escrivaninha.

— Desculpe, Will, hoje estou de cabeça quente.

— Imagino. O pessoal aqui não dá folga. — Will era o mais velho do quatro irmãos Mitchell. Não tendo estudado, era mecânico como os outros dois irmãos. David era o único que tivera oportunidade de fazer curso superior e sair de Glen Owens. — Você sabe que é muito difícil para mim lhe pedir isso.

— Eu sei. — Era difícil para os dois. — De quanto você precisa?

Will limpou a graxa da unha, olhou para o irmão, mas logo desviou a vista.

— Foi burrice minha. Eu devia ter assegurado essa droga de carro. Mas achei melhor economizar um pouco e, com os gêmeos e...

— Em quanto vai ficar o conserto, Will? — atalhou David. Não tinha tempo a perder com aquilo.

— Em 5 mil.

— Tudo bem. — Viver permanentemente em dificuldades financeiras causava muito mais estrago no espírito de uma pessoa do que uma boa surra. David presenciara a ruína do pai. Agora via a mesma coisa acontecer com o irmão mais velho.

— Com licença, Mitchell.

David reconheceu imediatamente a voz petulante de Art Mohler. Era o gerente de portfólio mais antigo da Sagamore e membro do comitê executivo, o grupo de três pessoas que administrava a empresa e conhecia os seus segredos. David e os outros gerentes prestavam contas a ele, a desgraça de sua existência.

A verdade era que Mohler não geria um portfólio próprio, mas supervisionava os de todos. Nenhum gerente podia arriscar um investimento superior a 20 milhões de dólares sem a sua aprovação, coisa que inicialmente David tomou por uma vantagem. Em caso de queda na cotação das ações, teria com quem dividir a responsabilidade. Mas não era bem assim que as coisas funcionavam na Sagamore. Se o investimento desse certo, Mohler ficava com boa parte da glória. Mas, se as ações despencassem, o problema era exclusivamente do gerente. Um privilégio que os outros membros do comitê executivo concediam ao veterano.

— Oi, boa tarde — David fez um esforço para se mostrar cortês, embora soubesse que aquele homem não queria senão atormentá-lo devido ao seu desempenho insatisfatório.

— A tarde só vai ser boa se a gente estiver ganhando dinheiro. — Mohler já beirava os sessenta, embora parecesse mais moço. Era baixo, magro, usava óculos com aro de tartaruga e se vestia feito um garoto-propaganda da Brooks Brothers.

David se levantou.

— Art, este é o meu irmão Will — disse. — Will, este é Art Mohler, o nosso gerente sênior.

Erguendo-se de um salto, Will estendeu a mão.

— Muito prazer, doutor.

Mohler olhou ostensivamente para suas unhas sujas de graxa. Depois de cumprimentá-lo, limpou a mão na calça, indelicadeza que não passou despercebida para Will e muito menos para David.

— Bom, eu já estava de saída — anunciou Will, apanhando o casaco no sofá.

— Pode deixar, eu cuido daquele assunto — murmurou David.

— Obrigado, mano.

— Tchau, Will.

Mohler esperou que o mecânico atravessasse a recepção e desaparecesse, então se voltou para David com ar de poucos amigos. Alto e moreno, David Mitchell era o xodó das moças do escritório, mesmo sendo oriundo de uma das regiões mais abjetas de Baltimore, coisa que muito incomodava Mohler. A presença daquele pé-de-chinelo maculava a consistência aristocrática que sempre governara a empresa. Contrário a sua contratação, Mohler tinha sido voto vencido. E nunca perdoaria David por isso.

— Escute, Mitchell, eu não acho conveniente você receber seu irmão aqui no escritório.

— Como? — David, que ia se sentar, deteve-se.

— Nós temos clientes importantes que nos visitam com freqüência. É melhor que levem uma boa impressão daqui. Você me entende, não?

David finalmente se sentou.

— Will é meu irmão. É um homem de bem. Essa é a única impressão que as pessoas vão ter se o virem aqui.

Mohler sorriu e se instalou no sofá.

— Daqui a um ano nós vamos comemorar o seu primeiro qüinqüênio na Sagamore. Até lá, é bom você ter cautela — alertou. — O que significa acatar sem discussão as ordens do comitê executivo.

A menção de seu quinto aniversário na empresa desagradou David. Se, ao cabo de cinco anos, o desempenho do empregado não correspondesse às expectativas da Sagamore, o comitê executivo simplesmente o convocava para comunicar que ele estava demitido. Fazia quase quatro que David não saía da metade inferior da lista.

— Eu não tenho por que me preocupar.

— Não esteja tão certo disso.

— Afinal, o que o traz aqui, Art? — rosnou David, sem se importar com a advertência.

— A General Engineering & Aerospace. — Mohler tirou os óculos, levou a haste à boca e, passado um momento, tornou a assentá-lo no nariz grego. — Há dois anos e meio, apesar das minhas objeções, você me convenceu a empatar 1 bilhão da Sagamore em ações da GEA. Um *bilhão* de dólares! Em termos atuais, corresponde a mais ou menos 30% do valor da empresa. Um dos piores negócios que fizemos. — Abriu um caderno no colo e se pôs a folheá-lo. — Na ocasião, uma ação valia 25 dólares, hoje está cotada em 22. Uma queda de três pontos em dois anos e meio. Caso você não tenha percebido, meu filho, não é bem isso que nós esperamos. Lembre-se, nós queremos que as ações subam.

Embora irritado, David se conteve e permaneceu calado.

— Veja — prosseguiu o outro, exibindo uma folha de papel —, este é o gráfico que você me apresentou na época. Pelas suas estimativas, as ações deveriam estar cotadas a cinqüenta dólares hoje. O que nos *renderia* 1 bilhão, o dobro do que investimos. Mas acontece que nós *perdemos* 120 milhões! Só nesses papéis. Como se explica isso?

Todo mês eles discutiam o investimento na GEA e todo mês a irritação de Mohler aumentava.

— Escute, Art, eu acho que...

— A GEA está patinando — interrompeu-o o outro. — A indústria bélica praticamente parou, e há três anos que essa empresa não fecha um contrato com o Pentágono. Já passou da hora de nos livrarmos desse lixo. Procure os bancos de investimento. Entre em contato com o pessoal da Alex Brown e da Goldman Sachs. Veja o que eles podem fazer. É um lote grande, mas talvez consigam repassá-lo aos investidores particulares.

— Quê? — Era a primeira vez que Mohler o mandava vender as ações. Coisa que não podia acontecer em pior hora. — Mas nós não podemos nos desfazer delas agora.

O outro se levantou.

— E se as ações da GEA tornarem a cair? Nós já esperamos demais. Você pensa que está lidando com dinheiro de brinquedo, garoto? Pois fique sabendo que não. É dinheiro de verdade. Muito dinheiro — gritou.

David também se levantou.

— Eu sei muito bem que é dinheiro de verdade. E também sei que, há dois anos e meio, eu apostei na subida dessas ações, coisa que não aconteceu até agora. E ninguém nesta empresa está mais chateado que eu. — Apoiou-se na mesa. — Mas você não precisa entrar aqui todo mês para me lembrar que as ações caíram. Eu também queria muito poder me livrar delas, mas nós já estamos atolados até o pescoço. Não sei da sua opinião, mas eu não pretendo perder 120 milhões de dólares.

— Ótimo, então faça alguma coisa! — rosnou Mohler com os olhos raivosos.

— Cavalheiros, por favor, cavalheiros. — A voz aveludada de Elizabeth Gilman soou no escritório.

Instintivamente, os dois recuaram um passo. Além de proprietária, Elizabeth era uma das principais dirigentes da empresa. No conselho executivo, seu voto tinha muito mais peso que o de Mohler ou o de Martin Broadbent. E, se havia uma coisa que ela detestava, eram as discussões acaloradas. Não era assim que as pessoas distintas resolviam os problemas, dizia.

— Oi, Elizabeth — murmurou Mohler.

— Boa tarde, senhora Gilman — disse David polidamente.

Ela sorriu.

— David, você já está conosco há quatro anos. Eu aprecio muito a sua deferência, mas acho que já está na hora de você me tratar pelo prenome. Do contrário, eu vou começar a sentir o peso da idade. E acho que isso não seria bom.

— Tudo bem... Elizabeth.

Ela tornou a sorrir.

— Ótimo. Agora vamos ao que interessa. Isto aqui é um enorme *playground* com brinquedos de sobra, todo mundo pode se divertir sem se engalfinhar. De modo que, se vocês estão disputando a caixa de areia, saibam que pode ser feito de modo mais civilizado.

Os dois balançaram a cabeça em silêncio.

Elizabeth ia sair da sala, mas se virou novamente.

— David, como vai sua mãe?

— Bem, obrigado, Elizabeth.

— Diga a ela que eu mandei um abraço.

— Obrigado.

— Muito bem.

David ficou observando-a enquanto ela se afastava. Era uma mulher encantadora. A única executiva sênior da Sagamore que não pressionava os empregados nem descarregava neles as suas frustrações.

Tendo aguardado até que ela já não pudesse ouvi-los, Mohler apontou o dedo para o rosto de David.

— Lembre-se do que eu lhe disse, rapaz. Livre-se dessas ações. Vá marretá-las na esquina se quiser, mas livre-se delas! — E, dando-lhe as costas, saiu com passos firmes.

David se apoiou na mesa e baixou a cabeça. No dia seguinte, tudo entraria nos eixos.

— Cabeça erguida, garoto. É assim mesmo.

Ele olhou para a porta e se deparou com Nash Sollers, um dos gerentes de portfólio mais antigos da empresa.

— Quê?

— Faz parte do jogo, meu filho. Faça o que eles mandam e tudo acaba bem.

— Como assim?

— Não é nada específico — desconversou o outro —, só um conselho de amigo. Seja esperto. — E se foi.

David teve vontade de ir atrás de Sollers e obrigá-lo a responder. Mas sabia que era inútil. Ali nunca havia resposta para nada.

CAPÍTULO 4

A CASA, um bonito chalé de tijolo aparente cercado de velhos carvalhos, erguia-se no alto de um pequeno platô com vista para o rio Severn. A 24 quilômetros dali, este desaguava na baía de Chesapeake, em Anápolis, onde ficava a Academia Naval dos Estados Unidos. No verão, mesmo ao anoitecer, era intenso o tráfego de lanchas, iates, pesqueiros e embarcações da marinha. Mas naquele trecho reinava a calma.

O luar brincava na vítrea superfície do rio. Partindo do topo das árvores, os gaviões-pescadores arremetiam silenciosamente em busca da presa. Não se ouvia senão o farfalhar das copas à leve brisa que subia do Severn e os ocasionais mergulhos dos gaviões-pescadores, que retornavam à superfície espargindo a água salobra e ostentando o peixe nas garras.

Detendo-se no terraço escuro, Jesse sentiu um calafrio apesar do calor da noite de verão. Tudo era exatamente como descrevia o *e-mail*. Neil Robinson estava morto. A combinação do guarda-volume do terminal de Greyhound, no centro de Baltimore, era 22-31-17. Lá ela encontrara uma pequena chave. A chave da porta da frente do chalé da Gull Road, 6.

Neil era um chefe maravilhoso e um grande amigo. O homem que a ajudara a ter autoconfiança e a acreditar que ela era tão capaz quanto os outros. Agora já não estaria lá para apoiá-la, e Jesse sentiria muito a sua falta.

Era de supor que tivesse enviado a mensagem pela rede de comunicação interna, recurso que permitia aos supervisores agendarem mensagens eletrônicas que posteriormente seriam despachadas para os subalternos. Um pedido de socorro que Neil lhe mandava da sepultura. Agora, por mais que a apavorasse achar-se naquele lugar, ela ia ajudá-lo.

Jesse se acercou da porta e, hesitante, olhou à sua volta. A uns quatrocentos metros, a luz da casa mais próxima irradiava uma claridade sinistra entre as árvores. Um arrepio lhe percorreu a espinha.

Controle-se, disse ela consigo. E, respirando fundo, abriu a porta, entrou e acendeu a lanterna que trouxera do carro. Ao acionar o botão de plástico, sentiu as mãos úmidas de suor. Eram as luvas de couro forradas que provocavam tanta transpiração. Jesse as havia calçado para não deixar impressões digitais e estava usando a lanterna para que ninguém notasse a sua presença no chalé; o carro ficara na Gull Road, a uns oitocentos metros da casa, para que não o vissem — e muito menos a placa. Tudo isso para o caso de haver de fato uma ameaça, como insinuava a mensagem de Neil.

Um cheiro forte de cedro penetrou-lhe as narinas. Ela ergueu a lanterna. Era o revestimento das paredes. Percorreu rapidamente a sala com o facho de luz. O ambiente era acolhedor, decorado com bom gosto. Uma nova onda de tristeza lhe pesou no coração quando Jesse pensou no corpo de Neil encerrado na tumba fria. Pare com isso, repetiu para si mesma. Deixe a tristeza para depois. Trate de dar o fora daqui o mais depressa possível.

No pequeno escritório, havia uma escrivaninha exatamente como Robinson a descrevia no *e-mail*. Jesse se aproximou rapidamente. Queria sair logo dali. Tinha a estranha sensação de que algo estava errado. Era como se o perigo rondasse o chalé.

A última gaveta do lado esquerdo se abriu facilmente. Ela a iluminou e viu a pasta de arquivo mencionada na mensagem eletrônica. Abriu-a e leu rapidamente as duas primeiras palavras: "Querida Jesse". Não havia necessidade de prosseguir. A pasta só podia ser aquela, ela a leria mais tarde, quando estivesse em segurança.

Empunhando uma Magnum 44, Gordon Roth empurrou a porta do chalé da Gull Road. Os óculos com lentes infravermelhas lhe permitiam enxergar na escuridão, de modo que ele foi diretamente para os fundos do pequeno imóvel. Era lá que havia detectado, na janela, o reflexo da luz de uma lanterna percorrendo o interior da casa, reconhecendo do terreno. Alguém tinha sido mais rápido que ele. Uma pessoa que não queria ser vista, mas que provavelmente estava atrás exatamente daquilo que lhe interessava. Pouco importava. O intruso não viveria muito tempo.

Roth sentiu nas veias uma bem dosada descarga de adrenalina. O tempo lhe ensinara a controlar-lhe o fluxo, a regulá-lo como o combustível de uma máquina, na quantidade certa. Tinha a seu favor o elemento surpresa, não precisava se precipitar. Nem aumentar a octanagem no sangue — pelo menos por enquanto. O fluxo moderado lhe permitia avaliar melhor a situação e conceber o ataque. Só no último instante, injetaria o combustível à pressão máxima.

Acercando-se da porta do escritório, colou as costas na parede e umedeceu os lábios. A morte. A morte o fascinava. Ele se acostumara a olhar bem nos olhos da vítima durante todo o processo. Queria saber o que lhe passava pela mente no último momento, quando o derradeiro suspiro lhe escapava dos pulmões, quando ela revirava os olhos. Roth matava porque era isso que esperavam dele — e porque gostava.

Fechando os olhos, sentiu a adrenalina fluir com mais intensidade. O alvo estava próximo agora. Como um predador, ele pressentiu a caça vulnerável na escuridão da noite.

Com muita calma, ergueu a arma junto ao rosto, as mãos crispadas na coronha, o cano apontado para o teto. A adrenalina lhe inundou totalmente o organismo. Injeção total. A vítima estava liqüidada.

Num movimento preciso, ele se afastou da parede, baixou a Magnum e, pé ante pé, entrou no escritório.

CAPÍTULO 5

CARTER WEBB — republicano da Geórgia e o mais antigo membro do poderosíssimo comitê orçamentário do Senado, além de presidente do subcomitê para assuntos militares — aprumou o corpo e se levantou da desconfortável cadeira de madeira. A nova dotação para o bem-estar social proposta pelos democratas inviabilizava o projeto de redução de impostos apresentado pelo seu partido, de modo que a disputa e as negociações de bastidores estavam apenas começando. A noite seria longa.

Sentindo os pés afundarem no carpete, Webb foi até a porta que ficava à direita da tribuna. Não era preciso andar muito para chegar à saída: com 29 anos de Senado, seu lugar na primeira fila estava garantido. Era a tradição naquele espaço consagrado: quanto maior a antigüidade do mandato, mais perto do vice-presidente e do líder da maioria o senador se sentava. A única exceção nos últimos trinta anos era Ted Kennedy, que, mesmo depois de décadas no Senado, continuava ocupando um lugar do fundo. Em homenagem ao irmão assassinado, escolhera a cadeira de Jack em sua primeira eleição por Massachusetts, em 1953, e nunca mais mudou de lugar.

Ao sair do plenário, Webb virou à direita e seguiu lentamente pelo pequeno corredor que terminava numa porta dupla. Empurrando uma delas com o ombro, passou pela espaçosa sala de espera, tornou a virar à direita e entrou num pequeno gabinete. Naquele ambiente confortável, entre paredes revestidas de madeira, podia relaxar o pescoço tenso e desfrutar de alguns minutos de solidão.

Era bom estar ali, longe da anarquia, longe da luta dos fariseus com sua maldita distribuição do auxílio-alimentação e de seus irmãos avarentos que só pensavam em massacrar o povo com impostos. Dez ou mesmo cinco anos antes, ele estaria em meio à pendenga, engalfinhado numa guerra tributário-samaritana. Agora, no entanto, já no crepúsculo da carreira, sabia poupar energia e selecionar com cautela as batalhas.

— Boa noite, senador.

Webb se voltou e deu com Phil Rhodes na penumbra, um baixinho que sempre lhe parecera grosseiro demais para o importante trabalho que fazia. Mas seu sucesso era indiscutível. Com os anos, Rhodes tinha se firmado como um dos principais lobistas da indústria armamentista em Washington. A General Dynamics, a Lockheed Martin e a McDonnell Douglas recorriam constantemente a ele para que as ajudasse a fechar grandes contratos com o Ministério da Defesa.

— Como você conseguiu entrar aqui? — quis saber Webb. — Que eu saiba, os seguranças não deixam ninguém entrar no Capitólio a esta hora da noite.

Rhodes apertou a mão do senador como um chefete subalterno apertaria a de um capo da máfia: com uma delicadeza extrema, a cabeça ligeiramente inclinada para a frente. O senador — que já estava havia 26 anos no subcomitê para assuntos bélicos e fazia quinze que o presidia — podia ser a glória ou a ruína dos contratos milionários. Os empresários do setor o presenteavam com ternos Armani e sapatos Gucci, e, se fosse preciso beijar a mão de Webb para fechar um negócio, Rhodes não hesitaria.

— É verdade, mas eu tenho ótimas relações com a polícia do Capitólio. Ajudo a financiar os estudos dos filhos de muitos deles, por isso às vezes abrem uma exceção para mim — explicou com seu forte sotaque do Brooklyn.

Webb sorriu. O triste era que provavelmente havia um fundo de verdade naquela bazófia: não que Rhodes arcasse pessoalmente com a despesa. Repassava-a às empresas para quem ele fazia *lobby*.

— Como vão as coisas lá dentro, senador?

— Um pé no saco, como sempre.

— Entendo. É uma pena que o senhor não possa fazer campanha na Geórgia, pelo menos descansaria um pouco disso tudo.

— Rhodes apontou para a porta que dava para o corredor do plenário. — Se bem que o senhor não tem a menor necessidade de fazer campanha. — A reeleição de Webb era coisa segura, ele já se convertera numa instituição no Senado.

O político riu com cinismo.

— É, duvido que sejam muitos os colegas que acreditam que eu preciso correr atrás de votos.

Rhodes fez que sim e, em silêncio, observou o senador espreguiçar-se. Webb era alto, forte, tinha cabelos grisalhos e maxilar saliente; um homem imponente, muitas vezes descrito pela imprensa como dono de um "porte presidencial". Mas nunca chegaria à presidência da República, Rhodes sabia disso. Tinha inimigos demais nos dois partidos.

— Andam falando muito por aí — disse Rhodes enfim.

Webb não esboçou a menor reação. Então era isso, ele vinha lhe *passar* informações. Não admirava que aquele sujeito tivesse tanto sucesso. Rhodes encarava o ofício de lobista como uma via de mão dupla. Seu principal objetivo era encaminhar os negócios da indústria bélica, mas, sempre que obtinha informações que pudessem interessar ao outro lado, aos que controlavam o orçamento do Ministério da Defesa, não tardava em repassá-las. A maioria dos lobistas não imaginava o quanto era imprescindível ter um bom relacionamento.

O senador continuou impassível.

— E o que andam dizendo? — perguntou.

— Que acabam de implantar um projeto importantíssimo e altamente secreto em Nevada, na Área 51. E, se passar do estágio experimental, pode vir a ser o principal captador de verbas do orçamento secreto nos próximos anos. — Rhodes tinha certeza de que Webb ia se interessar. — Eu sei que oficialmente não existe nenhum orçamento secreto, mas achei que os senhor gostaria de ficar sabendo.

O senador permaneceu calado. Era a primeira vez que uma pessoa de fora do círculo lhe dava aquela informação. Talvez não passasse de um palpite acertado de um dos clientes de Rhodes, talvez ele estivesse "jogando verde". Mas não era assim que aquele homem trabalhava. Pautava-se pela relação de confiança. Portanto, o mais provável era que fosse verdade. E o pior era que o baixinho com sotaque do Brooklyn quase acertara na mosca ao falar no boato.

— Onde foi que você ouviu isso?

O lobista exultou: a pergunta deixava implícito que a informação tinha um fundo de verdade; com isso ele granjeava um favor, talvez um contrato para um de seus clientes.

— Só posso falar em *off*, senador.

— É claro.

— Eu tenho uma pessoa infiltrada no gabinete do senador Malcolm Walker.

— Seu filho da puta! — Webb deu um tapa nas costas do homenzinho e abriu um sorriso de aprovação. — Sorte sua. — O sorriso desapareceu. Era uma boa oportunidade, e não convinha deixá-la escapar.

— É sempre bom ficar o mais perto possível do inimigo — observou Rhodes, orgulhoso de haver provocado uma reação tão efusiva num homem normalmente muito reservado.

— Concordo em gênero, número e grau, Phil. Esse pentelho do Walker quer acabar com a indústria de armamentos.

— Tem razão. — Rhodes foi verificar se ninguém estava escondido na sala de espera. — Segundo me disseram, o senador Walker infiltrou uma pessoa na Área 51. E ela está colhendo dados do programa. Walker só está esperando os detalhes para armar um grande escarcéu. E, pelo que parece, o tal informante tem acesso a tudo.

Webb se animou:

— É mesmo?

— Sim, senhor. Se a informação da minha colaboradora for exata. E tem sido até agora. — Rhodes fitou-o rapidamente nos olhos. Só esperava que o senador não tivesse percebido que ele acabava de revelar o sexo de sua fonte. Mas Webb parecia não ter prestado atenção, coisa que o deixou aliviado. Não queria que aquele homem tivesse elementos para pressioná-lo mais tarde. — Eu sei que a notícia não é das melhores, prosseguiu, mas achei que o senhor devia ficar sabendo.

Webb deu um soco no revestimento de madeira da parede.

— Os idiotas desta cidade simplesmente não entendem como é difícil defender a nação — gritou. — Esse canalha do Walker vai acabar fodendo com tudo.

— Concordo plenamente.

Webb se voltou e o encarou.

— Você sabe o nome dele, Phil? Do cara que Walker infiltrou na Área 51?

Rhodes sacudiu a cabeça.

— O meu informante no gabinete de Walker me dá informações genéricas, só isso. Nenhum nome.

— Em troca de quê?

— De dinheiro. Foi necessário. Tenho certeza de que ele racionaliza que pode aceitar o pagamento porque não me dá nada específico em troca. Como, por exemplo, o nome do informante do Walker na Área 51. — Rhodes não estava gostando do rumo que a conversa tomara. — Senador, foi um prazer falar com o senhor, mas eu preciso ir.

— Phil — Webb se interpôs em seu caminho.

Rhodes vacilou.

— Pois não?

— Eu quero conversar com esse seu contato. Quer dizer, com o seu informante no gabinete do senador Walker.

— Hum, bom... — Rhodes tossiu embaraçado. Não previra aquilo. — Eu teria muito prazer em atender o seu pedido, senador, mas não sei se a pessoa vai concordar.

— Dê um jeito para que concorde — retrucou o outro com firmeza. Rhodes podia ser um aliado importante, desde que corretamente estimulado. — Você tem mais poder do que imagina, Phil. Está na indústria da inteligência. Tem acesso a profissionais especializados em produzir dossiês, capazes de levantar a vida inteira de uma pessoa. Aproveite. Essa gente tem como encontrar uma arma fumegante ou um esqueleto no armário que pode lhe dar elementos para chantagear esse informante — esboçou um sorriso. — Eu, por exemplo, acho facilmente um esqueleto no seu guarda-roupa — disse com naturalidade, como se estivesse se referindo ao resultado de um jogo de futebol ou ao fato de ter conhecido uma pessoa qualquer.

A imagem do belo corpo da amante invadiu a mente de Rhodes. Uma amante de quem sua esposa gorducha estava longe de suspeitar.

— Eu vou providenciar — disse em voz baixa. De repente, ele ficara nas mãos do bondoso senador da Geórgia.

— Ótimo. E me telefone assim que descobrir o nome do informante de Walker. É muito importante.

— Sim, senhor.

Rhodes lhe apertou a mão e desapareceu na penumbra.

Webb ainda ficou um bom tempo com o olhar perdido na escuridão. Precisava telefonar antes de retornar ao plenário.

CAPÍTULO 6

FILHO ÚNICO DE um casal de médicos, Malcolm Walker recebera uma educação esmerada. Embora pobres na infância, seus pais haviam estudado na Johns Hopkins graças ao apoio do Fundo Universitário da Unidade Negra. Lá se conheceram e se casaram ainda durante o curso, depois foram morar em Homeland, um lugar privilegiado, ao norte de Baltimore. Walker cursou a Macon Academy, uma escola preparatória muito seleta de Massachusetts, onde se destacou no futebol. Dois anos depois, ingressou na Harvard. Aluno brilhante durante os cinco anos do curso, formou-se em direito entre os primeiros da turma, o que lhe valeu a contratação imediata em um importante escritório de advocacia de Washington, o Baker & Stroud, onde ele passou a cuidar de casos de direito civil.

Passados seis anos, Walker disputou as eleições e, tendo dirigido a campanha aos pobres, foi eleito senador de Maryland. Quatro anos depois, aos 33 de idade, elegeu-se senador federal. Nos discursos de campanha, citava as lições aprendidas com os pais, que haviam conseguido ascender socialmente e sair do gueto à custa de muito trabalho e determinação. Contava que, quando crianças, os dois muitas vezes ficavam sem comer. Falava nos cortiços em que foram criados e no sonho que conseguiram realizar. Walker era eloqüente, charmoso e se opunha veementemente aos corruptores de políticos e articuladores de negócios escusos em Washington. Embora pertencesse à elite, identificava-se com a classe operária; e esta, com seu discurso.

Invariavelmente, os adversários procuravam minar a lealdade de seus eleitores, acusando-o de farsante e demagogo, de ter recebido uma educação privilegiada e de ser dono de uma fortuna em ações. Mesmo assim, ele sempre conseguiu se livrar das acusações e conservar o eleitorado — até que um tal Elbridge Coleman surgisse no horizonte político e se pusesse a torrar milhões de dólares em propaganda francamente endereçada aos eleitores brancos de Walker nas eleições anteriores. Essa propaganda disseminava uma interpretação adulterada de suas intervenções no Senado, dando a entender que ele só votava nas leis do interesse da comunidade negra, desprezando os anseios dos outros eleitores, o que não era verdade. Muito embora sua atuação nunca tivesse sido tendenciosa, faltava-lhe apoio financeiro para revidar os ataques que muito influenciavam o eleitorado branco.

Ele sorriu para a locutora instalada diante dos microfones.

— Voltamos aos estúdios da WBCC, Rádio Baltimore. Eu sou Cynthia Jones e este é o programa *Voz na noite* — disse sua doce voz pelos alto-falantes. — Hoje estamos recebendo o democrata Malcolm Walker, senador de Maryland. — Sem afastar os lábios do microfone, a jornalista se voltou para o entrevistado. — Senador, antes de mais nada, eu quero agradecer o tempo que o senhor reservou para vir ao nosso programa. Sabemos que a sua agenda está sempre lotada.

— Não há de quê, Cynthia. É uma prazer estar aqui.

— Bem, o programa está chegando ao fim, e nós só temos tempo para mais algumas perguntas e para atender o telefonema de um ouvinte muito importante.

Walker olhou intrigado para a moderadora e para o produtor, mas nenhum deles revelou de quem se tratava. Antes do programa, não lhe haviam falado de nenhum telefonema.

— Senador — continuou a moça —, conte-nos por que o senhor recebe o apoio e uma votação tão expressiva do eleitorado branco. Mesmo sendo negro, na última eleição, mais de 55% dos votos que o elegeram foram da população branca.

Walker começou a falar como se estivesse respondendo de improviso.

— Cynthia, acontece que eu me expresso de maneira muito simples, e as pessoas gostam disso, independentemente da raça. — Já dissera tantas vezes aquela frase que era capaz de repeti-la dormindo. Mas, sendo um político astuto, conseguia imprimir entusiasmo a tudo que dizia. — Como explicamos há pouco, eu dediquei o meu primeiro mandato principalmente a limitar o orçamento do Ministério da Defesa, coisa que contrariou muita gente em Washington. Foi uma atuação sensata, e os eleitores sabem disso. O Ministério da Defesa consome mais de 300 bilhões de dólares por ano. *Trezentos bilhões!* E boa parte dessa verba é destinada à compra de armas de que não precisamos. Veja a questão dos porta-aviões, por exemplo. Será que nós temos necessidade de afundar, e eu não estou fazendo nenhum trocadilho, mais 5 bilhões numa nova plataforma flutuante? Não, claro que não. A maioria desses contratos só serve para enriquecer a já milionária indústria bélica. Eu acho que, se o orçamento do Ministério da Defesa fosse a metade do que é hoje, os Estados Unidos continuariam sendo a única e a principal potência militar do planeta. Cynthia, imagine o que nós não faríamos com os 150 bilhões de dólares restantes se simplesmente conseguíssemos cortar 50% do orçamento! Pense nas oportunidades. Poderíamos investir esse dinheiro em programas de capacitação profissional para a moçada pobre que vai entrar no mercado sem a menor condição de competir. Poderíamos aumentar o contingente e a qualidade da polícia. Poderíamos melhorar o sistema de ensino. Como você vê, a questão racial é irrelevante quando se discutem coisas que beneficiam a todos. Minha intenção é tornar esse país um lugar melhor para todos.

— Senador Walker, o senhor acha mesmo que nós continuaremos sendo uma grande potência se cortarmos 50% do orçamento militar?

— Claro que sim. E os poderosos do Congresso e do Pentágono também sabem que isso é verdade.

— E por que eles não fazem nada?

— Porque muita gente está enriquecendo à custa do orçamento do Ministério da Defesa. Aquilo é uma mina de ouro.

— É uma acusação muito séria, senador.

— Que eu pretendo provar.

— Palavras duras as do senador hoje — comentou a locutora. — Senador, só mais uma coisa antes de passarmos ao telefonema.

— Pois não, Cynthia.

— É uma pergunta difícil, mas, como jornalista, eu não posso deixar de fazê-la. Por que a disputa pela sua vaga no Senado, nas eleições de novembro, de repente ficou tão acirrada? Por que Elbridge Coleman, o candidato republicano, está arrebanhando tantos eleitores, se é o senhor que fala a linguagem do povo?

Walker esperava terminar a entrevista sem ter de abordar essa questão. Queria dizer à jornalista que os poderosos da indústria bélica, que ele acabava de atacar, estavam fazendo o possível e o impossível para liqüidá-lo. Mas não tinha nomes nem indícios de desvio de verba, não tinha como provar suas acusações. E atribuir a recente popularidade de Coleman ao apoio financeiro de um suposto grupo interessado em sua derrota podia parecer mera desculpa de perdedor.

— A eleição se ganha nas urnas, Cynthia. Em novembro, nós estaremos em Washington.

— Meus parabéns por estar tão confiante! — A expressão da moderadora patenteou o quanto ela duvidava da segurança de Walker. — Agora vamos ao telefonema — acrescentou sem olhar para o entrevistado. Sabia que o senador não ia gostar, mas o *Voz na noite* precisava recuperar os índices de audiência tão em baixa aquela semana. — Está na linha o reverendo Elijah Pitts, líder do LDA, o movimento de Libertação dos Afro-americanos de Maryland.

Walker não dissimulou a irritação. Fazia poucos anos que o LDA surgira e saíra do anonimato, encabeçando importantes iniciativas assistenciais nas regiões mais carentes. Intensificar o investimento público, criar empregos, organizar cursos de capacitação profissional eram algumas das palavras de ordem favoritas do pastor Pitts. Aliás, muito embora o LDA amparasse *tanto* negros *quanto* brancos, as pesquisas que Walker encomendara mostravam que a maioria dos brancos pobres achava que o movimento era marcadamente étnico. Por isso, ele e os coordenadores de sua campanha chegaram à conclusão de que era melhor manter distância de Pitts para não perder votos no eleitorado branco, dos quais Walker precisava desesperadamente para derrotar Coleman.

— Boa noite, reverendo Pitts. — Walker fuzilou a locutora com o olhar; ela se limitou a sorrir. — Obrigada pela sua participação no nosso programa.

— É sempre um prazer, Cynthia. — O religioso, que já havia sido entrevistado várias vezes pela jornalista, fez uma pausa. — Olá, Malcolm.

— Olá, pastor — respondeu Walker, esforçando-se para se mostrar simpático. Os dois se conheciam bem, já haviam sido vistos juntos em inúmeras atividades públicas. Nervoso, o senador tamborilou os dedos no braço da cadeira. Pitts não perdia oportunidade de tentar forçá-lo a manifestar publicamente o seu apoio ao LDA, coisa que, como demonstravam as pesquisas, seria um desastre naquele momento. — Como tem passado?

— Bem, senador — respondeu o religioso com forçada cordialidade. — Eu gostei muito do discurso que o senhor fez esta noite — alfinetou com sarcasmo. — Foi impressionante.

— Obrigado.

A entrevistadora sorriu. Aquilo estava começando a ficar interessante.

O pastor prosseguiu em tom paternal.

— Acontece, Malcolm, que você precisa dar atenção aos seus eleitores mais fiéis. Precisa construir uma sede para o LDA. Juntos, nós podemos concretizar muitos grandes projetos.

— Eu acho que o senhor e o LDA têm feito coisas muito positivas por Maryland. — Walker olhou para o relógio na parede. Dentro de um minuto, a moderadora receberia sinal para encerrar o programa. Mas o ponteiro dos segundos parecia não andar. — Muito positivas mesmo.

— Você está se valendo da sua maravilhosa eloqüência para fugir à minha pergunta. Eu não podia esperar outra coisa de um político competente como você. Por favor, senador Walker, abrace a causa do LDA. Juntos nós seremos mais fortes. Faça isso agora para que os ouvintes o ouçam!

Walker pigarreou. Trinta segundos.

— Malcolm...

— Reverendo, seria melhor nós nos encontrarmos para discutir o assunto. Se o senhor quiser vir a Washington.

— Malcolm!

— Lamento, senhores, mas o nosso tempo acabou — interrompeu-os a jornalista. — Senador Malcolm Walker, muito obrigada por ter aceitado o convite do *Voz da noite.*

Walker deixou cair os ombros quando a locutora o cortou. Dali por diante, pensaria duas vezes antes de participar de um programa ao vivo.

CAPÍTULO 7

ROTH EXAMINOU rapidamente o escritório, deslocando a arma da esquerda para a direita, um olho fechado, o outro voltado para o cano, tratando de alinhar o pequeno ponto de mira com as formas cinzentas esverdeadas à sua frente, perfeitamente definidas pelos óculos infravermelhos.

Uma estante de livros à esquerda, uma escrivaninha no centro, diante da *bay-window*, a cadeira afastada da mesa. À parte isso, ninguém. Uma poltrona de couro num canto à direita, entre a escrivaninha e o armário, cuja porta estava fechada. Nenhum vestígio do intruso. Roth tornou a examinar o escritório para se certificar. Nos poucos minutos que tardara a entrar na casa, era impossível que o sujeito tivesse conseguido fugir.

Voltou a olhar para o armário. A resposta só podia estar lá. A presa devia ter pressentido sua aproximação e, no esforço patético de escapar à morte, escolhera o lugar mais óbvio para se esconder, justamente o primeiro em que qualquer um pensaria em procurar. Mas era o único esconderijo possível, e Roth sabia da força que tinha o instinto de sobrevivência no ser humano.

Acercou-se com a Magnum apontada para o armário, os olhos fixos no trinco e as costas coladas na parede lateral. Estava em alerta máximo: talvez a caça quisesse surpreendê-lo, saltando para fora repentinamente.

Aproximou a mão do trinco, mas a afastou depressa, como se tivesse levado um choque. Queria capturar a vítima ainda com vida e executá-la num lugar distante, sem deixar pistas que o comprometessem na investigação que se seguiria. Porém a missão era importantíssima, não valia a pena correr o risco de que algo desse errado. Sendo levada ainda viva, a presa sempre teria uma possibilidade de fugir, por mais remota que fosse. Era preciso liquidá-la ali mesmo. Não lhe restava alternativa.

Com as costas na parede lateral do armário, Roth estendeu o braço e empunhou o revólver com mais firmeza, uma precaução para o caso de o outro também estar armado. Apontando para a porta — a aproximadamente um metro do chão —, disparou três vezes. Os tiros dilaceraram a madeira.

Alguma coisa caiu pesadamente lá dentro. Ele agarrou o trinco e escancarou o que restara da porta. Deu com um saco de roupa suja perfurado por uma das balas. Havia caído de um gancho preso numa das laterais. Soltou um xingo entre os dentes. Sua caça não era tão estúpida assim.

O zumbido dos insetos noturnos lhe chegou aos ouvidos. Uma brisa leve, quase imperceptível, acariciou-lhe o rosto. Roth olhou instintivamente para a *bay-window*. Aproximando-se da escrivaninha, tocou na vidraça. Estava entreaberta.

Ao se debruçar para forçar uma das folhas da janela, Roth derrubou numa caneca, fazendo rolarem lápis e canetas no tampo da mesa. Quando subiu no peitoril, também esbarrou num abajur, que se espatifou no chão. Pouco importava. Não era hora de se ocupar de detalhes. Dos buracos de bala, da caneca, do abajur, ele cuidaria mais tarde. Sua missão agora era seguir o quanto antes os rastros da presa. E, equilibrando-se no peitoril a dois metros do chão, saltou.

Assustada com os disparos, Jesse continuou se embrenhando no mato, auxiliada unicamente pelo luar. Por mais que se esquivasse dos galhos mais grossos das árvores, os ramos e as folhas dos arbustos lhe arranhavam o rosto e os braços, rasgavam-lhe a roupa. Não sabia como nem por quê, mas percebera que a espreitavam pela janela. Talvez tivesse ouvido um ruído diferente ou quem sabe sentira o cheiro do inimigo. Em todo caso, entendeu que estava na hora de fugir, e não podia ser pela porta da frente.

Colidindo com um galho mais grosso, ela caiu. O conteúdo da pasta que tirara da escrivaninha de Robinson se espalhou no chão coberto de folhas secas e úmidas. Levando a mão ao ombro, Jesse reprimiu um grito de dor. Depois de massagear rapidamente a parte contundida, levantou-se, pegou as luvas, juntou os papéis e seguiu em frente. O homem continuava escondido na escuridão, perseguindo-a. Ela o sentia.

Seu plano era avançar uns trinta ou quarenta metros no bosque, na direção da estrada, e, protegida pela vegetação, aproximar-se do carro. Então atravessaria a estrada e correria para lá. Era muito mais fácil ir pelo asfalto, mas a intuição lhe dizia que um percurso tão óbvio a tornaria mais vulnerável. O sujeito que a perseguia podia não estar sozinho; pelo mato era mais seguro, embora mais demorado.

Tome cuidado. Se ela tivesse suspeitado do quanto era sério o conselho de Robinson! De súbito, faltou-lhe chão aos pés e, deixando escapar um grito, tragada pela escuridão, Jesse rolou uma ribanceira.

Imediatamente, Roth virou a cabeça para a direita. Um grito, um grito de pavor, um grito humano. De mulher, a julgar pelo tom, e bem perto dali. Bem mais perto do que ele imaginava. Com uma sensação de alívio, Roth enveredou pelo matagal. O destino continuava conspirando a seu favor.

Com a roupa encharcada, Jesse se levantou e olhou para o riacho. Tornou a recolher os papéis espalhados no barranco. Conferiu-os. Por sorte não tinham caído na água. Nesse momento, ouviu passos.

Hesitou sem saber se era melhor correr ou esconder-se. Decidindo-se enfim, atravessou o córrego com a intenção de sair pela outra margem. Mas a lama deslizou entre seus dedos, e ela voltou a escorregar.

Encostada no barranco, ofegante, tentou distinguir um ruído que não fosse o das batidas de seu coração. Os passos estavam mais próximos. Depois de olhar para a esquerda e para a direita, correu pelo riacho em direção à Gull Road.

Tentou caminhar junto ao barranco, evitando pisar na água, mas, na escuridão, não enxergou a curva e mergulhou de novo na água fria.

Roth ouviu o barulho e, contornando um agrupamento de árvores, mudou de rumo. A caça estava próxima. Ele firmou a Magnum na mão. Avançou um passo. E também se precipitou rolando na ribanceira até afundar no riacho. Levantando-se depressa, enxugou o rosto com a manga da camisa e aguçou os ouvidos. O tombo o desorientara, já não sabia se o barulho viera de cima ou de baixo. O tempo estava passando; a presa, fugindo. Ele não podia vacilar.

Tendo ouvido a queda de seu perseguidor, Jesse procurou refrear o impulso de correr. Continuou avançando, mas devagar, tomando cuidado para não cair na água, para não fazer barulho. Não podia denunciar sua localização agora, o homem já estava roçando seus calcanhares.

O medo lhe provocou uma necessidade urgente de gritar, mas ela se conteve, seria inútil, ninguém a ouviria — a não ser o sujeito que a perseguia. Jesse se deteve um instante, encostou o rosto numa pedra para tomar fôlego e continuou fugindo.

Por fim avistou uma clareira iluminada pelo luar e, pouco mais adiante, a silhueta de uma ponte. A mesma que ela atravessara vinte minutos antes, mas que agora lhe pareciam horas. Erguendo a cabeça, não viu senão a silhueta de concreto recortada no céu escuro. O carro estava perto, a poucos metros da ponte.

Prendendo a pasta de arquivo embaixo do braço, Jesse apertou o passo. Como não havia mato nas proximidades da ponte, era mais fácil caminhar. Apalpou o bolso da calça molhada para verificar se a chave ainda estava lá. Quando ligasse o motor, denunciaria a sua posição, mas já teria partido quando o homem pudesse se aproveitar disso. E, então, nem mesmo as chamas do inferno conseguiriam detê-la.

Debaixo da ponte, o ar era mais frio e ligeiramente bolorento. O reflexo da lua tremulava na superfície da água, projetando sombras fantasmagóricas no concreto. E mesmo o leve ruído dos seus passos nas pedras parecia ecoar.

Tendo passado por baixo da ponte, contornou o riacho e subiu a margem que, naquela altura da Gull Road era bem menos inclinada, de modo que chegou ao alto em poucos segundos. Atravessou um gramado, enveredou por um pinheiral e logo avistou o Camaro. Apressada, tirou a chave do bolso, abriu a porta e se colocou ao volante. Antes de enfiar a chave na ignição, acariciou o painel, como se acabasse de encontrar um velho amigo.

O motor pegou imediatamente. Jesse engatou a primeira, soltou o freio de mão e pisou fundo no acelerador, fazendo com que o automóvel arrancasse antes mesmo que ela tivesse ligado os faróis. Com um suspiro de alívio, engatou a segunda e tratou de controlar o veículo que derrapava no barro. Pena que seus irmãos não estavam ali para ver seu desempenho.

Enquanto desviava dos pinheiros, procurou as luvas que havia guardado no bolso traseiro da calça. Achou uma e a jogou no banco. Procurou a outra, mas constatou que a tinha perdido.

— Droga!

A Gull Road surgiu à sua frente. Com as duas mãos no volante, Jesse virou à direita e tomou a direção oposta à da casa de Robinson — e à do sujeito que a perseguia. Ao tocar o asfalto, o Camaro ainda derrapou nas enlameadas rodas traseiras, mas não foi difícil controlá-lo.

Jesse acendeu o farol alto e, de súbito, viu-se frente a frente com seu perseguidor. Estava plantado no meio da estrada, o boné afundado até os olhos, apontando uma arma para ela. Sem vacilar, Jesse engatou a terceira e acelerou. O homem não se moveu, e ela não conteve um grito ao ver que ia atropelá-lo.

Dois metros, um e meio, um... Roth se agüentou até o último instante, só então disparou os seis últimos tiros que lhe restavam. As balas estilhaçaram o pára-brisa, enchendo o interior do automóvel de cacos, e perfuraram o vidro traseiro.

Ao disparar pela última vez, ele saltou para o lado, onde havia um bambuzal, mas atrasou-se uma fração de segundo e o pára-lama dianteiro lhe atingiu a perna. O impacto o arremessou para o alto, e um de seus sapatos voou pelos ares. Ao cair no acostamento, bateu o rosto e os joelhos. Apesar da dor, ainda ergueu a cabeça na tentativa de ver a placa do carro. Impossível, a mulher apagara as luzes.

Jesse ergueu rapidamente o corpo do banco do passageiro, onde havia se reclinado no instante em que o homem começou a atirar. Estava coberta de cacos de vidro. Sem se importar com os pequenos cortes nos braços, agarrou o volante com firmeza e, tendo empurrado os cabelos do rosto com a outra mão, acendeu os faróis. Só ao se encostar no banco foi que se deu conta de que o encosto de cabeça havia desaparecido.

Sentado no chão, Roth limpou a lama da boca e apertou o ferimento na perna. Demorou um pouco para perceber o sangue que começava a escorrer do supercílio. Com os olhos perdidos na escuridão, acompanhou o ruído do motor na distância. Sacudiu a cabeça: a pessoa que estava dirigindo aquele carro era uma inimiga perigosa, ele teria de persegui-la e aniquilá-la caso a missão não fosse cancelada. Mas os rastros da lama dos pneus logo desapareceriam no asfalto.

Tirou do bolso da jaqueta a luva que achara no bosque. Era o suficiente para reencontrar a pista da mulher.

— E então, o que conseguiu? — perguntou calmamente o homem.

— Uma luva de couro. Pelo tamanho e o modelo, é de mulher. — A perna o estava matando, mas sua expressão não denotava o menor vestígio de dor. Ele já suportara coisa muito pior. — Dentro da luva há um fio de cabelo. Um fio comprido. Mais um indício de que é uma mulher.

— Bom, pelo menos a gente tem por onde começar.

— É.

— Qual é o plano? — quis saber o outro.

— Eu tive sorte. O fio ainda está com o folículo piloso, dá para determinar o DNA. Como a gente sabe que a pessoa que eu cacei esta noite é um dos 22 funcionários da Receita, basta colher amostras de cabelo no casaco ou no colarinho de cada um deles e fazer uma análise cruzada de DNA.

— Isso leva tempo.

— Eu vou me apressar — garantiu Roth.

O homem não dissimulou a impaciência.

— Mesmo que você consiga as amostras, os testes de laboratório são demorados. Duas ou três semanas no mínimo. Se fosse sangue, vá lá, mas não é. E nós não temos duas semanas e muito menos três.

— Há outros métodos.

— Quais?

— Nós temos um grupo limitado de suspeitos. Um dos 22 funcionários, certo?

— Certo.

— O laboratório pode delimitar ainda mais esse grupo, comparando a cor e a textura das amostras. É muito mais rápido. E também pode analisar alguns componentes químicos: o xampu, a tintura, qualquer coisa que nos dê um mínimo de certeza de que estamos escolhendo o alvo certo. No caso, uma "certeza razoável" já é mais do que suficiente.

— Sem dúvida.

— E ainda se pode fazer mais.

— O quê?

— A etiqueta da luva. Deve ser a do vendedor, uma loja sofisticada de artigos de couro. Fica no centro de Baltimore, na Galeria. Vou conversar com os balconistas. Hoje em dia, todas as lojas estão informatizadas, a gente pode cruzar o registro de baixa no estoque com a lista de compradores dos últimos doze meses. Pelo menos dos que pagaram com cartão de crédito. Se houver algum nome do departamento, está resolvido.

— Com certeza — concordou o outro, mostrando-se mais animado.

— Posso usar a credencial do Ministério da Justiça? Sempre acelera as coisas.

— Use o que quiser. Mas encontre essa mulher e traga o arquivo de Robinson.

CAPÍTULO 8

COM PASSOS RÁPIDOS, Jesse foi pelo comprido corredor, levando debaixo do braço o grosso envelope que acabava de retirar da sala de arquivo. Tinha decidido não dar parte à polícia sobre o acontecido no chalé de Neil Robinson na noite anterior. Os boletins de ocorrência eram públicos e, provavelmente, seriam a primeira coisa que o sujeito que a perseguira consultaria a fim de identificá-la.

Ao se virar para entrar no escritório, quase colidiu com um homem que vinha saindo. Como nunca o tinha visto, ficou imediatamente desconfiada, talvez ainda sob o impulso das últimas experiências que vivera.

— Desculpe — disse ele com delicadeza. Era loiro, de cabelo comprido, barba e bigode. Jesse viu-o guardar um saquinho de celofane no bolso da calça.

— O senhor está procurando alguém?

— Eu queria falar com Sara Adams.

Jesse viu o crachá de visitante que ele trazia preso no bolso da camisa. Sara devia estar à sua espera. A portaria não o teria deixado entrar sem primeiro consultá-la.

— No fim do corredor, à esquerda. A quarta porta à direita.

O homem agradeceu e se afastou.

Jesse ficou um instante a observá-lo, notou que mancava um pouco. Talvez valesse a pena telefonar para Sara a fim de se certificar. Tolice, pensou, sacudindo a cabeça. Estava imaginando coisas.

Quando bateram em seu ombro, ela estremeceu e deixou escapar um grito abafado. Estava distraída, recordando a perseguição no bosque, na noite anterior, e o encontro com o sujeito barbudo saindo de sua sala aquela manhã. Não sabia se devia ter avisado a polícia. Se era a ela que o desconhecido estava procurando. Nem quem era ele.

— Desculpe o susto, Jesse. É que eu queria apresentá-la a uma pessoa. — O professor fez um gesto na direção da mulher ao seu lado.

— Oh, sim, claro. — Ela respirou fundo para se acalmar.

— Elizabeth Gilman, esta é Jesse Hayes. — Preferia que nenhum dos presentes no coquetel o vissem fazendo aquilo, não queria ser acusado de favoritismo. — A minha melhor aluna.

Elizabeth abriu um sorriso.

— Isso eu percebi durante o debate. Sinceramente, achei as suas intervenções excelentes. Muito acima da média.

— Quanta gentileza, senhora Gilman — respondeu Jesse com a voz ligeiramente trêmula. E com razão, pensou consigo. Elizabeth Gilman era uma figura lendária no mundo das finanças. Tinha fundado a Sagamore no final dos anos 70, uma pequena companhia de seguro de vida, e acabou transformando-a num dos fundos de investimentos mais bem-sucedidos e respeitados do país.

— Pode me chamar de Elizabeth. Afinal, eu não sou tão velha assim, sou? —Apontou para o professor. — Não se atreva a responder. Do contrário, nunca mais volto aqui.

Jesse notou o brilho nos olhos de Elizabeth quando o professor começou a rir. Apesar da idade, era uma mulher dinâmica e bonita. Cabelos grisalhos presos num coque, um rosto clássico, delicado, quase sem rugas ou marcas da idade, ainda transbordante de energia e entusiasmo. Jesse olhou para o chão. Sentiu a garganta repentinamente seca, não sabia o que dizer que pudesse interessar a uma pessoa tão importante.

Percebendo seu constrangimento, o professor interveio.

— Elizabeth, eu nem sei como lhe agradecer por ter encontrado uma brecha na sua agenda tão lotada. Acho importantíssimo os alunos terem contato não só com os acadêmicos, mas com quem atua no mercado. E um seminário com uma profissional da sua estatura é...

— Obrigada — interrompeu a mulher com delicadeza, sem tirar os olhos da jovem aluna. — Jesse, eu fiquei impressionada com as suas observações sobre o mercado acionário — repetiu. Seus brincos de brilhante refletiam a luz do lustre.

— Obrigada.

A outra se inclinou para a frente e, aproximando o rosto, cochichou para que o professor não ouvisse:

— Não precisa ficar tão nervosa. Eu almoço, janto e durmo exatamente como você. Apenas tive um pouco de sorte com alguns investimentos. — Voltou a endireitar o corpo.

— Não foi sorte — replicou Jesse. — Tanto sucesso se deve à sua enorme capacidade de se colocar na melhor posição com mais freqüência que os outros. É questão de saber antecipar as oportunidades.

— É verdade. Escute, que tal se você viesse nos fazer uma visita na Sagamore? Eu vivo procurando jovens talentos.

— Seria maravilhoso! — De repente, Wall Street começou a perder a importância.

— Aliás, quero que você fique conhecendo uma pessoa agora mesmo — prosseguiu a outra. E apontou para um rapaz que estava conversando com um grupo de colegas de classe de Jesse. Notando o gesto sutil da chefe, ele trocou mais algumas palavras com os estudantes, pediu licença e se afastou.

— Este é David Mitchell — apresentou-o Elizabeth, batendo carinhosamente em seu ombro. O rapaz apertou a mão de Jesse e sorriu. — David é um dos nossos gerentes. Veio comigo a Baltimore justamente por isso: para o caso de haver um aluno que interesse à Sagamore.

— Oi, Jesse — Ele alargou o sorriso. Loira, olhos azuis e bonita. Diferente dos outros alunos com que tivera de conversar até então.

— Talvez valha a pena você conversar um pouco com David — propôs Elizabeth —, ele pode lhe contar algumas coisas sobre a empresa... — Um forte acesso de tosse a interrompeu.

— Você está bem? — quis saber o professor.

— Sim... Tudo bem... Só preciso de um pouco de água.

— Claro, claro. — Ele lhe deu o braço. — Venha comigo.

Elizabeth teve um novo acesso de tosse, depois, controlando-se, dirigiu-se uma vez mais a Jesse:

— Muito prazer em conhecê-la. Fico aguardando sua visita.

— Obrigada. Cuidado com essa tosse.

— Já passou — sorriu a outra, batendo de leve na mão de Jesse. — Tchau.

— Até logo.

David esperou que a chefe e o professor se afastassem.

— E então, o que você quer saber sobre a Sagamore? — perguntou, evitando o olhar de Jesse. Fingindo-se distraído, mordeu a haste dos óculos: não queria dar a impressão de que ela havia despertado o seu interesse.

Jesse o avaliou rapidamente. David era bonitão: moreno, de cabelo muito preto e brilhante, sorria com naturalidade, tinha uma graciosa covinha na bochecha esquerda e uma aparência saudável, sinal de que cuidava bem do corpo. Mas tudo nele cheirava a instituição. Desde o paletó de três botões e a calça com bainha dupla até a gravata caríssima e o cabelo cortado rente, que lhe dava um ar conservador. Ela riu consigo mesma. Tendo em vista a sua origem humilde, devia estar se sentindo como uma abelha atraída pelo néctar. Os homens endinheirados significavam segurança financeira, coisa que ela nunca tivera na vida. Mas esses tipos costumavam ser enfadonhos. Cultuavam os esportes, a si mesmos, ao passo que Jesse precisava de muito mais do que isso. Precisava de efervescência, de um homem que compartilhasse a vida com ela, que lhe mostrasse o mundo.

Talvez devesse dar ouvidos a Sara e começar a se relacionar com quem lhe oferecesse um pouco de estabilidade financeira, não ficar sonhando com um príncipe encantado. Voltou a olhar para David. De fato, ele inspirava conservadorismo. Mas havia um quê travesso em seu olhar. E observando melhor, o corte de cabelo não chegava a ser tão convencional assim. Atrás e nas laterais eram bem mais curtos. Jesse gostou disso.

— Qual é o volume de investimentos que a Sagamore administra? — perguntou com ar inocente, sabendo que se tratava de um segredo guardado a sete chaves.

David sacudiu a cabeça.

— Isso eu não posso dizer — respondeu com ar muito sério. — Porque simplesmente não sei. Eles não me dariam uma informação tão importante. Só exigem que ganhemos dinheiro.

Jesse tapou a boca, refreando o riso. Então ele não se levava tão a sério assim. O que não deixava de ser agradável.

Duas horas mais tarde, ao passarem pela porta vaivém da recepção, a caminho da limusine, Elizabeth segurou o braço de David e o deteve.

— Parece que você e Jesse Hayes conversaram bastante depois que eu saí.

— Não era isso que você queria?

— Era. A julgar pela minha primeira impressão, ela pode ser muito útil à Sagamore quando se formar. Que você achou?

— É uma moça inteligente e bastante arrojada.

— Exatamente. — Elizabeth acenou uma vez mais para o professor. O motorista já a aguardava com a porta aberta.

— David, procure conhecê-la melhor. Convide-a para jantar... por conta da empresa, é claro. Veja se essa moça corresponde realmente às nossas necessidades. — Piscou para o empregado. — Há poucas as mulheres na Sagamore.

David sorriu e inclinou a cabeça para o lado. Afinal de contas, a missão que acabava de receber não era nada desagradável.

CAPÍTULO 9

SIMPLES E FUNCIONAL, a sala ficava escondida no fundo do prédio. E por uma boa razão. As pessoas que se reuniam naquele santuário precisavam de isolamento e sigilo absolutos para elaborar suas estratégias. Os dispositivos de escuta dos inimigos estavam em toda parte, escondidos até em áreas vulneráveis, muito próximas do gabinete. E, se um microfone captasse uma conversa, as conseqüências seriam desastrosas.

O grupo tinha acesso ao edifício pela entrada comum, aberta ao público; entravam envoltos num manto de moralidade, mas seus propósitos nada tinham de nobre. Por ocasião dos encontros, essas pessoas eram rapidamente levadas para longe da área de circulação comum, passando por corredores sombrios, subindo e descendo escadas recônditas, sempre escoltadas por gente que nem sabia o que elas iam fazer ali.

A sala era protegida por um sistema de segurança sutil, porém muito eficaz. Não tinha janelas, pois o sofisticadíssimo equipamento de áudio fora projetado para detectar as mínimas vibrações, mesmo as das vozes mais baixas, e decifrar as palavras instantaneamente. Minúsculos alto-falantes instalados a intervalos regulares nas paredes emitiam sinais de freqüência que interceptariam os possíveis grampos que os adversários tivessem plantado nos corredores de acesso à sala. Após cada reunião, um técnico da inteligência fazia uma varredura completa no local. Antes de entrar, os participantes passavam por rastreadores eletrônicos. E, durante os encontros, sentavam-se bem próximos uns dos outros, a mesas pequenas, e falavam baixo, as vozes encobertas por uma ópera ou uma sinfonia qualquer. As medidas de segurança eram extremamente rigorosas e nunca tinham falhado.

Depois de examinar rosto por rosto, o diretor se dirigiu diretamente ao sujeito que ainda estava tentando se integrar ao grupo.

— Por favor, conte-nos como vão as coisas.

Elbridge Coleman, candidato republicano ao Senado, balançou a cabeça.

— A última pesquisa CNN/*Times* vai ser divulgada amanhã cedo. O pessoal do comitê organizador já teve acesso ao resultado, graças a um amigo da CNN. As amostragens indicam que eu estou dois pontos *à frente* de Malcolm Walker. Se as eleições fossem hoje, eu teria 46% dos votos e ele 44%.

— Então o número de indecisos está por perto dos 10% — observou o diretor.

— Exatamente. — Ao responder, Coleman ouviu um comentário paralelo, mas não conseguiu distinguir as palavras. A acústica da sala era péssima. Outro mecanismo de segurança. — Como? — Apesar da iluminação precária, buscou contato visual com o homem que parecia ter lhe feito uma pergunta.

— Qual é a margem de erro da pesquisa? — perguntou este, erguendo ligeiramente a voz.

— De quatro pontos para mais ou para menos.

— Então não podemos ter certeza de que nós vamos mesmo conquistar uma vaga.

Coleman sorriu educadamente, dissimulando a irritação não só com a observação, mas sobretudo com o emprego do "nós". Não podia negar que eles tinham apostado muito no que estava sucedendo, mas quem realmente suava naquela campanha era ele.

— Não. Não podemos. — Coleman puxou as mangas do paletó. Alto, magro, inspirava confiança, tinha uma presença forte, natural. — Acho importante ressaltar que, há um mês e meio, no fim de julho, nós estávamos cinco pontos atrás de Walker. Subimos nove em 45 dias — acrescentou, tomando cuidado para não deixar transparecer a raiva. — A eleição ainda não estava garantida, e eles podiam tirá-lo da jogada a qualquer momento, convinha moderar as palavras. Engolir o amor-próprio até que era um preço baixo pelo ingresso naquele círculo. — As perspectivas são excelentes. Nós estamos no rumo certo. Eu acredito que daqui a um mês, a estas horas, já estarei ocupando a vaga de Walker. A campanha dele está naufragando. As eleições de novembro serão apenas uma formalidade.

O diretor percebeu o constrangimento de Coleman.

— Você e seu comitê estão indo muito bem, Elbridge. É verdade, nós estamos no rumo certo. E vamos sair fortalecidos. Todos estamos fazendo um ótimo trabalho.

— Com certeza — concordou Coleman. Ainda bem que o diretor se lembrara de elogiar o empenho de sua equipe. Ele hesitou, olhou para cada um dos presentes e então prosseguiu. — O ritmo do nosso crescimento está deixando Malcolm apavorado. É o fim da linha para ele.

— Ótimo, muito bem. — O diretor estava visivelmente satisfeito. — E o fundo de campanha, Elbridge, a quantas anda?

— O tesoureiro garante que o dinheiro arrecadado com a abertura do capital da Coleman Tecnology será mais do que suficiente para terminar a campanha. E é claro que eu ainda detenho 40% das ações. Qualquer problema, podemos negociar uma parte delas com um fundo de investimento particular.

— Perfeito — disse o diretor. — Está tudo correndo como o planejado. Por hoje é só.

Percebendo que aquela era uma maneira sutil de mandá-lo embora, Coleman se levantou, acenou respeitosamente para cada um dos presentes e foi para a porta.

— Elbridge — chamou o diretor.

— Pois não?

— Por favor, peça ao guia que use a saída Potomac.

— Está bem — assentiu Coleman e saiu da sala.

O diretor tornou a encarar cada um dos presentes.

— Acho que podemos ficar tranqüilos com a campanha de Coleman. Não há nada 100% garantido, mas creio que as coisas estão bem encaminhadas. Em todo caso, nós temos outras duas candidaturas engatilhadas no Oeste, mas duvido que seja necessário lançá-las.

— O importante é não esquecer de também atacar a frente inimiga — opinou um dos participantes. — Nós precisamos ter certeza absoluta de que vamos ganhar a eleição. Já empatamos muito dinheiro nesse negócio e queremos fazer bom uso dele.

O diretor concordou com um gesto.

— É verdade. Nós não fizemos nada até agora porque é sempre bom ter um coringa na manga, caso surja uma emergência. Mas você tem razão. Chegou a hora. Estamos muito próximos das eleições, e Walker pode contra-atacar. Não se preocupe, eu cuido disso pessoalmente.

— Obrigado — disse o outro, reconhecendo a diligência do seu interlocutor.

— Há uma coisa que vocês precisam saber — anunciou o diretor, assumindo um tom mais sério, coisa que causou um ligeiro mal-estar na sala. — Nós tivemos um pequeno contratempo no esquema de segurança. — Todos os olhares se fixaram instantaneamente nele. — Como vocês sabem, há questão de dois dias nós cuidamos daquele probleminha na Receita Federal. Gordon Roth conseguiu calar a boca de Neil Robinson. Para sempre. E ficou comprovado que as suspeitas de Robinson com relação à campanha de Elbridge Coleman eram bem mais fundamentadas do que supúnhamos. — Ele sabia que esse pequeno míssil detonaria uma carga de proporções nucleares. — O problema é que, mesmo depois de morto, Robinson conseguiu passar o material para a frente.

— Que diabo você quer dizer com isso? — perguntou um dos presentes. — Como assim, "passou o material para a frente mesmo *depois* de morto"?

— Há alguns dias, talvez por causa dos telefonemas insistentes de Roth, Robinson preparou um dossiê relatando as suspeitas que estava investigando na campanha de um candidato a senador, embora não esclareça qual. O documento ficou armazenado no disco rígido de seu computador.

— Se bem me lembro, nós combinamos de providenciar o sumiço não só do computador como de todos os disquetes do escritório dele.

O diretor fez que sim.

— Isso foi feito. Mas, infelizmente, não adiantou. Robinson utilizou um recurso do sistema interno de comunicação da Receita e programou para que a mensagem fosse enviada automaticamente. Se ele não desativasse o programa, a mensagem seria despachada dentro de algumas horas. Ele costumava desativá-lo de manhã, logo que chegava à repartição. Obviamente, ontem isso não foi possível. E, quando nós chegamos, já era tarde.

— Sim, mas nós temos ou não temos condições de rastrear essa mensagem? Uma vez identificado o destinatário, é só tomar as providências cabíveis.

— Não é tão simples assim — contrapôs o diretor. — Robinson deu um jeito para que o documento primeiro fosse enviado à central da Flórida e, de lá, a CPU a devolvesse a Baltimore.

— Por que ele fez isso?

— Com certeza para impossibilitar o rastreamento. Se o tivesse despachado diretamente pela *intranet*, seria facílimo localizar o destinatário. Mas como a mensagem foi primeiro para a CPU da Flórida, tudo se complica. Graças à pessoa que nós infiltramos no banco de dados da Receita, conseguimos determinar para que célula o dossiê foi enviado. A questão é que a CPU apaga o *link* que determina a que computador específico da célula chegou a mensagem.

— O que é isso, uma célula?

— É o grupo de computadores pessoais de um determinado departamento.

— E para que departamento foi?

— Para o dos agentes fiscais.

— E quantos agentes são?

— Vinte e dois.

— Então vai ser preciso checar todos os computadores.

— Isso nós já fizemos. Também não adiantou. A pessoa que recebeu o memorando foi esperta o bastante para não tirar cópia e limpar a memória. Nós também tomamos o cuidado de checar a memória da impressora.

— Mas, se o dossiê não identifica o candidato, como você chegou à conclusão de que se referia à campanha de Coleman?

— Palpite, e dos bons. Entre as coisas de Robinson, nós encontramos um disquete com um memorando endereçado não se sabe a quem, no qual ele diz que, se essa pessoa estiver lendo a mensagem, é porque alguma coisa aconteceu a ele, Robinson. E pede ajuda, dá o endereço de um chalé à beira do rio Severn. Lá, ele deixou uma pasta com informações detalhadas sobre a campanha suspeita de apresentar irregularidades. E, a partir daquela breve conversa no Hotel Hyatt, nós ficamos sabendo a que candidato Robinson estava se referindo. Eu tenho fortes razões para acreditar que esse memorando é o mesmo que foi enviado eletronicamente do escritório.

— E onde vocês encontraram o disquete com a cópia do memorando?

— No bolso do terno que Robinson estava usando quando morreu.

— Quê? — A ansiedade do grupo aumentou ainda mais.

— Exatamente. A impressão que tivemos é de que Robinson pretendia repassá-lo a alguém antes de se encontrar com Gordon Roth. Foi um investigador da polícia, que esteve no necrotério para pegar as coisas de Robinson, que encontrou o disquete. Por sorte, conseguimos impedir que fosse parar nas mãos das autoridades. Demos um jeito no investigador. Por precaução. Roth é muito eficiente nessas coisas.

— E o dossiê que estava no chalé? Nós conseguimos recuperá-lo?

— Tentamos, mas nos passaram a perna. Provavelmente a pessoa que recebeu o *e-mail* de Robinson.

— E agora? Que vamos fazer?

O diretor cruzou as mãos.

— Antes de qualquer coisa, descobrir qual dos 22 agentes fiscais recebeu o memorando, depois tomar as devidas providências. E pedir a Deus que encontremos essa pessoa antes que ela nos encontre. Sem querer, ela deixou uma pista no chalé. Uma pista que nós podemos seguir rapidamente. Coisa que já estamos fazendo.

Os outros balançaram a cabeça, concordando.

O diretor voltou a examiná-los um a um.

— Como todos obviamente já devem ter notado, alguns membros faltaram hoje. Foram à Área 51. Portanto, o mais importante neste momento é fazer figa e torcer para que tudo corra bem com o A-100.

CAPÍTULO 10

O PROTÓTIPO A-100 decolou com sucesso na Área 51 da base de Nevada e mergulhou na escuridão da noite. Era o começo de seu quarto e definitivo teste de vôo. Dependendo do resultado dessa última avaliação, a empresa que secretamente ganhara a concorrência ficaria habilitada a iniciar a produção do mais novo bombardeiro da marinha. O contrato era de quase 150 bilhões de dólares e, dentro de sete anos, tornaria a concessionária vencedora uma das empresas mais poderosas da indústria bélica.

O trem de aterrissagem recolheu-se rapidamente na fuselagem quando os pneus soltaram do asfalto, e o jato adquiriu seu perfeito perfil de ataque: baixo e praticamente livre de ângulos retos. A configuração afilada, combinada com a singular liga metálica da carcaça e com os dispositivos anti-rastreamento a bordo, tornava-o quase imune à detecção dos radares inimigos.

Ao ouvir a porta do trem de pouso fechar-se, o piloto relaxou no banco e começou a checar os instrumentos. Um procedimento que se repetiria ininterruptamente até que a aeronave tornasse a tocar o solo, 320 quilômetros mais ao norte.

O comandante Richard Pierce era considerado um dos pilotos de asas fixas mais experientes de toda a marinha dos Estados Unidos. Conseguia manter a calma e a autoconfiança por maior que fosse a pressão. Mas, apesar do seu brilhante currículo em combate e das suas muitas horas de vôo de teste nesse e em outros protótipos, ele passara o dia todo ansioso. Aquele jato valia quase 500 milhões e, mais importante ainda, encarnava a tentativa da marinha de se restabelecer como um igual indispensável no triunvirato das forças armadas.

Sem o "asa negra" apelido que Pierce dera ao A-100, a marinha seria definitivamente obrigada a ceder as missões de penetração profunda aos bombardeiros da força aérea, coisa que tornaria os porta-aviões de 5 bilhões de dólares vulneráveis aos políticos interessados na reeleição e em busca de meios de cortar as despesas federais e, assim, ganhar pontos com o eleitorado, meios que podiam ter efeito dominó, atingindo os novos destróieres, os novos cruzadores e, o que era pior, os dólares do orçamento.

A marinha se ramificava em três segmentos, o de subsuperfície, o de superfície e o de aviação, do qual faziam parte os porta-aviões. A força aérea e o exército insistiam em questionar a conveniência de se conservarem os setores de superfície e de aviação, devido à sofisticação tecnológica dos mísseis teleguiados. Alegando que as embarcações de superfície e os porta-aviões eram alvos fáceis e, portanto, obsoletos, as duas forças alimentavam a esperança de abocanhar nada menos que 90 bilhões de dólares do orçamento da marinha, caso suas manobras de bastidores permitissem. Sem o A-100, a força naval ficaria apenas com as migalhas do orçamento anual de 300 bilhões do Ministério da Defesa. Com o jato, ela teria como justificar as operações de superfície e aéreas e recobraria, em pé de igualdade, seu *status* junto à aeronáutica e ao exército.

Pierce desviou o A-100 ligeiros cinco graus para o norte. Aquele vôo era importantíssimo, muito embora fossem poucas as pessoas, neste mundo, que sabiam da existência do jato. Claro, era sempre assim naqueles projetos "por baixo do pano". Tudo altamente sigiloso. As aeronaves que transportavam os empregados civis para a Área 51, a isolada instalação governamental de Nevada, tinham os vidros das janelas pintados de preto para que ninguém visse o que se passava na base. Quem entrava ou saía do gigantesco hangar que abrigava os cinco protótipos era minuciosamente revistado. E as pessoas que sabiam do sigiloso projeto A-100 arriscavam cumprir dez anos de solitária em Leavenworth se fossem acusadas de simplesmente ter admitido a existência do projeto diante de um indivíduo estranho.

Isso valia para todos os envolvidos. A esposa de Pierce não tinha a menor idéia de onde ele estava. E se a operação daquela noite resultasse em um desastre, o que não era impossível em vista da natureza da atividade, dariam a ela um caixão vazio para sepultar, e nunca viria a tomar conhecimento disso. Havia sempre a possibilidade de um fragmento da fuselagem, feita de uma liga altamente secreta, ficar alojado no corpo do piloto e de um profanador internacional de túmulos descobri-la e entregá-la a um governo estrangeiro.

Mas os sacrifícios pessoais não o incomodavam. Pierce estava totalmente comprometido com o A-100, com sua importância histórica tanto para a marinha quanto para as lideranças responsáveis pelo projeto. E faria tudo que estivesse ao seu alcance para que o jato passasse a ser fabricado regularmente o mais breve possível. Absolutamente tudo.

Com 11 metros de comprimento e 21 de envergadura, o A-100 não era senão uma gigantesca asa, uma verdadeira maravilha da aerodinâmica. Uma vez aprovado nos testes, viria a substituir o velho Intruder A-6, que havia 35 anos era o principal bombardeiro baseado nos porta-aviões da marinha. O A-6 era usado desde a Guerra do Vietnã, mas as disputas políticas e o orçamento apertado impediam que fosse substituído.

Pierce olhou pela janela esquerda e admirou a enorme asa que pairava atrás dele. Que belo avião! Sensível, potente e praticamente invisível, era o aparelho mais sofisticado que ele tinha pilotado na vida.

Consultando o computador de bordo, com o mapa topográfico, reduziu a imagem repetidas vezes, diminuindo o contorno do plano, e localizou a pista da qual acabava de decolar. Quatro minutos de vôo e já percorrera oitenta quilômetros.

Tornou a aumentar a abrangência do mapa, procurando o alvo: um "porta-aviões" num ponto remoto do deserto de Nevada, onde a marinha simulava pousos e decolagens no mar. O alvo era um retângulo de luzes brancas instaladas na pista e tinha as dimensões do convés de um porta-aviões. Também estava equipado com cabos de freagem e catapulta.

Localizou o alvo com facilidade. Estava pouco mais de 240 quilômetros ao norte.

O objetivo dessa última missão era simples: simular uma aterrissagem e uma decolagem em alto-mar, as duas manobras mais perigosas que os pilotos da marinha executavam regularmente. Tratava-se de pousar o A-100 na área delimitada pelas luzes brancas e, depois, tornar a decolar impulsionado pela catapulta. Se ele conseguisse fazer isso, o jato começaria a ser produzido imediatamente. E os almirantes que tratassem de lhe puxar o saco por toda a eternidade.

Pierce consultou uma vez mais a tela do computador e, a seguir, entrou pela primeira vez em contato com o Controle de Tráfego Aéreo do Porta-aviões:

— Aproximação, Tigre meia dois três.

Para limitar o número de observadores, o CTAP funcionaria como escolta e controle de vôo, a típica hierarquia encarregada de orientar o retorno de um jato no fim de um ciclo de operações. Os programas secretos exigiam aquele tipo de economia para garantir o sigilo.

— Como está a transmissão?

— Clara e alta, Tigre meia dois três — foi a lacônica resposta do CTAP.

Pierce notou a tensão na voz do operador. Caramba, os oficiais superiores deviam estar aglomerados ao redor do coitado, deixando-o nervoso como o diabo. O almirante Cowen, chefe de Operações Navais, William Harcourt, ministo da Marinha, e Jack Finnerty, presidente da GEA, a empresa responsável pela fabricação do A-100. Todos aqueles figurões no centro de comando, olhando fixamente para o "porta-aviões", aguardando que ele levasse com toda segurança aquele pedaço de *hardware* de 500 milhões de dólares para a pista estendida no meio do nada.

— Solicito autorização para aterrissar.

— Autorizado, Tigre meia dois três. Mas primeiro você pode fazer o favor de acender as luzes? Com todo esse equipamento anti-radar a bordo, é foda achar o seu maldito avião, e o pessoal aqui quer muito saber onde você está agora.

— Entendido. — O comandante Pierce acendeu as luzes. O A-100 começou a emitir uma pulsação nítida e constante, permitindo que o radar do CTAP o localizasse. Ele riu consigo. O equipamento anti-radar da aeronave era simplesmente uma maravilha. Os pilotos conseguiriam sobrevoar o centro das capitais inimigas, despejar quantas bombas quisessem e dar o fora antes que alguém se desse conta do que havia acontecido. — O meu TEC — calou-se um instante para consultar o computador — é 11 minutos e 22 segundos.

— Entendido, a gente se vê a quinze. — O CTAP estava solicitando mais uma checagem a quinze quilômetros.

— Certo — respondeu Pierce.

A quinze quilômetros de distância, voltou a entrar em contato, como pedira o CTAP. Pelo vidro da cabine, avistou o "porta-aviões" agora totalmente visível na escuridão, as pequeninas luzes brancas de aterrissagem a imitarem as dimensões do convés de um porta-aviões. Naquele ponto, a pista estava 1.500 metros mais abaixo e quinze quilômetros ao norte.

— Pronto para pousar.

Rapidamente, Pierce desceu trezentos metros, nivelou a aeronave e se alinhou à rota que o levaria à pista. Passados alguns instantes, diminuiu a velocidade para 350 nós e desceu para 240 metros.

Estando 1,5 quilômetro ao sul do "porta-aviões" e 180 metros acima da areia, corrigiu uma vez mais o curso e iniciou a prolongada etapa final. Agora o avião estava perfeitamente alinhado com as luzes que cortavam o centro da pista.

Pierce segurou o manche com firmeza. Uma aterrissagem não passava de uma queda controlada. E, independentemente de quantas o piloto tivesse executado, continuava sendo uma experiência de acabar com os nervos de qualquer um, principalmente com o destino da marinha nas mãos.

Momentos depois, ele se achava a oitocentos metros do alvo. Havia descido a noventa metros e diminuíra a velocidade a 150 nós. Muito mais devagar que poucos segundos antes, porém ainda a uma velocidade enorme para tentar deter um avião de vinte toneladas num espaço tão curto.

— Chame a bola — gritou pelo rádio o solitário oficial de segurança de pouso.

Pierce checou as luzes de dados: três verdes à esquerda, três à direita e um círculo amarelo no centro. Elas indicavam ao piloto se o ângulo de aproximação era aceitável para a aterrissagem.

— Bola! — tornou a gritar o OSP.

Pierce sorriu. O OSP estava sentindo o mesmo estresse do CTAP. Normalmente, não ficava tão ansioso.

— Aqui Tigre meia dois três, A-100 bola, seis vírgula cinco — disse tranqüilamente, sendo a última referência o peso do combustível do aparelho.

— Entendido, Tigre — respondeu o OSP com alívio. — Tudo em ordem.

Quatrocentos metros. Duzentos metros. No clarão das lâmpadas, Pierce mal conseguia distinguir os quatro cabos de contenção firmemente esticados, atravessando a pista. Cem metros. Era sempre estranho, ao pousar, ao se aproximar da terra, perceber a velocidade em que estava viajando. A 9 mil metros de altura, era impossível avaliar a velocidade, mesmo durante o dia, voando entre as nuvens.

As rodas tocaram o concreto, e Pierce, instantaneamente, deu aceleração máxima. Se, por um motivo qualquer, não acertasse os cabos de contenção, tornaria a decolar e tentaria uma nova aterrissagem. O contratante poderia considerar a missão um sucesso se ele conseguisse na segunda vez — contanto que as rodas descolassem do chão antes de passar por cima das luzes da extremidade norte da pista nessa tentativa.

Mas não havia motivo para preocupação. Pierce foi imediatamente jogado para a frente, contra os cintos de segurança. Pelos seus cálculos, devia ter sido o terceiro cabo que prendera o gancho de aterrissagem do avião. Ele se apressou em desacelerar.

Jack Finnerty, o presidente da General Engineering & Aerospace, finalmente soltou a respiração ao ver o A-100 taxiar e parar no porta-aviões simulado. Passou um bom tempo simplesmente olhando para a frente, enquanto o impacto do sucesso do vôo desfazia o terrível estresse que ele vivera nos últimos dois anos e meio. Estava quase chegando ao fim. O avião devia ser submetido a só mais um teste — uma decolagem com catapulta — e então poderiam iniciar a produção. Assim que o A-100 tivesse subido outra vez, ele telefonaria para os outros dando a boa notícia.

O comandante Pierce fez um sinal de positivo com o polegar quando o "macaco" de convés correu na direção do A-100. Faltava executar só mais uma tarefa para que o seu amo ficasse satisfeito.

* * *

Era quase meia noite quando a mulher entrou no carro de Phil Rhodes. Estava nervosa, olhava constantemente para os lados à procura de algo suspeito na ruazinha escura e deserta.

— Calma — disse ele, tentando tranqüilizá-la.

Ela achava aquele sotaque do Brooklyn simplesmente detestável.

— Não dá para ter calma. Eu não quero ser vista com você. Nunca. E este lugar é muito público. — Abriu e fechou o porta-luvas repetidas vezes, tentando descarregar a tensão. — Que aconteceu afinal?

Rhodes foi diretamente ao assunto.

— Eu preciso do nome do informante do senador Walker na Área 51.

A mulher começou a rir.

— Você enlouqueceu? — Sacudiu a cabeça. — Pode ir tirando o cavalo da chuva. Eu já disse: nada de informações específicas. Nada que possa me incriminar.

— Você recebeu a grana: dez mil dólares.

— É mesmo, e tudo em espécie para que não fosse rastreado — acrescentou ela. — Não confunda as coisas, eu aceitei o dinheiro porque estava precisando, mas não vou lhe dar o nome do informante de Walker em Nevada.

— Acho que você não entendeu bem. Vou repetir a pergunta...

— Não perca tempo — disse a moça com voz trêmula. — Você não vai arrancar nada de mim. — Abriu a porta. — Agora eu preciso ir. Vamos esquecer essa história.

Sem lhe dar tempo de sair, Rhodes estendeu o braço diante dela, tornou a fechar porta e jogou um envelope pardo em seu colo.

Assustada, ela olhou para baixo.

— Que é isso?

— Umas fotos. — Carter Webb estava coberto de razão, pensou Rhodes. Sempre havia um ponto fraco. Todo mundo tinha um segredo. Bastaram-lhe menos de 48 horas para descobrir os podres daquela mulher.

— Que fotos? — perguntou ela, apalpando o envelope com as mãos trêmulas. Sempre receara que aquele dia chegasse mas, nos últimos anos, tinha começado a acreditar que as fotografias haviam desaparecido definitivamente. Para sempre.

— Fotos suas. Suas e de outra garota fazendo umas coisas que o senador Walker e o resto do mundo com certeza vão gostar muito de ver. Tem de tudo, sadomasoquismo, bestialismo e até umas perversões que eu nem conhecia. Dá para satisfazer o gosto de qualquer um. — Rhodes nunca tinha feito algo assim e, mesmo sentindo uma ponta de culpa, prosseguiu. — Nunca imaginei uma coisa dessas, e olhe que eu pensava que já tinha visto de tudo neste mundo. Você devia estar precisando muito de dinheiro na época.

— Estava mesmo — disse a mulher já com lágrimas nos olhos. — Eu não tinha nada. Como você conseguiu essas fotografias?

— Eu consigo tudo.

Apertando o envelope com força, ela se pôs a chorar.

A chuva começou a bater de manso no pára-brisa, e o sentimento de culpa de Rhodes se evaporou. Sua meta era estabelecer um novo tipo de relação com Webb e não tinha dúvida de que agora isso seria possível. Entrar no jogo para valer. Pouco importava que fosse preciso recorrer à chantagem.

— Eu não vou mostrar essas fotografias para ninguém — mentiu. Estava pouco ligando para os sentimentos daquela coitada. Ela não significava nada para ele. E estava em suas mãos.

— Oh, sim, claro que não... — balbuciou a mulher com triste ironia, roendo as unhas. Como escapar à chantagem daquele crápula? Por que o dinheiro tinha tanta importância?

— Prometo não mostrá-las. Contanto que você me dê o nome do cara.

— É só isso que você quer?

— Só isso — tornou a mentir Rhodes. Estava ficando cada vez mais fácil.

— É o capitão Paul Nichols.

Ele repetiu mentalmente o nome para não esquecer. A mulher enxugou o rosto com o lenço.

— Posso ir embora? — perguntou.

— Eu quero ser informado de tudo o que acontecer de importante no gabinete do senador Walker. De tudo que tiver relação com o projeto A-100

— Quer dizer que isso não vai acabar nunca?

— Não. — Rhodes desviou a vista, mas logo voltou a encará-la. De uma hora para outra, ela se tornara sua prisioneira, e esse poder o inebriava. Tinha sido tão fácil quanto Webb previra. Bastara-lhe descobrir o seu momento de fraqueza e explorá-lo. — Pode ir agora. Eu entro em contato.

A moça abriu a porta do carro, saiu e desapareceu na noite.

CAPÍTULO 11

— OI — GRITOU JESSE, abrindo a porta da rua com a chave. — Eram cerca de dez da manhã; desde que passara a morar sozinha, sua mãe fazia questão de manter a porta trancada, muito embora a casa ficasse num bairro tranqüilo. — Mamãe, onde você está?

— Na cozinha, meu bem.

Jesse deixou a bolsa na mesa e foi para lá. Era seu aniversário e, mesmo sem ter muito que comemorar, abalada que estava com a morte de Neil Robinson, resolvera tirar folga aquele dia.

Deteve-se à porta ao ver o padre Francis McCord, o pároco da Igreja do Sagrado Coração de Glyndon, sentado à mesa com sua mãe.

— Oh, desculpe! Eu não queria interrompê-los.

— Ora, que tolice, menina — disse o sacerdote, levantando-se. — Sua mãe e eu só estávamos comentando o excelente trabalho que ela tem realizado na igreja. — Sorriu para a dona da casa. — Connie é uma defensora incansável da Sagrado Coração, e nós a adoramos. É uma verdadeira inspiração para todos.

A velha corou ao ouvir o elogio.

— Eu já estava de saída — acrescentou o religioso. — Obrigado pelo chá, Connie. Amanhã a gente se vê no bazar de caridade.

— Até amanhã, padre. — A mulher lhe beijou a mão enrugada e se benzeu duas vezes.

— Fique com Deus.

— Igualmente.

O padre McCord atravessou a cozinha e se aproximou de Jesse.

— Faz séculos que eu não a vejo. Como tem passado?

— Bem, obrigada, padre. — Ela examinou o colarinho branco e engomado do sacerdote, que contrastava com a camisa e o paletó pretos. Quantas vezes pensara em abrir o coração para aquele homem e revelar-lhe os acontecimentos fatídicos de uma noite perdida no passado. Mas sempre chegava à conclusão de que não convinha confiar nele. Era muito ligado a sua mãe e, padre ou não, sem dúvida ficaria numa situação difícil. Era melhor que continuasse sem saber de nada, por isso ela sempre acabava indo pedir conselho em outro lugar.

— Vá me visitar um dia desses.

— Vou, sim, padre — disse Jesse, sabendo que não iria.

— Bem, agora eu vou mesmo. Até logo — despediu-se McCord, fazendo uma pequena reverência para as duas.

Jesse esperou que ele desaparecesse no corredor, aproximou-se da mesa e enlaçou o corpo mirrado da mãe.

— E você, como vai?

— Muito bem, minha filha. Feliz aniversário. A minha caçula com 29 anos! Nem posso acreditar!

Jesse ouviu o padre bater a porta ao sair.

— Se você não acredita, imagine eu! Daqui a um ano vou estar com 30!

— Ora, que bobagem. Você está linda. Não tem do que reclamar. Quem me dera poder voltar aos 29!

Jesse soltou a mãe. Embora delicada e carinhosa, Connie tinha uma personalidade forte. Mesmo aos 68 anos, continuava ativa e contribuía com vários dias de trabalho na paróquia. Mas Jesse se preocupava por que ela morava sozinha, dedicada à única coisa que lhe restava na vida, as atividades na igreja.

— Como vão as coisas no Sagrado Coração, mamãe?

— Muito bem. Sabe, você devia arranjar tempo para visitar o padre McCord. Ele vive perguntando de você. E sempre nos amparou nos momentos difíceis. Não nos abandonou quando você tinha 16 anos e perdeu o pai. Nem na primavera passada, quando seu padrasto morreu. E me visita e me telefona quase com a mesma freqüência que você. — Connie sorriu com meiguice para a filha. — Não sei o que seria de mim sem vocês. O padre McCord é o meu rochedo de Gibraltar; e você, o meu anjo da guarda. Está sempre aqui quando eu preciso. Já os seus irmãos... — Interrompendo-se, levantou-se e foi para a pia.

— Eles também gostam muito de você.

A velha começou a lavar um prato.

— Eu sei que seus irmãos são ocupados, precisam cuidar da vida, mas podiam arranjar tempo para um pouco mais do que um telefonema por mês.

— Eles têm família, filhos. Você sabe como é. Criou nove.

Connie colocou o prato no escorredor e apanhou outro na pia.

— Você trabalha o dia inteiro e estuda à noite. Mas sempre arranja tempo para mim.

Jesse se sentou à mesa e, balançando a cabeça, lembrou-se da família reunida para jantar. Bons tempos aqueles, mesmo com a falta de dinheiro. Bons tempos pelo menos até a morte de seu pai.

— E Todd Colton, como vai? — perguntou a velha, referindo-se a um antigo colega de escola de Jesse.

Todd Colton era um velho amigo de colégio de Jesse.

— Acho que vai bem. Eu almocei com ele há alguns meses. Por quê?

— Sempre achei que vocês dois formavam um lindo casal. Ele é um rapaz muito bonito, e você também é linda. E pareciam se dar tão bem. Os dois solteiros. Não entendo por que nunca namoraram.

Jesse hesitou.

— A gente até tentou, mamãe. Não deu certo. Mas nós continuamos sendo bons amigos, só que não nos vemos com muita freqüência atualmente.

— Eu me lembro muito bem do modo como você olhava para aquele rapaz. Bem que podia ter se apaixonado por ele.

— Ora, mamãe, por favor...

— Ele agora está até mais bonito que no tempo do colégio — insistiu Connie.

Jesse ficou intrigada.

— Você o viu? Quando?

— Ele esteve aqui outro dia, só para me dar um abraço. Que moço educado.

— É verdade. — Jesse notou que a pintura do teto estava descascando. — E as finanças, mamãe, como vão?

— Tudo bem — respondeu Connie sem entusiasmo.

— Você sempre evita falar nisso — repreendeu Jesse com doçura. — Conte a verdade.

A mulher enxaguou o último prato e, arrastando os pés, foi até a mesa e sentou-se.

— Ainda tenho uma pequena reserva no banco. E continuo recebendo o cheque do seguro social e a pensão do seu pai.

Jesse a encarou com surpresa. Vivia perguntando sobre sua situação financeira, mas nunca obtinha resposta. Enfim conseguira uma informação.

— E de quanto é essa reserva?

— De uns dois mil dólares.

— Só isso? Mas o papai não deixou umas apólices de seguro?

— Sim, mas eu precisei do dinheiro para pagar a internação do Joe quando ele teve o infarto. Joe não tinha plano de saúde.

A simples menção do padrasto bastou para irritar Jesse. Joe Schuman nunca prestara para nada, exceto para gastar as economias que seu pai tinha passado a vida guardando.

— Mas, mamãe, você gastou o dinheiro do papai para pagar as contas do Joe?

— Não comece!

Jesse ficou ainda mais zangada.

— E a casa? Você mora aqui há uns 25 anos, ela já deve estar paga. Se precisar, pode hipotecá-la.

Connie pousou a mão no braço da filha.

— É incrível como essas coisas como roupas e aparelhos dentários custam caro. Seu pai e eu nunca conseguíamos vencer as despesas. A toda hora voltávamos a hipotecar a casa. Nem sei quantas vezes assinei aquela papelada

— E Joe não deixou *nada*?

— Não. — Connie sempre desejara que Joe e Jesse se dessem bem, mas isso nunca aconteceu. Agora que ele estava morto, já não havia possibilidade de reconciliação. — Eu não entendo por que você nunca quis dar uma chance a Joe. Ele era um bom homem, não o monstro que você julgava. Eu precisava de um companheiro. E não foi culpa dele o seu pai ter morrido.

Sentindo um nó no estômago, Jesse engoliu a seco e, uma vez mais, fez um esforço para calar a história que tanto queria revelar.

— Somando o seguro social e a pensão do papai, quanto você recebe?

— Oitocentos dólares por mês.

— E o telhado, já mandou consertar?

— Ainda não. Primeiro vêm a comida e as contas. Não quero mexer no dinheiro do banco, é para uma emergência. — Connie olhou para a filha com severidade. — Eu já lhe disse para não se preocupar com isso. É verdade que a situação não é das melhores. Mas não é problema seu.

Pois bem, o guarda-roupa de outono ficaria para uma outra vez. Jesse foi buscar a bolsa e tornou a se sentar diante da mãe.

— Que é isso? — perguntou a mãe com desconfiança.

Sem dizer uma palavra, Jesse tirou duzentos dólares da bolsa e os colocou na mesa.

— Guarde. Não dá para consertar o telhado, mas ajuda um pouco.

— Não posso aceitar, minha filha. Você já me deu dinheiro no mês passado, e eu jurei não aceitar mais.

— Vamos, pegue.

— Mas...

— Ande, mamãe — disse Jesse com firmeza.

Lentamente, Connie aproximou a mão enrugada do dinheiro.

— Eu não digo que você é o meu anjo da guarda?

O homem soltou uma longa baforada no escritório mal iluminado.

— O senhor fuma, comandante Pierce?

— Não, senhor.

— Quer beber alguma coisa? — Apontou para o bar a um canto da sala. — Sei que o senhor não bebe em serviço, mas há refrigerante na geladeira.

— Não, obrigado.

O homem deu mais uma tragada no Monte Cristo e ficou alguns instantes observando o piloto da marinha. Pierce estava à paisana, mas o corte de cabelo, o olhar duro e o porte rígido o denunciavam como militar.

— Agradeço muito que tenha se deslocado de Nevada até aqui. É uma viagem longa, eu sei, mas o senhor compreende, não se pode discutir esse assunto pelo telefone.

— Sem problemas. É uma viagem curta para os jatos que eu piloto. E, além disso, tenho outros assuntos a tratar em Washington.

— Ótimo. — O homem esfregou os lábios antes de continuar. — Nós temos um problema na Área 51.

— Que tipo de problema?

— Um que vai exigir muita habilidade sua e dos homens da sua unidade. Fui informado de que uma pessoa da Área 51 está passando informações altamente sigilosas sobre o A-100 para o senador Malcolm Walker. Informações que Walker vai usar para liquidar o projeto.

O comandante torceu o lábio superior num sorriso de desdém.

— A Marinha precisa do A-100, comandante Pierce. Nós *todos* precisamos dele.

— Eu sei.

— Nós formamos a sua unidade justamente para resolver problemas desse tipo. O senhor sabe perfeitamente o que fazer.

— Com certeza.

O homem sorriu.

— O senhor está defendendo o seu país, comandante. Está fazendo a coisa certa. E nem sempre se consegue a coisa certa pelas vias normais.

— Eu entendo — concordou Pierce com ar resoluto. — Qual é o nome do traidor?

— Capitão Paul Nichols. O senhor o conhece?

— Conheço. Não se preocupe, nós cuidamos dele.

— Ótimo. — O homem deu mais uma tragada. O problema fora detectado e seria resolvido num piscar de olhos.

Jesse fez um sinal para a recepcionista e saiu rapidamente do consultório para o corredor. Então, apoiando-se na parede, fechou os olhos e respirou fundo. O encontro inesperado com o padre McCord e a conversa com sua a mãe lhe tinham reavivado a memória. Graças a Deus que Becky a atendera com tanta presteza.

CAPÍTULO 12

MIDDLEBURG, no estado da Virgínia, a cerca de cinqüenta quilômetros do centro de Washington, orgulhava-se de reunir alguns dos imóveis mais sofisticados e caros do Leste. As belas mansões de pedra delimitadas por quilômetros de cercas brancas pontilhavam a pitoresca paisagem rural de colinas e campos exuberantes.

Middleburg também se gabava de ter alguns dos cavalos Thoroughbred mais caros do mundo. Muitos moradores desse enclave endinheirado se dedicavam à criação de puros-sangues, atividade impulsionada pelo Triple Crown, o Grande Prêmio Nacional, e pela venda de garanhões a preços estratosféricos a emires árabes. Essa gente residia em fazendas enormes, possuía inúmeros cavalos, passeava na cidade em antigos utilitários Volvo, ia às corridas de outono a bordo de Rolls-Royces e aguardava com muita ansiedade a chegada dos potros novos na primavera. Ninguém falava em dinheiro, ninguém o ostentava, mas todos o tinham de sobra. Era uma velha aristocracia.

Os trinta alqueires de Jack Finnerty ficavam bem no centro dessa rica extensão. Outrora, sua mansão colonial de seis quartos servia de casa de hóspedes da gigantesca fazenda Auchincloss, que agora fazia divisa com três lados da propriedade de Finnerty. Este a comprara quatro anos antes para marcar sua escolha ao cargo de presidente da General Engineering & Aerospace, um grande conglomerado da indústria bélica, cuja sede ficava no subúrbio de Falls Church, em Washington.

Na tarde ensolarada, David Mitchell olhou para o estábulo de Finnerty, onde o azul e o branco do cata-vento se agitavam no céu sem nuvens. Os estábulos cercados por um belíssimo gramado ficavam a uns duzentos metros da casa. Ele sacudiu a cabeça.

O lugar era tão lindo, quase surrealista. Mas será que valia a pena lidar com as pretensões e o esnobismo daquele tipo de vida? Riu consigo. Afinal, quem ele estava tentando enganar? Não era outra coisa que queria, por isso se dispunha a correr tanto risco. Aquilo era segurança financeira. Exatamente o que ele sempre almejara.

Seu rosto se contraiu. Caramba, a espera estava matando-o. O teste de vôo tinha sido marcado para o dia anterior, e Finnerty ficara de lhe telefonar de Nevada para dar a grande notícia: o teste do A-100 tinha sido um glorioso sucesso e agora bastava dar tempo ao tempo para que as ações da GEA saíssem do fundo do poço. Em breve David entraria na sala de Art Mohler e jogaria em sua velha escrivaninha o jornal com a reportagem sobre o A-100 e sua incrível repercussão nas ações da GEA.

Mas ele não recebeu nenhum telefonema de Nevada. Quem lhe telefonou foi a secretária de Finnerty, convidando-o para uma reunião em sua casa. Mau sinal. Uma reunião em vez de um simples telefonema. Talvez o teste não tivesse tido tanto sucesso assim. Um mar de dúvidas aumentou a angústia de David.

— Boa tarde, Mitchell — cumprimentou-o Finnerty, passando do escritório para a sala, os braços cruzados no peito.

David se deu conta de que raramente o via com os braços descruzados.

— Oi, Jack. — Ele sempre se dirigia a Finnerty pelo prenome, embora este sempre o chamasse pelo sobrenome. David imaginava que esse hábito de Finnerty, cultivado até com os sócios, devia-se a sua formação militar. — Desculpe tê-lo feito esperar. — Finnerty falava com voz precisa e nasalada, matizada por um forte sotaque da Nova Inglaterra. Tinha pele clara e cabelos ruivos muito rentes, que lhe denunciavam a origem irlandesa. Fuzileiro naval reformado, bem-sucedido no mundo empresarial, costumava falar em rápidos arranques, muito seguro nas observações e análises.

— Tudo bem — respondeu David num tom premeditadamente ressentido. Queria que Finnerty soubesse que o irritara por não ter telefonado de Nevada na véspera.

— E Wall Street, como vai? — perguntou o outro, apertandolhe a mão com firmeza.

David tratou de se desvencilhar o mais depressa possível. Detestava o empenho com que aquele sujeito sempre lhe estraçalhava os dedos, uma espécie de disputa de machos cujo objetivo era ver a dor estampada na cara do adversário.

— Eu já lhe expliquei, Jack, não tenho nada a ver com Wall Street. Só compro o que eles vendem.

Finerty inclinou a cabeça para o lado e sorriu como que a dizer, *estou me lixando para o que você explica ou deixa de explicar*.

— Que diferença faz quem compra ou quem vende? Para mim, é tudo dinheiro, e Wall Street é sinônimo disso, de dinheiro. — Fez uma pausa. — Eu não perco tempo com a fumaça nem com as miragens de Manhattan. O meu negócio é produzir material bélico para o governo. — Empinou o queixo. — E nisso eu me dou muito bem.

— Acontece que o mercado acionário pensa de outro modo — retrucou David com frieza, alheio à empáfia do empresário. — Quando eu convenci a Sagamore a investir nas ações que a GEA tinha jogado no mercado, elas valiam 25 dólares. Hoje de manhã, estavam cotadas a algo em torno de 21,50. Mas você garantiu que o negócio era seguro, você e aquele maldito padrinho que me arrumaram.

A pressão devia estar corroendo as entranhas do garoto, conjeturou Finnerty, do contrário ele não se atreveria a pegar tão pesado.

— Sabe, o mar não está para peixe na indústria de armamentos. Os cortes de verbas, o fim da Guerra Fria...

David notou o tom melancólico com que Finnerty se referiu ao fim da Guerra Fria, mas não estava interessado no saudosismo de um ex-fuzileiro fixado em destruir a União Soviética.

— Como foi a coisa ontem, Jack?

— Vamos dar uma volta, Mitchell. Não convém conversar aqui dentro. As paredes têm ouvidos.

O medo de Finnerty pelos aparelhos de escuta beirava a paranóia.

— Mas a CIA não faz varredura na fazenda todo santo dia? — perguntou David. Estava tentando controlar a impaciência, coisa que a cada minuto ficava mais difícil.

— Chega, Mitchell!

O tom de voz de Finnerty teve o efeito de uma descarga elétrica em David. Nunca o tinha ouvido falar de modo tão ameaçador.

— Está bem. — Apesar do frio na barriga, ele conseguiu aparentar calma.

Saindo pela larga porta da frente, os dois viraram à direita e atravessaram lentamente o bem cuidado gramado e se dirigiram aos estábulos.

David não agüentou mais esperar.

— Como foram as coisas no deserto ontem?

Detiveram-se à sombra de um enorme carvalho. Finnerty o encarou com ar muito sério.

— Mitchell, a aterrissagem foi perfeita. Mas a decolagem impulsionada pela catapulta... — calou-se um instante, baixou a cabeça. — Foi mais perfeita ainda! — E começou a rir, evidentemente adorando brincar com as emoções do outro. — O teste foi um grande sucesso, não podia ter sido melhor. E o bilhão de dólares que a Sagamore investiu foi essencial para o sucesso do A-100. A GEA não teria conseguido produzir o protótipo sem esse investimento. — Pôs a mão no ombro de David. — Eu sei que eles só faltaram queimar você vivo quando as ações despencaram, mas pode ficar descansado, a Sagamore vai ganhar uma fortuna com a transação.

— Quer dizer que o teste de vôo deu certo? — David mastigou as palavras com incredulidade. Foi como se, depois de dois anos e meio, tivessem lhe tirado o peso do mundo dos ombros.

— Exatamente.

— Sério? — ele tornou a perguntar, ainda sem se deixar convencer.

— Sério. E o mais espantoso é que, hoje em dia, neste mundo infestado de grampos e espiões, nós conseguimos manter o projeto em segredo durante dois anos e meio. Um programa secreto que continua secreto. É isso que me dá confiança. Se tivessem descoberto alguma coisa sobre o A-100, as ações da GEA teriam oscilado para todos os lados.

David mal conseguia ouvir o que o outro dizia. Num piscar de olhos, tinha passado do estresse à euforia. Mas uma coisa continuava incomodando-o.

— Por que não me telefonou ontem? Você ficou de telefonar.

Finnerty reiniciou a caminhada rumo aos estábulos. Tinha telefonado imediatamente para os outros, mas isso não precisava ser mencionado.

— Não consegui arranjar um telefone seguro. — Por esfarrapada que fosse, Mitchell que engolisse a desculpa.

— Mas eu pedi...

— Que diferença faz? Agora você já sabe.

Os dois pararam junto ao portão do *paddock*. Finnerty verificou se não havaia nenhum empregado por perto.

— O avião correspondeu a todas as especificações prototípicas. Podemos iniciar a produção imediatamente. — Descruzou momentaneamente os braços. — Cento e cinqüenta unidades anuais nos próximos sete anos. Um total de mais de mil, sem falar no contrato de manutenção. — Estava cochichando. — Quando forem divulgados os detalhes dos contratos, a comunidade financeira vai explodir. O A-100 significa uma injeção extra de 20 a 25 bilhões de dólares *por ano* no faturamento da GEA. Talvez mais.

David concordou com um gesto, mas não disse nada. Estava furioso com o fato de Finnerty lhe haver imposto um dia de agonia a mais. Que não havia encontrado nenhum telefone seguro, era uma mentira deslavada, e os dois sabiam disso.

— As ações da GEA vão subir à estratosfera — prosseguiu o empresário.

— Pelas minhas projeções, com o incremento do fluxo de caixa devido ao projeto A-100, em muito pouco tempo as ações vão disparar a cem dólares — observou David. Superariam muito os cinqüenta tão ansiosamente almejados por Art Mohler. — Enrugou a testa. — Isso significa que aquelas opções de compra que você e seus amigos reservaram para si há seis meses vão ficar valendo uma fortuna. — Aguardou a reação de Finnerty.

— Isso não é da sua conta. Não esqueça, Mitchell, você também tem as suas opções. Aquelas que eu consegui separar para você e pôr no nome de um laranja. Mesmo que não passem dos cinqüenta dólares cada, isso já o tornará uns dez milhões mais rico do que neste momento. Foi um ótimo negócio para você. — Uma lufada de vento ergueu a terra do *paddock*, Finnerty desviou o rosto. — Fico imaginando qual seria a reação dos chefões da

Sagamore se soubessem que uma das condições que você impôs, para investir na GEA, foi uma opção pessoal de compra. — Tornou a cruzar os braços. — É claro que ninguém vai ficar sabendo desse detalhe — acrescentou com um olhar sinistro. — Só eu.

Nervoso, David umedeceu a garganta. Havia negociado a opção de compra como uma espécie apólice de seguro, de gratificação pelo risco descomunal que impusera a si e à Sagamore.

— Aposto que eles também gostariam muito de saber do milhão de dólares que você desviou do *holding* da Sagamore, há dois anos e meio, para comprar o apoio daquele figurão, o seu padrinho — prosseguiu o outro. Estava na hora de começar a apertar David Mitchell, na hora de fazê-lo entender o labirinto em que tinha se embrenhado, do qual era impossível escapar. — E aposto que você deu um jeito muito criativo de escriturar essa grana. — Por isso Finnerty não telefonara de Nevada, por isso tinha preferido um encontro pessoal. Para a apertar um pouco o torniquete. Mitchell precisava saber que se tornara um refém. — Como foi que você justificou o pagamento do figurão, Mitchell, empréstimo a um fornecedor?

David engoliu a seco. Empréstimo a um fornecedor. Era justamente assim que ele tinha prestado contas do dinheiro desviado. Era espantosa a precisão de Finnerty.

— Vai usar os dividendos da sua cota particular de ações da GEA para restituir o que desviou do *holding* da Sagamore, não é?

David conteve o impulso de fazer que sim.

— Por que não? — continuou Finnerty. — Mesmo depois de restituir o desfalque, vai lhe sobrar uma tonelada de grana. *E* você não perderá o emprego. Aposto que o FBI também gostaria muito de ficar sabendo dessa história.

— Por que tanta hostilidade, Jack?

— Porque eu dispenso os seus comentários sobre os investimentos que minha equipe e eu fazemos.

— Foi apenas uma observação.

Finnerty estava pouco ligando para o fato de Mitchell saber das opções. A questão era bem outra. Tratava-se de um intrincado processo de iniciação. Exatamente como no corpo de fuzileiros, primeiro era preciso desmontar os recrutas para depois montá-los da maneira conveniente.

— Não esqueça, Mitchell, fui eu que o pus na jogada, e posso chutá-lo para fora quando bem entender. E também posso tornar tudo muito difícil para você.

Repentinamente, David sentiu o sangue ferver.

— E por acaso eu não posso fazer a mesma coisa com você? — Seria um péssimo negócio, mas ele não podia deixar aquele sujeito acreditar que podia manipulá-lo com tanta facilidade. — Se você me chutar para fora, o meu padrinho também se ferra. O FBI rastreará o dinheiro do *holding* e chegará a ele. Duvido que ele fique contente com isso.

Finnerty esboçou um sorriso. Mitchell nada tinha de fraco. Aliás, era justamente por isso que gostavam dele.

— Você acredita mesmo que o FBI vai chegar a ele no fim da trilha?

David não ligou para a observação.

— Eu posso fazer barulho suficiente para que a produção do A-100 seja suspensa por tempo indeterminado. Isso atrapalharia muito os seus planos, não é mesmo, Jack? Pode até levar a GEA à falência. A GEA precisava do A-100 para sobreviver. Não foi isso que você me disse no começo da história toda?

Finnerty não respondeu.

— Já imaginou se eu entregar tudo ao FBI? — prosseguiu David. — Puta merda, eles começariam a investigar em toda parte, desde a Casa Branca até o Congresso. Coisa que acabaria com o segredo das dotações por baixo do pano. A imprensa cairia matando. Seria um escândalo pior que Watergate e o caso O. J. somados. O país ficaria grudado à televisão para acompanhar os depoimentos. Já estou até vendo a sua cara Jack. Posso imaginá-lo sendo interrogado por uma comissão parlamentar de inquérito, frente a frente com um monte de senadores. — De súbito, David percebeu que aquele tormento não tinha acabado com a passagem do protótipo A-100 para a fase de produção. Estava apenas começando e o perseguiria o resto da vida.

— Cuidado com o que você pensa que sabe, David — murmurou Finnerty. Era a primeira vez que se dirigia a ele pelo prenome, coisa que o surpreendeu. — Nem sempre as coisas são o que parecem ser.

— Que diabo você quer dizer com isso, Jack?

O outro apontou para ele.

— Pense um pouco, garoto, quem sabe você descobre. Apesar desta conversa, eu o acho um cara esperto. Mas não se esqueça: há muita gente esperta neste mundo. Gente esperta e que está no ramo há muito mais tempo.

Tentando entender, David examinou o olhar intenso daquele velhote. Foi quando reparou na limusine que acabava de entrar na longa alameda de acesso à fazenda.

— Visita chegando? — perguntou apontando com o queixo para o automóvel.

Finnerty sacudiu a cabeça.

— Não, é para você. Não quero que volte a Baltimore de trem.

— Quanta gentileza!

— Você merece — respondeu Finnerty secamente. Os dois começaram a voltar para a casa.

A limusine contornou a entrada circular e parou em frente ao caminho de tijolo que levava à porta principal da mansão.

— Não se esqueça, Mitchell, você ainda tem de fazer um pagamento de 2 milhões de dólares. Um milhão na assinatura do contrato. Dois quando a produção se iniciasse. Foi o que ficou combinado. A produção vai começar, e é preciso quitar a segunda parcela com o seu padrinho, como você costuma chamá-lo.

— Eu vou pagar. Não se preocupe.

Quando os dois se aproximaram, um homem franzino saltou da limusine e se apressou a abrir a porta traseira.

— Eu só queria ter certeza de que... — Finnerty hesitou um pouco ao ver o motorista. — Ter a certeza de que você não esqueceu.

— Oh, claro que não. — David notou o modo estranho como Finnerty olhou para o motorista. — Eu não esqueci. — Entrou no carro sem se despedir.

Minutos depois a limusine saiu pelo portão e entrou na estrada à direita. Que diabo pretendia Finnerty ao dizer que as coisas nem sempre eram o que pareciam ser? David olhou para o espelho retrovisor e para os olhos do motorista.

— Aqui não tem nada para beber?

— As bebidas estão no armário embaixo do televisor — informou o homem, torcendo o corpo no banco para falar pela abertura da divisória de vidro.

— Obrigado. — Sem perda de tempo, ele se serviu de uma dose dupla de uísque com gelo e tomou um bom gole. Embora não gostasse de uísque, achou-o uma delícia.

Acomodando-se no banco de couro, bebeu mais e ficou observando a paisagem pelo vidro fumê. Como Finnerty o havia encontrado dois anos e meio antes? Aquela interrogação sempre o acompanhava, mas ele nunca chegou a perguntar, pois sabia que não receberia uma resposta direta.

— Aonde vamos? — perguntou o motorista, virando-se novamente para trás.

— A Baltimore — respondeu David em tom neutro.

— O senhor também é da Sagamore?

— Como? — Ele tornou a procurar os olhos do homem no retrovisor.

— Desculpe, eu pensei que o senhor fosse da mesma empresa que o outro cara.

— Que outro cara?

— Um que eu levei para Baltimore ontem à noite... quer dizer, ontem de madrugada. Já estava quase amanhecendo.

David se inclinou para frente.

— Como era o nome dele? — perguntou, tentando simular indiferença.

— Hum... Acho que era Mohler. Um caxias viciado em trabalho. Eram três da madrugada, e ele ainda voltou para o escritório.

David mal ouviu o resto da frase. Pelo que sabia, Mohler não conhecia Jack Finnerty. Acompanhou-o numa viagem de vistoria, dois anos e meio antes, quando a Sagamore estava estudando o investimento na GEA, mas Finnerty não participou da reunião daquele dia. Decerto Mohler estava preocupado com o investimento e devia ter entrado em contato Finnerty para discutir a estabilidade financeira da empresa. Inclusive era a atitude típica de um executivo ou até mesmo do presidente da investidora. Afinal, a Sagamore havia empatado 1 bilhão na GEA — uma participação de nada menos que 30%. Mas por que ele teria ido se encontrar com Finnerty na fazenda? A sede da GEA ficava bem perto de Baltimore. E por que às três da madrugada?

— Em que lugar de Baltimore o senhor vai ficar?

Finnerty tinha olhado para o motorista de modo esquisito, como se quisesse chamá-lo em particular para lhe dizer alguma coisa, mas tivesse mudado de idéia. Devia ter reconhecido o sujeito e temido que aquilo acontecesse.

— Senhor!

— Quê?

— Onde eu devo deixá-lo?

David vacilou, tentando se lembrar.

— No Stouffer Hotel, no centro.

— Pois não.

Nem sempre as coisas eram o que pareciam ser. David virou o copo quase de ponta-cabeça, engoliu de uma vez o que restava do uísque e serviu mais uma dose.

Elizabeth Gilman se levantou e, afastando-se da cabeceira da mesa, foi com passos graciosos para a tribuna. As centenas de convidados que lotavam o principal salão de baile do Stouffer Hotel a ovacionaram de pé. A Mesa-Redonda do Governador — um grupo formado por executivos, líderes políticos e proeminentes filantropos do Estado — a premiara com o título de Mulher do Ano de Maryland.

O governador foi ao seu encontro, tomou-lhe delicadamente a mão, cochichou-lhe qualquer coisa ao ouvido e, voltando-se para a platéia, pediu silêncio com um gesto. Pouco a pouco, o burburinho arrefeceu e todos voltaram a se sentar.

— Senhoras e senhores, eu peço um minuto de atenção antes de deixá-los com a Mulher no Ano. — Os *flashes* das câmeras pipocaram, documentando o evento que certamente apareceria na primeira página do *Baltimore Sun* do dia seguinte. — Elizabeth — a voz grave do político ecoou no salão —, você é um exemplo notável para todos nós. Administra um dos fundos de investimento mais bem-sucedidos do país e, para surpresa geral, ainda encontra tempo e energia para se dedicar às obras de caridade. Nós gostaríamos de reiterar a nossa mais profunda gratidão especificamente pela construção da nova ala do Hospital Infantil. E saibam, senhoras e senhores — ele se voltou novamente para a platéia —, que Elizabeth não se limitou a prover fundos para a construção. Também dedicou boa parte de seu tempo às crianças. Crianças sem família, sem ninguém que as ajude a enfrentar as provações pelas quais estão passando. Eu vi pessoalmente o sofrimento com que uma menina de cinco anos, sozinha num leito de hospital, tentava compreender o significado da palavra câncer e por que tinha de passar por mais uma cirurgia. E vi suas lágrimas se evaporarem quando esta mulher maravilhosa, que estava presente na ocasião, se sentou à cabeceira e lá ficou horas, tentando inspirar um pouco de esperança naquela criança. Só posso dizer que atitudes como essa são uma lição para todos. Ainda há muito por fazer, e nossa participação é decisiva. Senhoras e senhores, Elizabeth Gilman!

A platéia explodiu em novos aplausos. O governador recuou alguns passos, e Elizabeth se aproximou do microfone. Percorreu a platéia com humildade e gratidão no olhar. Acenou, pedindo que se sentassem, gesto que intensificou ainda mais a ovação.

Também de pé e aplaudindo, David olhava não para o palco, mas para a mesa ao lado, onde estava Art Mohler. Por que ele teria ido à fazenda de Jack Finnerty? Por que às três da madrugada? Por que não lhe contou nada? E Finnerty, por que não fez nenhum comentário a respeito? As perguntas não paravam de girar em sua mente. Ele olhou novamente para o palco, onde Elizabeth continuava agradecendo a manifestação de carinho do público. De um modo ou de outro, acabaria descobrindo a resposta.

CAPÍTULO 13

EMBORA TIVESSE apenas 29 anos de idade, Todd Colton já havia encomendado um epitáfio com os seguintes dizeres: *Aqui jaz um homem que encarou a vida*. Como ele mesmo explicava, era porque tinha chances enormes de passar desta para melhor e queria que seu epitáfio fosse interpretado como um fato real, não como uma tolice qualquer que *outra pessoa* resolvera gravar em seu túmulo. Imprudente e temerário, Todd tinha verdadeira alergia por ternos, gravatas e compromissos. A maioria dos fins de semana, investia-os em corrida de moto, pára-quedismo e caça submarina. Nos dias úteis, procurava custear esses passatempos com os honorários de detetive particular, sempre ocupado com numerosos casos indicados pelos amigos da polícia estadual de Maryland. Longe de ser pretensioso, era compreensivo e tinha bom coração. Vez por outra deixava de lado os esportes radicais, as aventuras de fim de semana, para se entregar a uma distração ainda mais perigosa: as mesas de vinte-e-um na cidade de Atlantic City.

O crupiê de gravata borboleta preta olhou para ele. Os crupiês queriam que as pessoas jogassem depressa, coisa que naturalmente favorecia as chances da casa: quanto mais jogadas fizessem, melhor para o cassino. Todd tomou um trago de *bourbon* com água e examinou tranqüilamente as cartas. Mesmo sabendo que o crupiê estava irritado, fingiu não ver seus dedos nervosos tamborilando no verde do feltro da mesa. Estava apostando quinhentos dólares e levaria o tempo que fosse necessário.

O crupiê virou um ás e o colocou em cima de suas cartas. As de Todd somavam quinze. Embora as probabilidades fossem razoáveis, era difícil ganhar da banca com apenas quinze pontos.

Mas, se pedisse outra carta, corria um risco enorme de ultrapassar os 21.

No fundo do salão, um caça-níquel disparou uma campainha estridente, mais irritante que uma unha raspando no quadro-negro.

— Mais uma carta, companheiro? — perguntou o crupiê.

Todd fez uma careta.

— Sim.

O crupiê sorriu, e os outros cinco jogadores sacudiram a cabeça. Péssima jogada.

Ele fixou o olhar nos dedos ágeis do empregado do cassino, que tirou rapidamente uma carta e a virou na mesa. O coração lhe saltou no peito. Um seis de paus! Vinte e um. Todd inclinou a cabeça e, ostentando um sorriso triunfante, anunciou:

— A minha sorte voltou. — Olhou para cima. — Agora eu quero ver quem me segura. — Os homens que dirigiam o cassino costumavam ficar no andar superior, vigiando pelo vidro espelhado para evitar que algum cliente jogasse em conluio com um crupiê. — A minha sorte voltou.

Ledo engano. O seis de paus era apenas uma trégua na longa série de derrotas que vinha amargando. Na rodada seguinte, ele apostou mil dólares — tudo que tinha — e beijou a lona quando o crupiê acrescentou um rei de copas ao oito de copas e ao cinco de espadas que já tinha em mãos. Foi a sua vez de triunfar.

— *Sífu* — disse senhor já idoso, de camiseta cinzenta e *jeans*, que estava apostando o seu cheque mensal do seguro social. — Hoje a banca está com o rabo virado para a lua.

— Eu já volto — Todd sorriu e bateu no ombro do velhote. — Você guarda o meu lugar, Charlie?

— Claro. — O velhote achou graça. Aquele rapaz era admirável. Por pior que fosse a situação, não perdia a linha. Ele presenciara a mesmíssima cena no fim de semana anterior. O garoto apostava alto, perdia rapidamente, mas ria do desastre.

Todd foi pelo comprido e ruidoso corredor que separava as mesas de vinte-e-um das de dados. Sabia a quem recorrer.

Harry Cavalão estava conferindo volantes num pequeno escritório do quarto andar do cassino. Grandalhão e calvo, tinha um forte sotaque da Filadélfia. Todd bateu na porta.

— Oi, Colton — disse o homem calmamente, tirando os olhos da papelada. — Não venha me dizer que já torrou os 5 mil!

— Acontece que... — Todd hesitou. Era constrangedor. — Eu os torrei.

— Você não aprende mesmo.

— Só preciso jogar mais uma mão para recuperar tudo.

Fazia anos que Harry se dedicava à agiotagem. Conhecia bem aquilo.

— É o que todo mundo diz.

— Você me arruma mais 5 mil? — perguntou Todd com impaciência. Queria voltar logo para a mesa.

— Colton, você já está devendo 25 mil. Os quinze adiantados em cima do seu carro e dez a descoberto. Será que vale a pena pegar mais cinco mil?

— Ah, não, Harry, sermão não!

— Mas você precisa começar a pagar essa dívida.

— Tudo bem.

— Eu não estou brincando.

— Eu sei. — Fazia quatro meses que o Cavalão dizia a mesma coisa.

Resignado, abriu a gaveta da escrivaninha, pegou um maço de notas novinhas de cem dólares e separou cinqüenta, depois as recontou. Ajeitou-as com cuidado e as entregou a Todd. Quanto este fez menção de pegá-las, Harry recolheu a mão.

— Eu vou tirar quinhentos dólares de juros pelo que você já nos deve. — Separou do maço cinco notas de cem e as colocou sobre os volantes na mesa. — O empréstimo é de 5 mil, mas só vou lhe dar 4.500. Vai querer mesmo assim?

Todd pegou o dinheiro e sorriu.

— Claro que vou. Daqui a uma hora eu devo estar de volta para pagar o que devo. Tudo. Já estou sentindo a sorte me fazendo cócegas. — Guardou o dinheiro no bolso da camisa, deu meia-volta e foi para o elevador.

Harry Cavalão voltou a se ocupar das apostas. Não era a sorte que estava fazendo cócegas em Colton. Era o diabo.

Pela janela do escritório, o capitão-aviador Paul Nichols observou os dois F-22 decolarem lado a lado. O sol intenso de Nevada reverberou na superfície esguia da fuselagem quando eles subiram velozmente ao céu do deserto. Um belo espetáculo. Nichols ficou olhando até que os jatos se transformassem em dois pontinhos pretos na imensidão azul, então se levantou e saiu ao corredor para ir ao lavatório.

— Capitão Nichols?

Ele parou, olhou para o sargento e para os dois soldados da Polícia da Aeronáutica que o acompanhavam

— Sim.

— Senhor, eu tenho ordens de prendê-lo imediatamente.

O capitão chegou a esboçar um protesto, mas logo compreendeu que era inútil.

Depois de passar horas trancafiado numa cela minúscula e sem janelas, foi posto clandestinamente no compartimento de carga de um C-130. Com os olhos vendados e as mãos presas às costas, ouviu o ruído familiar das hélices que começavam a girar e, quando o avião entrou em movimento e taxiou, afastando-se do hangar, teve de se firmar nos pés para não perder o equilíbrio.

— Você está me ouvindo? — gritaram em meio ao barulho ensurdecedor dos motores. O aparelho já estava ganhando velocidade na pista.

Nichols fez que sim imediatamente, queria se mostrar tão colaborador quanto possível. Já ouvira boatos sobre os pequenos destacamentos encarregados de proteger o sigilo das verbas secretas, mas não acreditava que existissem de fato. Agora já não tinha tanta certeza.

— Você passou informações sobre o projeto A-100 para o senador Malcolm Walker, não passou? — gritou a mesma voz.

Dessa vez o capitão não respondeu tão prontamente. Continuou com a cabeça inclinada para frente, a postura natural das pessoas vendadas.

A voz tornou a berrar, repetindo a pergunta.

Nichols fez lentamente que sim. Era inútil negar a acusação. Eles decerto tinham videoteipes de suas incursões aos arquivos. Caramba, como podia ter sido tão estúpido?

— De pé, capitão!

Como ele não reagiu de pronto, vários pares de mãos o agarraram, obrigando-o a se levantar, e o arrastaram no chão do compartimento de carga. Ele virou a cabeça para os lados.

— Ei, que vocês estão fazendo? — gritou.

Não houve resposta.

De repente, percebendo o que ia acontecer, Nichols se pôs a espernear e se contorcer no esforço desesperado de se desvencilhar dos que o seguravam, mas foi em vão. Eles simplesmente o carregaram e o levaram para a porta.

— Pense duas vezes da próxima vez em que for vender informações, seu filho da puta!

O avião continuava subindo, e o capitão sentiu o vento forte no rosto.

— Não, não façam isso, por favor, isso não! — implorou aos berros.

Ficaram mais alguns instantes assim, segurando-o à porta da morte, aguardando que a aeronave chegasse à altitude conveniente. Então, quando estavam a dez mil pés, jogaram-no para fora com um empurrão.

Rodopiando e se contorcendo na tentativa estéril de livrar as mãos, ele se precipitou no céu noturno. O comandante Pierce ia acompanhando de perto o capitão Nichols durante a queda, observando com indiferença a sua luta inútil. Os militares que traíam o código que haviam jurado e punham em risco a segurança nacional tinham de ser punidos com o máximo rigor. Tais casos não admitiam alternativa, a retribuição devia ser rápida e severa.

O capitão Nichols compreendeu que lhe restava pouquíssimo tempo de vida. Saltara muitas várias vezes de pára-quedas, tinha noção de altitude. Devia estar a 5 mil pés no máximo, provavelmente a quatro ou mesmo a três. Completamente cego, começou a gritar enquanto caía a uma velocidade letal. De um momento para outro, passaria da vida para a morte. E nunca saberia onde teria se espatifado. Talvez fosse melhor assim. De súbito, começou a sentir espasmos convulsos. O fim devia estar perto.

O comandante Pierce consultou uma vez mais o altímetro e apontou o controle remoto para o corpo que despencava a centenas de metros de distância, delineado pela luz intermitente do pára-quedas ultraleve que haviam colocado à força no capitão durante a luta no C-130. Apertou o botão e, a seguir, puxou a corda de seu próprio pára-quedas.

Nichols sentiu a força de gravidade estirar-lhe o corpo todo quando o pára-quedas se abriu subitamente, atendendo ao controle remoto do comandante. As cordas se estiraram, fazendo com que seu corpo oscilasse até quase ficar de ponta-cabeça; mas logo se estabilizou confortavelmente sob o pára-quedas e foi descendo suavemente até o solo do deserto.

Ele ficou muito tempo estendido na areia, debaixo do pára-quedas, soluçando; depois sentiu puxarem a seda que o cobria. Alguém acabava de se ajoelhar ao seu lado.

— Até o fim da vida, você vai guardar em segredo absoluto o que aconteceu hoje. Vai cumprir seis meses de prisão e, depois disso, será expulso das forças armadas com desonra. E aceitará a punição sem questionar. Qualquer tentativa sua de alterar o curso dos acontecimentos significa que, da próxima vez, o pára-quedas não vai se abrir. Entendeu bem, capitão Nichols? — disse calmamente o comandante Pierce.

Nichols ergueu lentamente a cabeça.

— Sim... — balbuciou. E então, perdendo os sentidos, deixou-a tombar na areia.

Duas horas depois, quando começava a amanhecer no deserto de Nevada, o capitão Nichols chegou à base. Não apresentava nenhum dano físico, mas seu sistema nervoso nunca mais voltaria a ser o mesmo.

Pierce abriu um sorriso de satisfação ao ver seus homens jogarem-no numa cela. O informante de Malcolm Walker estava definitivamente neutralizado.

CAPÍTULO 14

JESSE FICOU OBSERVANDO enquanto Todd salgava a batata frita. Ele era alto, robusto, e tinha o rosto expressivo e moreno emoldurado por longos cabelos castanhos. Um rosto que, embora não chegasse a ser capa da *Gentleman's Quarterly*, a encantava. Talvez fosse o magnetismo de sua personalidade extrovertida, o carinho com que a tratava, o sorriso fácil e oblíquo e o modo como olhava para ela. E que olhos aqueles! Mudavam de cor dependendo do dia, umas vezes eram muito azuis, quase metálicos, outras ganhavam um tom verde-esmeralda. Jesse os fitou, pensando nas possibilidades, mas logo desviou a vista. Não era possível. Pelo menos na opinião obstinada de Becky.

— É bom ver você, Jess. — Todd nunca pronunciava o *e* final de seu nome.

— Também acho bom ver você.

— Sua mãe contou que eu estive lá na semana passada?

Ela se lembrou instantaneamente da visita que fizera à mãe, do inesperado encontro com o padre McCord e da discussão sobre os problemas financeiros, coisas que lhe trouxeram o padrasto à memória.

— Tudo bem com você, Jess? — Talvez fosse só impressão, mas ela parecia tão perturbada, tão ausente.

Jesse fez que sim.

— Contou. Achei simpático você ter se lembrado de visitá-la.

Ele riu.

— É, eu sou um príncipe, não acha?

— É mesmo. E você como vai? — Jesse conhecia perfeitamente os perigosos *hobbies* do amigo de infância.

— Muito bem. Quer dizer, há uns quinze ou vinte dias, eu saltei do Cessna de um amigo, e o pára-quedas só abriu a trezentos metros do solo. Acabei caindo num pinheiro, torci o tornozelo e ainda atropelei um pica-pau, que não gostou nada do encontro. Mas, fora o tornozelo, que ainda dói um pouco, está tudo na mais perfeita ordem. — Seu sorriso tendia invariavelmente mais para um lado que para o outro. — E você, Jess? Está se dando bem na vida?

Ela também sabia que Todd era incapaz de um compromisso. Mesmo assim, apesar dos tantos anos passados, continuava se sentindo perigosamente atraída pelo seu sorriso, embora não pudesse confessá-lo. Talvez ele tentasse reavivar uma chama precariamente sufocada, o que seria um desastre. O delicadíssimo equilíbrio emocional de Jesse se desestabilizaria de vez, e tudo voltaria à tona.

— Jess?

Todd havia ficado ao seu lado naquela noite, doze anos antes. Ela achava injusto excluí-lo simplesmente porque a ajudara, porque fora o único a socorrê-la, porque a tomara nos braços e lhe enxugara as lágrimas. Mas Becky jurava que tinha de ser assim, que ele nunca poderia passar disso, de um amigo. Caso Jesse quisesse manter a hostilidade sob controle. Caso quisesse que sua mãe nunca descobrisse o que tinha acontecido. O contato excessivo com o passado traria tudo de volta, dizia Becky com insistência. E Todd era uma parte importante do passado. Daquela noite fatídica.

Jesse fez uma careta. Becky ficaria contrariada se soubesse que ela havia pedido uma vez mais a ajuda de Todd, coisa que os levaria a se encontrarem com certa freqüência. Mas não havia saída. Como de costume, ele era a única pessoa a quem podia recorrer.

— Conte o que está acontecendo aí dentro, Jess.

Só então ela se deu conta de que Todd estava tentando lhe chamar a atenção.

— Como?

— Onde você está?

— Desculpe. Eu estava pensando numas coisas que preciso fazer no trabalho.

— Pois eu acho que você ficou perturbada por me rever.

Ela sacudiu a cabeça. Não queria lhe dar motivo para pressioná-la. Ou queria? Teria sido por isso que telefonara para ele?

— Bom, eu pensei que essa fase já estivesse superada. — Todd colocou várias fritas na boca e sorriu enquanto as mastigava. — Toda vez que a gente se encontra é a mesma coisa. E olhe que isso não acontece com freqüência. É claro que você vai ficar brava comigo. Mas, puxa vida, até quando vai ser assim?

— Do que você está falando afinal?

— Nós podíamos começar a sair juntos. — Todd alargou o sorriso ao vê-la sacudir automaticamente a cabeça. — Está vendo? É o que eu digo. — Apontou para ela. — Sempre que a gente se encontra, eu peço a mesma coisa, e a resposta é não.

— Pare, Todd.

— O grande problema é que você deu de sair com esses panacas de terno e gravata. Pensa que eles são a resposta, mas está redondamente enganada.

Jesse desviou a vista sem responder.

— Largue esses banqueiros chatos, Jess. Não é disso que você precisa, de um cara que passa o dia sentado diante de um computador, digitando números inúteis.

— Pare, Todd! — De repente, Jesse percebeu que havia chamado a atenção dos outros clientes.

— Qual é o problema? — Ele continuava sorrindo, adorava provocá-la.

— Eu telefonei porque estou precisando de ajuda.

— E eu estou aqui, ao seu dispor, pronto para pular do edifício mais alto da cidade para salvá-la.

— Não brinque. — Jesse entrelaçou os dedos na mesa. Talvez tivesse sido um erro procurá-lo.

Todd notou que sua irritação estava chegando ao limite.

— Desculpe. É que eu fico meio pirado quando vejo você. Não é novidade.

Ela dissimulou o sorriso. Sempre acabava vencida. Por mais que se esforçasse, não conseguia se zangar com ele.

Todd sorriu com malícia.

— Vamos, Jess, conte quem é o seu namorado.

— Pare. — O sorriso tornou a lhe aflorar nos lábios, ela teve de reprimi-lo, não podia lhe dar esse prazer.

— Quem é o seu amor?

— Pare!

— Quem é o seu amigo e companheiro para o que der e vier?

Foi impossível resistir.

— É você — admitiu ela, tentando ocultar o sorriso

— Seria tão mais simples se você reconhecesse que também fica maluca quando me vê, mas eu sei que às vezes tem dificuldade para falar.

— Como assim?

Ele franziu o nariz como fazia toda vez que estava pensando seriamente numa coisa.

— Você é muito contida.

— Não sou!

— É sim. — Era tanta a sua convicção que não tinha sentido protestar. — Mas talvez tenha motivo para isso.

Todd a conhecia bem.

— Eu tento não ser.

Ele se serviu de mais batata.

— Pois devia passar mais tempo comigo. Ia aprender a se soltar.

— Quanto a isso, eu não tenho dúvida.

— Como assim? Que você está querendo dizer?

— Nada.

Todd passou alguns segundos fitando-a em silêncio, não valeria a pena insistir mais um pouco? Tinha vislumbrado uma abertura, um leve sinal de que Jesse talvez estivesse disposta a lhe dar uma chance. Mas podia ser um engano.

— Que eu posso fazer por você? — perguntou, assumindo pela primeira vez uma expressão mais séria. — Queria muito acreditar que você telefonou porque estava com saudade, mas vejo que não é o caso. Infelizmente. Tive a impressão de que estava um pouco nervosa.

Jesse recordou as últimas palavras do memorando de Robinson. *Não confie em ninguém*. Mas era impossível. Não podia agir sozinha. Precisava de ajuda, e Todd, por irresponsável e descuidado que fosse, era a pessoa mais confiável que ela conhecia neste mundo.

— Talvez seja perigoso.

Ele sorriu.

— Olhe só... Eu já estou tremendo de medo.

— É sério. E envolve gente muito poderosa.

Todd concordou com um gesto. Jesse não tinha o hábito de exagerar, o assunto devia ser mesmo grave.

— O que você acha de a gente dar uma volta depois do almoço?

— Tudo bem.

Terminaram de comer, pagaram a conta e saíram. Cinco minutos depois, estavam num prolongamento do píer de observação do porto de Baltimore.

Todd se debruçou na amurada.

— E então, qual é o problema?

Jesse se juntou mais. Tinha a impressão de que o homem sentado num banco próximo estava interessado neles.

— O meu chefe, Neil Robinson, morreu de ataque cardíaco no saguão do Grand Hyatt há alguns dias — disse com voz pausada. — No dia seguinte, eu recebi um *e-mail* dele pedindo ajuda na investigação de uma trama. Na mensagem, Neil dizia que havia deixado um dossiê em sua casa de campo e me pedia que fosse buscá-lo.

— Você foi?

— Fui.

— Do que se tratava?

Jesse tornou a olhar para o homem, mas, aparentemente, ele já não estava prestando atenção.

— Das últimas declarações de renda de Elbridge Coleman. Também havia umas anotações de Neil com base numa conversa dele com uma pessoa não identificada. Ao que parece, Neil desconfiava que havia algo errado na campanha de Coleman.

Todd ergueu uma sobrancelha. A disputa por uma vaga no Senado. Podia ser coisa interessante.

— Qual era a desconfiança dele?

— De que Coleman não passa de um laranja. Está sendo financiado por gente interessada em se livrar do senador cuja vaga ele está disputando.

— Malcolm Walker.

— Exatamente.

— E por que querem se livrar dele?

— Segundo Neil, Walker tem criticado muito o orçamento militar. Querem derrotá-lo porque, desde que foi eleito, há seis anos, ele declarou guerra ao Ministério da Defesa.

— Declarar guerra ao Ministério da Defesa. Não deixa de ser um modo interessante de apresentar a coisa.

Jesse sorriu.

— Imagino que sim. Em todo caso, ele se transformou num verdadeiro defensor do corte no orçamento, e parece que já convenceu muita gente. As anotações dizem que tanto Neil quanto uma fonte com quem ele conversou acreditam que Coleman está sendo financiado por gente ligada à indústria bélica. Gente interessada em incrementar o orçamento.

— E ele dá alguma pista de quem são esses caras?

— Não.

— Não há nada no dossiê?

— Não.

— Ora! Então é só isso que você tem? Umas declarações de imposto e as anotações do seu chefe?

— É.

— Jess, com todo respeito, esse seu chefe não era meio pirado, não? Mesmo que só um pouquinho assim? — Todd aproximou o polegar do indicador. — Olhe, tem gente que adora levantar suspeitas, mas, em 90% dos casos ou até mais, acaba quebrando a cara. Acredite em mim. No meu ramo, eu vejo isso acontecer o tempo todo. Sei que você está chateada com a morte dele, mas acho melhor esquecer esse assunto.

— Eu concordaria com você se não fosse... — Ela hesitou.

— Se não fosse o quê?

— Um cara que apareceu no chalé de Neil, à beira do Severn, na noite em que eu fui buscar o dossiê. Acho que também o estava procurando. E ele não foi nada amigável comigo.

— Como assim?

— O cara me perseguiu no bosque e atirou no pára-brisa do meu carro.

— Meu Deus, você se machucou?

— Só uns arranhões no braço. — Ela ergueu a manga da blusa.

— Ele conseguiu anotar o número da sua chapa? — perguntou Todd já bem mais preocupado do que antes.

— Acho que não. O farol estava alto e, logo que passei por ele, eu apaguei as lanternas.

— Você comunicou o fato a um superior ou deu parte à polícia?

— Não. A verdade é que eu não tinha nada de concreto para contar. E também fiquei com medo de que me identificassem pelo boletim de ocorrência.

Todd balançou a cabeça, concordando.

— Você já mandou consertar o carro?

— Ainda não. Fiquei com medo. Eles podiam investigar por aí também. Sara Adams, uma agente fiscal da repartição, mora perto de casa e está me dando carona.

— Eu a conheço. Você nos apresentou no ano passado, lembra? Quando fui visitá-la no escritório.

— Ah, é verdade.

— Ela é simpática e parece ser muito amiga sua, não?

Fazia seis anos que Jesse e Sara se conheciam.

— Muito.

— Bom, você fez muito bem em não mandar consertar o carro. Com certeza, pagaria a conta com o cartão de crédito, e eles devem estar rastreando as operações bancárias de todas oficinas. Sabe de uma coisa? Eu vou alugar um carro em meu nome e deixá-lo com você por enquanto.

— Obrigada. Vai facilitar bastante a minha vida. Mas é claro que eu pago a despesa.

Todd fez um gesto de desdém, não era isso que o preocupava.

— E a mensagem eletrônica? Eles têm como chegar a você através dela?

— Eu conversei com uma pessoa do escritório. Do setor de informática. Eu já tinha limpado a memória do meu computador, e ele checou o sistema operacional da repartição e não encontrou nenhum registro de que Neil me tenha enviado um *e-mail*. Não sei o que ele fez para não deixar vestígios, mas o fato é que conseguiu. Também não tirei cópia, de modo que a memória da impressora está limpa.

Uma gaivota pousou no parapeito, a poucos metros dos dois. Todd ficou observando-a alisar as penas com o bico.

— Você desconfia de que não foi de ataque cardíaco que seu chefe morreu, certo?

Jesse vacilou um instante.

— É esquisito. Eu conversei com a garçonete que serviu a mesa dele naquela noite no Hyatt. Neil estava tomando um drinque com um sujeito. A moça não se lembra de muita coisa, mas tem certeza de que o homem não fez absolutamente nada para socorrê-lo. Quando a ambulância chegou, perguntaram se ele estava acompanhado e a moça respondeu que sim, mas o cara tinha sumido. Não é estranho?

— Muito estranho. Você chegou a dar uma olhada na agenda dele? Ele devia ter uma no escritório. Pode ser que tenha anotado alguma coisa.

— É outro mistério. Estiveram no escritório de Neil, logo depois da sua morte, e sumiram com um monte de coisas.

— É mesmo? O que por exemplo?

— A agenda, o *hardware* do computador, os disquetes, alguns arquivos, enfim, muita coisa mesmo.

— E você tem idéia de quem foi?

— Não. Por volta das nove e meia da manhã, uns homens apareceram lá para trocar a escrivaninha. A secretária de Neil acha que foram eles, porque, mais tarde, foi averiguar no almoxarifado e soube que não havia nenhum pedido de troca da escrivaninha. E deu pela falta das coisas lá pelas dez, logo depois que eles saíram. A coitada ainda nem sabia da morte de Neil. Achou que ele simplesmente fosse chegar atrasado.

— E ela denunciou o roubo?

— Falou com a polícia, mas até agora não descobriram nada.

— E o mais provável é que não descubram nunca.

O som estridente de um apito sacudiu o píer quando um rebocador passou, levando um navio enorme para o alto-mar.

— Mais alguma coisa que você queira me contar?

Jesse ficou com os olhos perdidos no barco. Respirou fundo a maresia.

— Você vai me achar paranóica.

— Não, não vou, não. Essa história tem coincidências demais e muita coisa mal explicada. Você faz bem em tomar cuidado.

— No outro dia, na manhã seguinte à perseguição no chalé de Neil, eu fui buscar um documento no arquivo geral. Era coisa antiga, já não estava no computador. E, quando voltei, dei com um cara saindo do meu escritório. Um desconhecido.

— E?

— Ele me disse que estava procurando Sara. Só que depois, quando eu lhe perguntei de quem se tratava, Sara não tinha a menor idéia do que eu estava falando, ninguém a havia visitado. Só que o tal homem estava com crachá de visitante, de modo que eu imaginei que o pessoal da portaria tivesse falado com Sara antes de autorizá-lo a subir. Eles sempre fazem isso. As normas de segurança são muito rígidas desde que puseram aquela bomba em Oklahoma.

— Você falou com os seguranças?

Jesse fez que sim.

— Não há registro de ninguém que tenha subido para falar com Sara naquele horário.

— Pelo jeito, esse cara tem acesso aos edifícios públicos — observou Todd. — Não havia nome no crachá? No do sujeito que você viu saindo da sua sala.

— Não me lembro.

— Pode parecer loucura, mas você acha que Sara está envolvida com essa história?

Jesse olhou para a gaivota que agora se afastava no parapeito. Sara andava fazendo tantas perguntas ultimamente, e ficou sem jeito quando Jesse quis saber quem era o homem que supostamente a tinha visitado aquele dia. Mas a idéia era simplesmente absurda.

— Não.

— O cara, na sua sala, teve alguma atitude suspeita?

— Não sei. Nós quase colidimos na porta. Quando eu entrei, ele vinha saindo.

— Não era o mesmo que a perseguiu no chalé? Você conseguiu ver a cara dele aquela noite?

— Só de relance. Estava de boné, mas tenho certeza de que ele não tinha barba. Mas o homem que entrou no meu escritório tinha.

Todd encostou os quadris no parapeito.

— Nada mais fácil do que pôr uma barba postiça.

— Legal. Eu estou me sentindo bem melhor depois de ouvir isso.

— Desculpe — disse ele, abrandando a voz. — Escute, se fosse a mesma pessoa, ele já teria feito alguma coisa contra você, mas não fez. Além disso, como ia encontrá-la se não viu a chapa do carro e se você não o mandou para o conserto?

Pensativa, Jesse prendeu uma mecha loira atrás da orelha.

— Sei lá.

Os dois ficaram algum tempo em silêncio, observando as embarcações que transitavam na enseada.

— Eu gosto do seu cabelo assim.

— Quê? — Ela o fitou nos olhos.

— Só me lembro de você com o cabelo preso. Ele fica lindo assim, solto. Faz tempo que mudou o penteado?

— Hum-hum — mentiu Jesse, não queria que Todd soubesse que era a primeira vez em anos.

— A propósito, feliz aniversário atrasado. Eu comprei um presente para você, mas esqueci de trazê-lo.

— Pois sim! — disse ela, empurrando-o de leve com o cotovelo. — Isso você diz todo ano. E até hoje eu não recebi nenhum presente.

— É verdade, eu comprei mesmo.

— Oh, droga! — exclamou Jesse subitamente alarmada.

— Que houve?

— Eu esqueci completamente. Tenho um encontro às duas horas. — Consultou o relógio. — E já são quase cinco para as duas.

— Quer dizer que eu já estou conseguindo fazer com que você perca a hora? — riu Todd. — Depois de tantos anos, não deixa de ser um progresso.

— Vamos — pediu ela, afastando-se com pressa.

Minutos depois, eles viraram a esquina da rua do prédio da Receita. Quando estavam se aproximando na entrada principal, Jesse diminuiu o passo.

— Oi! — gritou David, afastando-se da limusine preta em que estava encostado. Ao se aproximar reparou na surpresa de Jesse. Sorriu — Ah, já sei: eu fiquei de vir buscá-la, mas acho que não disse que carro você devia esperar. — Olhou de relance para Todd e tornou a se voltar para ela. — Você está linda. Fica muito bem com o cabelo solto.

Antes que Jesse tivesse tempo de articular uma palavra, David lhe segurou a mão e a beijou no rosto.

— Obrigada — ela murmurou, olhando para Todd.

Este recuou um passo e estendeu a mão.

— Prazer. Todd Colton.

Os dois fizeram um rápido movimento de cabeça enquanto se cumprimentavam.

— E então? — David se voltou novamente para Jesse. — Pronta para passar a tarde na Sagamore?

— Claro que sim. Mas você me daria um minuto?

— Pois não. — Compreendendo de imediato, ele voltou para a limusine.

Todd assobiou baixinho.

— Uau! Quer dizer que agora é assim que você passa as tardes? Passeando de limusine? Até que esses banqueiros não são tão chatos quanto eu imaginava. Não admira que você não quisesse perder esse encontro.

— Pare com isso. David trabalha na Sagamore, uma grande corretora de Towson. Um dia desses, eu fiquei conhecendo a diretora da empresa na faculdade, e ela me convidou para fazer uma visita. Pode vir ser uma ótima opção quando eu me formar. Só isso. — Jesse fez uma pausa. — Como se eu tivesse de lhe dar satisfações.

— Para você, pode ser que seja *só isso* — Todd fez um gesto na direção de David. — Para ele, nem tanto.

— Do que você está falando?

— Se existe uma coisa que eu conheço de longe, Jess, é um garanhão farejador. E, pelo jeito, esse aí está enlouquecido com o que farejou em você.

— Fale baixo! — Jesse olhou para David e sorriu, como que avisando que tardaria só mais um instante. Voltou-se para Todd. — Eu mal o conheço. Nós só conversamos uma vez naquela noite na faculdade. E não está rolando absolutamente nada. Diga — ela lhe segurou a mão —, você vai me ajudar?

Todd a encarou alguns instantes, como que tentando avaliar se havia alguma coisa entre ela e David ou não.

— Vou, mas a gente ainda vai precisar negociar os meus honorários.

— Seus honorários?

— É claro. Ainda existe quem trabalhe para viver. Ainda existe quem não tem condições de bancar uma limusine.

— Chega! — Jesse ergueu as mãos. — Mais tarde eu telefono — disse por cima do ombro; sacudiu a cabeça ao se instalar no banco de couro da limusine. Então aquele cara-de-pau pretendia cobrar honorários!

Todd ficou observando o automóvel se afastar. A única coisa que pretendia cobrar de Jesse Hayes era um pouco de seu tempo. Mas seria o máximo possível.

— Já tinha andado de limusine? — perguntou David sentado no banco em frente ao de Jesse.

— Não — respondeu ela bruscamente, ainda irritada com Todd. Não existia nada mais frágil do que o ego masculino. Pensando bem, era a primeira vez que o via com ciúmes. Jesse sorriu. Um pouco de ciúme não fazia mal a ninguém.

— Oi! — Notando a presença de Jesse e David à porta de seu escritório, Elizabeth Gilman se levantou da cadeira de estofamento estampado e contornou a escrivaninha escura.

— Lembra-se de Jesse Hayes, Elizabeth? — David estava bancando o anfitrião por ora.

— Claro que me lembro — sorriu ela, segurando-lhe a mão e conduzindo-a ao enorme espaço em que recebia visitas na extremidade do escritório. — E então, gostou de passar a tarde conosco?

— Adorei. — Jesse se sentou num confortável sofá enquanto Elizabeth e David se acomodavam nas poltronas. — Foi muita gentileza me convidar. — Olhou para a janela, que descortinava uma paisagem impressionante, e para as belas peças e quadros antigos que decoravam a sala. Era escandaloso o contraste entre aquele ambiente suntuoso e o cubículo cinzento em que ela trabalhava na repartição pública.

— Ora. Eu gosto de convidar as pessoas nas quais pressinto um grande potencial. Seu professor me falou em você antes da palestra, e me bastou ouvir seus comentários sobre o mercado para saber que ele tinha razão. Eu me deixo levar pela primeira impressão *tanto* no que se refere às ações *quanto* às pessoas.

David riu educadamente.

— Isso para mim é novidade, Elizabeth. Eu não conheço ninguém que saiba tantos detalhes sobre as empresas. E basta dar uma olhada nos seus arquivos para ver que você pesquisa muito antes de fazer um investimento.

Elizabeth piscou para Jesse.

— Ele só está dizendo isso porque eu sou a diretora.

Desta vez foi Jesse quem riu.

— Eu até concordo, mas ele tem toda razão quanto ao seu banco de dados. É impressionante.

A mulher ficou algum tempo olhando para ela em silêncio. Por fim disse:

— Eu vejo muito de mim em você.

Constrangida com a observação tão direta, Jesse olhou para o chão. Elizabeth percebeu seu desconforto.

— Desculpe, acho que estou sendo indiscreta. Voltar a ser jovem. O que eu não daria por isso! Bom, vamos mudar de assunto. Conte-me com quem você conversou hoje.

— Com Frank Welles, com Scott Miller, com Ray Hume e com Art Mohler.

— Ótimo. É bom que tenha tido a oportunidade de conhecer Art Mohler, o nosso veterano. Aliás, é ele que dirige a empresa atualmente. Eu sou apenas uma figura decorativa, sabe?

— Não é verdade, Elizabeth — protestou David. — Você continua muito ativa.

Ela sorriu.

— Não na gestão de portfólios. Eu me dedico mais a atrair novos investimentos. Já não tenho disposição para gerir fundos. Um ou dois anos de vacas magras bastariam para acabar com a minha reputação.

— Com licença, senhora Gilman — uma moça parou à porta da sala e esboçou um gesto. — Desculpe interrompê-la, mas é a ligação de Nova York que a senhora está esperando. Linha três.

Elizabeth suspirou.

— Desculpe, Jesse, mas eu preciso atender. David a convidou para jantar, não é mesmo?

Jesse olhou rapidamente para ele. David não tinha falado em jantar.

— Ahn... claro.

— Ótimo. — Elizabeth segurou a mão para Jesse. — Espero voltar a vê-la em breve. Quero que você pense seriamente numa carreira na Sagamore... — Um súbito acesso de tosse a interrompeu.

— Obrigada. A senhora está bem?

— Muito bem, mas preciso atender esse telefonema.

Os dois saíram rapidamente quando Elizabeth foi para o aparelho.

— Que história é essa? — disse Jesse no corredor, a caminho do escritório de David. — Você não me falou em nenhum jantar.

— Estava com medo que você recusasse. Mas sabia que não diria não para a Elizabeth.

Tendo recebido os recados da secretária e feito duas ligações breves, David pegou a pasta de documentos no armário e levou Jesse para o saguão.

— Aonde a gente vai? — perguntou ela quando estavam esperando o elevador.

— Ao Café Royal. Um pequeno restaurante francês lá embaixo, no térreo.

Jesse já tinha ouvido falar do Café Royal, um dos restaurantes mais novos e badalados de Baltimore — e um dos mais caros também.

— Que bom. — A porta do elevador se abriu e os dois embarcaram em silêncio. — Posso fazer uma pergunta pessoal?

— Pode perguntar o que quiser. Agora, se eu vou responder ou não é outra história. Principalmente no elevador.

— Mas não há ninguém aqui, só nós dois.

— Não importa. É uma das primeiras regras da empresa. Nunca falar de nada importante no elevador.

— Por que você trancou o escritório quando nós saímos?

— Eu o tranquei?

— Trancou.

— Deve ter sido por força do hábito.

— Não acha esquisito deixar o escritório trancado?

David riu consigo. Elizabeth Gilman tinha razão. A moça era inteligente mesmo. E muito observadora.

— Não. Você não tranca o seu?

— Não. Não tranco nem mesmo o armário de arquivos. Eu confio nas pessoas com que trabalho.

— Não devia.

A porta do elevador se abriu e os dois saíram ao saguão rumo ao Café Royal. Pequenos biombos separavam as mesas com toalhas de linho branco, talheres de prata e fina porcelana. O espaço enorme não permitia notar que o restaurante estava lotado. Havia pouca iluminação, e um homem tocava piano num canto.

— Que lugarzinho romântico — comentou Jesse quando eles se aproximaram do *maître*.

David sorriu com certa malícia no olhar.

— É. Aconchegante, não?

Jesse tentou interpretar aquele sorriso. Ele estava apenas bancando o empregado dedicado e procurando tratar bem uma pessoa em quem a chefe estava interessada? Afinal, quem tinha proposto o jantar fora Elizabeth. Ou será que seu motivo era outro? Pela primeira vez, Jesse reconheceu que Todd talvez tivesse razão.

— Por aqui, sim? — orientou o *maître* de *smoking*, conduzindo-os a uma mesa de canto. — Madame.

Puxou a cadeira para ela e, a seguir, pegando a pasta de David, levou-a para a chapelaria.

David se sentou e começou a estudar a carta de vinhos.

— Limusine, escritório com mais obras de arte que o Museu de Baltimore e, agora, jantar num dos restaurantes mais caros da cidade. O que mais uma mulher pode querer?

— O que você quer que eu faça? — disse ele sem tirar os olhos da carta de vinhos. — A Sagamore é assim.

— Há quanto tempo você trabalha aqui?

Ele finalmente achou o que estava procurando.

— Você toma vinho tinto? — perguntou sem se importar com o que ela acabava de dizer. — O Opus One é delicioso.

O fato é que Jesse estava impressionada. Impossível negar. David era fino e articulado, obviamente ganhava muito bem e ostentava uma indiferença que simplesmente a seduzia. Era capaz de ficar vários minutos sem responder uma pergunta, mas acabava contornando a conversa e retornando ao ponto inicial. Jesse o observara durante a tarde, quando ele a estava apresentando aos empregados da Sagamore. E seu olhar tinha aquele brilho que ela já notara no coquetel de encerramento da palestra. Um brilho sempre presente. Um brilho *travesso*, como dizia Sara. Às vezes irresistível.

— Isso, o Opus One. Ótima escolha — murmurou Jesse mais para si mesma. Droga, agora estava bancando a *connoisseur* para impressioná-lo. Justo ela que raramente tomava vinho e não conseguia distinguir um Zinfandel de um Beaujolais. Mas quem estava querendo impressionar afinal, o homem ou o gerente de carteira? Antes de se encontrar com ele aquela tarde, seria capaz de responder sem hesitar. Agora já não tinha tanta certeza.

— Ah, você conhece o Opus One? — perguntou David.

Jesse titubeou, tentando decidir como enfrentar a situação. Continuar mentindo e arriscar passar vergonha ou simplesmente admitir que não entendia de vinhos e, com isso, deixar que ele suspeitasse de sua origem humilde? Talvez esse fosse o seu primeiro teste.

— Não, eu não conheço, mas gostei do nome. — Não ia fingir ser o que não era só para arrumar um emprego.

David sorriu. A moça também sabia sair de uma situação difícil sem perder a graça. Ele fez um sinal, e o garçom se aproximou rapidamente da mesa.

— Um Opus One, por favor.

— Pois não, senhor.

O garçom se afastou. David ficou olhando para ele até que desaparecesse na cozinha.

— Faz quatro anos que eu trabalho na Sagamore.

Era típico dele, sempre fazia um rodeio e voltava à pergunta feita minutos antes.

— E está gostando da experiência?

Ele fez uma careta.

— É o tipo da pergunta que os estudantes vivem fazendo.

— Bom, eu *sou* estudante.

— Faça uma pergunta mais específica, mais difícil, peça uma informação que realmente a ajude a decidir se eles lhe oferecerem um emprego. Você ainda vai me agradecer por isso.

David assumiu uma atitude objetiva e profissional, e a mudança a tomou de surpresa.

— Tudo bem. Quanto a gente pode ganhar na Sagamore? — Agora ele ia ficar na defensiva. Com toda certeza, não responderia a pergunta.

— No ano passado, eu recebi pouco mais que trezentos mil dólares. — Ele não tinha o menor problema em revelar o quanto ganhava. Havia trabalhado muito para chegar aonde chegara e se orgulhava disso. — O salário em si foi de 150 mil, mas em janeiro Elizabeth me deu os outros 150 de gratificação. — Estendeu o guardanapo de linho no colo. — E olhe que, em comparação com os outros, meu ano não foi dos melhores. — Disse as últimas palavras como se não conseguisse entender por que continuavam lhe pagando tão bem. — Há quem me considere um sujeito rico.

— Eu considero.

— É o que eu sempre quis ser na vida — disse David em voz baixa. — Rico.

Trezentos mil dólares. Um salário digno de Wall Street. Muita gente falava nos que faturavam 1 milhão de dólares em Manhattan, mas Jesse sabia que, nos bancos de investimento nova-iorquinos, a maioria das pessoas da idade de David ganhava salário de seis dígitos, não de sete.

— E dá para tirar bem mais — prosseguiu ele. — Eu conheço gerentes de portfólio que tiram sete dígitos regularmente.

— Gente mais antiga na empresa do que você?

David fez que sim.

— Todos com mais de cinco anos de casa.

— Bom, eu não sei qual é a média dos salários nas corretoras, mas esses valores me parecem bem altos.

— São mesmo. A briga é feroz, mesmo considerando que nós estamos aqui, em Baltimore, onde tudo é mais barato que em Nova York. Por isso ninguém quer sair da Sagamore. O dinheiro vicia. O pessoal pode ser demitido quando não tem um desempenho aceitável, mas pedir demissão, nunca.

— E eles demitem com freqüência?

David passou alguns momentos brincando com a faca, pensando.

— Elizabeth seria capaz de me matar por isso, mas eu vou lhe contar. Eu disse para você aproveitar a oportunidade e você aproveitou. — Pousou a faca na mesa. — Normalmente, a gente só fica sabendo depois de contratado. Pelo menos comigo foi assim. Os primeiros cinco anos são decisivos. É claro que ninguém vai lhe dizer isso, mas todo mundo sabe. Nesse período, a pressão é imensa, e se você não corresponder, no dia do seu quinto aniversário, eles a põem no olho da rua. Agora, se você conseguir sobreviver o primeiro qüinqüênio, pronto, passa a ser membro do clube. Pelo que eu sei, a Sagamore nunca demitiu um empregado com mais de cinco anos de casa.

Ela sacudiu a cabeça.

— Puxa, deve ser incrivelmente estressante.

— É, e as execuções são praticamente um espetáculo público. As pessoas são demitidas a portas fechadas, é claro, mas todo mundo sabe quem está prestes a completar o quinto aniversário. Quando o condenado é chamado à reunião com o comitê executivo, o trabalho pára e as pessoas ficam fazendo piada, dizendo que a luz vai piscar. Você sabe, a cadeira elétrica puxa tanta energia que as lâmpadas chegam a se apagar.

Jesse fez que sim.

— Quantos gerentes de portfólio foram demitidos no quinto aniversário desde que você entrou na Sagamore?

— Dois. E um conseguiu sobreviver.

— E você? Está preocupado?

David pensou por um momento no A-100, no seu trato com o padrinho.

— Todo mundo fica preocupado enquanto não passar o quinto ano.

— Mas você recebeu uma gratificação de 150 mil dólares no ano passado. Deve estar se saindo bem. Não lhe dariam esse dinheirão se não estivessem satisfeitos.

David bateu no mostrador do relógio antes de responder. Estava parado, e ele anotou mentalmente que deveria trocar a bateria.

— É justamente por isso que dói tanto ser demitido. A gente vai se acostumando com o dinheiro. Eles sempre pagam muito bem. E, de repente, se o seu desempenho fica abaixo da média, puxam o tapete de uma hora para outra, e você cai no abismo.

— A saída é procurar outra empresa.

David sacudiu a cabeça.

— Os chefões das grandes operadoras sabem perfeitamente quem a Sagamore pôs no olho da rua, o sujeito fica queimado o resto da vida. Eu não me surpreenderia se me contassem que a própria diretoria se encarrega de divulgar o nome dos infelizes. Esse Art Mohler, que você conheceu e que Elizabeth acha tão fantástico, é bem capaz disso. Art não passa de um crápula. Só ela não percebe. É boa demais para perceber. — David tirou o guardanapo que cobria o cesto de pães, serviu-se de torrada com manteiga e ofereceu a cesta a Jesse. — É claro que ela não deixa de demitir quem não corresponde às expectativas. Esse é o espírito da empresa. Ganhar dinheiro, só isso. Isso que é importante entender. Não me interprete mal. Não faltam vantagens para quem trabalha na Sagamore. Mas também há o lado arriscado: se você não corresponder às expectativas, além de perder o bom salário e o emprego, perde toda e qualquer ilusão de continuar trabalhando no ramo. A partir daí, se quiser sobreviver, vai ter de fritar hambúrguer numa lanchonete.

Jesse se serviu.

— Ou então se suicida, certo?

Sem tirar os olhos dos dela, David pôs o cesto na mesa.

— O vinho, senhor. — O garçom se inclinou para mostrar o rótulo.

— Perfeito, obrigado.

Aguardaram em silêncio enquanto o homem desarrolhava a garrafa e a colocava na mesa para respirar. David pegou a rolha, cheirou-a e fez um gesto de aprovação. Quando o garçom se afastou, aproximou o rosto do de Jesse.

— Que história é essa de suicídio?

— Eu pesquisei hoje de manhã. Achei reportagens na imprensa sobre dois executivos da Sagamore que se suicidaram nos últimos anos.

Nem sempre as coisas eram o que pareciam ser. Palavras de Jack Finnerty.

— Esses caras eram velhos. E nenhum deles foi demitido — afirmou David. — Escute o que eu digo: ninguém é demitido depois de cinco anos de casa. — Serviu o vinho, primeiro o cálice de Jesse, depois o dele. — Saúde.

Os copos se tocaram.

— Saúde. — Ela bebeu e fechou os olhos. Fazia tanto tempo não relaxava, que não esquecia as pressões do trabalho e da escola para se divertir um pouco. Abriu-os. — Por que você está me contando tudo isso? Como você mesmo disse, Elizabeth não ia ficar nada satisfeita.

— Porque eu preferia ter sabido antes de aceitar o emprego. O mais provável é que o aceitasse assim mesmo, o salário é irrecusável. Mas preferia que tivessem me avisado.

Trezentos mil dólares por ano; mais de um milhão uma vez superada a barreira dos cinco anos. Jesse não conseguia se imaginar recebendo um contracheque desses, não conseguia imaginar a sensação de liberdade e paz que tanto dinheiro traria, mesmo com as pressões que David acabava de descrever. E, segundo ele mesmo dizia, a chance era de uma em três. Não era tão ruim assim. À parte isso, Elizabeth parecia simpatizar com ela. Coisa que talvez a favorecesse muito.

David tornou a brindar com ela.

— E, se contei tudo isso, é porque... — hesitou — é porque eu gosto de você.

Todd estava coberto de razão, constatou Jesse. O olhar de David não mentia, ele queria conquistá-la. E era bonito, rico, parecia ser interessante, um bom partido. Mas um envolvimento com ele estava fora de cogitação. Podia comprometer todas as suas chances de ser contratada. Elizabeth decerto não lhe ofereceria o emprego se desconfiasse de alguma coisa entre os dois.

Ela ergueu o cálice e disse com firmeza:

— Pelo começo de uma boa relação profissional.

— Isso mesmo — concordou ele, compreendendo o significado daquela frase. — Pelo começo da nossa relação profissional.

Mas seu sorriso o denunciou.

CAPÍTULO 15

APESAR DA CHUVA incessante, estava gostando de passear no *campus* da Universidade de Georgetown. Os alunos já tinham voltado das férias de verão, mas, àquela hora da noite, estava tudo deserto, o que o livrava provisoriamente da avalanche de telefonemas que recebia no gabinete e em casa. Ele prezava muito a solidão, embora raramente desfrutasse dela. A vida no Congresso era agitada. E quanto maior a antigüidade, mais o ritmo se acelerava.

Ao ver um casal passar entre os bordos, cujas copas oscilavam ao sabor da brisa, o senador Webb inclinou o guarda-chuva para esconder o rosto. Mas não tinha por que temer que o reconhecessem. Não estavam olhando para ele. Muito juntos e encolhidos debaixo de um guarda-chuva, os dois não queriam senão chegar ao dormitório o mais depressa possível.

Quando o casal se afastou, Webb se deteve um momento para contemplar as árvores à luz soturna de um poste. As pontas das folhas já começavam a adquirir as cores do outono. Ele respirou fundo. Embora a noite não estivesse muito fria, chegou-lhe um cheiro remoto de madeira queimada numa lareira. A vitória em novembro era praticamente certa, ele seria reeleito pela enésima vez. No início desse novo mandato, indicaria o sucessor — uma prerrogativa sua — e começaria a prepará-lo para atuar no Senado, especialmente na Comissão de Orçamento. Depois, trataria de se aposentar e de retornar à sua querida Geórgia, onde desfrutaria dos espólios de guerra.

— Boa noite, senador — disse Phil Rhodes em voz baixa, estendendo a mão. Vinha da direção tomada pelo casal.

— Oi, Phil — respondeu Webb com voz animada. A idéia de voltar à Geórgia no fim do mandato seguinte o entusiasmara.

— O senhor está com ótimo aspecto.

— Obrigado. — Webb olhou para os lados, não viu ninguém nas proximidades. — Qual é o motivo deste encontro?

Rhodes pressionou a língua na bochecha. O senador estava de bom humor, e era bem provável que a informação que ele trazia lhe arruinasse o estado de espírito.

— Desembuche, Phil — impacientou-se Webb. — Eu prometi à minha esposa que estaria em casa em meia hora. Do que se trata?

— Sim, senhor. — Rhodes baixou um pouco mais o guarda-chuva, pois a chuva se intensificara. — Lembra que eu lhe contei que tinha plantado um espião no gabinete de Malcolm Walker?

— Claro que sim.

— Pois essa pessoa me passou uma informação que pode lhe interessar. Mas eu não podia tocar no assunto pelo telefone.

Webb balançou a cabeça. Rhodes estava se transformando numa ótima fonte de informações.

— Diga.

— Malcolm Walker vai convocar uma entrevista coletiva nos próximos dias para denunciar o orçamento secreto de Nevada. — O forte sotaque do Brooklyn se acentuava mais quando Rhodes ficava nervoso. O senador ia se enfurecer. — Trata-se de um avião conhecido como A-100. Imagino que o senhor esteja a par do assunto.

— Merda! — Webb chutou um galho caído na calçada. Aquele passeio tão agradável estava arruinado.

Rhodes estremeceu. Não era nada agradável ser portador de más notícias, por mais valiosa que fosse a informação e mesmo que ele não tivesse nada a ver com o assunto.

— Aquele filho da puta devia saber quando é para calar a boca! Merda, o projeto é altamente secreto, e o desgraçado vai estragar tudo. Ele não tem idéia de como essas coisas funcionam. Eu não suporto essa nova geração de bons-moços com plataformas politicamente corretas. Eles não sabem o que é defender uma nação. Nunca tiveram de entrar numa guerra. — Webb pôs em Rhodes um olhar ameaçador. Estava ofegante. — Walker que se dane. Não vai fazer a menor diferença. O avião já foi aprovado nos testes. Em breve começará a ser produzido.

— Eu acho que ele perdeu o informante que tinha na Área 51 e está com medo de ser tolhido, por isso resolveu divulgar a coisa o mais depressa possível.

Webb fez que sim. O comandante Pierce fizera um ótimo trabalho calando a boca do capitão Nichols.

— Walker vai tentar mobilizar a opinião pública contra o projeto — prosseguiu Rhodes. — Parece que já calculou quanto o A-100 vai custar para o contribuinte. — Sacudiu a cabeça. — E, convenhamos, o projeto é milionário. Se o senador Walker não obstruir o negócio, os acionistas da GEA vão se dar muito bem. Eu só queria que um dos meus clientes tivesse tido a chance de disputar essa concorrência. Mas não ouvi uma palavra sobre o assunto. E olhe que eu estou nisso há muito tempo. Geralmente fico sabendo de tudo. A GEA garfou o contrato com uma rapidez incrível. — Endereçou a Webb um olhar acusador. Sabia perfeitamente o que tinha acontecido.

O senador não deu a mínima.

— Eu posso tornar as coisas bastante desagradáveis para o senador Walker. Acho que vou lhe fazer uma visita antes da coletiva.

— Walker vai perguntar quem lhe deu a informação — alarmou-se Rhodes. Não queria aparecer na primeira página do *Washington Post*, não nessas condições. Seus clientes detestariam.

Webb compreendeu imediatamente a preocupação do lobista.

— Não se preocupe, Phil. O seu nome não será mencionado.

Rhodes respirou aliviado. O senador já provara mais de uma vez que tinha palavra. O anonimato seria mantido.

— Há mais uma coisa que o senhor precisa saber — disse Rhodes com mais tranqüilidade agora que o outro prometera guardar segredo.

— O quê?

— Parece que ele resolveu revelar ao público o que sabe a respeito do orçamento secreto em geral. Como funciona, quem está envolvido. E vai aproveitar a mesma coletiva em que pretende denunciar a existência do A-100. — Rhodes percebeu que a ira de Webb estava aumentando. — Eu achei que o senhor precisava saber.

— Caralho! — a raiva explodiu com violência dentro de Webb. E, assim como irrompeu, dissipou-se. Pensando bem, aquilo não era um desastre, era a oportunidade que ele tanto esperava.

Voltou-se para Rhodes.

— Phil, há um contrato muito grande e muito lucrativo no horizonte. Helicópteros de transporte para o exército. Acho que, em breve, um dos seus clientes terá muito que comemorar quando fechar esse negócio, o que significa que hoje você vai faturar uma comissão e tanto. — Webb apertou a mão do lobista e a sacudiu com força.

Rhodes abriu um sorriso desconcertado, não tinha entendido o que acabava de acontecer, mas estava exultante por saber que podia contar com um contrato de muitos bilhões de dólares.

— Obrigado, senador.

— Quem agradece sou eu, Phil. Cuide-se. Agora eu preciso ir. A gente se fala.

Rhodes se apressou a pedir:

— Senador, posso lhe perguntar uma coisa antes que o senhor vá embora?

Webb fez que sim.

— Por que o senhor está há tanto tempo no Congresso? Quer dizer, o senhor era promotor antes de se eleger, não?

O senador confirmou com um gesto.

— Podia ganhar muito mais com a advocacia. E sem ter de aturar as amolações da vida pública. Sem os urubus da imprensa sempre atrás de escândalos. Por que insiste em continuar em Washington.

Webb ficou olhando para Rhodes. Ele jamais conheceria a verdade em relação ao dinheiro. Mas a pergunta não deixava de ser interessante, e a falta de rodeios o surpreendera.

— O poder — admitiu enfim. Era a primeira vez que dava essa resposta a alguém, inclusive a si mesmo.

— Como assim?

— A possibilidade de manipular as pessoas. De levá-las a fazer o que a gente quer.

CAPÍTULO 16

O CORO INUNDOU a igreja de música *gospel* quando o reverendo Elijah Pitts entrou no palco e o percorreu lentamente, dirigindo-se ao púlpito elevado. No momento em que ele subiu o primeiro degrau, o público exclusivamente negro se levantou e, erguendo os braços acima da cabeça, também se pôs a cantar. E quando ele se instalou no púlpito e estendeu os braços, a celebração entrou num frenético crescendo. Homens, mulheres e crianças cantavam, batiam palmas e balançavam o corpo ao ritmo do piano, coisa que tornava impossível trocar uma palavra até mesmo com a pessoa mais próxima. Mas pouco importava. Ninguém estava lá para conversar. Todos queriam ver e ouvir Elijah Pitts, o líder máximo do movimento conhecido como Libertação dos Afro-americanos, todos os olhos estavam fixados nele.

Embora fundado apenas três anos antes, o LDA já conquistara quase meio milhão de adeptos. Seu propósito era simples: a promoção da população afro-americana de Maryland por meios não violentos. E nesses breves 36 meses, graças à carismática liderança do reverendo Pitts, o movimento se tornara uma força respeitável.

Pitts levantou os braços vagarosamente e se inclinou para trás até ficar com o rosto voltado para o céu. Os corpos oscilavam e as pessoas cantavam a plenos pulmões. Os únicos que não participavam daquele arrebatamento eram os guarda-costas do pastor: vinte rapazes grandalhões estrategicamente dispostos diante do palco, todos vestidos de preto, com gravata-borboleta da mesma cor, camisa branca e óculos escuros; todos imóveis, rígidos, as mãos cruzadas e o ar inexpressivo.

Quando o religioso baixou os braços, as trezentas vozes se calaram simultaneamente.

— Irmãos e irmãs, é uma grande honra estar com vocês hoje.

Sua voz era grave e cativante.

Na primeira fila, uma mulher gritou o seu nome e logo depois desmaiou, mas ele pareceu nem notar quando um guarda-costas a tomou nos braços e a levou para fora.

— Sempre que vejo uma congregação como esta, eu fico radiante. Porque vejo que aquilo que há três anos não passava de um sonho hoje é realidade. Meus filhos, agora nós somos meio milhão. Ninguém pode ficar alheio. Nossa voz é ouvida em alto e bom som em Anápolis e, o que é mais importante, em Washington.

A multidão irrompeu em aplausos.

O religioso tornou a pedir silêncio com um gesto.

— Quando fundamos o nosso movimento, muita gente deu de ombros. — Sua voz começou a tremer. — Raramente retornavam os meus telefonemas. Raramente me convidavam para uma palestra ou para participar das comissões que tomavam decisões que nos diziam respeito. Raramente pediam a minha opinião. — Calou-se um momento e balançou a cabeça. — Agora nós temos influência.

Muitos presentes disseram amém.

O reverendo assumiu um ar triunfante.

Os aplausos e os vivas se intensificaram.

— Agora são tantos os compromissos que eu sou obrigado a delegar parte de minhas funções aos assistentes. Agora os nossos telefonemas são atendidos de imediato, não há necessidade de aguardar retorno.

As pessoas saltavam e repetiam o seu nome. Ele teve de gritar para ser ouvido, mesmo usando o microfone.

— E tudo isso se deve a gente como vocês. A congregações como esta, que hoje se espalham em todo o grande estado de Maryland. Nós nos fazemos ouvir! Nós somos uma força! E vamos prevalecer!

Uma vez mais, a multidão explodiu em ruidosa ovação. Pitts recuou um passo, curvou-se lentamente e começou a descer a escada enquanto o coro entoava um novo *gospel*. Lá em baixo, percorreu toda a extensão do palco, virou-se, acenou para a turba empolgada e desapareceu atrás de uma cortina vermelha.

— Grande desempenho, reverendo. — Derek Holmes, o vice-presidente do LDA, abraçou-o assim que ele entrou nos bastidores. Entre fileiras de guarda-costas e adeptos, conduziu-o até uma porta lateral do templo, onde a limusine os aguardava.

No automóvel, Pitts se reclinou no banco e, cansado, esfregou os olhos.

— Quando é a próxima reunião? — perguntou.

— Às nove. Temos tempo de sobra, são só oito e meia. — O reverendo acabava de fazer o quarto discurso da noite e ainda havia quatro por fazer. — Você está bem?

— Ótimo! — Pitts endireitou o corpo. — Muito bem mesmo. Só precisava de uns segundos de descanso, agora já estou pronto para continuar.

Holmes sempre se assombrava com a energia daquele homem de 61 anos.

— Por que não aproveita para dormir uns vinte minutos? Eu o acordo quando chegarmos.

— Tolice, seria perda de tempo. Mesmo porque nós precisamos discutir uma coisa. — Pitts ficou vendo passarem as luzes do centro de Baltimore.

— É?

— É. Precisamos conversar sobre Malcolm Walker.

Holmes sabia que o assunto não podia ser outro. Nas últimas semanas, o senador Walker se tornara quase uma obsessão para Elijah Pitts.

— Do que se trata?

O pastor se espreguiçou.

— No discurso, eu afirmei que atualmente todos atendem os nossos telefonemas, e é verdade. Mas há uma exceção. Malcolm Walker. Ele continua tratando de se manter longe de nós.

— Mas nós sabemos por quê — disse Holmes. — Ele acha que, se ficar muito associado ao LDA, pode perder votos, o eleitorado branco ficará contra ele em novembro. E é provável que tenha razão. A mídia conservadora nos pinta como inimigos dos brancos, embora nada esteja mais longe da verdade. Os brancos são 60% do eleitorado de Maryland, e Walker precisa conservar os votos com que derrotou Elbridge Coleman há seis anos. É uma questão de aritmética. Ele não tem chance de se eleger sem o apoio dos brancos.

O reverendo não se deixou convencer.

— Ele é senador da República. É um dos negros mais respeitados do país. Precisa nos reconhecer, precisa apoiar a nossa causa.

Holmes ficou em silêncio. Pitts estava falando exatamente no tom que adotava nos sermões, sinal de que não devia ser interrompido.

— Walker gosta do título de "senador", ou melhor, *adora* esse título. Essa é a questão, Derek. Hoje em dia, o LDA é uma das organizações mais importantes de Maryland, o estado que o elegeu. Eu posso tirar muitos votos dele, no mínimo meio milhão, e ele perderá o título de senador. A disputa com Coleman não vai ser fácil. Sem o apoio do LDA, Walker perde a eleição. Precisa entender que quem tem o poder sou eu, não ele. E a única coisa que eu peço é que nos trate com o devido respeito.

Holmes estava farto daquele discurso. Ouvia-o diariamente

— Por que você quer tanto ter esse senador no bolso?

— Pelo que ele pode fazer por nós. Pense nisso.

— Reverendo, nós estamos indo muito bem sem ele, de modo que...

— Mas podemos subir a outro patamar — disse Pitts. — Uma categoria acima. Talvez em nível nacional. Walker precisa fazer o possível, tem o dever de ajudar a sua gente.

— É o que ele está fazendo, só que precisa ganhar a eleição para continuar. É a melhor maneira de nos ajudar.

— Ele tem de reconhecer sua base de apoio, como fazem todos os políticos.

— Vamos deixá-lo vencer em novembro — sugeriu Holmes, baixando a voz. — Então nós fazemos a aproximação. — Era esse o seu papel, aconselhar, por mais que o reverendo discordasse. Pelo menos era o que Pitts lhe pedira no início.

— Quando ele for eleito, eu já não terei poder de barganha, Derek. Nenhum trunfo. Ele pode continuar nos desprezando. — Apontou para o rosto do auxiliar. — Às vezes você me irrita. Precisa aprender a ser mais político, mais astuto.

— Mais político! — retorquiu Holmes. — Não acredito no que estou ouvindo. Você me pediu para nunca deixar de expressar a minha opinião. É isso que eu estou fazendo.

Pitts passou alguns instantes desafiando Holmes com o olhar, depois suavizou a expressão.

— Desculpe, Derek. Você sempre foi o meu melhor conselheiro. Obrigado.

Holmes tentou engolir o ressentimento.

— Por que essa obsessão pelo senador Walker?

O pastor encostou a cabeça no banco e fechou os olhos.

— Reverendo Pitts — insistiu Holmes —, diga por quê.

— Por acaso você examinou os nossos últimos balancetes?

— Não. Não é a minha especialidade. Eu só cuido das coisas de que entendo.

— Pois saiba que nós temos mil dólares em caixa. Mal dá para pagar a limusine que estamos usando hoje.

Holmes ficou boquiaberto.

— Só mil dólares? Como é possível?

— Um movimento como o nosso custa dinheiro, Derek. Muito dinheiro. Nós estamos crescendo depressa demais, a contribuição das congregações não basta para nos sustentar. Um dia vai bastar, mas por enquanto não.

— Está bem, mas eu não consigo ver nenhuma relação entre Malcolm Walker e a nossa dificuldade financeira.

O reverendo preferia não ter de ser tão explícito.

— As pessoas que nos apóiam, as que fizeram as primeiras doações há três anos e que, graças à generosidade de seu coração e à coragem de suas convicções, nos sustentam desde o começo, comunicaram que querem concessões de Walker agora, enquanto ainda me é possível influenciá-lo. E suspenderam o apoio financeiro até que eu firme uma aliança com ele. Não concordam com a sua opinião de que é melhor esperar que Walker seja eleito. Querem o apoio dele antes da eleição. — Fez uma pausa. — Nós precisamos desse dinheiro, Derek. E logo. Muita gente depende de mim.

Derek Holmes refletiu sobre o que acabava de ouvir. Não conhecia os benfeitores a quem o reverendo se referia com muita freqüência e, pelo que lhe constava, ninguém mais no movimento, a não ser Pitts, sabia quem era essa gente. Agora tinha necessidade de desvendar o mistério, pois algo lhe dizia que os tais benfeitores não eram tão generosos e abnegados como aparentavam ser.

— Quem são essas pessoas, reverendo Pitts?

— Isso não vem ao caso. O que importa é o dinheiro que elas nos dão.

Holmes sacudiu a cabeça, não entendia por que o reverendo sempre se esquivava do assunto. Mas, nesse momento, tudo ficou repentinamente claro. Ele se virou e fitou em Pitts os olhos escandalizados. Era evidente que Holmes havia compreendido.

— Derek — disse o pastor com voz pausada —, às vezes é preciso fazer concessões no presente para ganhar no futuro. As concessões e a contradição são realidades inerentes à existência humana. São uma parte inegável da vida. O importante é fazer o melhor possível e tratar de seguir adiante. É o que eu faço. É o que você também devia fazer.

CAPÍTULO 17

O RIO CORSICA tinha pouco mais que dezesseis quilômetros de comprimento, mas era largo e fundo o suficiente para que, dependendo da maré, os veleiros enveredassem pelo seu canal. Partindo do litoral leste de Maryland, corria para o oeste e recebia as águas do Chester, que por sua vez era irrigado pela baía de Chesapeake, alguns quilômetros mais a oeste. Na cabeceira, o Corsica não passava de um pequeno córrego, mas, como a maioria dos cursos de água da região, tornava-se caudaloso e se alargava muito em certos trechos.

De pé na cabine, Jesse observava David manobrar cuidadosamente o *Dickerson* — um barco de 37 pés — na correnteza agitada. Além do luar, a única iluminação era a da lâmpada amarelada do convés. De manhã, eles haviam alugado o suntuoso veleiro — com deque de teca e decoração de mogno — na marina de Baltimore e passaram todo o sábado velejando em Chesapeake. Agora estavam a caminho do chalé de um amigo de David, à beira do Corsica, onde iam passar a noite.

Inicialmente, pretendiam retornar à marina no fim da tarde, mas o tempo estava tão bom e o vento se mostrava tão propício que, quando se deram conta, já começava a entardecer e a marina estava muito longe para que conseguissem chegar antes da noite. Com o celular, David telefonou para o amigo, e agora, orientados unicamente pelas luzes das casas ribeirinhas, eles estavam subindo o Corsica.

David foi um tanto reticente quanto ao que esperar do tal chalé, mas garantiu que ficava à beira de num trecho navegável; também garantiu que dormiriam em quartos separados, de modo que Jesse concordou. Ela, que a princípio hesitara, duvidando de que valia a pena voltar a se encontrar com David em tão pouco tempo, acabou concluindo que sim, seria uma ótima oportunidade de colher mais informações sobre a Sagamore. E agora reconhecia que passara um dia maravilhoso.

— Um doce pelo seu pensamento — ele brincou. — Esse seu silêncio já está começando a me preocupar.

Ela ajeitou o casaco nos ombros. A brisa da noite estava ficando cada vez mais fria.

— Eu só estava pensando.

— Em quê?

— Nessa história do quinto aniversário na Sagamore. Nas coisas que você me contou no jantar. No que disse hoje.

— Não dê importância a nada disso. Eu nem devia ter mencionado essas tolices. — David enxotou um inseto que havia pousado em seu braço. — Olhe, é muito bom trabalhar lá. Os caras são exigentes porque pagam bem. Coisas do capitalismo.

— Não, não, você fez bem em me contar. Não pense que me assustou. — Jesse se apoiou no botaló para não perder o equilíbrio com o balanço do barco. — Eu não me deixo impressionar por tão pouco.

— Ainda bem.

— Mas isso também não faz a menor diferença.

— Como não?

— Duvido muito que me ofereçam o emprego.

— Eu não duvidaria tanto assim. — David forçou a vista, tentando localizar os marcos de sinalização na escuridão. Virou o rosto na direção Jesse para falar, mas não tirou os olhos do rio. — Pela direita da bóia vermelha, não?

— Isso mesmo. — David estava se revelando um bom marujo. — Você acredita que a Sagamore está interessada em me contratar quando eu me formar?

— Por que não?

— Pelo que eu observei naquela visita, a empresa só se interessa por gente chique como você. Não é bem o meu perfil. Eu não cursei nenhuma faculdade de destaque. Minha família não freqüenta o *country club*. Nem sou capaz de escolher um vinho. Você viu naquela noite.

Quer dizer que Jesse o imaginava um grã-fino? Bom, não era ele que ia desmenti-la. Pelo menos por ora.

— Não é vinho que a gente precisa saber escolher, e sim ações. Coisa que Elizabeth acha que você faz muito bem. E quem cai nas graças de Elizabeth está contratado.

— Ela é muito competente.

— É verdade.

Jesse se curvou para consultar a bússola no painel.

— Conte alguma coisa de você, David.

Ele sentiu o coração bater mais forte. Não queria falar nas fileiras de sobradinhos de Glen Owens, nos jogos de beisebol na rua, com bolas improvisadas, nas refeições à base de comida roubada nas lojas, na coleção de calças de poliéster de sua mãe. Coisas que o tornariam bem menos atraente.

— Por exemplo?

— De onde você é, que escolas freqüentou. Esse tipo de coisa.

— Para quê? Por acaso isto é um concurso de *miss*?

Jesse achou graça.

— Não. É só para me situar. — Voltou a endireitar o corpo. — Que horror, se eu não confiasse em você, acharia que está me escondendo alguma coisa.

— Agora você me pegou. *No verrdade*, eu *ser uma* agente duplo de Berlim — disse ele, arremedando o sotaque alemão. — Essa história de gerente de carteira *ser* apenas *uma disfarrce*. E você? Qual é o seu segredo?

Jesse foi pega de surpresa.

— Eu já contei tudo. Sou a caçula de uma família de nove filhos. Tive uma infância modesta. Nós não éramos pobres, mas digamos que as roupas passavam de um irmão para outro. Meu pai trabalhou a vida toda para pôr comida na mesa. Até morrer aos sessenta anos.

— Eu lamento.

— Era um homem maravilhoso, sabe? Eu sinto muito a falta dele.

— Imagino. — David se lembrou momentaneamente de seu pai enterrado no ermo cemitério de Glen Owens.

— Minha mãe sempre se dedicou e ainda se dedica às obras da Igreja Católica — prosseguiu ela. — Quando não está angariando fundos, está organizando uma romaria ou simplesmente ajudando na limpeza.

— Legal.

— É uma paróquia grande. O padre McCord aceita todo tipo de ajuda, e ela adora participar. Nem sei o que seria dela sem essa atividade. — Jesse fez uma pausa. — Muita solidão, acho. É por isso que quero me formar logo e ter um salário melhor. Para ajudá-la.

— Vocês parecem ser muito unidas.

Ela fez que sim.

— Somos.

— Sua mãe não voltou a se casar depois que seu pai morreu?

— Não. — Era estranho mentir, mas naquele momento Jesse não queria pensar em Joe Schuman. Para quê? Estava se divertindo tanto, só serviria para acabar com o seu bom humor. — Ei, nós estamos falando de mim outra vez!

— Hum.

Ficaram em silêncio, desfrutando a serenidade do rio. Já não havia outros barcos àquela hora, só umas poucas luzes ao longe, filtrando-se na densa mata ciliar. Não se ouvia senão a água batendo no casco do *Dickerson* e o ronronar do pequeno motor; tinham recolhido as velas assim que entraram no Corsica para navegar contra a corrente. No alto, só se via a lua cheia envolta num halo esbranquiçado.

— Que lugar bonito, não? — observou David. O luar brilhava muito no céu escuro.

— Era justamente nisso que eu estava pensando.

Um gavião-pescador mergulhou subitamente atrás de um peixe. Jesse estremeceu. A cena a transportou imediatamente para o chalé de Neil Robinson, para o emaranhado do bosque, para o predador no seu encalço.

— Tudo bem com você?

— Tudo. — Ela levou a mão ao peito e sentiu o coração disparado.

— Ótimo. Escute, dá para você assumir o comando agora? Eu agradeço muito a oportunidade de aprender a navegar, mas você conhece melhor o ofício, e eu estou com dificuldade para localizar as balizas. Não quero correr o risco de encalhar num banco de areia. Mesmo porque o pessoal da marina não ia achar a menor graça.

— Ok. — Jesse ainda estava perturbada.

David ficou de um lado para que ela pegasse o leme.

— Aliás, onde foi que você aprendeu a velejar tão bem? Fez umas manobras tão radicais hoje que eu achei que o barco ia virar. Mas reconheço que foi superemocionante.

— Um amigo me ensinou — respondeu ela, assumindo o comando. Todd lhe ensinara a navegar no último ano de colégio. Nos fins de semana, os dois exploravam os recessos da baía num pequeno barco que ele havia comprado com um grupo de amigos, e Jesse havia se tornado uma verdadeira especialista. Foi num desses fins de semana que percebeu que estava apaixonada por ele.

— Por acaso esse amigo é aquele cara com quem você chegou à repartição no dia em que eu fui buscá-la para visitar a Sagamore?

— Todd?

— Não sei o nome dele.

— Todd é um sujeito fantástico. Você ia gostar dele.

— Sem dúvida — resmungou David.

Junto ao leme, havia um mapa do rio.

— Escute, o Corsica está ficando muito raso. Daqui a pouco, vai começar a se estreitar, a gente arrisca encalhar. Onde fica essa casa afinal?

— Eu só estive lá uma vez. E fui de carro.

— Essa é boa! Olhe que a gente vai acabar passando a noite toda subindo e descendo o rio!

— Não se preocupe. Não é difícil encontrá-la.

— Por quê?

— Por aqui, são poucas as casas que têm ancoradouro... — David se interrompeu quando o veleiro adernou numa curva.

Logo estendeu o braço, apontando. — E o meu amigo prometeu deixar a luz acesa.

Jesse forçou a vista na escuridão.

— É lá?

— Hum-hum.

A pouco menos de cem metros havia um grande píer, que se projetava rio adentro. Estava todo iluminado. Viam-se várias lanchas ancoradas e um veleiro Alden de 75 pés.

Quando Jesse aproou o *Dickerson* ao píer, a iluminação da casa ficou bem visível no alto da colina.

— Puxa vida! De que tamanho é esse chalé?

David piscou para ela.

— Tem sete quartos e seis banheiros. Como eu disse, nada melhor do que ser rei.

Quando o *Dickerson* se aproximou do ancoradouro, ele pegou a corda de amarração e saltou para o píer. Tendo amarrado rapidamente o barco numa pilastra, tratou de fazer o mesmo com a corda de proa, tomando o cuidado de deixar uma folga para que o veleiro acompanhasse as oscilações da maré. A seguir, ajoelhando-se, estendeu a mão para ajudá-la a desembarcar. Ficaram um instante frente a frente no píer.

David sorriu e lhe acariciou o rosto.

— Obrigado pelo dia maravilhoso.

— Eu é que agradeço.

Ele se inclinou lentamente para beijá-la.

Jesse havia adorado aquele dia e agora tinha certeza de que tendia a se interessar por David. Mas afastou o rosto. Não podia pôr em risco uma possível oportunidade na Sagamore.

— É melhor a gente entrar. Já é tarde, pode ser que estejam à nossa espera.

— Está bem. — David sorriu quando ela lhe segurou a mão e o puxou em direção à casa. O brilho em seus olhos denunciava interesse. Era o mesmo brilho que ele notara na noite em que se conheceram no coquetel da faculdade.

— Boa noite, Elijah.

O pastor Pitts detestava aqueles encontros.

— Boa noite. — Não era inclinado a efusivas manifestações de deferência, mas a situação exigia.

— Eu não tenho muito tempo, de modo que vou direto ao assunto.

— Pois não.

— Preciso de um favorzinho seu.

Pitts estremeceu. Aquele homem fazia questão de chamá-lo pelo prenome, uma maneira sutil de mostrar quem estava no comando. Todos se dirigiam a ele como "reverendo".

— De que se trata? — perguntou, tentando dissimular a irritação.

— Daquele assunto de que já tratamos.

— Malcolm Walker.

— Exatamente. Pode ser?

— Claro — respondeu o pastor sem convicção na voz

— Você sabe, cedo ou tarde eu teria de lhe pedir esse favor.

— Hum-hum.

— O LDA está precisando desesperadamente de fundos, não é mesmo? E isso eu fiquei de providenciar assim você cumprisse a sua parte no acordo.

A conta bancária estava praticamente negativa e o prazo dos pagamentos vencia nos dias seguintes. Pitts precisava do dinheiro imediatamente, do contrário, estava tudo perdido. Não podia deixar o movimento morrer, muito menos agora que estava prestes a se tornar realidade. Um dia, já não dependeriam daquele patrocinador desprezível, mas, por ora, ele era sua única tábua de salvação.

— O que eu devo fazer?

A loja exalava um cheiro forte de couro, coisa de que Roth não se deu conta ao se aproximar da balconista.

— Boa noite, senhor. — A moça sorriu, apesar do cansaço e do adiantado da hora. — Em que posso servi-lo?

Roth sorriu educadamente. Tinha deixado para entrar na loja no fim do expediente, quando estivesse vazia.

— Eu quero uma informação.

— Uma informação?

Ele tirou a carteira do bolso e exibiu o distintivo.

— Subprocuradoria Geral — declarou com voz grave e fechou rapidamente a carteira. — Eu estou investigando um caso importante e preciso de informações: um par de luvas comprado aqui. É muito urgente.

— Bom, acho melhor o senhor falar com o gerente. — A vendedora não tinha o menor interesse em se envolver num caso de tamanha responsabilidade.

Quinze minutos depois, Roth saiu da loja com a informação que queria. A parada seguinte seria no laboratório, onde estavam analisando as amostras de cabelo, se bem que agora ele já não dependia tanto desse resultado.

CAPÍTULO 18

— SENHORITA HAYES?

Rob Forester, o analista de sistema que auxiliava os agentes fiscais nas investigações, parou à porta. Parecia sem coragem de entrar no escritório.

— Oi, Rob.

— O relatório que a senhora pediu está pronto.

— Então entre — sorriu Jesse, ao mesmo tempo em que se levantava. — Ou pretende ficar plantado aí fora?

O rapaz obedeceu timidamente.

— É que eu não sei se a senhora está ocupada. Não quero atrapalhar. — Rob Forester fazia questão de entregar pessoalmente os relatórios a Jesse. Ao contrário da maioria dos fiscais, que julgavam seus pedidos verdadeiros editos celestiais, ela o tratava com respeito. — Não gosto de incomodá-la quando a senhora está trabalhando.

Ela estava ocupada era com seus pensamentos, mas nenhum deles tinha a ver com o trabalho. No sábado, ficara acordada até as três da madrugada, batendo papo com David na espaçosa varanda à beira do rio Corsiga. Falaram de vinhos, da Sagamore, de Elizabeth Gilman e de Art Mohler. Embora tivessem passado o dia todo juntos, não lhes faltava sobre o que conversar.

Quando o cansaço finalmente os venceu, David a acompanhou até a porta do quarto e se despediu com um aperto de mão. Portou-se como um perfeito cavalheiro e, no fundo, Jesse ficou decepcionada por não ter recebido um beijo de boa-noite. O que, aliás, não deixava de ser curioso. Afinal de contas, ela mesma se esquivara do beijo que ele tentou lhe dar no píer.

— Senhorita Hayes.

Com um pequeno sobressalto, Jesse estendeu a mão para pegar o relatório.

— Obrigada, Rob.

— De nada. Se a senhora precisar de mais alguma coisa, eu estou às ordens.

— Muito obrigada.

— Ok. — O rapaz enfiou as mãos nos bolsos e foi para a porta, mas vacilou antes de sair, como se aguardasse um novo pedido naquele mesmo instante. Por fim, embaraçado, acenou e se foi.

Com um sorriso nos lábios, Jesse fechou a porta e voltou para a escrivaninha. Rob era muito simpático, e o interesse que tinha por ela a lisonjeava.

Na sexta-feira anterior, Jesse tinha conseguido, na Comissão Eleitoral Federal, os nomes e os números do Seguro Social de todos os que trabalhavam oficialmente no comitê eleitoral de Elbridge Coleman. O relatório complementar que Rob acabava de lhe entregar era o resultado de uma pesquisa sobre as outras possíveis instituições que haviam remunerado essas mesmas pessoas nos últimos dois anos. Todo assalariado era obrigado a recolher imposto sobre os proventos e, ao fazer a declaração, identificava-se apenas com o número do Seguro Social. Portanto, estando ela de posse desses números, seria facílimo fazer o levantamento. O objetivo da pesquisa era traçar o perfil dos envolvidos com a campanha de Coleman. Talvez isso lhe indicasse um rumo a tomar. Podia não passar de um tiro no escuro, mas de algum modo era preciso começar. Tendo pegado na gaveta a relação dos empregados de Coleman, ela começou a cotejá-la com a lista que Rob acabava de lhe entregar.

O telefone tocou.

— Alô?

— Oi, Jess.

— Oi, Todd. Tudo bem?

— Tudo, e você?

— Tudo bem. — Ela tomou um gole de café e continuou comparando a lista de empregados de Coleman com a de assalariados com imposto de renda retido na fonte.

— Cansada?

— Não, por quê? Que interesse é esse?

— Nada de especial. Escute, eu preciso conversar com você. Tenho umas idéias sobre o assunto de que a gente tratou aquele dia.

— Mas ainda falta combinar os seus honorários exorbitantes — provocou ela. — E é óbvio que você vai querer um adiantamento, não? — Um dos nomes da lista de Coleman lhe chamou a atenção nesse momento.

— Não canse a minha beleza, Jess. Você sabe que eu estava brincando.

Ela se concentrou no nome. Não tinha sentido. Por que Coleman haveria de contratar uma pessoa ligada àquela instituição?

— Está me ouvindo, Jess?

Era simplesmente absurdo!

— Jess!

— Eu estou ouvindo. — Ela continuou se esforçando para compreender.

— Escute, eu vou dizer o que pretendo fazer.

— Não! — As linhas da repartição podiam estar grampeadas. — Pelo telefone, não. Hoje à noite. Vamos nos encontrar no lugar onde a gente costumava ir depois do cinema.

— No tempo da escola?

— Exatamente. Eu vou estar lá às sete.

Todd notou a tensão em sua voz.

— Aconteceu alguma coisa?

— Não. Mas vá sem falta.

Ela desligou sem lhe dar tempo de dizer mais nada. Levantou-se apressada. Precisava incumbir Rob de mais uma missão. Ao abrir a porta do escritório, quase se chocou com Sara.

— Oi, Jesse.

Instintivamente, esta escondeu o relatório de Rob às suas costas.

— Oi.

Sara notou o gesto

— Em que você está trabalhando? — Inclinou-se para espiar o que ela ocultava. — Pelo jeito, é coisa altamente sigilosa.

— O quê? Isto aqui? — Jesse lhe mostrou os papéis. — É uma auditoria. Eu estou tentando encontrar um meio de cobrar a multa sem abrir processo. É um agricultor pobre do distrito de Carroll. Faz dois anos que não paga imposto, mas eu quero encontrar um modo de ajudá-lo. Vou dar uma olhada no arquivo. Precisa de alguma coisa?

Sara sacudiu a cabeça.

Ensaiando um sorriso, Jesse tratou de se desvencilhar da colega.

— Ok. Até a hora do almoço então.

E se afastou.

Intrigada, Sara ficou observando-a. A sala de arquivo ficava na extremidade oposta do corredor.

Ao entrar na trilha que levava a sua casa de campo, Todd tratou de diminuir a velocidade para evitar que o pedregulho da pista riscasse a branquíssima pintura do Corvette. Pouco depois, estacionou em frente ao chalé de madeira.

Era o lugar ideal para um rapaz solteiro: rústico, calmo e isolado. Até pouco tempo antes, servia de moradia ao caseiro da fazenda, ao passo que o proprietário e seus familiares ficavam instalados no casarão branco no alto da colina. Mas fazia um ano que ele falecera, e os herdeiros decidiram entregar o cultivo da terra a uma cooperativa de lavradores vizinhos. E alugaram o chalé a Todd.

No momento em que desceu do Corvette, ele ouviu o barulho dos pneus de outro veículo que se aproximava pelo caminho coberto de cascalho e se voltou. Viu o enorme Cadillac preto, um modelo caríssimo. Mas o motorista não se mostrava preocupado com os danos que as pedras podiam causar à pintura. Vinha em alta velocidade.

Era mais uma das indefectíveis visitas semanais de Harry Cavalão. Todd fechou a porta do Corvette e ficou aguardando. Aquela brincadeira de gato e rato até que o divertia. Harry se empenhava em representar bem seu papel, mas nunca chegava às vias de fato. E continuava emprestando dinheiro sempre que Todd precisava.

O Cadillac estacionou bem atrás do Corvette, bloqueando-lhe a saída. Harry saltou do carro. Vinha acompanhado de dois brutamontes não menores que ele. Aproximou-se lentamente; os capangas se encostaram no capô.

— Oi, Harry — disse Todd com indiferença.

O outro continuou se aproximando, só parou quando seus narizes estavam a ponto de se roçar.

— Eu vim receber.

— Ah, sim, claro.

Sem pestanejar, Harry lhe desferiu um violento soco na boca do estômago. Todd caiu de joelhos, não conseguia respirar.

— O chefe está cobrando os empréstimos. Você deve 30 mil barões. Quinze pelo carro e quinze pelos seus fins de semana de otário nas mesas de pôquer de Atlantic City. Eu quero no mínimo 5 mil até segunda-feira; o resto você paga até o fim do mês. Sacou?

— Saquei — balbuciou Todd.

Harry olhou por cima do ombro e fez um sinal para os capangas. Os dois tiraram as chaves de roda que traziam escondidas sob os casacos de couro e, em pouquíssimo tempo, arrebentaram os faróis e as lanternas do Corvette. Quando eles terminaram, Harry se virou uma vez mais para Todd e, agarrando-lhe o cabelo, forçou-o a inclinar a cabeça para trás.

— Isso é só um *souvenir*, entendeu? Para você não esquecer a nossa visita.

— Obrigado.

Harry arreganhou os dentes numa caricatura de sorriso.

— Recapitulando... — Deu-lhe um murro no peito, fazendo com que Todd caísse de lado. — Cinco mil até segunda-feira e o resto até o fim do mês! Ah, e a taxa de juros subiu para 25%. — Soltou uma boa gargalhada e foi para o Cadillac. Antes de embarcar, virou-se mais uma vez. — Espero não ter de ir visitar a sua irmã. O bebê dela uma gracinha, de algum modo seria uma pena.

As três portas bateram ao mesmo tempo. Quando Harry ligou o motor, os pneus do Cadillac giraram em falso, arremessando uma saraivada de pedras no Corvette. Todd tentou se ajoelhar, mas não conseguiu.

Pela primeira vez, o Cavalão cumprira as ameaças. Aquilo deixara de ser uma brincadeira. A verdade, compreendeu Todd, é que nunca tinha sido.

CAPÍTULO 19

DIFERENTEMENTE DA MAIORIA dos fundos de investimento, quase todos concentrados nas estatais, a Sagamore também operava no setor privado, ou seja, em empresas nas quais o comitê executivo previa a possibilidade de comprar na baixa e, depois de um período de saneamento, vender com altos lucros.

A Aços Doub, microempresa do setor de reprocessamento de sucata de aço, era uma delas. Um ano depois de ingressar na Sagamore, David convenceu o comitê a adquirir 80% da participação na Doub, investimento de cerca de 70 milhões de dólares. O setor administrativo da firma era excelente; o operacional, eficiente; os produtos, de boa qualidade; e o preço, aparentemente compensador. Mas seu desempenho financeiro começou a apresentar problemas logo que a Sagamore concluiu a transação, e o comitê executivo não hesitou em encarregar David de saneá-la. A situação até que melhorou, mas, no prontuário de David, a operação toda passou a figurar como um desastre administrativo das dimensões da GEA.

Tal como na maioria dos reveses com que topara na vida, ele resolveu encarar a Doub como uma oportunidade. Uma semana depois de se incumbir de sanear a empresa, foi eleito pelo conselho — com o aval do comitê executivo da Sagamore — diretor financeiro da Doub. Embora os controladores continuassem administrando o dia-a-dia contábil e as movimentações financeiras de grande porte dependessem da aprovação do comitê executivo, ele, na qualidade de diretor, tinha muito poder de ação. Foi justamente isso que, dois anos antes, lhe permitiu desviar nada menos que 1 milhão de dólares para pagar seu padrinho em Washington. E a operação não despertou a menor suspeita. Exatamente como Jack Finnerty apontou, bastou-lhe burlar a contabilidade, escriturando a operação como a amortização de uma dívida com os fornecedores, para ter acesso ao capital necessário para negociar o contrato da GEA.

A Doub tinha sede em Frederick, 45 minutos a oeste de Baltimore pela Interestadual 70, nas proximidades do entroncamento dos Apalaches. Da janela do prédio de três andares, David olhou para as montanhas ao longe. A vegetação da cordilheira já anunciava a chegada do outono, mas ele mal conseguia ver a beleza da paisagem. Sua atenção estava totalmente voltada para o pagamento que devia efetuar naquele dia.

Não tinha sido difícil contornar o milhão de dólares que transferira para o padrinho de Washington. A Doub era uma empresa de porte, tinha faturamento anual de cerca de 400 milhões. O desfalque de 1 milhão era perfeitamente possível — não fora fácil, é claro, mas, como seria reposto, tudo acabaria dando certo. Agora, no entanto, era preciso transferir mais 2 milhões de dólares para o homem: o pagamento prometido para o início da produção do A-100. Esse desvio de 2 milhões seria bem mais difícil de dissimular e, assim mesmo, só por pouco tempo. A auditoria seguinte estava prevista para dali a seis meses, e os contadores não hesitariam em entrar em contato com os fornecedores para confirmar a despesa.

David aproximou a cadeira da escrivaninha. Tal como Finnerty tinha sugerido, a solução do problema estava na sua opção de compra: as ações da GEA subiriam verticalmente assim que a notícia do A-100 fosse divulgada, e ele poderia vender uma parcela de sua cota para repor o capital desviado da Doub — tanto o do pagamento feito dois anos antes quanto o que ia desfalcar para saldar o daquele dia. Mas precisava restituir o dinheiro até 31 de janeiro, o último dia do ano fiscal da Doub, se não quisesse ter problemas com os auditores. A brecha ficaria tapada e ninguém suspeitaria da irregularidade.

A solução não era das melhores; David teria de negociar as ações da GEA antes que chegassem ao pico da valorização, portanto, acabaria perdendo dinheiro. Em compensação, seu emprego na Sagamore ficaria garantido para todo o sempre, sem contar o que lhe sobraria em cotas depois de devolvidos os 3 milhões da Doub.

David tirou o fone do gancho e discou o número do banco. Finnerty já havia telefonado duas vezes aquela semana para cobrar, e não convinha contrariá-lo mais do que o necessário. Afinal, ele podia lhe criar dificuldades na hora de disponibilizar as opções da GEA. Coisa que deixara bem claro no último encontro.

— Alô — atendeu uma voz conhecida. — Hagerstown National, Ida falando.

— Ida, aqui é David Mitchell, da Aços Doub.

— Olá, senhor Mitchell. Em que posso servi-lo?

Em vinte minutos, com quatro telefonemas e as cuidadosas operações eletrônicas originadas no Hagerstown National, David transferiu 2 milhões de dólares da conta da Aços Doub para a do National Bancorp das Ilhas Cayman. Não era a mesma conta na qual fizera o primeiro depósito dois anos antes, mas tinha sido essa a orientação de Finnerty, e ele não hesitou em acatá-la.

Terminada a última ligação, David deitou a cabeça na escrivaninha. Insistiu consigo mesmo que não estava lesando ninguém e que o dinheiro desviado para a conta na Ilhas Cayman seria restituído. No fim do dia, tudo estaria acertado. Não haveria o menor problema.

Levantou-se. Não podia ficar perdendo tempo com melindres éticos. Tinha era de arranjar rapidamente uma justificativa para o pagamento de mais uma parcela para os fornecedores e forjar a documentação necessária. Saiu do escritório e foi para a escada. Ao chegar à sala de Rich Grainy, no segundo andar, vacilou um instante antes de bater. Ninguém atendeu. Que sorte. Podia providenciar tudo sem ter de dar explicações.

Ele girou a maçaneta e empurrou a porta devagar. Os únicos móveis do pequeno escritório de Grainy eram uma escrivaninha de metal e umas poucas cadeiras de estofamento esgarçado. O salário do contador era, quando muito, de 43 mil dólares anuais. O coitado tinha três filhos, dois velhos carros nacionais e tirava uma semana de férias por ano em Ocean City, Nova Jersey. Esse era todo o luxo que podia se permitir e, mesmo assim, parecia ser feliz. David correu os olhos pela sala e, uma vez mais, achou-a desoladora. De fato, certas pessoas tinham expectativas mais do que modestas.

Ele se instalou rapidamente à mesa e ligou o computador; como conhecia a senha de Grainy, não teve dificuldade para acessar o sistema. Tratava-se de entrar no livro-caixa e registrar o débito em separado. A seguir, lavraria o recibo em papel timbrado da Doub e pediria a um amigo que o assinasse. Por último, iria arquivá-lo com os documentos oficiais da empresa. Quando tivesse em mãos o dinheiro da venda das ações, saldaria o "empréstimo" e apagaria todo o registro da transação tanto no arquivo quanto no computador.

O bloco de papel timbrado ficava na primeira gaveta da escrivaninha do contador. David a abriu, pegou três folhas e, quando ia fechá-la, reparou num envelope aberto. O timbre do remetente lhe chamou a atenção: o Third Huntington Bank. Um gerente desse banco o havia procurado anos antes, oferecendo-se para administrar a folha de pagamento da Doub, porém ele recusara a proposta.

Abrindo o envelope, encontrou um extrato e dois cheques cancelados. Estranho. Grainy não tinha autoridade para abrir nenhuma conta bancária sem sua autorização. Coisa que já lhe fora explicada mais de uma vez.

David examinou o extrato. O último lançamento era do dia 15 de maio, ou seja, de quatro meses antes; abriu os cheques na mesa e teve um choque. Ambos eram de 1 milhão de dólares; e ambos, nominais ao LDA. Ele não tinha a menor idéia do que ou de quem era esse LDA e estava pouco interessado em saber. O que o espantava era a assinatura nos cheques: David J. Mitchell! Exatamente igual à sua. Mas ele nunca assinara aqueles cheques. Nem mesmo sabia que a Aços Doub tinha conta no Third Huntington. Examinando mais atentamente as duas assinaturas, deteve-se no "M". Não era o dele. Mas a falsificação era quase perfeita.

David girou a cadeira às pressas, voltando-se para a pequena copiadora atrás da escrivaninha. Foi com mãos trêmulas que a ligou, tirou cópia dos cheques, dobrou-a e a guardou no bolso. As perguntas se atropelavam em sua mente quando ele desligou a máquina, tornou a girar a cadeira para a frente e recolocou os cheques no envelope.

— Posso ajudá-lo, senhor Mitchell? — Rich Grainy estava parado à porta, olhando para o envelope em sua mão.

David tomou uma decisão brusca. Mais valia partir para a ofensiva do que tentar se explicar. Levantando-se devagar, jogou o envelope na mesa.

— Você quer fazer o favor de me explicar o que é isto?

Nervoso, Grainy passou o peso do corpo de uma perna para a outra, mas continuou calado.

— Que diabo está acontecendo, Rich?

O contador continuou em silêncio.

David esmurrou a mesa e gritou:

— Rich! Será possível que você está roubando a Doub? Será possível que eu vou ter de chamar a polícia?

— Acho melhor primeiro o senhor conversar com Art Mohler. — Embora quase inaudível, a voz de Grainy não denotava medo. — Foi ele que abriu essa conta e me proibiu de comentar isso com quem quer que fosse. Eu nunca mexi nesse envelope porque não quero me envolver. — Interrompeu-se um instante. — E fique sabendo que eu não sou ladrão. Há vinte anos que trabalho aqui. Sempre fui um homem honesto.

Mas David já não conseguia ouvir as palavras do contador. Estava mergulhado em seu próprio fosso de ressentimentos. Primeiro Art Mohler estivera na fazenda de Finnerty, em Middleburg, e não comentara nada com ele. Depois havia interferido nos negócios da Aços Doub sem que ninguém soubesse. E o que era pior: tinha aberto uma conta secreta, estava pagando grandes somas a um tal LDA e, como se não bastasse, andava *falsificando* sua assinatura.

Mohler estava decidido a lhe puxar o tapete. Quanto a isso, não havia a menor dúvida. Mas por quê? Um sinistro calafrio lhe subiu pela espinha, e ele sacudiu a cabeça com violência. Não, não era possível!

CAPÍTULO 20

— POR QUE ESTE LUGAR? — perguntou Todd. — Algum motivo especial? — Passou de leve a mão na barriga ainda dolorida graças aos carinhos de Harry Cavalão.

— Porque eu sabia que você entenderia que era aqui sem que eu tivesse de dizê-lo explicitamente — explicou Jesse, sentando-se na cadeira gentilmente oferecida por ele. — Não fico tranqüila falando no escritório.

Todd se instalou diante dela.

— Não?

— Não.

— Por quê?

— Oi — interrompeu-os a garçonete. — Que desejam?

— Um refrigerante *diet* — pediu Jesse sem olhar para a moça.

— Um *milk-shake* de chocolate, por favor — disse Todd, sorrindo.

— Ok. — A garota se afastou com passos arrastados.

Ele apoiou os cotovelos na mesa.

— Eu gosto daqui. Este lugar não mudou nada.

Jesse sorriu.

— Como não mudou? A mobília é totalmente diferente. Antigamente serviam pizza e hambúrguer, hoje, só comida mexicana. E o nome também é outro.

Todd sorriu.

— Eu me refiro ao "astral". Olhe só — apontou com o queixo. — Rapazes de blusão de couro perseguindo garotas de minissaia. Isso não mudou.

— Eu devia alertar essas meninas. Não sabem o perigo que estão correndo com esse tipo de rapazes.

— Ei, que história é essa? Eu também era assim.

— Exatamente — provocou ela.

A garçonete serviu as bebidas e se apressou a atender os adolescentes, que já estavam começando a fazer arruaça.

Todd tomou um gole do *milk-shake*.

— E então, como foi o seu fim de semana? — perguntou.

— Fiquei em casa estudando — mentiu ela. Não tinha a menor necessidade de falar no passeio de barco com David.

— Eu liguei para você no sábado. Já era quase meia-noite, mas foi a secretária eletrônica que atendeu.

Jesse sabia que Todd ficaria chateado; e ela detestava magoar as pessoas, procurava evitá-lo sempre que possível.

— É, eu ouvi o telefone tocar, mas não quis atender. Estava muito cansada.

— Essa é boa! — contestou ele, já demonstrando certa inquietação — Você e eu somos muito parecidos nisso. Nem um nem outro deixa de atender quando o telefone toca.

— Eu estava em casa, Todd. É verdade.

Ele pôs o copo na mesa e ficou sério.

— Jess, eu tenho tanta saudade de você!

— Como? — Ela ouviu muito bem, só estava tentando ganhar tempo. Precisava encontrar o que dizer. Dessa vez, Todd a pegou completamente desprevenida.

— Tenho pensado muito em você. Depois do nosso almoço na semana passada, cheguei à conclusão de que a gente devia se ver com mais freqüência. Fiquei contente com o nosso encontro de hoje. Faz tempo que você me evita, e eu entendo por quê. Mas será que a gente não pode esquecer o passado? O que ficou para trás?

— Prefiro não discutir isso agora.

Ele insistiu:

— Pois eu queria que tudo fosse como antigamente. A gente podia sair de vez em quando, jantar, dar uma volta. Prometo me comportar, ser um perfeito cavalheiro, não avançar o sinal. Tudo sem nenhum compromisso. Se a coisa se complicar, a gente volta a dar um tempo.

— Eu não posso, Todd.

— Por quê? Por causa do cara da limusine?

— Claro que não.

— Não mesmo?

— Não! Já disse, nós só temos contato porque ele trabalha na Sagamore. Eu o conheço há pouco mais de uma semana.

— Mas saiu com ele no sábado.

Jesse desviou o olhar. Não podia negar.

Todd suspirou.

— Eu sabia.

— Espere um pouco. Não é nada do que você está pensando. Nós somos amigos, só isso. Ficamos conversando sobre o trabalho.

— Sábado à meia-noite?

— E daí?

— Com um mauricinho, Jess? Um chato daqueles?

Era evidente que ele estava magoado.

— Vamos mudar de assunto — propôs ela, sentindo uma necessidade urgente de falar com Becky. Talvez conseguisse encontrá-la ainda aquela noite.

Todd ergueu as mãos num gesto defensivo.

— Você não vive me acusando de irresponsável, não diz que eu não levo nada a sério? Que arrisco a vida, que só faço loucuras nos fins de semana? Pois só estou tentando dizer que isso pode mudar, Jess. *Eu* posso mudar, acredite.

— Eu não quero que você mude — disse ela com ternura na voz. — Por favor, vamos tratar do assunto que nos trouxe aqui. Como, por exemplo, descobrir se há mesmo irregularidades na campanha de Elbridge Coleman. Eu tenho informações novas. Acho que são importantes.

Todd ficou algum tempo calado, os olhos fitos nos dela. Forçou um sorriso.

— Tudo bem. Que informações?

Jesse se inclinou na mesa e lhe acariciou o braço.

— Por favor, não fique chateado. — Era tudo tão difícil.

— Eu não estou chateado. E pare de ficar com pena de mim. É o tipo da coisa que me irrita. Vamos, diga, o que você descobriu?

— Todd, você está mesmo disposto a se envolver nesta história? Talvez não valha a pena.

— Jess! — exclamou ele, erguendo a mão. — Negócio é negócio. Eu encaro a situação se você também a encarar. — Abriu um sorriso para tranqüilizá-la. — Namorados ou não, nós nunca deixamos de ser amigos. Se há um cara atrás de você, se ele atirou no pára-brisa do seu carro, eu quero saber quem é. Seja quem for, vai se arrepender de ter nascido.

Todd era a lealdade em pessoa.

— Ok. Obrigada.

— Então conte, o que você descobriu?

Jess bebeu o refrigerante.

— Eu resolvi fazer o levantamento das pessoas que trabalham no comitê de Elbridge Coleman e, na semana passada, consegui a lista dos empregados dele com a Comissão Eleitoral. Hoje de manhã, um amigo, um analista de sistema lá do escritório, me entregou o relatório que eu havia solicitado, a relação completa das pessoas físicas ou jurídicas para as quais os funcionários de Coleman trabalharam nos últimos dois anos.

— Como conseguiu isso?

— Eu tinha o número do Seguro Social de todos eles, de modo que o meu amigo só precisou fazer o cruzamento com os informes do imposto retido na fonte.

— Meio *Big Brother*, não acha?

— Não é nada em comparação com o que alguns agentes fiscais fazem.

— Por exemplo?

— Qualquer dia eu conto. — Ser fiscal da Receita significava ter acesso a qualquer tipo de informação. Era tentador, e como em tudo na vida, muitos caíam na tentação. — Enfim, eu descobri uma coisa interessantíssima.

— O quê?

— Um dos empregados de Elbridge Coleman recebeu recentemente dois pagamentos de uma organização conhecida como Libertação dos Afro-americanos. E quando esses pagamentos foram creditados essa pessoa *já* estava trabalhando no comitê.

— Não é o LDA, o grupo de radicais dirigido pelo reverendo Elijah Pitts?

— Sim, quem os dirige é Pitts, mas eles não têm nada de radicais. Inclusive fizeram coisas interessantes no centro de Baltimore. Programas para a juventude, trabalho educacional, essas coisas. Mas o que eu não entendo é o que leva uma pessoa ligada ao LDA a trabalhar no comitê de Elbridge Coleman. Convenhamos, um movimento como esse e um republicano assumido como Coleman estão em campos totalmente opostos do espectro político.

Todd franziu o nariz.

— Concordo, mas pode ser uma simples secretária do comitê, sem envolvimento político. Uma pessoa que tem seu emprego, mas também faz um bico aqui, outro ali, para viver.

— É justamente aonde eu queria chegar — disse Jesse. — A sua hipótese está certa e, no caso, o emprego fixo, com registro, é no comitê de Coleman. Acontece que, pelo imposto recolhido, eu posso estimar o valor do salário. E, se não me engano, essa pessoa ganha algo em torno de 100 mil dólares por ano no comitê.

— Então não é uma mera secretária.

— Duvido muito.

— E quanto ela recebeu do LDA?

— Aí é que a coisa fica ainda mais interessante. Pelos meus cálculos, não menos que 200 mil dólares.

— Uau! — Todd sacudiu a cabeça. — E você tem certeza de que essa pessoa recebeu os dois salários ao mesmo tempo, tanto o do comitê de Coleman quanto o do LDA?

— Absoluta.

— Esquisito, ainda mais com valores tão altos...

— Espere — disse Jesse. — Não é só isso. Uma semana depois de o LDA ter recolhido o imposto, eles procuraram a Receita, alegando que havia um engano. Um erro de computador na folha de pagamentos. Que esse salário não tinha sido pago.

— Isso me cheira a mutreta.

— É claro. E por que essa pessoa trabalha nos dois lugares?

— Trabalha para um e vende informações para o outro — conjeturou Todd. — Quer dizer, é uma hipótese.

— Certo. Só que, para mim, faria mais sentido se essa pessoa trabalhasse para o LDA e estivesse espionando Coleman. Que interesse ele teria em espionar um movimento negro?

— Talvez queira saber se estão programando um comício ou algo assim.

— Duvido. Coleman não se arriscaria por tão pouco.

— Sei lá, foi só um palpite.

— Eu sei, desculpe.

— Não, tudo bem. — Ele tomou mais um pouco do *milk-shake*. — Agora me diga uma coisa: por que o LDA estaria interessado em bisbilhotar a campanha de Coleman?

— Talvez para colher informações para Malcolm Walker. Eu acho que o senador Walker tem ligação com o movimento; pelo menos, nas entrevistas, Pitts dá a entender que ele e Walker são muito amigos. Vai ver que essa pessoa está espionando para Walker, roubando estratégias, esse tipo de coisa. Para ganhar 100 mil dólares no comitê de Coleman, ela deve ter uma função importante, o salário é muito alto, mesmo numa campanha para o Senado. Talvez esteja no comando do comitê.

— Nesse caso, o espião passa as informações para Walker através do LDA, e, se Coleman descobrir alguma coisa, quem paga o pato é o LDA, não Walker.

— Exatamente.

Todd sacudiu a cabeça.

— Eu não quero bancar o desmancha-prazeres, Jess, mas, se eu me lembro bem, você me disse que o arquivo de Neil Robinson apontava para irregularidades na campanha de *Coleman*, não na de Walker.

Jesse ficou um instante calada. Depois disse com desânimo:

— Eu sei. Meu tiro saiu pela culatra, não é? E agora, detetive, que fazer?

— Eu só vejo duas saídas.

— Quais?

— Tentar dar uma olhada ou no arquivo do departamento pessoal do comitê de Coleman, ou no do LDA. — Ele tirou o canudinho do copo e acabou de tomar o *milk-shake*.

— Você acha que eles nos mostrariam esses documentos?

Todd sorriu.

— Claro que não.

Jesse prendeu a respiração.

— Não me diga que você está pensando em invadir os dois escritórios?

Ele sacudiu a cabeça.

— Os dois não. Se eu for pego arrombando uma porta, prefiro que não seja a do comitê eleitoral de um candidato ao Senado.

— A da sede do LDA então.

— Na calada da noite, gatinha! — Todd bateu com força na mesa. As conversas cessaram no restaurante, e quase todos olharam para eles. Mas tudo voltou lentamente ao normal. — Desculpe — ele piscou e afundou a cabeça no ombro feito uma tartaruga se escondendo no casco. — Acho que eu me entusiasmei.

— Entrar no escritório do LDA? Tem certeza de que vale a pena? — perguntou Jesse com incredulidade. Todd era como um buldogue: quando metia uma coisa na cabeça, nada era capaz de dissuadi-lo.

— Não vejo outra saída. Hoje de manhã eu disse no telefone que tinha algumas idéias, mas elas acabaram perdendo o sentido durante a tarde.

— Mas é perigoso. Não quero você metido em encrenca.

— Eu sei, é por isso que você vai comigo. Se nos pegarem, você dá um jeito de nos livrar da encrenca.

— Eu não posso fazer isso!

— Mas vai fazer. Mesmo porque eu nem sei o que procurar. E se pegar o documento errado? Você não vai querer que eu volte para trocá-lo, vai?

Jesse ainda tentou protestar, mas acabou reconhecendo que ele tinha razão. Balançou a cabeça lentamente.

— Está bem.

Todd esfregou as mãos com entusiasmo. Mais uma oportunidade de estar com ela. E dessa vez seria perigoso. Jesse ficaria excitada. Talvez ele finalmente conseguisse vencer-lhe a resistência.

— Tem certeza? — O homem mal cabia em si de contente.

— Absoluta — disse Roth. — Eu consegui uma cópia da fatura do cartão de crédito. Ela comprou o par de luvas em março. E, segundo o laboratório, é quase certo que o fio de cabelo encontrado na luva é de uma loira. E no departamento só há duas loiras com o cabelo daquele comprimento.

— Por via das dúvidas, acabe logo com ela. Faça com que pareça um acidente.

— Sim, senhor.

— Ah, Roth, dê um jeito de pegar a pasta de arquivo. E que ela não veja o dia de amanhã.

* * *

Fazia doze anos que Becky Saunders era a psicoterapeuta de Jesse e nunca lhe havia cobrado um centavo pelas consultas, muito embora, em termos profissionais, essa não fosse a prática mais recomendável. Becky se sentiu comprometida no dia em que Jesse, emocionalmente abaladíssima, foi internada para a cirurgia. As particularidades da situação eram tão perturbadoras que Becky fez questão de ficar ao seu lado durante as cinco horas que ela passou na sala de recuperação, conversando sobre o acontecido, assegurando-lhe de que não havia motivo para se sentir culpada, pois não era responsável por nada. E, desde então, criou-se um forte vínculo entre elas. Todo ano, Jesse se encarregava da declaração de renda de Becky, mas não para retribuir as consultas gratuitas. Era um gesto de amizade: cada qual procurava fazer o possível para ajudar a outra.

Exatamente como naquela noite. Passavam das oito e Becky já tinha atendido seis pacientes. Mas Jesse telefonou solicitando uma consulta. E foi atendida prontamente.

Becky abriu o segundo maço de cigarros do dia, acendeu um e deu uma longa tragada.

— Quer dizer que Todd Colton voltou a entrar em cena?

— Sim.

— E quer retomar o namoro, certo?

— É. E eu disse não.

— Mas com vontade de dizer sim.

— É — admitiu Jesse.

— E você acha que seria uma boa idéia reatar esse namoro?

— É o que eu pretendo descobrir.

Becky deu mais uma tragada.

— Você sabe qual é a minha opinião.

— Sim, mas diga de novo. — Jesse ouvira a opinião de Becky uma centena de vezes, mas achava que lhe fazia bem sempre voltar a ouvi-la.

Uma coluna de fumaça subiu no ar e envolveu a cabeça da terapeuta.

— Pois bem, vamos começar do princípio.

— Vamos.

Becky estava com um pouco de dor de cabeça; esfregou os olhos, tentando não se importar com o incômodo.

— Você passa o dia inteiro navegando com Todd. — Falava com voz rouca de tabagista. — É um dia lindo, vocês se divertem muito e percebem que estão loucos um pelo outro. De noite, vão para a casa dele, porque Todd sabe que seus pais viajaram. E você faz amor pela *primeira* vez na vida.

— Isso.

— Depois ele a leva para casa. Despede-se com um beijo e vai embora. Você entra. Sabe que chegou uma hora mais tarde do que devia. Joe, o seu padrasto, está acordado, à sua espera, e começa a reclamar assim que você põe o pé dentro de casa.

— Começa a reclamar! — repetiu Jesse com sarcasmo. — Que eufemismo! Ele *berrou* comigo. Santo Deus, aquele homem era odioso!

— Ele está bêbado. Não é comum, mas como sua mãe está fazendo retiro com o grupo da igreja e vai passar a noite fora... Você vai para o quarto, e Joe vai atrás, continua gritando.

Jesse sentiu o rancor crescer dentro do peito. Era sempre assim, mas reviver a situação a ajudava muito. Era bom poder compartilhar a dor física e a angústia com uma pessoa com capacidade de compreender. Uma dor e uma angústia que continuavam vivas mesmo depois de doze anos. Era muito bom ter com quem dividir aquele sofrimento com uma amiga que não tinha a menor intenção de julgá-la. E que não ficaria arrasada. Elas já haviam passados por isso tantas vezes, mas era sempre uma ocasião de catarse, desde a primeira vez.

— Ele derruba você na cama, prende-lhe os braços, arranca sua roupa e...

— E me estupra — completou Jesse com um longo suspiro. — Ele me estupra — repetiu. Fazia parte da terapia dizer e repetir. Foram necessários cinco longos anos para que ela conseguisse pronunciar aquela palavra. Agora chegava a fazê-lo uma, duas e até três vezes seguidas.

— Então, na mesma noite em que perde a virgindade com Todd, você é violentada pelo seu padrasto. Agora está psicologicamente arrasada. E a única pessoa no mundo a quem você recorre para tudo não sabe de nada, nem desconfia. E você não vai lhe pedir socorro.

— Já pensou se eu contasse uma coisa dessas à minha mãe ou se desse parte na polícia? Já pensou se ela ficasse sabendo? Que sua filha foi estuprada pelo seu marido? Já pensou se os paroquianos da Sagrado Coração ficassem sabendo? Ela é catolicíssima. Ficaria arrasada. Era capaz de se matar! Eu não podia contar.

Becky aguardou que Jesse terminasse e prosseguiu:

— Um mês depois, você descobre que está grávida, mas não sabe quem é o pai. — Fechou os olhos e sacudiu a cabeça. — Não foi fácil. Você mostrou que é uma mulher muito forte.

Jesse sentiu lágrimas nos olhos, levou alguns segundos para conseguir refreá-las.

— Mas eu não me senti nada forte.

Becky notou as lágrimas.

— Você ainda não superou o que aconteceu. É *por isso* que eu acho que não deve se relacionar nem com Todd nem com ninguém associado a esse episódio. Há muitos fantasmas aí dentro, alguns deles eu ainda não consegui encontrar. Se você e Todd voltarem a se envolver, pode ser que eles reapareçam. É impossível prever as conseqüências.

— Mas os exames provaram que o bebê não era de Todd — argumentou Jesse em favor do amigo. — Era de Joe. E, mesmo assim, Todd cuidou de mim. Foi ele que me levou ao hospital e pagou o aborto. — Jesse mergulhou o rosto nas mãos, as lágrimas lhe molharam a blusa. — Droga, eu pretendia procurar uma clínica clandestina. Mas ele não deixou. Fez questão de me levar para o hospital. Sei lá o que podia ter me acontecido naquela fábrica de anjinhos. Pouco depois ela foi fechada, uma adolescente morreu na mesa de cirurgia.

— Fique longe dele, Jesse. Todd também se envolveu demais com essa história.

— Ele sabia que o filho era de Joe e, mesmo assim, cuidou de mim. E não contou nada a ninguém. Nunca. Me deu a mão sempre que eu precisei. — Jesse enxugou o rosto. — Todd foi maravilhoso o tempo todo. E foi graças a ele que eu cheguei até você.

Becky ficou observando-a. Um motivo exterior muito forte a desestabilizara. Jesse estava vulnerável novamente.

— Então é isso?

— Isso o quê?

— Todd sempre lhe deu a mão quando você precisou. Não é isso que você acaba de dizer? Você se sente em dívida com ele? É esse o problema?

CAPÍTULO 21

UM A UM, eles foram entrando em fila indiana na sala mal iluminada. Não era comum se reunirem com tanta freqüência, mas as circunstâncias pautavam os encontros.

Sem dissimular a impaciência, o senador Webb aguardou que todos se acomodassem.

— Cavalheiros, se já estiverem prontos, eu peço licença para começar. — Sua voz grave quase encobriu os acordes de Bach.

Com gestos de aprovação, os participantes aproximaram as cadeiras da mesa.

— Hoje o nosso primeiro tópico é a questão do vazamento de informações discutida na última reunião. Como eu já informei, roubaram uma pasta de arquivo no chalé de Neil Robinson antes que nós tivéssemos tempo de recuperá-la. Tudo leva a crer que essa pasta contém denúncias que podem prejudicar a campanha do nosso associado Elbridge Coleman para o Senado. — Fez um gesto na direção de Coleman e assumiu um ar triunfante. — Pois é com muita satisfação que eu lhes comunico que já conseguimos identificar a pessoa que roubou os documentos.

— Quem foi? — perguntou Finnerty. Estava com os braços cruzados e a expressão tensa.

— Uma mulher, uma agente fiscal de Baltimore. Foi a última pessoa a ter contato com Robinson antes de sua morte repentina.

— Como vocês conseguiram? — quis saber o almirante Cowen.

Theodore "Ted" Cowen era o chefe de operações navais — a mais alta patente da marinha norte-americana —, e Webb, de repente, se perguntou como era possível que aquele homem tivesse chegado a um posto tão elevado três anos antes. Cowen era gordo, mulato e, para um oficial da sua patente, valorizava demais certos detalhes absolutamente insignificantes. Porém, já havia demonstrado muita complacência com o que realmente importava, ou seja, o projeto A-100, e, se necessário, tinha condições de influenciar tanto o ministro da Marinha quanto o da Defesa, de modo que seu apego aos pormenores era perfeitamente perdoável.

— Nós encontramos uma luva provavelmente pertencente à pessoa que roubou a pasta de Robinson — explicou Webb. — Identificamos a loja onde foi comprada, fizemos um levantamento dos clientes que adquiriram luvas nos últimos seis meses e os cotejamos com a relação de nomes dos agentes fiscais. Ela é a única que aparece nas duas listas.

— Excelente — sorriu Cowen. — Tudo indica que a identificação é positiva. Não há a menor chance de erro.

— Nenhuma — concordou o senador. Naturalmente, sempre havia uma margem de erro. O que se podia fazer era colher o máximo de evidências físicas e, a partir delas, chegar à melhor dedução possível. Mas, se Cowen se sentia bem acreditando que não havia chance de erro, ele que acreditasse.

— Ótimo — resmungou o almirante, massageando o dilatado ventre. — Eu não quero saber de inocente envolvido nessa história.

Cowen era um hipócrita metido a moralista. Para ele, nada havia de condenável em matar desde que se tivesse certeza de que a vítima era a responsável pelo crime. O crime hediondo de roubar uma simples pasta arquivo. Mas alto lá se houvesse um inocente envolvido! Que grande monte de merda ele era, pensou Webb. Sua atitude idiota só podia ser um resquício da formação militar: totalmente disposto a erradicar *quem quer* que interferisse numa missão, mas contrário ao uso da força nos outros casos.

— Pois eu sou contra esses métodos, a não ser que seja absolutamente imprescindível — pronunciou-se Art Mohler. — Para quando está prevista a solução do problema?

— Para hoje mesmo — respondeu Webb prontamente, observando Cowen apertar a banha da cintura.

Mohler respirou aliviado.

— Ótimo.

— Passemos ao segundo item da pauta — disse o senador. Não queria perder mais tempo. Tivera um longo dia no Congresso, estava exausto. — Trata-se da questão Malcolm Walker... mas não no contexto das eleições — ressaltou.

Todos ergueram os olhos ao ouvir o tom sinistro de sua voz.

— Eu descobri que Walker tinha um informante infiltrado na Área 51. A pessoa estava lhe passando informações referentes ao A-100.

— Quê? Isso é impossível — exaltou-se Cowen. — A Área 51 é uma base de segurança máxima. Uma das mais resguardadas do sistema. Os civis que trabalham lá são cuidadosamente selecionados e monitorados. Nunca tivemos problemas.

— O informante não é civil, almirante. É um capitão da força aérea. — Webb consultou as anotações que trazia consigo. — Chama-se Paul Nichols. Estava sendo pago pelas informações, sem falar na satisfação adicional de sabotar um projeto da Marinha.

— Só pode ser brincadeira! — alarmou-se o militar.

— Não, não é. Tudo indica que o senador Walker estava pagando muito bem pelas informações. Como dizem, o dinheiro sempre fala mais alto. E, considerando o atual salário médio dos nossos militares, é perfeitamente compreensível que os de moral mais duvidosa se tornem alvos fáceis. Em todo caso, eu lancei mão de algumas prerrogativas que o cargo me confere e contornei a situação. O capitão Nichols está preso. Já não é um problema e deve permanecer assim durante algum tempo. Eu tenho como impedir que ele vá a julgamento durante pelo menos seis meses. — Webb reprimiu um sorriso ao imaginar o capitão despencando de 3 mil metros de altura no solo de Nevada, em plena madrugada, tendo como testemunha o comandante Pierce.

— Mas Nichols chegou a passar alguma informação importante para Walker? — perguntou Mohler, tirando os óculos de leitura e colocando-os na mesa. Estava visivelmente preocupado.

— Parece que sim. Um amigo me contou que Walker convocou uma entrevista coletiva para amanhã, na qual pretende revelar a existência do projeto A-100.

Mohler levou a mão à testa.

— Minha nossa!

— E são dois os objetivos dessa coletiva — continuou Webb. — Em primeiro lugar, ele vai tentar sabotar a produção do A-100, denunciando o custo do programa. Nós todos sabemos que é um projeto de porte; Walker vai explorar o problema de relações públicas que já temos no setor da defesa. Vocês sabem, martelos de seiscentos dólares, tampas de privada de mil, coisa do gênero. Histórias ridículas que os liberais plantam na imprensa há anos e que os simplórios deste país engolem sem mastigar. O senador vai comparar o A-100 com uma dessas baboseiras a fim de inviabilizar a produção do avião.

Cowen ficou impressionado.

— Mas como você sabe que ele convocou a imprensa?

— Eu tenho as minhas fontes no gabinete de Walker. — Webb tratou de mudar logo de assunto. Não queria que Cowen se concentrasse em mais um detalhe. — O segundo alvo de Walker, potencialmente bem mais grave, é o orçamento secreto, ou seja, ele pretende tornar públicos todos os programas em andamento. Quer promover uma grande discussão sobre o assunto. Provavelmente, recebeu informações que não devia ter recebido do tal informante na Área 51 e também de outras fontes. — Sua expressão ganhou um matiz desafiante. — Malcolm Walker parece disposto a levar sua guerra contra o Ministério da Defesa a níveis altamente perigosos.

— Aquele canalha! — trovejou o almirante Cowen. — Mesmo que a gente comece a produzir o avião imediatamente, eu preciso de um prazo de pelo menos seis meses antes que a notícia seja divulgada. Neste momento, é muito fácil cancelar o projeto. E esse bombardeiro é indispensável.

— Calma, Ted — Finnerty acenou para ele. — Relaxe.

Finnerty continuava tranqüilo e controlado como sempre, o que não deixava de ser um alento, pensou Webb.

Art Mohler recolocou os óculos.

— Eu sei perfeitamente o que está por trás disso: Walker já se convenceu de que está perdido. Daqui até novembro, não tem a menor chance. Deve acompanhar as pesquisas, sabe que sua campanha começou a naufragar. Elbridge está praticamente eleito, e o senador não tem como reverter a situação. Parece que nós acertamos em cheio com Elbridge. A única opção que lhe resta é a política de ataque. Essa é a estratégia de Walker: atingir diretamente o eleitorado, expondo os detalhes do orçamento, e consagrar-se como o único e verdadeiro adversário do sistema.

— Mas ele não pode sair por aí, dando com a língua nos dentes em rede nacional — exasperou-se Cowen. — O orçamento secreto pode ser um segredo de polichinelo, mas ninguém conhece os detalhes, a extensão dos projetos. Nós não podemos permitir que esse palhaço revele segredos de segurança nacional no rádio e na televisão. — Voltou-se para Webb. — Senador, o senhor não pode invocar a Lei da Mordaça? É questão de segurança nacional, prevista na legislação. Nós precisamos ter gente lá que o impeça de abrir a boca.

— Oh, sim, seria fantástico! — ironizou Finnerty. — Um senador negro algemado e arrastado pela tropa de choque do Ministério da Defesa diante das câmeras da televisão. No país mais livre do mundo. Walker teria um orgasmo ali mesmo. Com a cobertura da imprensa nacional e internacional. Em trinta segundos, ele demoliria tudo que nós construímos em três anos, Ted.

Cowen reconheceu que Finnerty tinha razão.

— Mas a gente precisa fazer *alguma* coisa. Esse filho da puta não pode ir para a televisão disparar um torpedo contra o A-100 e contra sei lá quantos outros projetos. — Engoliu a seco. — E pensem nas conseqüências! Não é só questão de perder um projeto milionário. Há o outro lado da moeda. Muita gente adoraria saber o que se passa nesta sala, podem ter certeza. E se começarem a especular? — endereçou a Webb um ar de súplica. Estava visivelmente nervoso. — A gente não pode deixar que isso aconteça, não é mesmo senador?

Webb esboçou um sorriso.

— Eu já tenho a solução.

— Qual? — animou-se Finnerty. Fazia anos que convivia com Webb e conhecia muito bem aquele sorriso. Que Deus abençoasse o senador. Ele tinha resposta para tudo.

— Cavalheiros — disse Webb, olhando para cada um dos presentes —, isso, eu prefiro guardar só para mim. Peço a sua compreensão.

Embora hesitantes, todos concordaram. Confiavam naquele homem. Se bem que, de uma hora para outra, Malcolm Walker revelara-se um adversário formidável.

— Ótimo — prosseguiu o senador. — O próximo item da pauta é a variação das ações da GEA no mercado. Elas subiram alguns pontos hoje. Como se explica isso, Art?

Mohler aproximou a cadeira da mesa. Ainda estava desnorteado com a notícia de que Walker pretendia jogar às feras a questão do orçamento secreto. Queria pressionar Webb a revelar seu plano, mas desistiu.

— Ah, sim, é verdade. Hoje as ações da General Engineering & Aerospace tiveram uma pequena alta. Fecharam a 27 dólares, três acima do início do pregão e com um aumento de 5,5 pontos acumulados na semana. Mas eu duvido que isso tenha relação com o A-100. Não se esqueçam de que a bolsa esteve em alta na semana passada. E as ações das empresas relacionadas com a área de defesa ganharam fôlego quando o comitê orçamentário se comprometeu a aumentar a verba do setor. Pouca coisa a mais do que no ano passado, mesmo assim, bem acima do esperado.

— Art, você tem idéia de quanto o A-100 vai influir no valor das ações da GEA? — perguntou Cowen, apertando novamente as banhas, um cacoete bastante desconcertante, mas do qual ele não parecia ter consciência. — Eu sei que você fez uma estimativa no início das negociações, mas, não atualizou os cálculos depois disso?

Fez-se silêncio na sala, só se ouvia a suave sinfonia de fundo. Era uma questão de suma importância. Todos sairiam lucrando com a infra-estrutura do projeto, mas a transação das ações da GEA continuava sendo o filão principal.

— Olhe, eu não gosto de especificar números porque depois vocês vão me cobrar — esquivou-se Mohler.

— Dê-nos pelo menos uma idéia.

Mohler olhou para Webb. Não tinha como se safar.

— Bom, são cálculos grosseiros, mas tudo indica que daqui a um ano o preço de mercado vai estar muito próximo dos cem dólares.

— Isso já levando em conta os contratos suplementares que a GEA pode vir a assinar com o Ministério da Defesa devido ao sucesso de engenharia e à produção de um programa de alto nível como o A-100? — indagou Finnerty.

Mohler sacudiu a cabeça.

— Não.

— Por favor, tenham, paciência comigo — pediu Cowen, debruçando-se na mesa. — Eu sei que nós já discutimos isso em outras ocasiões, mas quero ter certeza de que entendi bem.

Finnerty reprimiu o riso. O almirante Cowen continuava sendo um marinheiro de primeira viagem. Três anos antes, eles o admitiram no círculo especificamente por causa do A-100, devido ao tamanho e à extensão do programa. Webb tinha o poder de viabilizar a verba do orçamento, mas eles precisavam de alguém no Pentágono que aprovasse rápida e discretamente o contrato no Ministério da Defesa. Para sua felicidade, Cowen compreendeu imediatamente o enorme potencial de uma parceria entre uma empresa privada e as verbas do orçamento secreto. E bastaram algumas insinuações de Webb e Mohler sobre a perspectiva de valorização das ações para que ele se tornasse um verdadeiro discípulo. Foi quando o incluíram no grupo. Agora o almirante era tão ganancioso quanto os demais.

— A Sagamore investiu um bilhão de dólares nas ações da GEA, não é mesmo, Art? — prosseguiu Cowen.

— Exatamente. Nós pagamos 25 dólares por ação.

— Logo, se elas chegarem a cem como você diz...

— *Pode ser* que cheguem a cem — corrigiu Mohler.

— Desculpe. *Pode ser* que elas cheguem a cem.

— Sim.

— Isso significa...

Mohler tornou a interrompê-lo.

— Significa que a Sagamore transformará esse bilhão investido em 3 bilhões.

— E qual é a nossa parte? — quis saber Webb.

Mohler hesitou. Aquilo levaria as expectativas a níveis estratosféricos — coisa que ele preferia evitar —, mas lhe faltava coragem para tergiversar e muito menos para se recusar a responder uma pergunta do senador. Não sabia por quê, mas aquele homem o deixava apavorado. Talvez em virtude de sua ligação com Gordon Roth ou devido ao seu poder de deixar um capitão da força aérea ficar mofando seis meses na cadeia sem julgamento. "Apavorado" não era bem o termo. Webb o deixava "petrificado".

— A Sagamore tem uma comissão de 2% por ação — revelou. — Em 3 bilhões de dólares são 60 milhões. Metade para a Sagamore, metade para o nosso grupo.

Cowen soltou uma gargalhada. Ele ficaria milionário e, como se isso não bastasse, despertaria muita inveja nas outras forças quando apresentasse o mais avançado e secreto bombardeiro do mundo. Mas, antes de tudo, era preciso neutralizar Walker.

— É grana pra caralho! — deixou escapar.

Mohler enrijeceu todos os músculos do corpo ao ouvir a obscenidade. Detestava a grosseria de Cowen. Mas ele havia entrado no projeto A-100 com as melhores referências. Webb garantira que o almirante e a marinha eram os mais indicados e tinham mais possibilidades de aceitar o empreendimento que os transformaria em milionários. E, como sempre, estava com a razão.

— É um lucro fabuloso, sem dúvida, mas todos nós trabalhamos muito e o merecemos — disse o senador, apontando para Mohler. — Você tem certeza de que consegue desviar esse dinheiro da Sagamore sem despertar suspeitas?

— Tenho.

— E Mitchell? — perguntou Finnerty, mudando de assunto — Como está se saindo?

Mohler sorriu.

— Muito bem. Ontem mesmo ele transferiu 2 milhões de dólares da Aços Doub para a conta das Ilhas Cayman. O garoto é eficiente.

— E não desconfia de nada?

— Desconfiar, todo mundo desconfia.

— O próximo ponto da pauta — disse Webb, apontando para Coleman — é a campanha eleitoral. Como vão as pesquisas, Elbridge?

Coleman pigarreou. Não dissera uma palavra desde o início da reunião.

— Sem grandes novidades. Nós continuamos investindo muito, principalmente no oeste do estado e na Costa Leste. O senador Walker ainda controla a região central de Baltimore. Não há muito que fazer contra isso. Mas a grande batalha vai ser em Baltimore e nos subúrbios de Washington. É ganhar ou perder.

— Ganhar ou perder? — aborreceu-se Mohler. — Quer dizer que a eleição ainda não está garantida? Eu achei que a tendência fosse positiva. Segundo as pesquisas, nós subimos nove pontos nas últimas seis semanas.

— A tendência *é* positiva — retrucou o candidato. — Eu estou muito confiante. Mas acho que não vale a pena subestimar Malcolm Walker. Ele tem uma enorme capacidade de recuperação, nós já discutimos isso.

O almirante Cowen bateu na mesa para chamar a atenção.

— Eu não sei qual é a opinião de vocês, mas estou muito satisfeito com o que acabo de ouvir. Nós vamos ter um lucro incrível com as ações da GEA, e isso é maravilhoso, mas é preciso pôr as coisas no devido lugar. Não é só por causa da possibilidade de lucro, mas também por uma questão de patriotismo. Não quero bancar o milico fanático, mas nós precisamos trabalhar pela manutenção do orçamento secreto. Não podemos permitir que os liberais nos sabotem. Isso inviabilizaria o desenvolvimento de armas secretas. É uma questão de segurança nacional. — Virou-se para Webb. — Senador, Malcolm Walker quer detonar uma bomba amanhã. Eu espero que o senhor tenha um contra-ataque à altura, nós vamos precisar!

Todos se voltaram para Webb.

— Não se preocupe — disse ele, inabalável. — Acreditem, essa é a última coletiva que Malcolm Walker convoca na vida. E disso ele vai se arrepender amargamente.

CAPÍTULO 22

ASSIM COMO UMA PROLONGADA carícia no corpo, a água quente lhe massageou os músculos cansados. Nada melhor do que uma boa ducha depois de um longo dia. Agora Jesse teria um sono muito mais tranqüilo.

O vapor se espalhou vagarosamente no boxe, envolvendo-a totalmente; fechando os olhos, ela se concentrou na sensação que o jato forte lhe provocava na pele. Como que hipnotizada, reviu cenas do restaurante: a imagem de Todd. Ele ficara arrasado com a sua recusa. E o expressou instantaneamente, reação que a atingiu em cheio, bem no coração. Mas Becky dizia com tanta convicção que aquela era a atitude mais acertada. Que ela ainda não tinha condições de reatar o relacionamento.

Jesse desligou o chuveiro, torceu os cabelos para que a água escorresse e os prendeu num rabo-de-cavalo que lhe caía por cima do ombro. Tendo pegado uma toalha felpuda, saiu da banheira para se enxugar. Terminada a operação, jogou-a na pia e foi rapidamente para o único quarto do minúsculo apartamento.

Deteve-se para admirar uma vez mais o vestido de noite pendurado na porta do guarda-roupa. Tinham-no deixado naquele mesmo dia na portaria do edifício: presente de Elizabeth Gilman. Na luxuosa embalagem, também havia um envelope com um convite para a festa que Elizabeth ia dar em homenagem ao governador. Jesse acariciou o tecido. Era seda. Devia ter custado uma fortuna. Obviamente ela não podia aceitá-lo. Sendo funcionária pública, estava sujeita a um regulamento muito rigoroso no tocante a presentes. Tornou a admirá-lo. Bem, talvez o usasse na recepção para o governador, *depois* o devolveria.

Afastando-se do vestido, viu-se refletida no espelho grande da parede oposta. Com as mãos nos quadris, girou o corpo para os lados, examinando-se. Ombros delicados, cintura fina, pernas compridas e bem torneadas e um bumbum que recheava qualquer *jeans* com perfeição. Colocou-se de frente para o espelho. Bem que gostaria de ter seios maiores, mas, afinal, não era exatamente isso que pensavam quase todas as mulheres?

O gato persa veio roçar-lhe o tornozelo. Quando Jesse se agachou para acariciá-lo, a campainha tocou. Instintivamente, ela cobriu o corpo com as mãos e os braços. Quem seria àquela hora? A campainha tocou novamente. Jesse correu até a cama, pegou o roupão de banho que lhe chegava quase até os pés e vestiu-o já a caminho do *hall*.

Deteve-se no centro da sala às escuras. Meia-noite e cinco. Quem haveria bater na sua porta tão tarde? Avançou mais um passo e parou. *Tenha cuidado*. Eram as palavras de Neil Robinson. Por acaso o homem que a perseguira no chalé de Neil finalmente a havia encontrado? Mas para que tocar a campainha e lhe dar oportunidade de fugir pela escada de emergência? Bem, talvez fosse justamente isso que ele queria. Um cúmplice podia estar à sua espera no fim da escada. O pátio do prédio era escuro. Um ótimo lugar para concluir o que ele iniciara na outra noite.

Pisando com cuidado no grosso carpete, Jesse se aproximou da porta e espiou pelo olho mágico. Não conseguiu ver nada. Estava muito escuro. Podia acender a luz do corredor, mas isso denunciaria a sua presença. O sujeito não vacilara em atirar no pára-brisa de seu carro. Não vacilaria em atirar na porta. Ela ficou alguns segundos petrificada no *hall*, sem saber o que fazer.

Por fim, sacudiu a cabeça. Não tinha sentido arriscar-se tanto. Nos últimos dias, vinha tentando se convencer de que o homem desistira de procurá-la. Mas era tolice, uma grande tolice. Quem saiu atirando numa pessoa com a intenção de matá-la não desistiria tão rapidamente de persegui-la. Era absurdo acreditar em tal coisa. O melhor a fazer era chamar a polícia.

— Jesse — chamaram em voz baixa. — Jesse! — Repetiram em tom mais alto.

— David?

— Sou eu! Posso entrar?

Ela acendeu imediatamente a luz do corredor, soltou a corrente, destrancou a porta e a abriu. Lá estava ele, ainda de terno e gravata.

— O que você está fazendo aqui?

— Puxa, que recepção calorosa!

Rindo com alívio, Jesse lhe agarrou a manga do paletó e o puxou para dentro.

— Entre.

David lhe mostrou o suéter que ela havia usado no sábado, durante o passeio de barco.

— Você o deixou no meu carro.

— E você resolveu devolvê-lo agora?

— Bom, eu trabalhei até mais tarde, e como sua casa fica no caminho da minha.

— Não, não fica.

— Quando eu escolho o trajeto mais longo, fica.

Jesse sorriu. Tinha de reconhecer que ele conseguia ser charmoso às vezes,

— Eu não devia tê-lo deixado vir me buscar no sábado. Não devia ter lhe dado o meu endereço. E se você for um espião?

— Isso mesmo, agente secreto alemão, lembra?

— Ah, é verdade. — Jesse fechou mais o roupão. — Agora me conte: a que eu devo a honra da sua visita

— Elizabeth vai convidá-la para conhecer mais algumas pessoas na Sagamore. Se tudo correr bem nessas entrevistas, vai lhe fazer uma proposta imediatamente. Você começa a trabalhar conosco assim que concluir o curso. Isso ainda é segredo, mas é o que ficou combinado.

Jesse tapou a boca com as duas mãos.

— Mentira!

— Não, não. É a mais pura verdade. Eu fiquei sabendo no fim da tarde. E as entrevistas com essas pessoas vão ser marcadas muito em breve. Algumas delas vão viajar, e eu acho que Elizabeth quer que isso fique resolvido. — Por quê, ele não conseguia entender. Jesse era muito inteligente, sem dúvida, mas havia tantos candidatos. — Enfim, eu imaginei que você estivesse interessada em saber quem são esses caras. Alguns são meio ardilosos, acho que seria bom eu lhe dar informações sobre eles.

Sei que já é tarde, mas acontece que Elizabeth tem pressa de marcar a reunião. Talvez seja amanhã mesmo. Eu podia ter deixado para conversar com você amanhã cedo, mas tenho uma reunião agendada e pode ser que demore.

— Quanta gentileza! — Sem pensar, ela lhe beijou o rosto.

— Bom, eu só quero ajudar.

— Obrigada. Você pode esperar um instante? Eu vou me vestir.

— Você acha necessário?

— Eu não demoro — disse ela rindo e já a caminho do quarto. — Fique à vontade. Tem cerveja na geladeira.

Quando Jesse entrou no quarto, David foi para a cozinha e abriu a geladeira. Examinou-lhe o conteúdo, escolheu uma garrafa de Michelob e a pôs no balcão. Ia girar a tampa quando reparou numa pasta marrom na extremidade próxima do fogão. No canto superior, uma etiqueta: "Elbridge Coleman". David abriu a cerveja, tomou um bom gole, encostou-se na pia e ficou olhando para a pasta.

Jesse tirou o roupão, jogou-o na cama e vestiu rapidamente um *jeans* e um moletom. Mais entrevistas. Se se saísse bem, seria contratada pela Sagamore. Passaria a trabalhar na Sagamore Investment Management Group, um dos maiores fundos de investimento do mercado. Sara não ia acreditar. Nem ela acreditava.

Sentou-se à penteadeira e ligou o secador de cabelos. No mesmo instante, o forte ruído eliminou todos os outros. E então de Jesse teve um sobressalto. A pasta! Estava na cozinha!

Jogando o secador no chão, ela correu para lá. Chegando ao fim do corredor, deu com David saindo com uma cerveja na mão.

— Oi.

— Oi. — Ele tomou um gole. — Que houve? Você parece assustada.

— Nada. — Jesse se deu conta de que fazia um tempo aparentemente enorme que havia prendido a respiração. Exalou o ar lentamente pela boca, tentando dissimular a aflição.

David colocou a garrafa na mesa de centro e, ao se sentar, percorreu-a com os olhos.

— Você está linda.

— Obrigada. — Ela sentiu o pulso disparado.

— Está tudo bem com você? — David bebeu mais um pouco.

— Claro que sim. Acho que eu também vou beber alguma coisa. Um instante.

Jesse empurrou a porta vaivém da cozinha e se aproximou do balcão. O arquivo de Neil continuava no mesmo lugar e parecia intacto. Era impossível saber se David o folheara. Caso o tivesse feito, tinha tomado o cuidado de deixá-lo exatamente como estava.

— Que você está fazendo? — gritou ele.

— Pegando uma cerveja. Já vou.

— Está bem.

Jesse escondeu a pasta num armário, ao lado de uma caixa de flocos de milho; a seguir, pegou uma cerveja na geladeira e voltou para a sala.

David esperou que ela se sentasse no sofá em frente e sorriu.

— Eu preciso confessar uma coisa, Jesse.

— O quê? — Ela sentiu um calafrio. E se fosse sobre a pasta de arquivo? Que resposta dar?

— É verdade que Elizabeth vai chamá-la para mais algumas entrevistas. Isso já está decidido. Mas, bem... Eu também vim por outro motivo.

— Qual?

Ele hesitou.

— Eu queria saber se a gente não pode ir jantar um dia desses. Logo.

Sem dizer uma palavra, Jesse colocou a garrafa na mesa de canto, encolheu as pernas junto ao peito e abraçou os joelhos.

David percebeu imediatamente o seu constrangimento.

— Você tem medo de que Elizabeth não aprove se nós sairmos juntos? Que desista de contratá-la por isso?

Era como se ele conseguisse ler o seu pensamento.

— É, essa idéia já me ocorreu.

— E se a situação fosse diferente? Se não houvesse a questão do emprego? Você sairia comigo?

Jesse fez que sim.

— Sairia.

— E se eu lhe disser que Elizabeth não se opõe? Que até comentou que nós formamos um belo casal? Você ficaria mais tranqüila? — David pegou um cartão que estava ao lado do telefone e, distraído, começou a bater com ele na mesa.

Jesse vacilou um momento.

— Acho que sim. — Olhou para o cartão que agora ele examinava. — Não me leve a mal, mas eu prefiro ouvir isso dela.

David não respondeu. Continuou olhando para o cartão.

— Você entende?

O cartão informava que a mulher era doutora em psicologia.

— Quem é Rebecca Saunders?

— Uma amiga — respondeu ela sem se alterar. Queria arrancar-lhe o cartão da mão, mas não podia. David era inteligente. Notaria sua ansiedade.

— Uma amiga? — No cartão havia uma série de horários anotados, obviamente, horários de consultas.

— É.

— Ei, Jess! — As repentinas pancadas na porta da rua sobressaltaram os dois. — Jess, sou eu, abra!

— Meu Deus! — exclamou ela, erguendo-se. — Será que hoje o meu apartamento virou a Estação Central?

As batidas persistiam.

— Vamos, Jess! Abra a porta!

Era a inconfundível voz de Todd.

— O que ele veio fazer aqui? — Ela se apressou a abrir a porta.

— Oi, lindeza! — Todd estava visivelmente empolgado.

— Oi — disse Jesse com frieza. A situação ia ser terrivelmente constrangedora.

— Não precisa ficar tão contente por me ver, garota. Eu sei que é tarde, mas achei que... — Por cima do ombro de Jesse, ele viu David que se aproximava. — Ah, não! — Sua voz perdeu todo o entusiasmo. — Desculpe.

Ela sacudiu a cabeça.

— Tudo bem.

— Bom, eu já vou indo. — David se acercou de Jesse e lhe beijou o rosto. — Se Elizabeth entrar em contato, telefone para mim imediatamente. Se achar necessário, peça à minha secretária que me tire da reunião. Eu lhe dou a dica sobre as pessoas que vão entrevistá-la. — Ele e Todd se despediram com um breve movimento da cabeça, tal como quando foram apresentados em frente ao prédio da Receita Federal; Todd ficou de lado para lhe dar passagem.

— Obrigada, David — gritou Jesse às suas costas.

Ele acenou sem olhar para trás e começou a descer a escada.

Jesse deu meia-volta e entrou no apartamento. De uma hora para outra, estava se sentindo exausta.

— Desculpe, Jess. Palavra que eu lamento.

— Não se preocupe.

— Pelo visto, eu cheguei bem a tempo — murmurou Todd consigo.

— Quê?

— Nada. Escute, eu não vou demorar. É que acabo de descobrir uma coisa muito interessante a respeito de Elbridge Coleman e achei que você precisava saber. — Tirou do bolso um bloco de anotações.

— Não podia ter telefonado? — Aquilo a preocupava. Todd estava avançando demais. Becky tinha razão.

— Você não disse que preferia não tratar disso por telefone?

Ela o encarou. Era verdade.

— Tem razão. Foi o que eu disse. — Sentiu uma pontada de culpa por ter duvidado das intenções de Todd. Por ter dado razão a Becky. — Que você descobriu?

Ele fechou a porta e foi indo para a sala.

— Eu tenho um amigo que é um ótimo corretor da bolsa, tanto que me fez perder uma pequena fortuna nos últimos dois anos. Bom, como eu sei que ele está constrangido por causa disso, aproveitei para lhe pedir um favor. — Sua voz voltou a mostrar o entusiasmo inicial. — E ele ficou muito contente por atender um pedido meu.

— E?

— No dossiê, Robinson fala em investigar a venda inicial das ações da Coleman Technology. Esse foi um dos motivos que o levaram a reexaminar a situação fiscal da empresa. Em suas anotações, ele menciona que o preço das ações lhe parecia excessivamente alto. Eu pedi ao meu amigo que averiguasse. Ele trabalha para a Legg Mason aqui em Baltimore. A Legg Mason não participou do consórcio que negociou essas ações, mas ele tem amigos em outras empresas que participaram.

Jesse balançou a cabeça.

— Continue.

Todd folheou o bloco e examinou as anotações antes de prosseguir.

— Acontece que o negócio todo foi agenciado por um grupo de pequenas corretoras. Nenhuma delas tinha o porte da Morgan ou da Merrill Lynch, eram todas pés-de-chinelo de lugares como Seattle e San Antonio. O meu amigo confirmou que o preço era, de fato, muito *alto* para uma empresa ligada à indústria bélica, principalmente considerando a lista de bancos de investimento que venderam as ações. Também eram pequenos. Não tinham o fôlego de uma Morgan ou de uma Merrill, de modo que não conseguiriam impor um preço tão elevado.

— Interessante — disse Jesse. — Mas, com isso, o máximo que a gente pode é acusar Elbridge Coleman de ter feito um ótimo negócio.

— Espere um pouco. O meu amigo da Legg Mason conversou com um corretor de uma dessas firmas que intermediaram a pulverização da Coleman, uma corretora chamada... — Ele tornou a consultar o bloco de anotações — Zarb & Co. Fica em Phoenix. Parece que os próprios corretores da Zarb acharam o negócio esquisito. As ações já estavam vendidas quando chegaram às mãos deles. Aliás, a única coisa que fizeram foi transferi-las para uma lista de pessoas indicadas pela diretoria da Zarb. Geralmente os corretores precisam pedir autorização até para o papa antes de vender um lote de ações. Mas o negócio já estava feito quando as ações chegaram.

— Resumindo: foi tudo orquestrado — concluiu Jesse.

Todd fez que sim.

— E os compradores eram empresas de médio porte, nenhum fundo comunitário ou de pensão, que geralmente dominam esse tipo de transação.

— O seu amigo consegue obter informações sobre as empresas que investiram nas ações da Coleman?

— Eu fui mais longe do que você pensa, Jess. O cara da Zarb já investigou isso. Pelo menos três das corretoras que participaram do negócio eram de propriedade de um *holding*. Ele está colhendo mais informações sobre esse *holding*. Quer dizer, quem são os donos. Só que às vezes demora um pouco para levantar esse tipo de informação.

Jesse sabia disso melhor do que ninguém. Era justamente por meio dessas estruturas administrativas intrincadas que as pessoas tentavam lesar o fisco.

— À parte isso, você acha que um único conglomerado comprou as ações da Coleman, mas disfarçou a operação, pulverizando as cotas entre diversas empresas de sua propriedade.

Todd fez que sim.

— Exatamente.

Excelente informação. Algo que, se confirmado, lhes daria uma pista concreta para seguir.

— E por que será que fizeram isso? — Jesse estava pensando em voz alta.

— É uma estratégia interessante para financiar uma campanha eleitoral sem explicitar quem entrou com o dinheiro.

Era o que Jesse pensava, mas queria ver se Todd chegava à mesma conclusão sem que fosse necessário induzi-lo. Ela olhou para a mesinha próxima da poltrona em que David se sentara. E engoliu a seco. O cartão de Becky havia desaparecido.

David entrou na limusine e se instalou ao lado de Elizabeth Gilman enquanto o motorista fechava a porta. Tinha dado a volta no quarteirão, pois Elizabeth não queria a limusine estacionada em frente ao prédio, onde Jesse podia vê-la.

— Que aconteceu? — perguntou. — Você não ficou muito tempo lá.

Na escuridão do carro, David mal conseguia enxergar a silhueta da mulher.

— Um amigo dela apareceu de uma hora para outra. Não ia dar.

— Que amigo?

— Um cara chamado Todd Colton. Ela diz que é só um amigo, mas eu tenho as minhas dúvidas.

— Todd Colton — sussurrou Elizabeth. — Todd Colton — repetiu para gravar o nome na memória.

David fechou os olhos e relaxou. Começava a desconfiar que Elizabeth Gilman era muito mais do que a senhora bondosa e sofisticada que exteriormente aparentava ser.

— Você achou alguma coisa no apartamento dela?

David hesitou. Os documentos, na cozinha, acusavam o candidato Elbridge Coleman de conspirar com um grupo de grandes empresários a fim de manipular sua eleição, de colaborar com uma facção ultraconservadora que controlava a indústria bélica e queria varrer do Congresso gente como Malcolm Walker. Era bem provável que seu padrinho, em Washington, pertencesse a essa facção. Assim como Jack Finnerty, David pensou com seus botões. E o possível envolvimento da GEA, da Sagamore e, indiretamente, dele próprio lampejou como um raio em seu cérebro quando ele estava examinando os documentos na cozinha. Mas então Jesse desligou o secador de cabelo, obrigando-o a recolocar a pasta no lugar. O olhar assustado com que ela saiu do quarto denunciou que temia que ele visse aqueles papéis.

— Não, Elizabeth, eu não achei nada. — Era mais sensato guardar para si esse tipo de informação, podia servir de moeda de troca no futuro. — Pelo menos, nada que fugisse ao normal.

— Está bem, mas eu quero que você reviste esse apartamento de ponta a ponta. E que se aproxime mais dela. Quero vocês dois em contato permanente. — Agora, Elizabeth tinha de acompanhar todos os passos de Jesse.

— Eu não entendo — disse ele com voz uniforme. — Por que você dá tanta importância a isso?

Ela não podia lhe contar a verdade.

— Eu estou pensando em contratá-la, desde que ela conclua o curso de administração, é claro. Não quero que as outras corretoras tenham oportunidade de recrutá-la, por isso resolvi me antecipar.

— Mas por que tanto interesse por ela? Há muitos outros candidatos. Gente de faculdades melhores, com mais experiência que Jesse Hayes.

— Eu identifico imediatamente um talento inato. — Ela se voltou para David. — É por isso que sou a diretora da Sagamore — disse com frieza —, e você é um gerente de portfólio que espera comemorar o quinto aniversário na empresa.

Ao mesmo tempo em que fazia a ameaça velada, ela lhe acariciou o dorso da mão com a ponta dos dedos.

— David, nesses quatro anos, nós nunca tivemos oportunidade de nos conhecer realmente. — Falou com voz branda, aninhando sua mão no colo. — Acho que teremos hoje. — Elizabeth viu o olhar estranho de David. Suas palavras tinham atingido rapidamente o objetivo. Despistá-lo.

David se inclinou para a frente e esfregou a testa. A promessa de milhões e de tudo quanto o dinheiro podia comprar. De segurança financeira. Do que ele mais queria na vida. Ser rico. Mas será que valia a pena pagar aquele preço?

Escondido atrás de uma perua, Gordon Roth ficou observando o rapaz despedir-se da garota e descer a escada. A luz do corredor se apagou e o rapaz sumiu momentaneamente na escuridão, mas, assim que ele chegou ao último degrau, Roth tornou a ver o seu vulto indo para o estacionamento e entrando no carro.

Quando as lanternas traseiras do automóvel desapareceram na esquina, Roth saiu do esconderijo, foi rapidamente para o pátio do prédio e subiu pela escada de incêndio ao terceiro andar. Lá, agachou-se junto à janela do quarto e se inclinou para a frente. Pelas cortinas, viu a mulher tirar o roupão e ir para a cama. Então a luz se apagou, e ele não viu mais nada.

Passou duas horas esperando. Por fim, tendo certeza de que a moça adormecera, cobriu o rosto com a máscara de esquiador e abriu a janela — aquela que ele mesmo se encarregara de destrancar durante a tarde. Em questão de segundos, entrou no quarto, prendeu os braços da mulher com os joelhos e tapou-lhe a boca com a mão. Ela se debateu durante alguns instantes, mas, embora não fosse muito alto, Roth era extraordinariamente forte, de modo que o esforço da moça foi inútil.

Quando ela parou de se debater, ele aproximou o rosto de seu ouvido e cochichou:

— Eu vou tirar a mão de sua boca, mas se você gritar, eu te mato. — Com a mão livre, sacou a faca serrilhada de caça e a pressionou no rosto da mulher. — Entendeu?

Ela fez que sim, os olhos arregalados de pavor.

Rapidamente, Roth pegou os dois longos pedaços de corda que trazia na cinta e lhe atou os pulsos na cabeceira da cama; a seguir, descobrindo-a com violência, prendeu-lhe os tornozelos.

Já com lágrimas nos olhos, ela o encarou.

— Por favor, não me faça mal — implorou.

— Eu quero informação. Se você cooperar, não lhe acontecerá nada. — Roth encostou a afiada faca na carne macia de sua garganta.

Instintivamente, ela recuou o máximo que pôde, mas ele continuou pressionando lâmina até conseguir lhe arrancar uma gota de sangue.

— Você está me machucando — disse a moça mais alto do que devia.

Ele tornou a lhe tapar a boca.

— Eu mandei ficar quieta! Mais um pio e você morre. — Afastou lentamente a mão de sua boca.

— Desculpe — ela murmurou.

Uma vez mais, Roth se curvou e colou os lábios em seu ouvido.

— Cadê o dossiê?

— Que dossiê?

Ele insistiu na pergunta várias vezes, mas não teve resposta. Era evidente que aquela vaca não ia colaborar. Tirando um lenço do bolso, enfiou-o bruscamente em sua boca.

— Eu já volto.

Começando pelo quarto, passou meia hora revistando o apartamento, mas não achou a pasta. Transtornado de cólera, voltou para a cama, ajoelhou-se novamente sobre ela e tirou o lenço que lhe tapava a boca.

— Onde você pôs o maldito dossiê? — rosnou com ferocidade.

— Eu não sei do que você está falando. Juro.

— Você o entregou ao cara que esteve aqui?

— Eu já disse... — a mulher balbuciou. — Não sei que dossiê é esse. Por favor, solte-me.

— A coisa vai piorar muito se você não cooperar imediatamente. É melhor me contar logo.

— Eu não sei de dossiê nenhum!

Roth voltou a amordaçá-la e passou uma hora torturando-a. Não deixou nenhuma marca em seu corpo, mas a destroçou psicologicamente, fazendo ameaças terríveis com a faca. Mesmo assim, a moça não contou nada. Por fim, ele lhe cobriu a face com o travesseiro e apertou sem piedade. Quando a sentiu flácida, sem vida, soltou-lhe os pulsos e os tornozelos, tomou-a nos braços e saiu pela janela. Ela morrera asfixiada em sua própria cama. Mas o mundo pensaria que sua morte era a conseqüência de um violento acidente de automóvel.

CAPÍTULO 23

— BOM DIA, Malcolm.

Monique Howard era a chefe de gabinete de Walker. Alta e esbelta, tinha um belo rosto emoldurado por longos cabelos escuros. Estava com ele desde a campanha para o Senado Estadual e sempre o acompanhava nos compromissos oficiais, já que a agenda de senador era tão atribulada que quase não lhe deixava tempo para namorar. Como os dois eram solteiros, não faltavam boatos sobre um possível envolvimento entre eles. E se Walker porventura tivesse manifestado interesse por Monique, dificilmente seria rejeitado, pois seu caráter, seu senso de justiça e seu charme natural a fascinavam. Mas, nos dez anos de convivência, ele sempre se portara como um cavalheiro. De modo que, tal como na maioria dos casos em Washington, o que se dizia a respeito dos dois não passava de mexerico.

— Bom dia, Monique, como vai? — A voz do senador veio de trás da imensa escrivaninha atulhada de papéis e copos descartáveis de café, todos vazios.

Ele era desorganizado por natureza. Fazia anos que tentava convencê-la de que a desordem na escrivaninha era proposital, deixava-o mais livre para pensar. A bagunça representava a liberdade de pensamento. Porém a chefe de gabinete conhecia a verdade. Walker simplesmente não gostava de arrumar as coisas. Portanto, Monique se encarregava de reorganizar a escrivaninha de quinze em quinze dias para evitar que ele acabasse soterrado sob a montanha de papéis.

Monique o encarou com desconfiança.

— Pode-se saber o motivo desse bom humor? — Ultimamente Walker andava desanimado com a expressiva subida de Coleman nas pesquisas.

— Porque hoje é um dia muito especial: o do começo da virada. — Ele se levantou, atravessou o gabinete com passos largos, cumprimentou com um rápido aceno os quatro assessores que trabalhavam na sala contígua e fechou a porta. Pôs-se a caminhar de um lado para outro como sempre fazia quando estava entusiasmado. — Hoje nós vamos apagar os refletores de Elbridge Coleman e acender os nossos. — Estalou a língua como se estivesse degustando uma iguaria.

— Ah, sim, a entrevista coletiva. — Monique não estava tão empolgada com as perspectivas do dia.

Ele continuou passeando.

— Exatamente, a coletiva. — Não lhe escapou o ceticismo na voz da assessora. — Por que você diz isso com esse tom?

Monique alisou as pregas da saia.

— Bom, vamos rever os tópicos — sugeriu, esquivando-se da pergunta.

Walker se deteve perto da janela do gabinete, no Russell Senate Office Building, para organizar as idéias. Ali se descortinava um belo panorama do Capitólio, onde só os senadores mais antigos tinham gabinete. Para ir ao plenário, os outros eram obrigados a percorrer o longo corredor subterrâneo que ligava os dois prédios.

— Vou começar revelando a existência do projeto secreto do bombardeiro A-100 — disse. — Quero detalhar o custo exorbitante que esse avião representará para o povo norte-americano, provavelmente mais de 150 bilhões de dólares nos próximos sete anos. E explicar que isso representa um desperdício extraordinário do dinheiro do contribuinte, uma vez que os Estados Unidos já são a potência militar dominante. E é claro que vou ressaltar que essa verba podia ser aplicada com muito mais eficácia em programas sociais, citando vários exemplos. Em segundo lugar, vou discutir o orçamento secreto em geral e denunciar o modo como o contrato do A-100 foi firmado sob a sua proteção. Vou propor uma comissão parlamentar de inquérito para investigar cabalmente o processo de contrato, tanto no Congresso quanto no Pentágono, com o objetivo de desbaratar a rede montada. — Projetou o queixo para a frente numa atitude desafiadora. — Pronto. Que você acha? — perguntou, afastando-se da janela.

A adoção dessa estratégia era um risco enorme para ele, Monique sabia disso.

— O que você pretende dizer sobre o orçamento secreto?

— Tudo que sei.

— Então diga.

Walker reiniciou a caminhada.

— Que, todo ano, um pequeno e seleto grupo de senadores seniores, possivelmente três, provavelmente dois, mas talvez só um, tem a possibilidade de se apropriar secretamente de até 10% da verba da defesa e, sem prestar contas a ninguém, gastá-la no desenvolvimento de novas armas. Que ninguém tem o direito de questionar a alocação dessa verba secreta. Nem o Congresso, nem a Procuradoria Geral, nem o Escritório Geral de Contabilidade e, para dizer a verdade, nem mesmo o presidente da República. Que as negociações com a indústria bélica são feitas à sombra desses programas, sem que ninguém possa fiscalizá-las. — Walker reparou que a chefe de gabinete parecia mais interessada nas pregas da saia que no discurso. — Monique?

Ela estava esfregando uma mancha no tecido.

— Sim? — A nódoa era a prova irritante de que havia derrubado na roupa um pedaço da torta que comera no café da manhã.

O senador ficou contrariado com tanta indiferença por sua luta contra o Ministério da Defesa.

— As pessoas precisam saber do orçamento secreto, Monique. Precisam entender que esse sistema existe há anos. Os programas secretos custam muito dinheiro ao contribuinte, pelo menos 30 bilhões por ano, e oferecem muitas oportunidades de fraude e, em última instância, de conflito de interesses. E esse sistema nunca foi e nunca será fiscalizado, a menos que alguém tome a iniciativa de denunciá-lo. Desde que cheguei ao Senado, eu combato o esbanjamento do governo com o Ministério da Defesa. É lógico que eu assuma a liderança desta batalha. — Sentou-se à escrivaninha, pegou uma bola de tênis que estava num cinzeiro sem uso, reclinou-se na cadeira de couro e jogou a bola para cima. — E a entrevista coletiva vai nos dar muita publicidade exatamente quando nós mais precisamos.

— Como você sabe da existência dessa verba secreta? — A mancha não queria sair. E a saia acabava de chegar da lavanderia.

— Ora — disse ele com irritação —, todo mundo sabe disso.

— Especificamente, como você sabe? A imprensa vai perguntar se você denunciar tudo isso. É melhor ter a resposta na ponta da língua.

— Ok, ok. Quer um exemplo? O bombardeiro B-10 foi um projeto do orçamento secreto. E quanto eles estimam que cada um desses urubus blindados custa ao povo americano? — Walker perguntou retoricamente. — Um bilhão e duzentos milhões. É claro que o preço real é provavelmente o dobro disso, e você sabe que muita gente enriqueceu por baixo do pano. Você sabe que o dinheiro desses projetos foi parar em cofres secretos.

— Que prova você tem disso?

— O fato é que ninguém contabiliza esse dinheiro. Basta conversar com um contador do Pentágono para ver o temor da fúria divina em seus olhos. Fale nisso para o Departamento de Administração e Orçamento ou para o Escritório Geral de Contabilidade, e eles tratam logo de mudar de assunto.

— Isso não basta — disse Monique com firmeza.

— Olhe, quem passa seis anos percorrendo os corredores do Congresso acaba ouvindo muita coisa. Boatos sobre como se joga realmente o jogo das verbas no Departamento de Administração e Orçamento. Como os contratos são aprovados. Nunca se ouve nada concreto, ninguém confessa nada, mas a gente sabe o que acontece.

— Talvez haja um bom motivo para que ninguém confesse nada — argumentou Monique, e sem parar de esfregar a saia com as unhas compridas.

— Ei, nós nos comprometemos a nunca nos deixar intimidar por essa gente. — Walker notou a apreensão dela, coisa que o irritou. Monique era uma mulher firme e decidida, ele nunca a vira com aquela atitude. — Por acaso você desistiu?

— Não! — Ela o fitou nos olhos. — Mas às vezes é melhor não cutucar a onça com vara curta.

— Eu não consigo acreditar que você esteja dizendo isso! — Walker tornou a jogar a bola de tênis para o alto. Ela bateu no teto, caiu e rolou no carpete vermelho até um canto distante do gabinete. — Andaram fazendo a sua cabeça?

— Claro que não.

— Seja franca. Alguém veio falar com você?

— Não, droga! Eu só estou tentando protegê-lo.

— Então me diga qual é o problema?

— Malcolm, suponhamos que você tenha razão. Vamos imaginar que existe mesmo uma verba gigantesca, no orçamento do Ministério da Defesa, controlada pessoalmente por um ou dois senadores. Que há uma conspiração articulada por um pequeno grupo de altos funcionários do Pentágono e executivos da indústria bélica. Você acha sinceramente que consegue convencer o Congresso a investigar isso? Se essa verba existe, é porque os legisladores veteranos acham que deve existir. O que você está querendo é pedir a essa mesma gente que acha que a verba deve existir e lucra com ela que a investigue. Em outras palavras, que eles se investiguem a si mesmos. Isso não vai acontecer, e você vai acabar no ostracismo. — Ela desistiu de tirar a mancha e se resignou a fazer mais uma visita à lavanderia. — Eu sei que você está decepcionado comigo, mas eu o aconselho a combatê-los no âmbito do projeto. Denuncie o A-100, mas pare por aí. Jogue conforme as regras do jogo. Você ganhará pontos com os eleitores e continuará vivo.

— Ah, pare com isso! — Ele fez um gesto de desdém. — Você está sendo melodramática.

— Estou? — Ela não tinha tanta certeza.

— Está, sim.

— Não se meta com o orçamento secreto, Malcolm. Não é que eu esteja com medo. Só acho que não é boa política centrar fogo nisso. Eu sou a sua principal assessora. Você me paga para lhe dar conselhos. É o que eu estou fazendo.

— Que você acha do fato de haver um capitão da força aérea encarcerado na Área 51 sem ter sido acusado de nada? — Walker perguntou. — Mofando na cadeia. Você acha normal eles fazerem uma coisa dessas?

— Claro que não. Mas você acha normal o fato de ele não ter dito uma palavra? Que esteja com tanto medo que se dispõe a ficar trancado numa cela de dois por dois, jogando o jogo-da-velha nas paredes em vez de batalhar para voltar para casa e para os seus filhos? Eu acho que calaram a boca dele. E, se esse silêncio não o levar à mesma conclusão, é porque você é cego.

— Ela fez uma pausa. — Você acha normal que o contato dele em Washington, o senador Malcolm Walker, não tenha tentado tirálo de lá?

Walker deu um forte murro na mesa.

— Isso não é justo! O capitão Nichols me procurou. Eu disse que não poderia fazer nada caso o pegassem. Ele sabia o risco que estava correndo.

— Mesmo assim, você precisa ajudá-lo.

O senador se levantou e reiniciou a caminhada de um lado para outro.

— Eu sei — disse, emitindo um prolongado suspiro cheio de culpa. — E vou ajudá-lo. Mas, primeiro, deixe-me denunciar o orçamento secreto. Então, sim, terei condições de fazer alguma coisa por ele.

— Mas eu duvido que alguém no Congresso se disponha a abrir um inquérito com base no que você me disse — insistiu Monique.

— Que você quer que eu faça? — Sua voz refletia a tensão dos últimos meses. — Se eu não tentar fazer uma coisa drástica, Elbridge Coleman passa por cima de mim com um rolo compressor em novembro. Isso é óbvio, basta ver a tendência nas pesquisas. Eu preciso fazer barulho. Uma coisa que tire os refletores dele e os coloque em mim. Do contrário, é o fim. Pouco importa que eu vá para o ostracismo, pois já não vou estar aqui. Veja os números. — Parou de andar e enfiou as mãos nos bolsos da calça. — Amanhã vai ser divulgada uma pesquisa da ABC que coloca Coleman *cinco* pontos na minha frente agora.

— Como você sabe disso? — perguntou Monique de pronto. Geralmente ela conseguia interceptar essas informações.

— Peter Jennings, ora. Ele me telefonou para comentar.

— Eu lamento, Malcolm.

— Tudo bem. — Walker ficou um momento esfregando a testa. — Há mais uma coisa que não lhe contei. — Pegou um peso de papel na escrivaninha e o recolocou no lugar. — Eu tenho uma prova material.

— Quê? É mesmo?

— É uma prova pequena, mas suficiente para pelo menos iniciar um inquérito no Senado.

— O que é? — Ela se entusiasmou repentinamente. — Quer dizer, se você tem algo assim, talvez seja suficiente.

Walker voltou a se sentar em sua cadeira e abriu uma gaveta da escrivaninha. Tirou um envelope e o jogou na direção de Monique.

Ela pegou o envelope, que caíra em cima de uma pilha de exemplares não lidos do *Washington Post*, abriu-o, tirou uma folha de papel e leu com ansiedade. Arregalou os olhos.

— É um ofício manuscrito do chefe de Operações Navais Ted Cowen para o senador Webb, solicitando a apropriação do orçamento secreto para o A-100! E estão escritas as palavras "orçamento secreto". E o destinatário é claramente o senador Webb.

Era uma verdadeira dádiva dos Céus. E justamente quando ele mais precisava.

— Você consegue acreditar? — perguntou Walker. — Pelo que eu sei, nunca ninguém escreveu uma coisa importante como essa por conta do orçamento secreto. Acho que isso mostra o quanto desdenharam a marinha nos últimos anos. O almirante Cowen provavelmente nem sabia do protocolo do orçamento secreto.

— Você tem certeza de que a assinatura no ofício é dele?

— Tenho. Quanto a isso, não há dúvida. Já mandei um especialista analisar a caligrafia.

— Mas como você conseguiu isso? — Ela mal podia conter o entusiasmo.

Walker pensou uma vez mais no capitão Nichols encerrado numa cela. Ele precisava tirar aquele homem de lá, custasse o que custasse.

— Num arquivo da Área 51. Foi a última prova material que o capitão Nichols conseguiu tirar de lá antes de ser silenciado.

Exatamente à uma da tarde, o senador Malcolm Walker passou pela vasta porta do Salão Central de Depoimentos, no Edifício Hart. O enorme salão estava lotado, principalmente de jornalistas. Muitos deles cumprimentaram ou bateram nas costas do senador quando ele se aproximou do tablado. Walker sempre tivera relação amistosa com a imprensa — mesmo com os repórteres simpatizantes dos conservadores, que publicavam detalhes do seu portfólio de investimentos e do seu histórico escolar. Não valia a pena irritar a mídia, em circunstância alguma. Ele aprendera essa lição no início da carreira política.

Walker bateu de leve no microfone e sorriu para os muitos rostos conhecidos na multidão.

— Boa tarde, senhoras e senhores. — Virou ligeiramente a cabeça, baixou-a e olhou diretamente para a câmera da CNN. — Obrigado pela sua presença. O que eu vou lhes dizer é...

— Senador Walker! — chamou uma voz grave no fundo do salão, interrompendo-o.

Ele protegeu a vista devido à forte luz dos refletores, tentando identificar o interlocutor.

Escoltado por dois fortes guarda-costas, o reverendo Elijah Pitts vinha se aproximando da tribuna.

— Senador Walker, faz algum tempo que o LDA está tentando iniciar um diálogo com o seu gabinete.

Walker se voltou rapidamente para um assessor.

— Como, diabos, eles conseguiram entrar aqui?

Nervoso, o rapaz encolheu os ombros. Sabia que seu emprego estava seriamente ameaçado.

— Senador! — O pastor recorreu a sua voz de orador, oscilando-a para aumentar o efeito.

Walker tornou a encarar Pitts que, cercado por um mar de jornalistas, chegara a poucos metros da tribuna.

— Eu procurei reiteradamente entrar em contato com o senhor, mas o senhor não retornou os meus telefonemas. Nós temos muito que discutir sobre a comunidade negra. — Apontou o dedo para o senador. — Por que o senhor despreza a nossa organização? Por que despreza o Libertação dos Afro-americanos? O senhor esqueceu a sua gente, senador? — As últimas palavras reverberaram dramaticamente no salão.

Walker tornou a olhar para o assessor.

— Que fim levou a polícia do Capitólio? Deviam tirar esse cara daqui!

— Eu não sei onde eles estão, senador.

— E Monique, onde está?

O rapaz encolheu novamente os ombros.

— Droga! — Walker olhou de relance para a câmera da CNN e desviou rapidamente a vista. Estava perdendo a oportunidade de desmascarar o A-100 e o orçamento secreto. — Como eu ia dizendo... — tentou recomeçar.

— Responda! — bradou o reverendo em meio ao rumor da multidão.

— Isso mesmo, responda — interferiu um repórter do *The New Republic*. — Por que o senhor não reconhece o LDA?

Os *flashes* começaram a lampejar, e Walker sentiu o suor cobrir-lhe a testa. De súbito, os refletores ficaram insuportavelmente quentes. Nunca deixe o público vê-lo transpirar, pensou.

— Naturalmente, eu terei satisfação em me encontrar com o reverendo em breve para estudar a possibilidade de trabalharmos juntos. — Virou a cabeça para o lado a fim de não falar diretamente para a massa de microfones.

— O senhor me convidaria a subir à tribuna em sinal de fraternidade? Hoje por exemplo? Agora? — gritou o pastor.

Walker endereçou mais um olhar angustiado para a câmera da CNN. O videoteipe de sua entrevista coletiva seria transmitido a todos os lares dos Estados Unidos no noticiário da noite. Ele engoliu a seco. Se declarasse abertamente sua adesão ao LDA, perderia uma parte substancial do eleitorado branco. Por outro lado, se não cedesse a Pitts agora, perderia o grosso do eleitorado negro. Não que este fosse optar por Elbridge Coleman, simplesmente se absteria de votar. O que seria igualmente devastador. De repente, Malcolm Walker se viu sem saída e sentiu o chão estreitar-se sob seus pés até se reduzir a uma corda bamba.

— Convide-me a ficar com o senhor na tribuna, senador Walker. Mostre que respeita o seu povo. — Pitts lançou uma flechada mortal no tablado.

E foi como uma flechada real. Walker sentiu uma pontada no peito como se tivesse sido atingido. Balançou lentamente a cabeça e abriu um amplo sorriso político.

— Venha ficar ao meu lado, reverendo Pitts.

Era a única opção. Ele não podia dar as costas para o LDA em público e, ao mesmo tempo, esperar conservar o apoio da comunidade negra. Simplesmente teria de correr atrás do prejuízo mais tarde e esperar que a sorte lhe sorrisse.

Pitts subiu no tablado e se aproximou da tribuna, onde segurou o pulso de Walker e lhe ergueu triunfalmente o braço. Passaram vários minutos assim, os braços unidos e erguidos, enquanto centenas de câmeras registravam a cena.

À porta, o senador Webb assistia à desintegração da campanha de Walker. O apoio secreto da Aços Doub ao LDA acabava de receber um dividendo destrutivo, assim como o controle que Webb tinha sobre a polícia do Capitólio. Seu poder de ordenar aos guardas do prédio para que deixassem o pastor entrar no salão havia permitido enterrar uma estaca diretamente no coração do que restava da campanha de Walker. Foi com um sorriso nos lábios que Webb deu meia-volta e retornou ao seu gabinete no Senado.

CAPÍTULO 24

— VOCÊ É UMA MULHER lindíssima. É um prazer estar na sua companhia.

A mesa aconchegante, à luz de vela, ficava num canto da elegante suíte privada do Four Seasons.

— Eu não me sinto nada bonita — retrucou Monique em voz baixa.

O senador Webb deslizou lentamente a mão na toalha de linho e lhe roçou os dedos com delicadeza.

— Mas é. Você é uma das mulheres mais encantadoras que eu já vi — disse, exagerando o sotaque arrastado da Geórgia e observando os reflexos da chama da vela em seus cabelos. — Phil Rhodes disse mesmo que você era muito bonita, mas eu não imaginei que fosse tanto assim. Ainda bem que ele organizou este encontro. — Webb pegou uma cafeteira de prata. — Quer mais café? Sobremesa? É uma pena que o jantar tenha chegado ao fim.

Mesmo que esse interlúdio tivesse terminado antes de começar, teria sido excessivamente demorado para Monique.

— Não, obrigada — disse ela educadamente, tentando fingir-se satisfeita.

Webb percebeu que as mentiras e o engano estavam doendo nela, mas isso era bom. Torná-la-ia mais vulnerável, mais maleável. Já não havia como escapar, e era visível em seus olhos que ela sabia disso.

— Rhodes disse que você ia trazer uma coisa para mim.

Monique hesitou um momento antes de pegar a bolsa que estava apoiada num pé da mesa. Tirou um envelope.

— Tome.

Webb o abriu com calma, pegou a folha de papel que ele continha e leu rapidamente.

— É o original?

— É.

— Não há cópias?

— Não. Esse é o único registro do ofício do almirante Cowen para você sobre o orçamento secreto.

— Como o senador Walker conseguiu isto?

— Como você acha?

— O capitão Paul Nichols?

— É.

O jovem piloto estava sozinho nas entranhas da Área 51. Ela o entregara a Rhodes em troca de quê? De alguns dólares a mais e da oportunidade de se livrar do constrangimento de ver aquelas fotografias expostas ao mundo. Levou as mãos ao rosto. Nem a mulher nem os dois filhos do capitão Nichols sabiam o que lhe tinha acontecido.

— Obrigado, Monique. — Webb guardou o envelope e seu precioso conteúdo no bolso do paletó. — Amanhã eu mando depositarem a gratificação na sua conta.

— Guarde o seu maldito dinheiro. — Monique se levantou e jogou o guardanapo na mesa, estava enojada consigo e com as tentações às quais tinha cedido com tanta facilidade. — Eu vou embora. — Virou-se para sair.

— Fique aí! — ordenou Webb com hostilidade na voz. — Você não vai a lugar nenhum.

— Quê?

Ele acabou de tomar o café.

— Você só vai sair daqui quando eu mandar. Antes não. — Recolocou a xícara no pires e sorriu. Estava louco para pôr as mãos naquelas pernas deliciosas. — Tire a roupa.

Para Monique, não podia haver um pesadelo pior.

— Você enlouqueceu!

— Hum. — Webb se levantou e tirou o paletó. — Pode ser. — Durante uma fração de segundo, pensou nos membros do grupo seleto; no seu destacamento de jovens discípulos militares na Área 51 (liderados pelo comandante Pierce), que infundira no capitão Nichols o temor a Deus e ao diabo; em sua bela casa à beira do lago na Geórgia; em sua gorda conta bancária na Suíça. Ele havia construído uma vida e tanto fazendo exatamente o que estava fazendo agora. Manipulando. Encurralando as pessoas até que elas não tivessem escolha senão obedecer. Talvez ele fosse um pouco maluco. Mas ninguém podia negar o seu sucesso. Voltou a se concentrar na mulher. — Tire logo essa roupa. Não me faça repetir.

Monique estendeu as mãos, as palmas voltadas para cima, para ele.

— Você está louco. Eu vou embora.

— Se você chegar perto dessa porta, amanhã cedo Malcolm Walker será informado de que você roubou este memorando e o entregou ao inimigo. Será informado de que contou a Phil Rhodes que o capitão Nichols era o contato do seu chefe na Área 51. E que recebeu dinheiro em troca das duas coisas, do ofício de Cowen e da informação sobre o piloto da força aérea. E ele também receberá as fotografias que tiraram de você com aquela loira. Fotografias com as quais Phil Rhodes e eu já nos divertimos muito. — Webb a examinou dos pés à cabeça. — Ah, sim. O *Post*, o *New York Times* e a *Penthouse* também as receberão. — Sorriu com maldade. — Se quiser ir embora, vá. — Apontou para a porta.

Os olhos dela se encheram de lágrimas. A armadilha estava se fechando ao seu redor.

— Você não faria isso.

Webb riu.

— Há quanto tempo você está em Washington, Monique? Há quase seis anos, não? E ainda não aprendeu como se joga o jogo? Não admira que o senador Walker esteja atrás de Elbridge Coleman nas pesquisas. A chefe de gabinete de merda que ele tem não entende as regras. — Colocando-se atrás dela, acariciou-lhe os ombros. Depois começou a desabotoar lentamente seu vestido. — Você sabe que eu não vacilaria em entregar toda a informação ao senador e à imprensa. E não é que Phil Rhodes ou eu tenhamos feito alguma coisa errada. A guilhotina vai cair no seu pescocinho, não no nosso.

— Por favor, não faça isso — implorou Monique quando ele soltou o último botão.

Mas, indiferente ao pedido, Webb puxou o vestido até que a gravidade se encarregasse de espalhá-lo no chão.

— Puxa, como você é bonita! — Ele se apressou a lhe despir o sutiã e a puxar sua calcinha de renda até que também caísse no chão. — Venha. — Agarrou-lhe bruscamente o pulso e a levou à cama *king-size*. — Ajoelhe-se no chão e apóie o corpo na cama.

Monique obedeceu. Não tinha dúvida de que Webb cumpriria as ameaças e não queria que Malcolm descobrisse o que ela fizera. Era o fundo do poço. Tinha chegado a hora de pagar pelo seu momento de fraqueza.

— Muito bem, garota.

Webb se desnudou rapidamente e se ajoelhou atrás dela. Puxa, como era afrodisíaco ter tanto poder sobre uma pessoa. Obrigá-la a obedecer religiosamente todas as suas ordens. Até certo ponto, tudo era questão de dinheiro, mas depois, quando se tinha o suficiente, o dinheiro perdia o sentido e o poder passava a ser a única coisa importante. O poder de obrigar os outros a fazer o que não queriam. O poder de forçá-los a agradar a gente. Ele não se lembrava de ter sentido tanto tesão na vida.

Nunca usara a posição que ocupava no Congresso para obter favores femininos. Não queria nada que pudesse vir a ser utilizado contra ele. Mas agora estava no último mandato, isso já não tinha muita importância.

No momento em que a penetrou, Webb compreendeu subitamente que haveria muitas outras vezes. Era como o rato de laboratório exposto à cocaína líquida e instantaneamente viciado, seu mentor lhe explicara muito tempo antes, no primeiro mandato de Webb. A gente sabe que é perigoso, mas basta ceder uma vez à tentação para precisar disso muito mais do que o ar que respira ou o alimento que come. E o mentor não estava se referindo ao simples ato sexual físico, e sim ao poder e ao domínio que o tornavam tão excitante. Nada era capaz de substituir o poder. Nada era capaz de fazer alguém se sentir tão vivo. Nada fazia o sangue circular com tanta ferocidade nas veias.

CAPÍTULO 25

O SAGUÃO DO DÉCIMO nono andar do First Maryland Trust era escassamente decorado; os móveis, muito usados, estavam fora de moda. Ali ficavam os bastidores do maior banco do estado, uma área de operações que raramente recebia visitas importantes, de modo que a direção não investia muito nas aparências.

— Quer tomar alguma coisa enquanto aguarda? — perguntou o recepcionista, mascando um chiclete.

— Não, obrigado — respondeu David. Era curioso que as pessoas gastassem tanto dinheiro para impressionar os desconhecidos, pensou com seus botões ao mesmo tempo em que se sentava na desconfortável cadeira. Os saguões de acesso aos escritórios da equipe profissional decerto eram decorados com antigüidades caríssimas e quadros de muito bom gosto. Mas o pessoal dos bastidores — a coluna vertebral da entidade —, que se empenhava cotidianamente em manter o fluxo de dinheiro, tinha de se contentar com papel de parede descascando, móveis de metal e um recepcionista que não parava de mastigar. Ali devia se ocultar uma lição interessante, mas ele estava muito cansado para pensar.

— Como está o tempo lá fora?

Era só o que faltava: um recepcionista tagarela!

— Quente e úmido. — Ele deu uma resposta lacônica na esperança de que o sujeito captasse a mensagem.

— Para Baltimore, isso é clima de agosto. Geralmente, a gente não tem dias como hoje em setembro.

— Hum-hum.

— David!

Johnny Antolini acabava de passar pela porta vaivém que levava aos escritórios do fundo. David se levantou e se dirigiu a ele em frente à mesa do recepcionista.

— Como vai, David? — perguntou o outro, apertando-lhe a mão com entusiasmo.

— Bem. — Johnny era o seu melhor amigo no colégio, e, embora cada qual tivesse seguido o seu caminho na vida profissional, sempre davam um jeito de manter pelo menos um contato esporádico. — Você me salvou — cochichou David, fazendo um sinal na direção do recepcionista.

— Ah, está se referindo a Chuckie? — Johnny perguntou em voz alta, apontando com o polegar para o rapaz que continuava atacando ruidosamente a goma de mascar.

David levou discretamente o dedo aos lábios.

Mas Johnny não se deixou conter. Voltou-se imediatamente para o ruminante.

— Ei, Chuckie, será que dá para você parar de encher o saco dos visitantes? Já são tão poucos os que aparecem aqui. Deixe-os em paz. Pare de falar pelos cotovelos.

O recepcionista fez uma expressão tão contrariada que David se encolheu. Seu velho amigo não tinha mudado, continuava despachado como sempre.

— É brincadeira, garoto. — Johnny estendeu a mão e deu um forte tapa nas costas do rapaz. — Venha, David, vamos entrar. — Empurrou-o pela porta e o conduziu a uma escrivaninha de metal que ficava no centro do escritório do fundo, cercada de muitas outras. — Sente-se. — Apontou para uma cadeira.

Havia diversos empregados trabalhando bem perto daquele espaço. David percebeu que os dois não teriam privacidade.

— A gente não pode usar a sala de reuniões?

Johnny achou graça. Inclinou-se para o lado e pôs a mão enorme nas costas de uma senhora instalada à mesa vizinha.

— Nós aqui não temos segredo.

— É sério.

Detectando uma vaga expressão de medo no olhar do amigo, Johnny pensou que talvez tivesse sido um erro prontificar-se a ajudá-lo.

— Ok. — Passando uma vez mais entre as inúmeras escrivaninhas, levou-o a uma saleta a um lado do espaço central. Uma vez lá dentro, fechou a porta. — Está melhor aqui?

— Bem melhor.

— Então sente-se.

— Obrigado. — David se sentou numa cadeira de aparência frágil. Num dos lados, o estofamento estava tão gasto que chegava ao metal.

— E então? Como vão as coisas na Sagamore Investment Mnagement ou coisa que o valha?

— Bem. Quer dizer, mais ou menos.

— Qual é o problema, David? — Johnny ficou sério. Logo que eles se cumprimentaram no saguão, tinha percebido que alguma coisa o preocupava seriamente. Era melhor parar de brincar.

— Eu não sei ao certo. — David assumiu uma expressão estranha. — Quero que você me ajude a entender.

O outro entrelaçou as mãos na mesa envernizada.

— Às ordens, senhor Mitchell. Eu estou sempre à sua disposição.

Era verdade. Johnny o tirara de mais de uma enrascada no colégio. David hesitou. Era difícil.

— Vamos, desembuche. — Johnny consultou o relógio. — Não se ofenda, meu chapa, mas são quase cinco horas. Pode ser que vocês camelem até de madrugada na sua empresa sangue azul, mas a gente que lida com a área de transferência de fundos do First Maryland Trust sai às cinco em ponto quando chega às nove da manhã. Principalmente se houver jogo de basquete às seis.

David ergueu a mão.

— Tudo bem, já entendi. Olhe, eu preciso que você rastreie uma conta para mim.

— Seja mais específico.

David tornou a vacilar.

Johnny enrugou a testa. Conhecia-o muito bem para não detectar os sinais.

— Pelo jeito, é coisa séria.

— Como assim?

— Você está com muita dificuldade para falar. E olhe só a sua cara de bunda. Acertei?

— Acertou. — Para pedir ajuda, David tinha de verbalizar pela primeira vez as suas suspeitas e, em conseqüência, elas se tornariam mais reais. Ele estava prestes a levar tudo aquilo a outro nível. E sua única esperança era de estar enganado. — Johnny, eu preciso saber o nome do titular de uma conta. Só tenho o número.

— Deixe-me adivinhar — disse o outro. — É uma conta na Suíça ou nas Ilhas Cayman.

— É.

— Não é fácil obter esse tipo de informação. Você sabe.

— Eu sei. Só achei que você talvez pudesse me ajudar.

— Você está encrencado, David?

Se ele tivesse razão em suas suspeitas, estava muito encrencado.

— Tomara que não.

Jesse acenou ao vê-lo entrar no bar. Notou que várias mulheres pararam de conversar para observá-lo quando ele abriu caminho na multidão. David *era* bonitão; ela se deu conta de que andava pensando nele mais do que algumas vezes por dia.

— Oi! — Ao se aproximar do tamborete ao balcão, ele se inclinou e a beijou de leve. — Tudo bem?

O beijo no rosto era o seu modo habitual de cumprimentarem-se e despedirem-se, e ela gostava disso.

— Muito bem. E você?

— Vou indo. — Havia muita gente aguardando ser atendida no bar. — Vamos sair deste congestionamento?

— Ok.

Ele lhe segurou a mão e a levou a uma mesa livre no fundo do estabelecimento.

— Aqui é bem melhor. — Puxou uma cadeira para ela, depois tirou o paletó do terno, pendurou-o no respaldo da sua e se sentou. — Que você quer?

— Eu levaria um tempão para responder essa pergunta. — Ela sorriu e, com um olhar sedutor, mediu-o de cima a baixo, depois riu.

— Eu perguntei o que você quer beber. — Ele também riu, relaxando o corpo no assento como se tivesse passado um dia difícil. — Mas gostei do modo como você olhou para mim.

— É melhor não dar asas à imaginação.

— Sabe, você está começando a me intrigar.

— Como assim?

— Eu fico pensando que você é uma mulher tão inocente, tão ingênua e, de repente, você me sai com uma coisa dessas. — Ele apoiou os cotovelos na mesa e aproximou o rosto do dela. — Isso me enche de interrogações.

— Oh, por favor. — E, abrindo um sorriso bem-humorado, Jesse se afastou dele.

— E então, que você quer?

— Um refrigerante *diet*.

David ficou decepcionado.

— Tome uma cerveja comigo, Jesse.

— Não posso. Hoje eu tenho aula.

— Vai ter prova ou algo assim?

— Não, só aula.

— Então tome só uma cerveja.

Ela sorriu.

— Você é terrível.

— O diabo em pessoa. Ainda não tinha percebido?

Jesse não respondeu.

— Eu não devia, mas está bem, vou tomar uma cerveja. Mas só uma. — Disse, erguendo o indicador.

— Legal. — Satisfeito com sua pequena vitória, David se voltou para a garçonete e pediu a bebida. — Como foi o seu dia? — perguntou.

— Foi bom. Aconteceu uma coisa esquisita, ou melhor, não aconteceu.

— Como assim?

— Uma moça que trabalha comigo, Sara Adams, não foi trabalhar.

— E o que isso tem de tão esquisito?

— Nós somos muito amigas. Ela sempre me diz quando vai faltar ao trabalho, conta o que pretende fazer. Eu também a aviso. É um costume nosso.

— Você telefonou para a casa dela?

— Telefonei, mas ninguém atende. — Jesse estava mais preocupada do que parecia, mas não queria importuná-lo com a inexplicável ausência de Sara. Ele parecia tão exausto. — Não deve ser nada. E o seu dia como foi? Você parece cansado.

— Tudo bem.

Ficaram um momento em silêncio. Por fim, a curiosidade a venceu.

— Fale-me de você.

— Quê?

— Eu quero saber de você. Sempre que pergunto, você sai pela tangente e volta a concentrar a conversa em mim. Confesso que é agradável conversar com uma pessoa assim, que não fica só falando em si, mas agora eu quero saber de você.

David deu de ombros.

— Não há muito que saber.

— Conte mesmo assim. Fale na sua infância, na sua família, nos colégios que freqüentou. Essas coisas.

— Parece um interrogatório.

A garçonete serviu a cerveja. Quando ela se afastou, Jesse estendeu a mão e tocou no braço de David.

— É sério. Fale. Você nunca me conta nada. Ocorreu-me que nós dois passamos o sábado todo juntos, no veleiro, e eu continuo sem saber nada de você.

— Tintim. — Ele tocou o copo no dela e bebeu.

Jesse sacudiu a cabeça.

— Não. Isso também é sair pela tangente. Você não imagina o quanto eu sou teimosa. Conte. Não vou tomar nenhum gole enquanto você não começar a falar.

— Está bem. — Mas ele continuou em silêncio.

Estava ficando ridículo.

— Vamos começar pelo mais fácil. Em que faculdade você estudou? Espere, vamos ver se eu adivinho. Na Princeton? Na Harvard? Na Yale?

Não havia como fugir. Era evidente.

— Na Cecil County Community College — disse ele em voz baixa.

— Você não vai mesmo me dar uma resposta direta, vai?

David já previa isso. Jesse ia ficar decepcionadíssima. A imagem que tinha dele ia se despedaçar.

— Mais direta é impossível. Eu não estou brincando.

De repente, ela se deu conta de que era verdade.

— É mesmo?

David fez que sim.

— Mas você não disse que tinha estudado na Ivy League?

— Não. Quem disse isso foi você. Eu simplesmente não a corrigi.

— De onde você é?

Ele tirou um maço de cigarros do bolso.

— Daqui mesmo. De Glen Owens, o inferno de Baltimore. Você conhece a cidade. Sabe o que é Glen Owens. Já era assim na minha infância. — Jogou o maço de cigarros na mesa e o empurrou na direção dela. — Quer um?

— Não, obrigada. Eu não sabia que você fumava.

— Você se incomoda? Eu paro se a incomodar.

— Não, tudo bem. Meu pai fumava. Eu não me importo.

Junto ao balcão, uma mulher observava cada movimento de David, que, finalmente reparando no interesse dela, reagiu com um sorriso sutil. Pouco importa, pensou. A perspectiva de continuar se relacionando com Jesse tinha diminuído consideravelmente.

— Agora você sabe. Eu sou um rapaz pobre, sem herança.

— Era por isso que não queria me contar nada a seu respeito?

— Na Sagamore, a gente é obrigado a ser ricaço, no mínimo um Rockefeller. E todo mundo é, fora eu. Eu sou a ovelha negra do grupo. Pensei que você soubesse, por isso não estava interessada em mim.

— Você não devia tentar adivinhar o que eu penso.

— Bom, eu fiz o que pude para mostrar que estava interessado, mas você se recusou a sair comigo. Imaginei que, se ficasse sabendo da minha origem humilde, teria mais um motivo para me rejeitar.

— Você sabe perfeitamente por que eu evito sair com você. — Jesse tinha visto o flerte de David com a mulher ao balcão e, para sua surpresa, sentira uma ponta de ciúme. — Não quero que Elizabeth tenha má impressão de mim.

— Entendo. A propósito, ela telefonou para você?

— Telefonou. Quinta-feira à tarde vou ter as entrevistas finais na Sagamore. Ela me deu a lista de pessoas que vão me entrevistar, e eu gostaria que você me falasse nelas quando puder.

— Com todo prazer, eu já disse.

— Obrigada. — Jesse endereçou um olhar de desprezo para a mulher no bar. — Mas vamos deixar isso para outra hora. Quero saber mais a seu respeito. Eu sou curiosa. Como você conseguiu sair do Cecil County Community College e entrar na Sagamore? Não se ofenda, mas duvido que a Sagamore recrute muita gente no Cecil.

David riu alto, estava aliviado por finalmente lhe haver contado aquilo.

— Bom, depois da faculdade, um amigo meu me arranjou emprego num banco daqui. Lá eu consegui ingressar no programa de treinamento de executivos, depois me matriculei na escola de administração da Universidade de Virgínia e acabei indo parar na Sagamore.

— Você deve ser muito sedutor.

— Sou obrigado a ser. Eu só usava poliéster e couro até que uns caras, no treinamento de executivos do banco, me apresentaram para a lã e o algodão. — Ele ainda tinha um daqueles ternos de poliéster pendurado no guarda-roupa, lembrete de sua origem. Lembrete de que, todo dia, devia trabalhar mais do que os outros porque começara de baixo.

— Essa incursão às compras foi uma das experiências mais constrangedoras da minha vida. E uma das mais importantes.

— David, você deve ter ido muito bem na Virgínia para despertar o interesse da Sagamore. Eu sei que é uma ótima faculdade, mas não chega aos pés da Ivy League.

— Eu era bom aluno. Mas o verdadeiro motivo pelo qual a Sagamore se interessou por mim foi eles quererem uma figura simbólica. Alguém que pudessem mostrar ao mundo e dizer: "Olhem só, nós recrutamos gente de todos os extratos sociais".

Jesse notou-lhe o ressentimento por mais que ele procurasse ocultá-lo.

David deu uma tragada no cigarro.

— Todo santo dia, na Sagamore, eles se encarregam de me lembrar da minha origem modesta.

— É mesmo?

— A vida não passa de um toma-lá-dá-cá — disse ele, fumando novamente. — Eu gostei do dinheiro que eles ofereciam.

Sabia que nunca teria um amigo na empresa, mas não liguei. — Fitou-a diretamente nos olhos. — Agora estão fazendo a mesma coisa com você. Oferecendo-lhe a mesma escolha. E não esqueça que Elizabeth não vai ficar eternamente na Sagamore. Ela vai acabar saindo, e você vai ficar à mercê dos outros.

— Mas, se você não gosta de lá, por que não vai embora? Por que não arranja outro emprego?

— Eu lhe contei no jantar. Não é fácil. — Sua expressão ficou sombria.

— Você acha que Mohler vai fazer a sua caveira na comunidade financeira se você não passar do quinto ano de empresa? Eu tenho certeza de que você arruma outro emprego. Afinal, ele não pode telefonar para o mundo inteiro.

David sacudiu a cabeça.

— Não é só isso.

— Como assim?

Ele tinha falado espontaneamente. De súbito, arrependeu-se de haver sido tão aberto e recuou. Pensar em voz alta podia lhe criar sérios problemas.

— Vamos jantar. Eu conheço um ótimo restaurante em Little Italy.

— Eu disse que tenho aula hoje e...

— E que Elizabeth vai torcer o nariz se descobrir — completou ele.

Jesse não disse nada. Uma cervejinha depois do trabalho era uma coisa, mas jantar com ele pela segunda vez era outra bem diferente.

David tirou um envelope do bolso do paletó.

— Tome.

Jesse o pegou.

— Que é isso?

— Leia.

Curiosa, ela tirou um papel e começou a ler. Era um bilhete manuscrito de Elizabeth, agradecendo Jesse por seu interesse pela Sagamore. Após a assinatura, havia um P. S.: "David é um rapaz maravilhoso, só que trabalha demais. Por que você não o ajuda a resolver esse problema, mostrando-lhe o que significa relaxar um pouco?" Terminando de ler, Jesse olhou para ele e sorriu.

— Aposto que você a obrigou a escrever este bilhete.

Isso que era esquisito. Ele não havia pedido nada a Elizabeth. Ela o queria na companhia de Jesse o mais amiúde possível, porém, quando ele a pressionava para que explicasse por quê, Elizabeth repetia que simplesmente não queria que outra empresa a recrutasse. Era uma explicação ridícula, mas ela insistia. E, sendo Elizabeth a todo-poderosa diretora da Sagamore, ele não podia pressionar demais.

— Não, eu não.

Jesse sentiu que ele estava dizendo a verdade. Então Elizabeth não se opunha a que os dois saíssem juntos. Ela sentiu uma fagulha percorrer-lhe a ponta dos dedos e espalhar-se em todo seu corpo. E, de repente, sentiu muita vontade de explorar essa fagulha.

— E então, vamos jantar? — repetiu David. — Ninguém vai morrer se você perder um dia de aula.

— Eu bem que gostaria, mas hoje não dá.

— E quando você sair da faculdade?

Ela estava muito apreensiva com aquela noite. Caramba, e se eles fossem pegos invadindo a sede da LDA?

— Não, hoje eu não posso mesmo.

— Por quê?

— Nós, hum, eu tenho um grupo de estudo depois da aula. — Era uma desculpa plausível. — Vai até tarde. Vamos deixar para amanhã?

— Está bem. — Enfim um progresso. Ele se inclinou, debruçando-se na mesa. — Conte uma coisa a seu respeito, Jesse.

— Que coisa? — A pergunta a tomou de surpresa.

— Eu falei tudo de mim. Agora é a sua vez. Conte uma coisa que eu não saiba de Jesse Hayes.

— Eu tenho exatamente 1,65m de altura.

— Eu não estou brincando. Uma coisa terrível. Uma coisa que ninguém mais sabe. — Ele sorriu estranhamente. — Existe algo assim em você?

O que David estava querendo dizer? Teria a ver com o cartão de Becky? O cartão que ela tinha certeza de que ele havia roubado? Acaso estava tentando colher informações a esse respeito?

— Se houvesse, por que eu haveria de contar?

— Porque você gosta de mim. Porque se sente bem na minha companhia. Porque sabe que eu sou confiável.

Será que era? Jesse ainda não tinha tanta certeza.

— Uma coisa terrível e obscura?

— Isso mesmo.

— Ok. Eu também sou agente dupla de Berlim.

Ele sorriu. Mas tinha visto nela uma tristeza momentânea. Ali havia alguma coisa, e a resposta provavelmente estava com Rebecca Saunders. Se Jesse não lhe contasse, havia outros meios de descobrir. Afinal, Elizabeth dissera que queria saber absolutamente tudo.

A porta do elevador se abriu no quinto andar do Edifício Hughes. David saiu, atravessou a recepção deserta da Sagamore e foi para a enorme porta dupla de mogno que dava para os escritórios internos. Passou o cartão magnético no sistema de segurança e consultou o relógio. Quase meia-noite. Agora sua visita tardia à empresa ficaria registrada, mas não tinha importância. Ele chegara tarde em diversas ocasiões para concluir uma pesquisa ou outra, de modo que sua presença não despertaria suspeitas.

O trinco se abriu com um clique após um intervalo de cinco segundos. David entrou e checou rapidamente toda a área dos escritórios internos. Não havia ninguém trabalhando. O lugar estava deserto aquela noite.

O incrível registro de investimentos da Sagamore. O fato de o desempenho da empresa *sempre* superar o índice da Dow Jones. Era uma história mal contada. Havia anos de vacas magras em todos os portfólios. Todo mundo passava por isso. A probabilidade de uma empresa de gestão de investimentos, como a Sagamore, conservar aquele desempenho durante tanto tempo era mínima. Quase infinitesimal, ele pensou ao acender a luz de seu escritório. A menos que forçassem muito a barra. Como no caso da jogada da GEA. Aquilo o intrigava desde que entrara na firma, quatro anos antes, mas ele nunca tinha levado a sério suas suspeitas. Agora ia tentar obter pelo menos algumas respostas.

Jogou o paletó na escrivaninha e foi para a sala que os gerentes de portfólio chamavam de seção de assentamentos — um cômodo repleto de arquivos enfileirados que detalhavam todas as transações com ações feitas por qualquer empregado da Sagamore. Um salão enorme e altamente protegido. Parou diante da porta. Era só um palpite, mas as palavras de Jack Finnerty continuavam ecoando em sua mente. Nem tudo era o que parecia ser. Talvez a resposta estivesse do outro lado daquela porta.

A fechadura que protegia seção de assentamentos emitiu um bipe quando David digitou uma longa seqüência de números. Só o comitê executivo e uma auxiliar administrativa tinham a senha. Mas um dia, em seu primeiro mês na Sagamore, quando estava flertando com a auxiliar administrativa, ele vira uma série de números num pedaço de papel na escrivaninha dela e os havia memorizado. A seguir, voltou rapidamente para a sua mesa, anotou os números, ficou até mais tarde aquela noite, esperou que todos fossem embora e digitou o código. Funcionou perfeitamente, mas dessa vez, ele decidiu não passar da porta. Era possível que alguém voltasse e o surpreendesse lá dentro. Afinal, só queria verificar se a senha era mesmo aquela.

David se empenhara em obtê-la porque sentia que, se havia tanta preocupação em ocultar aquilo, devia ser importante e talvez um dia fosse viesse a ter muito valor para ele. Hoje ia descobrir se era verdade.

Os gerentes de portfólio só podiam examinar o registro de uma transação antiga mediante solicitação por escrito, a qual ficava em poder da auxiliar administrativa. Às vezes demorava horas para que ela o localizasse na seção de assentamentos, e era expressamente proibido tirar cópia.

A diretoria afirmava que esse complicado sistema se devia a dois motivos. Em primeiro lugar, para conservar o alto padrão da empresa, era preciso que toda e qualquer transação ficasse meticulosamente arquivada na própria Sagamore, não nas corretoras encarregadas das negociações. Estas tinham fama de negligenciar os detalhes, e a Sagamore fazia questão de prestar contas cabais de suas operações caso a fiscalização de valores mobiliários o exigisse. O segundo motivo que justificava as rigorosas medidas de segurança em torno à seção de assentamentos era impedir que os gerentes de portfólio inspecionassem os investimentos dos outros. Afinal, a diversidade e originalidade tinham uma importância essencial para a empresa. Na verdade, era o reconhecimento tácito de que a Sagamore não confiava em seus empregados. Mas ninguém ficava ressentido por isso, como aconteceria em qualquer outra atividade. No mundo financeiro, as pessoas eram condicionadas a não ser confiáveis.

A luz acima da fechadura piscou, passando do vermelho para o verde, e a trava se soltou com um estalo. David pressionou a maçaneta, empurrou a porta e acendeu a luz. Foi como se tivesse recuado subitamente no tempo. As fileiras de armários de arquivo se prolongavam até a parede do fundo, estando a documentação das transações disposta por empresa e em ordem alfabética. Deu-lhe vontade de rir. Um mero *laptop* armazenaria facilmente toda a informação contida naquele cômodo repleto de pastas. No entanto, o comitê executivo havia estudado e rejeitado a opção de informatizar os assentamentos. Sendo mais idosos, seus membros tinham pouca intimidade com os computadores e não confiavam na sua segurança. Temiam que a informação fosse facilmente acessível a muita gente. Temiam *demais*, pensou David. Ali só podia haver alguma coisa que ninguém podia ver.

Passou as duas horas seguintes examinando as diversas pastas que, na sua opinião, correspondiam a determinado critério. Toda vez que identificava uma delas, pegava a ordem de compra — um papel amarelo, no qual figuravam o nome da empresa em cujas ações a Sagamore investira, o número de ações adquiridas, a data da aquisição, a corretora encarregada da transação e o gerente de portfólio que a ordenara — e ia até a sala de equipamento no fim do corredor tirar fotocópia. Depois retornava rapidamente à seção de assentamentos, recolocava o original no lugar e passava para a transação seguinte.

Quando fechou a última pasta, tinha acumulado nada menos que 42 transações com potencial de confirmar suas suspeitas. Guardou as cópias numa caixinha, tirou-a da seção de assentamentos, tornou a trancar cuidadosamente a porta e foi para o escritório.

Passavam das duas da madrugada, e o sono era quase insuportável. Além de estar acordado desde as seis horas da manhã anterior, o efeito das três cervejas que tomara depois de se despedir de Jesse era sensível — se bem que também lhe havia dado coragem para fazer aquilo. Ele chegou a pensar em preparar um café na cozinha dos executivos, mas achou melhor não. Demoraria muito, e convinha sair de lá o quanto antes.

A máquina Bloomberg, na cômoda atrás de sua escrivaninha, respondeu com um bipe quando David apertou o botão para ligá-la. A Bloomberg era uma rede mundial de informações financeiras que fornecia em tempo real o valor das ações, dos títulos e das moedas em todo e qualquer mercado do globo. Também oferecia o histórico dos preços das ações, assim como informações significativas sobre as empresas em questão.

Tendo digitado a senha, ele pegou o primeiro assentamento de transação que acabava de copiar. Passou mais duas horas pesquisando as flutuações dos preços das ações específicas, nas datas em que a Sagamore nelas investira, e também informações sobre as respectivas empresas na mesma época.

Por fim, ao terminar de pesquisar a 42ª transação, respirou fundo e esfregou os olhos. Então era isso que eles faziam. Elizabeth Gilman e Art Mohler nada tinham de genial. Eram apenas mestres da manipulação com conexões poderosíssimas. Não admirava que fugissem da publicidade como o diabo da cruz. Não queriam que a fiscalização observasse seus padrões de atividade.

David se levantou, guardou na caixa a documentação sobre as transações e os dados dos preços e do histórico que imprimira na máquina da Bloomberg e colocou tudo na sacola de lona que trouxera do carro. Segundos depois, sacola a tiracolo, estava esperando o elevador no setor de recepção.

Enquanto aguardava, encostou-se na parede e fechou os olhos. Passavam das quatro da manhã e a exaustão só faltava derrubá-lo. Mas a pesquisa tinha sido inestimável: ainda bem que Jesse recusara o convite para jantar aquela noite.

David sacudiu a cabeça e abriu os olhos. Havia muito que devia ter percebido o que se passava na Sagamore. Devia tê-lo descoberto assim que o encarregaram do investimento da GEA. No entanto, o dinheiro e a pressão para ter bom desempenho o cegaram. Mas, agora, que fazer com a informação? Como dissera Finnerty na semana anterior, ele havia subornado um funcionário público e desviara dinheiro da Aços Doub. Se notificasse as autoridades, a coisa podia ficar preta para o seu lado. E talvez um promotor público distrital nem precisasse da documentação que ele levava na sacola para ter provas positivas do que andava acontecendo.

A campainha tocou e uma seta vermelha se acendeu acima de uma das portas. David se aproximou lentamente quando ela se abriu. Ao entrar no elevador, chocou-se com um homem que estava saindo. Recuando um passo, olhou para o loiro barbudo. Reconheceu-o imediatamente: o sujeito que estivera diversas vezes no escritório de Art Mohler nos últimos meses. Mas para quê?

— Oi — disse o desconhecido. E, levando a mão ao painel de controle do elevador, desligou-o.

David retrocedeu mais um passo. Depois das dez da noite, os elevadores não saíam do térreo se o passageiro não digitasse uma senha específica. Obviamente o homem conhecia a daquele andar. Mas o que estava fazendo lá àquela hora?

— Deseja alguma coisa?

Gordon Roth demorou a responder. Ficou algum tempo olhando para ele, depois se voltou para a sacola em seu ombro.

— Pode ser que sim. Que você está levando aí dentro?

— Os restos mortais de Jimmy Hoffa. — David pôs a mão na sacola como que para protegê-la.

— Muito engraçado — Roth enfiou a mão por baixo do blusão de náilon e pressionou contra o peito o Magnum 44 que trazia no coldre de ombro. — Que você está levando aí? — repetiu com hostilidade na voz.

— Não é da sua conta. Aliás, quem é você?

— Eu trabalho para o senhor Mohler.

— Fazendo o quê?

— Não é da *sua* conta.

— Ok. Então nós empatamos. Tchau.

David fez menção de entrar no elevador. Roth lhe bloqueou a passagem.

— Eu quero ver o que há nessa sacola. — Sua voz era glacial. Ele avançou para agarrar a correia, mas David retrocedeu mais.

— Ei, calma aí, meu! — À fraca luz, David notou o volume da arma sob o casaco do desconhecido. Engoliu a seco. Não era hora de bancar o herói.

— Já que você faz tanta questão de ver, tudo bem. — Colocou a sacola lentamente do no chão, agachou-se e abriu o zíper. — Pronto. Olhe à vontade.

Roth tirou uma lanterna do bolso da calça, acendeu-a, curvou-se e examinou o interior da sacola. Viu três raquetes, várias latas de bolas, um uniforme branco e um par de tênis. Debaixo do equipamento esportivo, estava a caixa com as cópias dos assentamentos e as informações copiadas nas últimas duas horas.

David sentiu o coração disparar. Que diabo ia dizer se o cara visse a caixa, abrisse-a e achasse as cópias?

— Por que você trouxe essa porcaria para o escritório?

— Um dos gerentes de portfólio queria ver a minha raquete Wilson. Está pensando em comprar uma igual.

David sentiu o coração saltar no peito quando o barbudo tocou na raquete. Mas este não tardou a endireitar o corpo e encará-lo novamente.

— Que você está fazendo aqui? Já passam das quatro.

David sentiu um grande alívio.

— Estava pesquisando uma empresa cujas ações eu vou propor que a Sagamore compre. A transação tem de ser feita na hora certa. Segundo os boatos, a empresa vai ser anexada, e eu quero fazer negócio antes que o preço suba.

O homem se mostrou satisfeito com a explicação.

— Wall Street não dorme — prosseguiu David —, e quem quer participar do jogo tem de respeitar as regras. O que, às vezes, significa trabalhar até de madrugada. — Fechou a sacola, pendurou-a no ombro e se levantou, esperando que o estranho não reparasse no volume esquisito no fundo. — Mas eu não sei por que estou lhe dando satisfações.

— Porque eu mandei — rosnou Roth.

— Entendo. Bom, agora eu vou dormir um pouco. Foi um prazer bater papo com você.

Tentou entrar no elevador, porém o outro continuou obstruindo-lhe o caminho. Por fim, deixou-o passar. David entrou devagar, procurando não se mostrar muito ansioso por ir embora, apertou o botão do térreo e viu o cabelo comprido e a barba loira desaparecerem quando a porta se fechou. Ao sentir o elevador começar a descer, deixou ombros caírem pesadamente.

Roth passou um bom tempo imóvel na recepção. David Mitchell não ficara nervoso, mas os testes a que o submeteram, quando ele se candidatou ao emprego na Sagmore, indicavam que era muito forte psicologicamente. Motivo pelo qual gostavam dele, motivo pelo qual o queriam lá. Roth se voltou e se aproximou lentamente da porta dupla. De manhã, relataria o incidente a Mohler.

Trinta minutos depois, David entrou com passos trôpegos em seu apartamento, jogou a sacola de lona no sofá e foi para o quarto. Estava se despindo quando reparou na luz piscando na secretária eletrônica. Aproximou-se lentamente do criado-mudo, sentou-se na beira da cama e apertou o botão das mensagens.

— David, aqui é Johnny. Eu consegui a informação que você queria sobre aquelas duas contas. Até que não foi difícil. — A voz dele se tornou mais aguda. — E, olhe, se você estava a fim de tirar uma com a minha cara, fique sabendo que eu não gostei. Nas duas contas, o nome do titular é o seu: David J. Mitchell. Atualmente, as duas estão zeradas, aliás, em ambos os casos, não houve muita movimentação. Só um depósito e um saque. — Houve uma breve pausa e, a seguir, ouviu-se uma gargalhada no alto-falante do aparelho. — Mas era uma grana preta! O primeiro, de um milhão, o segundo, de dois. Eu sabia que você ganhava bem na Sagamore, mas não imaginava que fosse tanto assim. Ligue para mim amanhã. Foi bom a gente ter conversado. — Uma nova pausa. — Espero que esteja tudo bem com você. Tchau.

O aparelho se desligou com um clique. David passou vários minutos sentado na cama, os olhos parados na escuridão. Recebera de Finnerty os números das contas e transferira o dinheiro para as Ilhas Cayman, supostamente para o seu padrinho, o senador Webb, o homem que mexera os pauzinhos para que a GEA ficasse com o contrato do A-100 sob a cobertura do orçamento secreto. Ao que parecia, tudo em troca de 3 milhões de dólares: 1 milhão na assinatura do contrato e 2 quando se iniciasse a produção. Mas o dinheiro não tinha ido para a conta de Webb. Sem saber, David o transferira para si mesmo. E agora não havia mais nenhum tostão. Tinham limpado a conta para que, caso descobrisse o que tinha sido feito, ele não pudesse devolver o dinheiro à Aços Doub. Tudo não passava de uma grande armação.

David se deixou cair lentamente no colchão. Podiam crucificá-lo, acusando-o de fraude e desfalque: no valor de 3 milhões de dólares! Porque, sem dúvida, esse dinheiro estava depositado em outra conta, em outro lugar do mundo. Outra conta que haviam aberto em seu nome, mas impossível de localizar. Quando lhes conviesse, apresentariam a documentação mostrando que ele desviara os milhões e que estes continuavam à sua disposição em outra conta.

Eles também eram culpados — de muitas outras coisas. Mas David não tinha como acionar as autoridades. Não podia provar nada. Os outros, sim, podiam, ou pelo menos os tribunais acreditariam neles, ainda que tudo fosse um golpe. David era a única pessoa que sairia perdendo se a o caso fosse parar nas mãos da Justiça. Era perfeito. Finnerty estava coberto de razão. Os caras eram muito espertos e só jogavam para ganhar.

Ele entrelaçou as mãos na nuca e ficou olhando para o ventilador no teto, que girava lentamente à luz do amanhecer. Mas este desapareceu subitamente quando David fez a associação. E, levantando-se rapidamente, correu para a porta.

CAPÍTULO 26

— Por aqui — cochichou Todd, entrando na viela escura à esquerda.

Jesse o seguiu de perto quando ele avançou cautelosamente junto ao alambrado de 2,5 metros de altura e com arame farpado ano alto. Dez minutos antes, tinham deixado o carro alugado de Jesse numa ruazinha deserta — para não chamar a atenção dos seguranças particulares — e agora estavam se esgueirando à sombra do bairro comercial.

— Quanto falta? — murmurou ela.

— Agora falta pouco.

— Ainda bem. — Era quase uma hora da madrugada, e Jesse estava exausta depois de um dia inteiro de trabalho e da faculdade até as dez.

De repente, Todd lhe agarrou o pulso e a puxou em direção ao prédio do outro lado da ruela.

— Venha!

— Que houve? — Não houve necessidade de resposta. Ela avistou imediatamente o veículo da segurança que se aproximava com o holofote aceso.

— Continue andando!

Ouviram um ruído de cacos de vidro sob os pés ao atravessar a calçada em frente a uma ampla entrada bem recuada na fachada de um armazém.

— Encoste-se na parede — ordenou Todd. — E não olhe para a viela.

Ela obedeceu instantaneamente, pressionando o corpo no tijolo áspero, como se quisesse entrar numa das frestas.

O carro dos vigilantes se aproximou vagarosamente, o holofote girando de um lado para outro. Jesse ouviu a estática do rádio e o ronco do motor quando o veículo passou por cima dos cacos de vidro. Comprimiu-se ainda mais na parede. Era uma loucura. Eles seriam detectados antes mesmo de chegar ao prédio do LDA. E o que então iriam dizer? Duas pessoas escondidas na entrada de um armazém, em plena madrugada, vestidas de preto.

Ela conteve a respiração e fechou os olhos ao sentir o carro se aproximar do canto onde estavam escondidos. Pronto! No instante seguinte, ia sentir o holofote banhar de luz a entrada do armazém e ouvir uma voz ríspida, ampliada pelo megafone, ordenando-lhes que pusessem as mãos na nuca e se ajoelhassem.

Mas o carro não parou. Passando ao lado, aproximou-se da ruazinha pela qual, momentos antes, ela e Todd haviam chegado à viela, virou à esquerda e desapareceu na noite.

Todd exalou um longo suspiro.

— Essa foi por pouco.

— Eu que o diga! — Relaxando, Jesse esfregou o rosto sujo de fragmentos de reboque.

— Hoje os caras chegaram mais cedo.

— Como assim?

— Eu estive checando. Eles sempre fazem as rondas no mesmo horário. Mas hoje se adiantaram um pouco.

— Fazendo jus aos seus honorários, hem! — Jesse se esforçou para rir, mas a voz lhe saiu entrecortada. Respirou várias vezes para desacelerar o ritmo do coração.

— Com certeza — respondeu Todd, escrutando a viela. — Vamos. A gente está perdendo tempo. — E começou a correr.

Jesse respirou fundo e foi atrás dele.

Seguiram um trajeto sinuoso no emaranhado de ruazinhas e passagens que se entrecruzavam na zona comercial de Baltimore. Em sua maioria, os gigantescos armazéns pelos quais passaram estavam razoavelmente conservados — dentro dos limites, é claro. No entanto, alguns pareciam solitários navios-fantasmas, as janelas quebradas e as paredes em ruínas. Durante o dia, quando havia atividade comercial, essa região era tão segura quanto qualquer outra da cidade. Mas na escuridão do começo da madrugada, ia se tornando mais lúgubre e ameaçadora à medida que eles avançavam rumo ao seu objetivo.

Enfim, Todd diminuiu o passo.

— Ali. — Apontou para um prédio do outro lado da rua ao mesmo tempo em que se curvava para tomar fôlego.

Antigamente o edifício era um armazém. Por meio de divisórias, o LDA havia transformado em escritórios o amplo espaço aberto de dois andares. Havia uma pequena porta no centro da parede que dava para a rua; no mais, a fachada era uma ininterrupta muralha de tijolo.

Jesse enxugou o suor da testa.

— Eu nem desconfiaria que isso é o LDA. Não há nenhuma placa na frente, nada informando.

— Eles não sou bobos — disse Todd. — Se você dirigisse uma organização extremista, duvido que sairia proclamando aos quatro ventos onde ficava o quartel-general.

— Não é uma organização extremista! — protestou ela com veemência.

— Eu sei. — Ele ergueu as mãos e riu. — É que eu gosto de provocá-la.

— E como nós vamos entrar lá, doutor Einstein?

— Venha comigo.

Contornaram o edifício, correndo, e foram para as agora ociosas plataformas de carga nos fundos da estrutura. Ali a escuridão era tal que tiveram de apalpar a parede para avançar. Por fim, Todd parou, tirou uma pequena lanterna do bolso e procurou a saída de emergência. Então os dois avançaram até ficar debaixo da escada. Ele ergueu os braços e estirou o corpo para alcançar a barra sob o último degrau. Puxou-a com força, e a escada desceu rangendo. Com Jesse atrás dele, subiu ao primeiro patamar.

— Agora é a parte mais difícil — disse por cima do ombro.

— Por quê? — perguntou ela, colocando-se ao seu lado.

Ele tornou a acender a lanterna e iluminou a parede de tijolo por cima do corrimão.

— Nós temos de ir para lá. — Um pouco mais abaixo, estendia-se um enorme contêiner de lixo vazio. — Precisamos nos equilibrar na borda da lixeira para chegar à janela. — Iluminou um pequena janela cerca de 1,5 metro acima do contêiner. — É o banheiro. Eu estive aqui, hoje à tarde, para me oferecer como voluntário do LDA. Quando terminei de preencher o formulário, pedi para ir ao banheiro. E deixei o trinco da janela aberto.

— Você se ofereceu para militar no LDA? — Jesse quase soltou uma gargalhada.

Todd sorriu.

— Eles também ficaram um pouco surpresos. É bem provável que eu seja o único branco interessado em trabalhar aqui, mas a recepcionista disse que o LDA acolhe todo mundo sem discriminação. E me mandou preencher o formulário.

— E por aqui? — Jesse apontou para a janela próxima do patamar.

— Eu verifiquei hoje. Está toda pregada por dentro. Acho que faz tempo que o Corpo de Bombeiros não inspeciona o LDA.

— Ok, então vamos. — Com muito cuidado, ela passou por cima do corrimão e foi para a comprida lixeira junto à parede.

— Ei, que você está fazendo?

— Indo para a janela — respondeu Jesse, equilibrando-se precariamente na fina borda metálica.

— Eu vou na frente.

Mas ela já tinha avançado consideravelmente na borda de poucos centímetros de largura; para não perder o equilíbrio, ia com as mãos apoiadas na parede, a meio metro de distância.

— Ilumine a lixeira na minha frente.

Era como na infância, quando se equilibrava no trilho do trem perto da casa de Glyndon, ela pensou enquanto avançava aos poucos. Se bem que o trilho ficava, no máximo, a quinze centímetros do chão. Ali o tombo seria de três metros.

Finalmente chegou à janela. Colocando as mãos sob a guilhotina de madeira, empurrou com força. Esta subiu instantaneamente. Num movimento silencioso, segurou-se no peitoril e, impulsionando o corpo para cima, caiu dentro do prédio. Levantando-se rapidamente, debruçou-se para fora.

— Venha — chamou. — Não é tão difícil.

— Hum-hum.

Todd passou com cuidado por cima do corrimão da escada de emergência e se equilibrou na lixeira. Sempre tivera medo de altura. Mesmo que fosse apenas de três metros.

— Depressa! — impacientou-se Jesse.

— Calma! — Ele tinha pensado que ela é que seria a hesitante. Lentamente, foi caminhando na borda do contêiner e chegou à janela. Entregou a lanterna a Jesse, agarrou o peitoril e saltou. Mas, nesse momento, seus pés escorregaram e ele ficou pendurado na ponta dos dedos, incapaz de recuperar o apoio na borda do contêiner. Jesse lhe agarrou bruscamente a camisa, ajudando-o a subir e entrar. Segundos depois, os dois caíram, um por cima do outro, no ladrilho do piso.

— Essa foi boa, senhor detetive particular — resmungou ela.

— É que eu faltei à aula de equilíbrio na lixeira quando estava fazendo o curso de detetive. — Todd estava irritado. — Imagino que temos de ir para o escritório da diretoria — disse ao mesmo tempo em que se punha de joelhos para se levantar.

— Acho que é o melhor lugar por onde começar.

Saíram do banheiro e foram por um estreito corredor revestido de madeira vagabunda. O carpete estava gasto; o ar, empoeirado e impregnado do cheiro de lustra-móveis. Chegaram a uma porta trancada, mas Todd estava equipado com ferramentas de arrombador. A porta se abriu com um estalo, e eles entraram.

— Não é um prédio muito seguro — observou Jesse.

— É um velho armazém reformado. Que você queria, raios *laser* e sensores de calor? Provavelmente, eles montaram esta organização a duras penas. E não gastam muito em segurança porque não há nada que precise de muita proteção.

Jesse percebeu, pelo seu tom brusco, que ele continuava constrangido devido ao modo desajeitado como entrara no prédio.

— Nós estamos aqui, não estamos?

— Estamos — resmungou Todd, esfregando o joelho. — Infelizmente.

Sem fazer caso da queixa, ela se aproximou dos armários de arquivo encostados na parede. Também estavam trancados.

— Esses seus ferrinhos também servem para arrombar armários?

— Claro. — Todd manipulou a fechadura do primeiro e a abriu rapidamente. Passou para o seguinte.

Jesse tirou uma pequena lanterna do bolso do *jeans*, abriu a primeira gaveta e começou a procurar. Para não deixar impressões digitais, os dois estavam calçando luvas finas de látex compradas aquela tarde. Quando puxou a primeira pasta com a mão enluvada, ela se lembrou da luva de couro que perdera na casa de campo de Neil na noite em que a perseguiram. Pouco antes, na repartição, quando todos os funcionários já tinham ido para casa, pegara o par que Sara costumava deixar no escritório, pois não queria perder tempo indo a uma loja.

— E agora? — Todd acabava de abrir o quinto e último armário.

— Procure as fichas dos empregados. Se encontrá-las, avise.

— Está bem.

Jesse passou vários minutos examinando as pastas, selecionando faturas, cópias de correspondência e ofícios internos. E então encontrou algo: uma pasta com a etiqueta "Financiamento/Aços Doub".

— Achei — murmurou Todd. — As fichas do pessoal.

— Ótimo. — Ela ergueu a mão. — Só um segundo, eu já vou. — Seu coração disparou quando ela tornou a olhar para a etiqueta. Aços Doub. O nome lhe era conhecido. Onde tinha ouvido falar nele?

Abriu a fina pasta e iluminou o papel com a lanterna. De súbito, levou a mão à boca. Era uma cópia, frente e verso, de um cheque de um milhão de dólares — um cheque assinado por David J. Miltchell. Jesse reconheceria aquele M característico em qualquer lugar. Tinha-o visto assinar um cheque no Café Royal e também na marina, ao pagar o aluguel do veleiro.

— Santo Deus!

Aços Doub. Jesse acabava de se lembrar. Na noite em que estavam velejando no rio Corsica, David tinha contado que essa empresa era um de seus investimentos principais. Ela se apoiou no armário de arquivos.

— Qual é o problema, Jess?

— Depois eu conto. — Ela fechou rapidamente a pasta e a colocou na mesinha perto do armário. — Cadê as fichas? — perguntou com voz trêmula.

— Aqui. Venha, o que foi que...

— Nada! — disse Jesse, aproximando-se do conjunto seguinte de pastas.

— Que você quer que eu faça? — perguntou Todd.

Ela tirou um pedaço de papel do bolso da blusa. Nele estavam escritos os números dos empregados da LDA que coincidiam com os dos que trabalhavam na campanha de Elbridge Coleman.

— Fique vigiando para que não nos surpreendam.

— Ok.

Jesse examinou ficha por ficha, cuidadosamente, conferindo os dados do Seguro Social em cada uma. Por fim, achou uma sem número, ou melhor, na qual o número tinha sido coberto com corretor. Tocou de leve no fluido seco, depois olhou para a fotografia do empregado no canto superior esquerdo. Examinou-a durante algum tempo. O rosto lhe era familiar. Então se lembrou e sentiu um novo calafrio. Era o homem com que topara no escritório, na semana anterior, e que tinha dito que estava à procura de Sara. Na foto, aparecia de cabelo curto e sem barba nem bigode, mas, como dizia Todd, nada mais fácil do que usar um disfarce. Ela leu o nome: Gordon Smith.

Era isso que estava procurando. E ainda tinha encontrado o cheque da Aços Doub. Estava na hora de ir embora.

— Vamos, Todd.

— Com todo prazer.

Jesse colocou a ficha de Smith debaixo do braço, fechou e trancou o armário de arquivos, pegou a pasta da Doub na mesa e foi para o corredor. Segundos depois, estava pendurada na janela do banheiro, procurando a borda da lixeira com os tênis. Sentia os nervos à flor da pele. Tal como na noite em que entrara no chalé de Robinson, algo lhe dizia que era urgentíssimo sair dali. O perigo rondava. Finalmente, conseguiu tocar no metal do contêiner com os pés.

Todd lhe passou as duas pastas pela janela, e ela foi se aproximando rapidamente da escada de emergência. Mas, na pressa de chegar ao patamar, escorregou, deixando escapar um grito breve. Ficou um momento suspensa no ar, os braços estendidos para se agarrar em alguma coisa. Mas, quando estava começando a cair para trás, dentro da enorme lixeira, sentiu a mão forte de Todd segurar-lhe o pulso, e ela recuperou o equilíbrio. Voltou cautelosamente para a escada.

Pouco depois, Todd estava ao seu lado. Jesse pôs a mão em seu ombro ao vê-lo pisar no patamar.

— Obrigada — murmurou.

— Não há de quê. Talvez tivesse sido mais simples tentar achar uma porta no térreo.

— Não. As portas podiam ter alarme.

— E daí? A gente já estaria longe quando chegasse alguém.

— Eu não quero que ninguém saiba que o prédio foi invadido. — Jesse lhe entregou as duas pastas e começou a descer a escada. — Jogue-as para mim quando eu chegar lá embaixo.

— Tudo bem.

Desceu agilmente e saltou do último degrau.

— Pare aí! Fique está! — gritaram; ao mesmo tempo, uma luz muito forte iluminou toda a área abaixo da escada de emergência.

Jesse tapou o rosto instintivamente. Tinha sido flagrada. O medo a dominou quando ela imaginou a manchete: FISCAL DA RECEITA PRESA INVADINDO A SEDE DO LDA. Aquilo não podia acontecer!

Ela se virou para correr, mas, prevendo essa atitude, os seguranças saltaram instantaneamente, derrubaram-na e lhe prenderam as mãos às costas.

— Veja só o que a gente pegou. — Um dos homens apontou a luz forte diretamente para os seus olhos ao mesmo tempo em que pressionava o joelho em suas costas.

— Não é um ladrão típico da zona comercial — riu-se o outro, tirando as algemas da cinta. — Você é bem bonita, mocinha, mas aqui todo mundo recebe o mesmo tratamento. Algemas e cadeia.

Jesse fechou os olhos e desviou o rosto da luz. Era um pesadelo terrível. O que ela mais temia.

— Isso mesmo, a gente vai...

Mas, no instante em que o segundo segurança ia algemá-la, ouviram-se dois disparos na escuridão, que lhe abafaram as palavras.

Ambos recuaram atropeladamente e foram procurar proteção atrás do contêiner de lixo. Quase imediatamente, dois outros tiros sacudiram a madrugada, seguidos do ruído de vidro quebrado quando as balas atingiram o pára-brisa do veículo.

Levantando-se de um salto, Jesse saiu correndo. Sabia exatamente do que estava acontecendo. Os seguranças não tinham visto Todd, que agora estava tentando distraí-los — e ela precisava aproveitar a oportunidade para fugir.

Mais dois estampidos ecoaram. Jesse ouviu os homens gritando entre si; pouco depois, virou a esquina, e os gritos ficaram para trás. Mas ela continuou correndo.

Por fim, ao se aproximar do automóvel alugado, diminuiu a velocidade e se curvou para tomar fôlego. Sabia que não era bom ficar num carro que parecia tão fora de lugar naquela zona da cidade àquela hora da noite. Era óbvio que seria uma das primeiras coisas que a polícia — que em poucos minutos estaria cercando a região e contaria com uma descrição detalhada dela — trataria de inspecionar. Jesse retornou lentamente na escuridão, sem saber o que fazer. Não podia abandonar Todd naquela situação, mas tampouco podia ficar. Então ouviu sirenes ao longe.

— Vamos!

Jesse sentiu uma súbita batida no ombro e, soltando um grito, virou-se rapidamente. Todd já tinha passado por ela a caminho do carro.

— Venha logo! — tornou a gritar. — Vamos sair daqui! Não temos muito tempo! — Estava dando socos na capota.

Ela correu para lá, enfiou a chave na porta, abriu-a e se colocou ao volante.

— Você trouxe as pastas? — perguntou quando Todd se jogou no banco ao seu lado.

— Estão aqui comigo.

— Que bom! — Jesse escondeu as duas pastas debaixo do banco. A seguir, enfiou a chave no contato e a girou. O motor rugiu quando ela pisou fundo no acelerador. — Segure-se.

Meia hora depois, estacionou o carro em frente ao prédio em que morava, desligou o motor, apagou os faróis, reclinou-se no banco e fechou os olhos. Tivera tanta certeza de que uma das muitas radiopatrulhas por que haviam passado, no caminho, ia mudar subitamente de rumo para persegui-los. Mas isso não aconteceu. Agora estava contente por terem usado o carro alugado simples e discreto, não o vistoso Corvette de Todd.

— Você pode pilotar uma Fórmula 1 — riu ele.

— Aprendi com meus irmãos. — Todd realmente a ajudara aquela noite, pensou ela. — Puxa, nem sei como agradecer o que você fez.

— Não precisa.

Jesse tirou o grampo enorme que lhe prendia os cabelos e sacudiu a cabeça, soltando-os.

Todd fez um gesto de aprovação.

— Melhorou muito.

— Obrigada. — Ela se lembrou dos tiros rompendo o silêncio da noite quando estava de bruços no asfalto, prestes a ser algemada. — Eu não sabia que você estava armado.

— Dia e noite. — Ele enfiou a mão por baixo da camisa e sacou um revólver de cano curto, calibre 38. — Esta aqui é Mary. Agora está completamente descarregada, mas fez um bom trabalho hoje.

Jesse olhou para a arma.

— É verdade.

Todd recolocou o revólver no coldre e tirou um papel do bolso da calça.

— Eu ia me esquecendo.

— Quc é isso?

— Lembra daquele corretor amigo meu, que averiguou a venda das ações da Coleman Technology? Sobre as três corretoras que investiram na transação e que pertenciam à mesma empresa-mãe?

— Lembro.

— O cara pesquisou um pouco mais.

— E?

— Todas as empresas que investiram na Coleman Technology são controladas pela Sagamore Investment Manegement. Você acredita? Parece que nós estávamos com a razão. A oferta da Coleman foi manipulada por um pequeno grupo de chefões de certos bancos de investimento pouco conhecidos e a serviço da Sagamore. — Ele esfregou a barriga ainda dolorida devido ao punho de Harry. — Mas eu não sei por que fizeram isso.

Jesse sabia. Elbridge Coleman estava financiando sua campanha — e a intensa propaganda que a acompanhava — com o dinheiro da venda das ações. Com o dinheiro da Sagamore, agora se podia dizer com muita segurança.

— Você não esteve na Sagamore outro dia, Jess?

E havia aquele cheque de 1 milhão de dólares da Aços Doub para o LDA. Assinado por David. Sua vista ficou turva. E ainda havia aquele homem pago tanto por Coleman quanto pelo LDA. Gordon Smith, caso fosse esse o seu nome verdadeiro. Aquilo estava se tornando muito confuso.

— Jess?

Ela o fitou. Chegou a pensar em lhe contar tudo, em falar de suas suspeitas. Porém o mais provável era que ele fosse atrás de David imediatamente. E Jesse não queria isso. Pelo menos por enquanto.

— Eu preciso ir, Todd. Vou acompanhá-lo até o seu carro. — Virou-se e abriu a porta.

— Mas...

— Vamos. — Ela fechou a porta.

— Está bem. — Todd saiu do carro.

— Onde está o Corvette?

— Ali.

Jesse viu o carro branco estacionado bem debaixo de um poste de iluminação e foi para lá.

— Ei, espere. — Mas Todd só conseguiu alcançá-la já perto do Corvette.

— Por que tanta pressa?

— Eu preciso ir dormir. Estou exausta. — Ela reparou no estrago na frente e na traseira do Corvette. — Que aconteceu?

— Uns vândalos o amassaram outro dia, quando eu estava no supermercado — mentiu ele. — Tem gente que fica com inveja quando vê um carro bonito.

— Que pena.

— Tudo bem. Logo ele estará novo em folha.

Jesse o fitou com uma expressão estranha.

— Desde quando você vai ao supermercado? Que eu saiba, você só come em restaurante.

— Eu disse supercardo? Ah, fui comprar cerveja.

— Hum-hum. E você dirige com ele nesse estado?

Todd fez que sim.

— Eu troquei as lâmpadas. Está ótimo. Qualquer dia, mando consertar a carroceria.

— Parece que você não tem tido muita sorte com carros ultimamente. — Ela sorriu.

— É verdade. — De súbito, ele se deixou levar pelo impulso. — Jesse, por que você não vem passar a noite comigo na casa de campo?

— Quê? — Ela olhou rapidamente para ele.

— Vamos. Lá é gostoso.

Jesse sacudiu a cabeça.

— Você vai se sentir mais segura lá hoje. Comigo. Além disso, eu preciso lhe contar uma coisa.

— Por favor, Todd. — Era algo muito difícil para ela naquele momento.

Ele se aproxima e lhe roçou a face com a ponta dos dedos.

— Não estou brincando. — Hesitou, baixou os olhos para a calçada, depois tornou a encará-la. — Palavra que eu gosto de você.

Jesse lhe segurou a mão.

— Eu também gosto de você, só que...

— Então venha. Não estou pedindo para você dormir comigo, só quero conversar como a gente fazia antigamente. — Tomou-lhe o rosto delicadamente entre as mãos. — Não vá trabalhar amanhã. Puxa vida, pense em tudo que a gente passou hoje. Você merece um dia de folga.

— Eu bem que gostaria, palavra. Mas tenho muito que fazer.

— É aquele cara, David Mitchell? — Todd ficou subitamente zangado. — Vai se encontrar com ele agora?

— Claro que não. — Ela tentou se afastar, mas ele a agarrou com força.

— Beije-me, Jess. — Todd lhe segurou a nuca, inclinou-se e colou os lábios nos dela.

— Por favor, pare! Por favor! — Finalmente ela conseguiu se livrar e retrocedeu, enxugando os lábios com o dorso da mão.

Todd ficou um momento olhando intensamente para ela, depois baixou a vista e sacudiu a cabeça.

— Desculpe, Jess. Não sei o que deu em mim — disse em voz baixa. — Você sabe, eu não sou assim.

— Eu sei. — Ela fez menção de lhe tocar o braço, mas desistiu. Estava chocada com a força que Todd empregara para lhe segurar a cabeça. E agora se dava conta de que não se livrara dele, ele é que a tinha soltado. — Eu sei — repetiu. — Olhe, eu agradeço muito o que você fez por mim hoje.

Ele balançou a cabeça com desânimo.

— Pode deixar. Não se preocupe.

Tornou a balançar a cabeça, tirou a chave do bolso, abriu a porta e se colocou ao volante.

— Eu já vou indo.

— Todd, não vá embora assim.

Mas ele já não a estava ouvindo. Engatou a ré, saiu da vaga e se foi rapidamente.

Vendo o carro branco sair do estacionamento, Jesse tocou o próprio rosto. Caramba, que coisa estranha. Ele nunca tinha agido daquele modo. Por que isso agora? Talvez Becky tivesse uma explicação.

Consultou o relógio à luz do poste. Quase três horas. Voltou-se e foi, apressada, para o carro alugado. Ainda tinha de fazer uma coisa antes de ir dormir.

Como sempre, os bichinhos de pelúcia estavam ordenadamente enfileirados no beliche de cima, sorrindo para ela entre as almofadas. Parada à porta, Jesse olhou para eles com tristeza. Sua mãe conservava aquele quarto exatamente como ficara no dia em que ela saiu de casa. Olhou para o beliche de baixo, depois para a cama de solteiro no outro lado do pequeno quarto. Ela e suas duas irmãs tinham crescido lá. Um dia, eram adolescentes discutindo sobre os rapazes, no outro, tinham partido para cuidar da vida. Pelo menos era o que parecia.

— Jesse!

— Oi, mamãe.

— Meu Deus, que susto! Que bom que você está aqui.

Jesse deu as costas para o quarto e se voltou para ela. Connie estava no corredor escuro, vestindo um penhoar comprido de algodão.

— Desculpe, mamãe. Eu não queria assustá-la.

— Não faz mal, mas são quase quatro horas da manhã, meu bem. Eu adoro quando você vem me visitar, mas por que a estas horas?

Jesse deixou cair a sacola que trazia às costas, esperando que a mãe não reparasse. Lá estavam o dossiê de Neil Robinson, a ficha pessoal de Gordon Smith e a cópia do cheque da Aços Doub para o LDA, os dados do corretor amigo de Todd vinculando o dinheiro da Sagamore à campanha de Elbridge Coleman, e o documento que mostrava que o número do Seguro Social de Gordon Smith era o mesmo tanto na LDA quanto na campanha de Coleman. Lá estava tudo que ela havia colhido desde que recebera a derradeira mensagem de Robinson.

— Eu precisei vir buscar uma coisa — foi a desculpa esfarrapada que lhe ocorreu.

— E deixar outra, pelo que vejo. — Connie apontou com o queixo para o chão.

— Hum-hum. — Jesse não disse mais nada. — Volte para a cama, mamãe.

— A gente não pode conversar um pouco? Você sabe como eu fico contente quando você vem aqui. — Connie vacilou. — Você é a única que me visita de verdade.

— Prometo vir no fim de semana. — Jesse lhe segurou a mão e a levou de volta para o quarto. Ajudou-a a se deitar e a cobriu. — Eu te adoro, mamãe. — Sentou-se na beira da cama e lhe acariciou o cabelo. — Trouxe uma coisa para você — sussurrou.

— O quê? — perguntou Connie com voz sumida, já quase pegando no sono.

Jesse abriu a bolsa e tirou cinqüenta dólares.

— Uma coisa que vou deixar aqui no criado-mudo. — Abriu a gaveta e nela guardou as notas amassadas. — Eu telefono amanhã para lembrá-la.

Mas Connie não a ouviu. Sua respiração tornara-se regular, estava dormindo profundamente.

Jesse sorriu, beijou-lhe a testa e foi pé ante pé para o seu antigo quarto. Pegou a sacola com os documentos, abriu a porta do guarda-roupa e a guardou na prateleira superior, entre as pilhas de jogos e quebra-cabeças. Ali aquelas informações ficariam em segurança.

CAPÍTULO 27

JESSE ABRIU a porta do apartamento e entrou na sala cambaleando de sono. Sentia as pálpebras pesadas, mal conseguia abrir os olhos. Estava com manchas roxas nas coxas devido aos beliscões que tinha dado em si mesma para não cochilar na viagem de volta; mesmo assim, quase saíra da estrada mais de uma vez. Passavam das seis agora, e tinha de estar acordada às seis e meia para chegar à repartição às oito. Ela suspirou. Talvez Todd tivesse razão. Talvez valesse a pena faltar ao trabalho aquele dia.

Já ia entrando no quarto quando se lembrou, parou, deu meia-volta e tomou o rumo da cozinha: o pobre gato tinha ficado sem comer desde a manhã anterior, devia estar morrendo de fome.

Primeiro, a sombra delineada pela luz do amanhecer nas cortinas pareceu surrealista. O cérebro de Jesse registrou a figura indistinta, mas, por uma fração de segundo, recusou-se a aceitar sua existência. Só ao vê-lo se mexer foi que sentiu o coração saltar no peito e levou as mãos à garganta. Tentou gritar, mas de seus lábios não saiu mais que um ruído sufocado, como se os dedos daquele vulto já lhe estivessem apertando o pescoço.

Instintivamente, ela deu as costas para aquela forma sinistra e tratou de correr para o quarto. Mas a sala se iluminou repentinamente quando acenderam a luz.

— Jesse!

Ela reconheceu a voz no mesmo instante e, segurando-se no batente, deu meia-volta.

— David! Que você está fazendo aqui? Como conseguiu entrar?

Ele lhe mostrou um molho de chaves, depois o jogou no sofá.

— Naquela noite, eu o achei na gaveta da cozinha quando você estava no quarto.

Então ele também tinha visto a pasta! Acaso era por isso que estava lá? Voltara para buscar os documentos? Será que ela havia interrompido uma invasão no apartamento? As interrogações lhe inundaram a mente. E não lhe saía da cabeça a assinatura dele no cheque da Doub para o LDA.

— Que você foi fazer na cozinha?

— Você não me mandou pegar uma cerveja? Eu fui. Só que a tampa estava travada, não queria sair. Então eu resolvi procurar um abridor. Fiz mal?

— Não. — De fato, ela o *mandara* servir-se de cerveja. — Mas você não tinha o direito de pegar a minha chave.

— Por que tanta hostilidade, Jesse? — David deu um passo em sua direção.

Ela recuou, tratando de manter a distância. Já não tinha idéia das intenções daquele homem. A Sagamore estava envolvida com a campanha de Elbridge Coleman e com o LDA. Ninguém que trabalhasse lá merecia confiança, e David Mitchell trabalhava.

— Eu não gosto que peguem as minhas coisas sem o meu consentimento. É tão difícil de entender?

— Você precisa tomar mais cuidado — disse ele de modo sinistro.

— Que você quer dizer com isso?

— Exatamente o que eu disse.

David estava exausto. Era visível. Também não dormia desde o dia anterior.

— Que você veio fazer aqui?

Ele vacilou antes de responder.

— Vim ajudá-la — murmurou em voz baixa, quase sumida.

— Como ajudar?

Era uma loucura continuar jogando naquele momento.

— Escute aqui, eu vou ser franco com você.

— Acho bom.

David não fez caso do tom cínico.

— Eu vi a pasta na cozinha aquela noite.

— Que pasta?

— Não se faça de desentendida.

Pela primeira vez, Jesse notou um tom lúgubre, quase ameaçador, na voz dele.

— Está se referindo à pasta da campanha de Elbridge Coleman?

— É claro.

Jesse analisou rapidamente as possibilidades de fuga. À porta da rua era impossível chegar. David lhe bloquearia facilmente a passagem.

— Então você viu a pasta? E daí? Meu chefe tinha uma imaginação muito fértil.

— Eu já disse que estou aqui para ajudar. — David notou que ela estava procurando um meio de escapar. — Se quiser sair, fique à vontade. Eu não vou detê-la. — Afastou-se para o lado da sala. — Eu gosto muito de você, Jesse. E vim ajudá-la. Acredite. Você precisa confiar em mim.

Jesse queria acreditar em suas palavras. Queria confiar nele. Mas agora havia algo estranho em seu olhar, um desespero que ela não conhecia, um desespero que talvez significasse que David estava de fato dizendo a verdade — ou que estava disposto a tudo para sair de uma grande enrascada.

— Só quero que você me dê um minuto para explicar. Se não acreditar no que eu disser, pode sair. Prometo não impedi-la.

— Está bem.

— Ok. Jesse, a verdade é que a Sagamore Investiment Management Group não é o que parece ser. Nós não somos melhores do que ninguém da área de investimentos. Só que jogamos com informações privilegiadas. Foi assim que conseguimos gerar retornos tão incríveis durante tanto tempo. É um jogo de cartas marcadas.

Ela arregalou os olhos.

— Faz tempo que eu desconfio disso, mas não tinha provas — prosseguiu David. — Hoje eu consegui provar, pelo menos para mim. O que descobri não é suficiente para condenar ninguém num tribunal, mas um corretor experiente é capaz de detectar os métodos de transação e saber imediatamente o que os chefões da Sagamore andam fazendo.

Ele estava dando informações sem pedir nada em tronca. Bom sinal.

— Como assim?

— A Sagamore negocia principalmente ações da indústria bélica. Também compra das outras indústrias, mas se concentra na de armamentos. São muitas as empresas relacionadas com o Ministério da Defesa, de modo que é possível adquirir uma infinidade de ações. A verba do Ministério da Defesa é de quase 300 bilhões de dólares por ano. Dinheiro demais, dinheiro para qualquer um gastar à vontade, por isso muita gente acaba se envolvendo. Nós compramos as ações antes que se saiba que vai haver alta e as vendemos antes que se saiba que vão despencar.

— Você não devia me contar isso — disse Jesse. — Eu sou fiscal da Receita. Tenho o dever de notificar meus superiores.

— Você não vai notificar ninguém.

— Por que não?

— Eu não tenho nenhuma prova concreta. Se você informar seus superiores, eles vão abrir uma auditoria, coisa de que a Sagamore ficará sabendo imediatamente. Demoraria semanas ou até meses para que começassem a investigar. E a Sagamore teria tempo de sobra para sumir com todas as provas de que trabalha com informações privilegiadas.

David tinha razão.

— Mas como a Sagamore consegue fazer esse tipo de negócio? E há tanto tempo? Há anos que seus resultados são fabulosos.

— Porque ela tem um contato no Senado. Um contato poderosíssimo. Um homem que não só informa antecipadamente o nosso comitê executivo de tudo que vai acontecer com as empresas de armamentos como também tem autoridade para destinar, secretamente, parcelas enormes da verba do Ministério da Defesa às empresas que ele bem entender. Um homem que controla o orçamento secreto. Eu tenho certeza de que ele ganha muito bem da Sagamore para fazer o que faz. Decerto através de contas numeradas no exterior. — David sacudiu a cabeça, recordando o fatal encontro com o senador Webb dois anos antes. Uma entrevista durante a qual ele acreditou, ingenuamente, que estava subornando o político, mas na qual, na verdade, tinha se deixado envolver numa conspiração sem saber. Agora tudo fazia sentido. — Imagine o que isso significa.

Não foi difícil imaginar.

— Dê um exemplo — pediu ela com voz pausada. — Um exemplo de como a Sagamore negocia com informações *privilegiadas*.

— Um avião chamado A-100 — respondeu David. — É um novo bombardeiro projetado pela General Engineering & Aerospace para a marinha. Faz dois anos e meio está sendo desenvolvido em segredo. Em breve vão anunciar sua existência. O contrato deve chegar a 150 bilhões de dólares em sete anos. Vai quintuplicar o valor atual das ações da GEA. Há dois anos e meio, pouco antes que a GEA ganhasse o contrato, a Sagamore adquiriu 1 bilhão de dólares em ações dela. Isso você pode verificar na Comissão de Valores Mobiliários. Esse tipo de investimento é matéria de registro público. O *timing* do contrato e do investimento não é pura coincidência, Jesse. Palavra.

— Qual é o senador que controla o orçamento secreto e trabalha com a Sagamore? — Jesse estava interessadíssima.

— Isso não importa.

— Claro que *importa*. — Ela começou a compreender por que a Sagamore tinha interesse em manipular a disputa entre Elbridge Coleman e Malcolm Walker. Coleman era o seguinte na fila, o homem que passaria a controlar o orçamento secreto, permitindo que a Sagamore continuasse negociando "por dentro" no século XXI. — Quem é ele?

— Eu não vou contar. Sinceramente, é melhor que você não saiba.

— *Você* sabe?

David vacilou antes de fazer que sim.

— Mas como a Sagamore conseguiu manter tudo em segredo? Se isso já dura anos, como você diz, por que ninguém nunca denunciou nada?

Nada mais simples, pensou ele consigo. O todo-poderoso dólar.

— Jesse, a compensação anual média dos gerentes de portfólio que estão na empresa há mais de cinco anos ultrapassa os 2 milhões de dólares. Quem seria louco de dar com a língua nos dentes? E a Sagamore não é tão grande assim. Não são muitos os que têm de guardar segredo. As pessoas são cuidadosamente investigadas antes de receber uma oferta de emprego.

— O dinheiro não mantém todo mundo em silêncio. Alguém sempre acaba se sentindo culpado.

— Não aposte nisso. — David sabia muito bem. — E há outra coisa.

— O quê?

— Quando um gerente de portfólio chega a perceber o que está acontecendo, ele já violou vinte leis que regulam as transações de valores mobiliários. Desde os negócios com informações privilegiadas até apropriação indébita, fraude e suborno. Que louco denunciaria o que ele mesmo faz? E o mais insidioso é que, quando a gente se dá conta do que fez, já é tarde demais.

Aquilo soou como a racionalização de um homem que se sentia culpado.

— Mas sempre é possível fazer um acordo com as autoridades. Negociar imunidade em troca de informações.

— Por quê? Por que alguém procuraria voluntariamente as autoridades financeiras para negociar um acordo? Diga o que é mais fácil: fazer o jogo da Sagamore e ganhar pelo menos 1 milhão por ano ou informar o governo federal, ficar algum tempo com a consciência tranqüila e passar o resto da vida na pobreza porque você ficou queimada no setor? E isso acontece. Ninguém mais a contrata. E, uma vez que o governo obteve o que quis, por acaso ele vai cuidar de você? Em todo caso, não na base de 2 milhões de dólares por ano.

— Então você fez isso? — perguntou Jesse calmamente.

— Fiz o quê?

— Violou vinte leis que regulam as transações valores mobiliários?

David não respondeu.

— A gente pode conversar sobre isso mais tarde, Jesse. O importante agora é tirar você daqui. *Imediatamente.*

A intensidade de sua voz e o medo estampado em seus olhos a assustaram.

— Como assim?

— Eu acho que você está em perigo.

— Por quê?

— Por causa da pasta na cozinha. Eu a li rapidamente aquele dia. Acredito que tudo que ela contém é verdade. Quem escreveu aquilo ou estava recebendo informações de dentro, ou era um gênio. Eu tenho certeza de que a diretoria da Sagamore está tentando manipular a eleição. Faz muito sentido. Seu contato no Senado, o sujeito que controla o orçamento secreto, está ficando velho. Se não tomarem providências para resolver o problema, quando ele se aposentar, a empresa ficará órfã, perderá a capacidade de dominar o mercado todo ano. Por isso precisam de um cara mais moço que, posteriormente, venha a substituir seu contato atual. Mas ele terá de passar uma temporada no Senado, junto com o velho, para que a transição seja ordenada. — David se calou um instante. — E eu tenho certeza de que eles também querem se livrar de Malcolm Walker. Da pior maneira possível. Seria matar dois coelhos com uma cajadada nesta eleição.

Era exatamente o que Jesse havia cogitado.

— Meu Deus — suspirou ela.

— Sim, é incrível. O mais assustador é que o senador que controla o orçamento secreto certamente trabalha com gente do Pentágono. Ele pode se apropriar da verba, mas precisa de ajuda nos contratos. Precisa de um manda-chuva do Pentágono.

Jesse sentiu a boca seca. O que parecia inconcebível poucos dias antes — apenas fruto da imaginação exacerbada de Neil — estava se transformando numa conspiração de imensas proporções.

— Mas agora você precisa sair daqui — insistiu David, aproximando-se um passo.

Dessa vez Jesse não retrocedeu.

— A única pessoa da Sagamore que sabe dessa pasta é você. Por que eu estaria em perigo?

— Você acha que foi por coincidência que Elizabeth Gilman passou a gostar tanto de você de uma hora para outra? — Era preciso convencê-la a confiar totalmente nele.

— Você, obviamente, não acha.

David sacudiu a cabeça.

— Não acho mesmo. — Viu a decepção no olhar dela. — Por favor, não me entenda mal. Você é uma mulher de talento e decerto teria muito sucesso como gerente de portfólio na Sagamore. Mas acontece que eu convivo com Elizabeth há mais de quatro anos. Ela é, no mínimo, uma empresária fria e calculista. Por encantadora que seja no trato com as pessoas, não deixa as emoções atrapalharem quando se trata da Sagamore. Sabe que pode escolher entre muitos candidatos, gente bem mais experiente que você. Simplesmente não tem sentido fixar-se em você como ela se fixou. Eu reconheço que isto não passa de um palpite. Mas tenho certeza de que estou com a razão.

— Você sabe se ela está envolvida em tudo isso?

— Pelo amor de Deus, Jesse, Elizabeth é a diretora da Sagamore! — respondeu David com indignação. — O modelo de transações que eu rastreei remonta há anos. Ela sabe. Não se iluda.

— Há mais alguma coisa que você não me contou?

— Como assim?

— Você disse que acha que eles sabem da pasta que está comigo, mas não disse que tem certeza disso. Eles sabem?

Ele sorriu com ironia.

— Você está me perguntando se eu contei a eles?

— Você contou?

— Jesse, no fundo, eu sou um cara honesto. Cometi alguns erros, mas chegou a hora de reconhecer esses erros e pagar por eles. Eu não vou mais participar desse jogo. Não vou deixá-los impunes. — Calou-se e a fitou nos olhos. — E eu gosto de você. Nunca faria uma coisa dessas.

Foi um belo discurso, mas ela não ia lhe dar o benefício da dúvida tão depressa assim.

— Você acaba de me contar que um gerente de portfólio com cinco anos de casa recebe, em média, 2 milhões de dólares por ano. Disse que o mais fácil é fazer o jogo deles e ganhar esse dinheiro. Imagino que, se você lhes contasse que eu estou com a pasta, estaria muito próximo de ganhar os 2 milhões.

David sacudiu a cabeça.

— Se lhes tivesse contado, eu não estaria aqui. Mesmo porque eles não me teriam mandado para cá. Teriam mandado um profissional. Você já estaria morta. Quem constrói uma infra-estrutura dessas e assume os riscos que eles assumiram joga pesado para conservar o que tem. Para manter a conspiração em segredo, essa gente não pensa duas vezes antes de matar uma fiscal da Receita.

Jesse levou as mãos ao rosto lentamente. Sara. A luva perdida no chalé. Acaso estavam tentando localizá-la e a confundiram com Sara?

— Não! — disse em voz alta. Ela estava se deixando levar pela imaginação. Sara simplesmente tinha faltado ao trabalho e estaria na repartição aquele dia.

— Não o quê? — perguntou David.

— Nada. — Mas algo lhe dizia que uma coisa horrível tinha acontecido com sua amiga. — E o cheque da Aço Doub para o LDA que você assinou? — Jesse tinha de fazer essa pergunta.

Ele se surpreendeu.

— Que cheque?

Jesse falou com voz uniforme.

— Eu estou com a cópia de um cheque emitido em nome de uma organização chamada Libertação dos Afro-americanos. O cheque é da Aços Doub e foi assinado por David J. Mitchell. No dia em que a gente foi velejar, você me contou que a Aços Doub era uma das empresas do seu portfólio.

— Eu sei o que lhe contei — respondeu ele irritado. — Como você conseguiu uma cópia desse cheque.

— Já que você não me conta quem é o senador que controla o orçamento secreto, eu não conto como consegui a cópia do cheque. Mas tanto ela quanto a pasta de arquivo que você viu aqui e muitas outras informações explosivas estão guardadas num lugar seguro.

— Jesse, a assinatura não é minha. É uma falsificação. Você precisa acreditar.

— Eu vi a sua assinatura aquela noite no restaurante e também na marina, quando você pagou o aluguel do veleiro. Não sou especialista, mas você tem uma assinatura muito peculiar. A do cheque da Doub é parecidíssima.

— Eu sei disso. Quando a vi, fiquei tão chocado quanto você deve der ficado. — Seu coração estava acelerado. Como, diabos, ela havia encontrado aquele maldito cheque? A Sagamore só o usaria para prejudicá-lo se ele denunciasse o que estava acontecendo. Isso era óbvio. Mas nada garantia que Jesse não o usaria. — Eles montaram uma armadilha para mim.

— E você quer que eu acredite nisso? — Ela notou o desespero em seus olhos. A intensidade de seu olhar proclamava que era verdade. E, se David estivesse ali para agredi-la, já não a teria agredido? Por que perderia tanto tempo conversando?

— Você precisa acreditar — disse ele entre os dentes. — Olhe, eu quero acabar com esses caras...

— Eu também — disse Jesse com raiva. — Estou convencida de que eles mataram Neil Robinson. Uma pessoa de quem eu gostava muito. Sem contar que estão tentando manipular uma eleição e transgrediram mais leis do que você e eu somos capazes de imaginar.

— Eu quero ajudá-la, Jesse. Por favor, acredite.

— Tudo que você disse até agora se baseia em suposições. Se quer mesmo me ajudar, conte-me o que sabe. — Ela lhe deu as costas.

David não podia falar no encontro que tivera com Webb dois anos antes. Não podia explicar por que estava tão bem informado sobre o A-100 e o contrato da GEA, não podia explicar sua relação com Jack Finnerty, não podia explicar que o haviam comprometido com as contas no exterior. E não podia dizer qual era, na sua opinião, a verdadeira motivação do comportamento estranho de Elizabeth Gilman. Queria que Jesse confiasse nele, mas contar toda a verdade o tornaria muito vulnerável.

— Eu preciso de mais um pouco de tempo. Posso obter mais informações — disse, notando o quanto ela estava exasperada. — Você tem de confiar em mim.

— Confiar em você? Você pode estar me enganando. — Jesse sentiu suas mãos acariciando-lhe delicadamente os ombros. — Meu Deus, você rouba a minha chave e invade o meu apartamento. Confessa que abriu e leu um documento que estava aqui. Recusa-se a me contar como ficou sabendo do contato da Sagamore no Senado nem quem ele é. Reconhece que ludibriou a fiscalização de valores mobiliários.

— Isso eu não disse que fiz.

— Não é preciso. Eu posso concluir por mim mesma. — Sentiu seus braços enlaçando-lhe a cintura. — Pare, David. — Mas, de repente, percebeu que não queria que ele parasse. De súbito, compreendeu o quanto estava assustada e o quanto aqueles braços fortes a reconfortavam. — Pare — repetiu. Mas, dessa vez, falou sem convicção.

— Não, não paro. — Devagar, David fez com que ela se virasse e ficasse de frente para ele. Fitou-a nos olhos. — Eu vou cuidar de você. Mas preciso da sua ajuda. Nós vamos acabar com aqueles bastardos. Mas vamos depender um do outro.

Era tão perigoso confiar: confiar em quem quer que fosse em se tratando daquilo. Mas David era tão persuasivo. E não tinha razão? Afinal, se ele tivesse contado que vira a pasta de Robinson, o pessoal da Sagamore não o teria mandado para lá.

— Está bem — sussurrou ela.

À pálida luz do amanhecer, Jesse seguiu o BMW de David no carro alugado. Sentia-se cada vez mais atraída por ele. Por desvairado que fosse, era o que sentia. E nada podia fazer.

"Nós vamos acabar com aqueles bastardos." Ele dissera essas palavras com tanta convicção. Mas Jesse continuava desconfiada por mais que tentasse se convencer de que não devia. Dois milhões de dólares eram muito dinheiro para jogar fora. Não se podia excluir a possibilidade de ele a estar enganando. David Mitchell tinha um lado manipulador. Era inegável. Restava saber que força tinha esse lado. Ao fitá-lo nos olhos, no apartamento, Jesse vira sinceridade. Ou talvez ele fosse um ótimo ator. Mas por que a estaria protegendo agora? Por que insistira tanto para que ela saísse do apartamento?

Pararam em frente ao Towson Sheraton Hotel. David saiu do BMW, aproximou-se do carro dela, abriu a porta e lhe deu a mão para que saísse.

— Que cavalheiro!

— Obrigado. — Ele beijou-lhe o rosto. — Palavra que eu vou cuidar de você. — Agora Jesse estava mostrando ter confiança. Apesar de tudo, ele conseguira convencê-la. Aliás, sempre fora convincente quando necessário. Era um talento inato. Uma coisa em seus olhos, como certa vez lhe havia dito uma mulher. — Vamos entrar, Jesse. Nós precisamos de um quarto para você. Depois eu tenho de ir. Mas vamos ficar em contato. — Segurou-lhe o braço. — Acho melhor você não ir trabalhar hoje.

Ela concordou. Ia obedecê-lo palavra por palavra.

— E não telefone para ninguém do seu quarto. Pode ser que eles tenham um identificador de chamadas. Se quiser telefonar, vá ao *shopping* ali ao lado. Mas não fique muito tempo fora do quarto. Pode ser perigoso.

Jesse fez que sim.

David pegou a mala que ela fizera às pressas antes de sair e foi para a porta, mas parou no caminho.

— Escute, eu preciso saber onde você deixou a pasta de Elbridge Coleman. E também os outros documentos.

Ela se dissera disposta a ajudá-lo. Confiava nele, não?

David lhe segurou a mão.

— Se, Deus me livre, eles a pegarem, eu seria a única pessoa capaz de detê-los. Acho que aquela pasta pode ajudar muito. — Hesitou. — Você me conta?

Todd Colton estava observando quando Jesse cochichou qualquer coisa ao ouvido de David e então o beijou com ardor. Tinha-os visto sair do apartamento quinze minutos antes. Tinha visto Jesse entrar na casa da mãe pouco antes do amanhecer e sair de lá minutos depois. Não se afastara dela ao partir com o Corvette. Seguira-a por toda parte. E agora, vendo-os entrar no Sheraton de braços dados, sentiu uma raiva que nunca tinha sentido. Jesse havia mentido para ele sobre seus sentimentos por David Mitchell. Estava apaixonada por aquele sujeito. Por isso o rejeitava, por isso recuou quando ele tentou beijá-la no estacionamento. Por causa de Mitchell. Como podia fazer isso com ele que sempre a quisera tanto?

— Você mandou me chamar? — Monique entrou cautelosamente no gabinete de Walker.

O senador estava em sua cadeira, a cabeça inclinada para trás, o rosto coberto com as mãos.

— Entre — disse quase num sussurro.

Monique pigarreou com nervosismo e, pisando no grosso carpete, aproximou-se da escrivaninha e se sentou diante dele. Walker já devia estar sabendo que o ofício de Cowen para Webb tinha desaparecido. Ela ficou subitamente tensa ao pensar em Webb. O bastardo a retivera no Four Seasons até as quatro da madrugada, possuindo-a muitas e muitas vezes.

— Qual é o problema — perguntou o senador.

— Como assim?

— Você parece preocupada. E exausta também.

Monique sentiu como se ele a estivesse analisando com o olhar.

— Não é nada — respondeu. — No café, eu devo ter comido alguma coisa que não caiu bem.

— Talvez seja melhor voltar para casa.

— Pode deixar, Malcolm. — Estava com nojo de si mesma. Fazia dez anos que trabalhava com aquele homem, no entanto, fora obrigada a entregar o ofício de Cowen para que as fotografias com a loira não aparecessem na primeira página dos jornais sensacionalistas. Para salvar a pele, arruinara a oportunidade de Malcolm cercar o pessoal que manipulava o orçamento secreto e, provavelmente, suas possibilidades de reeleição. — Por que você queria falar comigo?

— Você ligou a televisão hoje?

Monique sacudiu a cabeça.

— Todos os canais estão passando a minha fracassada coletiva. É a notícia principal dos noticiários locais e também de muitas emissoras nacionais. Será que isso foi tão importante assim? Era preciso dar a notícia tantas vezes?

— É a máquina conservadora flexionando os músculos. — Às vezes era impossível combater o sistema. Por frustrante que fosse, era preciso aceitar isso.

— Você não acredita que as emissoras locais estão sendo pagas para transmitir a notícia?

— Isso não me surpreenderia. — Sua voz era um murmúrio monótono. Ela queria lhe contar o que fizera. Tinha obrigação de lhe contar. Mas não conseguia. De que serviria afinal? Já entregara o ofício de Cowen. Malcolm ficaria sabendo que ela era uma traidora, e seu corpo apareceria em todas as revistas indecentes nos braços de uma loira igualmente indecente. — Eles farão tudo para destruí-lo, Malcolm. Da última vez, você os surpreendeu e venceu antes que pudessem fazer alguma coisa. Agora eles estão decididos a liquidá-lo.

Walker olhou estranhamente para Monique. Ela nunca tinha sido tão franca.

— Morty Andrews, da CNN, me telefonou hoje cedo. Eles fizeram uma pesquisa ontem à noite, depois que a notícia foi transmitida por todas as emissoras.

— E?

— Agora Coleman está doze pontos à minha frente. Eu consolidei a minha posição na comunidade negra, mas os eleitores brancos estão me dando as costas. — Era o fim, ele sabia. Não havia como modificar a situação.

— Como se você precisasse consolidar sua posição na população afro-americana. Ótimo. Já que ontem você manifestou apoio ao LDA, o seu índice de aprovação na comunidade negra subiu de 95% para 96%. Grande coisa!

— É o que eu não entendo. — Walker apoiou a cabeça nas mãos. — Elijah Pitts sabia que isso ia acontecer. Por que está querendo que eu perca?

David tirou do bolso a cópia da chave que mandara fazer e subiu a escada que levava ao apartamento de Jesse. O que ela não ficasse sabendo não a magoaria. Olhou ao seu redor para ter certeza de que não o estavam observando, enfiou a chave na fechadura, girou a maçaneta e empurrou a porta.

No primeiro momento, não conseguiu abarcar toda a extensão do estrago, só depois compreendeu. Era como se um furacão tivesse atingido o centro da sala de estar. As poltronas e os sofás estavam tombados e rasgados, o estofamento espalhado no carpete. Os quadros tinham sido arrancados da parede e estavam despedaçados no chão. Em certos lugares, o carpete havia sido cortado e descolado do piso. E, num canto, o gato de Jesse estava morto, estripado.

Trêmulo, David retrocedeu e saiu. Era inútil revistar o apartamento. Certamente já haviam encontrado tudo que era de interesse. Sem fechar a porta, tornou a descer a escada e voltou correndo para o BMW.

Gordon Roth se curvou, ergueu a calça e recolocou a faca de caça na bainha presa em sua panturrilha. Empurrando um pouco a cortina da sala, olhou mais uma vez para o estacionamento, mas não viu ninguém. Escondido atrás da porta do quarto para matar quem quer que entrasse no apartamento, ele tinha demorado demais para perceber que, ao se deparar com a desordem, a pessoa fugira sem fechar a porta.

CAPÍTULO 28

— VAMOS COMEÇAR a reunião — grunhiu Webb, olhando para os outros membros à mesa. — É um prazer contar com a sua presença, senhora Gilman — acrescentou com sarcasmo.

— Peço desculpas por não ter vindo ao último encontro — disse ela sem jeito. — Estava ocupada com a Sagamore.

— Ora, não há necessidade de...

— Eu acho que é o momento de lhe dar os parabéns — completou Finnerty.

Surpresos com a interrupção, os demais olharam para ele.

— Tenho certeza de que todos aqui souberam da entrevista coletiva do nosso amigo Walker ontem — prosseguiu Finnerty. — Temos de agradecer o senador Webb pela sua incrível lucidez ao ajudar o LDA a tirar o pé da lama. Ontem nós praticamente destruímos uma carreira, coisa que devemos ao nosso ilustre senador.

Todos os presentes estalaram os dedos num discretíssimo aplauso.

— Obrigado — disse Webb com pressa. — Mas temos assuntos muito importantes a tratar e é melhor começar logo. — Fez um gesto sutil de agradecimento para Finnerty. — Devo dizer que recebemos várias notícias ruins nas últimas 24 horas.

A sala ficou em silêncio, a apreensão pairou no ar.

— Na reunião passada, eu disse que íamos cuidar da nossa falha de segurança — prosseguiu Webb com voz exageradamente tranqüila. — Gordon Roth eliminou uma moça chamada Sara Adams, uma agente fiscal do escritório regional da Receita. Com base em fortes evidências, Gordon acreditou que essa senhorita Adams era a pessoa que tinha roubado o dossiê na casa de campo de Neil Robinson. Ocorre que posteriormente se constatou que a senhorita Adams não foi a responsável pelo roubo. — Pouco importava que a pessoa errada tivesse perdido a vida. A tragédia estava no fato de o verdadeiro alvo, aquela que tinha a possibilidade de prejudicá-los, continuar circulando livremente.

— Oh, meu Deus! — Cowen tapou o rosto.

— Isso acontece, almirante. — disse Webb visivelmente irritado com aquela reação emocional. — Temos de nos conformar e seguir adiante. Faz parte da guerra, como o senhor deve saber.

A boca do almirante se transformou numa sombria linha reta.

O senador prosseguiu.

— Tudo indica que a pessoa que estamos procurando é, na verdade, uma mulher chamada Jesse Hayes.

Art Mohler se voltou de pronto para Elizabeth, mas esta não percebeu seu olhar.

Webb reparou na atitude de Mohler, mas não disse nada.

— Essa Haye também é agente fiscal da Receita em Baltimore. Aliás, era amiga de Adams, o que explica o lamentável engano de Gordon.

— Desta vez o senhor tem certeza? — perguntou Cowen com ansiedade. — Tem certeza absoluta de que Hayes é a pessoa certa? Meu Deus, nós também vamos matá-la? Isso não tem mais fim?

— Desta vez não há dúvida — rosnou Webb. — Escute, almirante, eu não admito que questionem as minhas ordens. O senhor goza dos benefícios de pertencer a este círculo. Como em qualquer outro empreendimento, quem está disposto a gozar das vantagens, tem de estar igualmente disposto a engolir as desvantagens.

— Talvez seja melhor ir mais devagar, senador Webb. Talvez não convenha ter tanta pressa de puxar o gatilho. É o que a gente aprende nas forças armadas. A fazer as coisas no devido tempo.

— Então me diga se o senhor fez as coisas no devido tempo sábado passado, às três da madrugada, perto do Forte Myer.

Com o rosto instantaneamente petrificado, o almirante fixou o olhar num ponto da parede oposta. Como era possível que Webb soubesse do rapaz com quem ele se encontrara no bosque próximo do Iwo Jima Memorial?

— Eu não concordo — rosnou Webb.

Os outros se moveram com desconforto nas cadeiras. Nunca tinham visto semelhante confronto naquela sala. E nunca tinham visto Webb tão agitado.

— Como o senhor descobriu que a culpada é Jesse Hayes? — quis saber Finnerty. — Como sabe que foi ela, não Sara Adams?

— Ontem à noite invadiram a sede do LDA. Roubaram duas pastas de arquivo. — Contrariado, Webb deu um tapa na mesa. — Uma delas continha a cópia de um cheque da Doub Steel em nome do LDA. Um dos cheques que Art emitiu usando a assinatura de Mitchell.

— Quê? — Art Mohler se debruçou na mesa. — Brincadeira! Isso pode conduzir diretamente à Sagamore, diretamente a mim.

— Tem razão — concordou Webb sem dissimular a cólera. — Eu nunca vou entender por que diabos Pitts manda o seu pessoal tirar cópia dessas coisas e ainda por cima guardam num lugar tão vulnerável. A outra informação roubada é uma ficha de Gordon Smith.

— Gordon Smith? — Mohler ficou perplexo. — Não é o outro nome de Gordon Roth?

— Muito bem, gênio. — Webb ergueu as mãos e fechou os olhos. — Desculpe, Art. Eu não quis ofendê-lo. É que a incompetência me tira do sério. Eu pensei que Pitts fosse pelo menos *um pouco* sensato. Nunca imaginei que fosse largar por aí uma informação tão comprometedora.

— Eu não estou entendendo — interferiu Cowen.

— Nós usamos o LDA para financiar algumas atividades de Roth — explicou Finnerty. Ele mesmo tinha ajudado Webb a acertar os detalhes com o LDA. — Achamos melhor fazê-lo com o LDA do que com a Sagamore ou a GEA.

— Por que não com a Doub?

— Nós já estamos usando essa empresa para financiar o LDA e cercar David Mitchell. Preferimos não usá-la em outra coisa.

— E o que Jesse Hayes tem a ver com a invasão da sede do LDA? — quis saber Mohler.

— Foi ela que entrou lá ontem à noite e roubou os documentos. Temos uma testemunha ocular. Um segurança que a identificou por uma fotografia. Só pode ter sido Jesse Hayes que entrou no chalé de Robinson. É muita coincidência.

— E não é possível que ela trabalhasse junto com a tal Adams?

Webb olhou de relance para Finnerty. Este se encarregou de explicar.

— Gordon Roth é especialista em, digamos, extrair informação das pessoas.

— Você está querendo dizer que ele é especialista em tortura? — perguntou Elizabeth enojada.

— Por favor, Elizabeth — resmungou Webb.

— Sara Adams não estava envolvida — confirmou Finnerty. — Não sabia de nada. Se soubesse, teria contado a Roth, estejam certos.

Elizabeth virou o rosto.

— Nós temos de encontrar Jesse Hayes — disse Mohler. — Imediatamente.

— Isso mesmo. — Webb olhou rapidamente para Finnerty. — Gordon Roth já se encarregou de cuidar disso. Infelizmente, não está sendo fácil localizar essa mulher. Nem no apartamento em que mora nem no trabalho. Parece que tirou o dia de folga.

— Nós a pegaremos de noite — garantiu Finnerty. — Quando ela voltar para casa.

— Se voltar — disse Mohler, olhando para Elizabeth. — Você não pode nos ajudar? Teve contato com ela ultimamente.

Webb a fitou nos olhos.

Ela percebeu que a curiosidade do senador se transformou instantaneamente em suspeita. Engoliu a seco e olhou com respeito para ele.

— Por pura coincidência, eu estava tentando empregar Jesse Hayes na Sagamore.

Webb enrugou a testa.

— Posso deixar um recado no escritório dela — prosseguiu a mulher. — Como está aguardando ser entrevistada na Sagamore, não vai desconfiar se receber um telefonema meu. Ela é uma moça extremamente responsável. Tenho certeza de que, mesmo tendo faltado ao trabalho, vai telefonar para a repartição para pegar os recados. Vou pedir que ela retorne o telefonema para a gente marcar um encontro.

Webb ficou uns trinta segundos sem falar, olhando fixamente para Elizabeth. Por fim concordou com um gesto.

— Telefone para ela.

— Assim que a reunião terminar.

Webb a encarou ainda mais algum tempo e, então, passou para o item seguinte.

— Elbridge não veio porque teve de comparecer a um evento. Sua campanha contra Malcolm Walker está progredindo mais do que se esperava. Nós vamos ganhar com uma ampla margem. As ações da GEA estão subindo e nos renderão uma fortuna quando a produção do A-100 começar. Tudo está indo como planejado ou até melhor. — Fez uma pausa. — Só falta encontrar Jesse Hayes. — Cerrou os dentes um momento. — Isso é tudo. Reunião encerrada. — Olhou para Mohler. — Posso falar com você um instante, Art?

Ao sair da sala, Elizabeth viu Mohler sentando-se ao lado de Webb. Os dois começaram a cochichar, era impossível ouvi-los. Chegando à porta, ela vacilou um momento, deu meia-volta e retornou. Ao vê-la se aproximar, Webb cutucou o braço de Mohler, e os dois interromperam a conversa.

O senador olhou para ela.

— Pois não?

— Acaba de me ocorrer outro modo de localizar Jesse Hayes.

CAPÍTULO 29

— Alô.

— Helga?

— Ela mesma.

— Helga, aqui é Jesse.

— Oi, meu bem. — O forte sotaque da mulher encobriu a estática do telefone público do *shopping*. — Precisa de alguma coisa?

— Eu liguei para saber se deixaram mais algum recado para mim. — Jesse pressionou o fone no ouvido. O *shopping* estava lotado de adolescentes barulhentos, comprando *jeans* ou CDs no caminho da escola para casa.

— Só chegou mais um depois do seu último telefonema. É de uma senhora chamada Elizabeth Gilman. Sobre uma entrevista e uma oferta de emprego. Ela pediu para você telefonar o mais depressa possível. Disse que era urgente e que você podia ligar a qualquer hora. Francamente, ela parecia nervosa. Deixou três números. O do escritório, o de casa e o do carro.

Por que Elizabeth estaria nervosa? Que havia de tão urgente? David lhe dissera que a lealdade daquela mulher era acima de tudo com a Sagamore. Mas que relação havia entre seu telefonema e o dossiê de Neil Robinson? Como era possível que Elizabeth soubesse que ela estava com os documentos? Só se David lhe tivesse contado. Jesse sentiu um calafrio. Tinha decidido confiar nele. Agora já não sabia se tomara a decisão mais acertada.

Então lhe ocorreu outro pensamento. Havia uma conexão óbvia entre o LDA e a Sagamore através da Aços Doub. A diretoria da Sagamore já devia estar sabendo que a sede do LDA tinha sido invadida e talvez desconfiasse de que Jesse era a responsável. Os seguranças da LDA a identificariam facilmente. Haviam apontado a lanterna diretamente para o seu rosto. Podia ser que Elizabeth a estivesse atraindo para uma armadilha a fim de recuperar a prova encontrada na LDA. Neste caso, David não estaria envolvido — desde que ele tivesse dito a verdade sobre a falsificação de sua assinatura no cheque da Aços Doub.

— Jesse — Helga estava ficando impaciente —, você quer que eu lhe passe os números de Elizabeth Gilman?

— Desculpe, Helga. — Ela se deu conta de que não havia respondido. — Eu já os tenho.

— Ok. Mais alguma coisa?

— Sara telefonou?

— Não. E também não veio trabalhar hoje. Nós estamos preocupados. Ela ficou de visitar os pais ontem à noite, mas não foi. Também não telefonou para eles.

Sem dúvida, alguma coisa tinha acontecido. Sara jamais faltaria a um jantar com os pais sem telefonar avisando.

— Você conversou com os pais dela?

— Foi a primeira coisa que eu fiz hoje de manhã.

— E não soube de mais nada depois disso?

— Não.

Jesse apertou o fone com mais força.

— Ok. Obrigada por tudo, Helga.

— Você vem trabalhar amanhã, meu bem?

— Não sei ainda.

— Algum problema?

— Não.

— Não quero ser intrometida, Jesse, mas você está um pouco estranha. Como se alguma coisa a estivesse incomodando muito.

— Eu estou bem — disse ela com firmeza.

— Ok. Bom, amanhã, se você não vier trabalhar, telefone.

— Eu telefono, sim. Posso lhe pedir mais um favor?

— Claro.

— O número do telefone dos pais de Sara? Está na minha agenda, na mesa.

— Um momento. — Alguns segundos depois, Helga voltou. — Anote.

Jesse escreveu rapidamente o número.

— Obrigada. Amanhã a gente conversa. — Desligou e apressou-se a digitar o número que Helga acabava de lhe dar.

— Alô. — Era a mãe de Sara. Sua voz estava quase inaudível. Jesse percebeu instantaneamente que havia problemas.

— Senhora Adams, aqui é Jesse.

— Oh, Jesse, eu estou... — Mas a mulher não conseguiu concluir a frase. Começou a soluçar.

— Jesse?

— Sim — disse ela com voz trêmula.

— Aqui é Bill Adams.

— Olá, senhor Adams.

O pai de Sara também estava com dificuldade para falar.

— Acharam Sara. — Ele tossiu. — Minha filha sofreu um acidente horrível na estrada. Parece que estava correndo muito e perdeu a direção. O carro explodiu. Seu corpo ficou totalmente carbonizado, irreconhecível. Tiveram de identificá-la pela arcada dentária... — O pobre homem não conseguiu prosseguir.

— Eu sinto muito, senhor Adams. — Jesse se virou, pressionando o rosto no canto entre o telefone e a parede. As lágrimas começaram a escorrer. — Se o senhor soubesse quanto eu lamento... — O acidente era forjado. Ela estremeceu. O homem que a perseguira no chalé de Neil Robinson não tinha desistido de procurá-la. Passara o tempo todo no seu encalço. Simplesmente havia matado a pessoa errada.

— Jesse, eu preciso desligar. Desculpe não poder conversar com você, mas...

— Eu entendo. — Ela ouviu os soluços da mãe de Sara no fundo.

— Até logo.

— Até logo.

Lentamente, Jesse colocou o fone no gancho. David acreditava que a conspiração envolvia o Senado e a alta oficialidade do Pentágono. Gente com tanto poder era capaz de tudo para ocultar seus crimes. E, como ele mesmo tinha dito, isso decerto incluía matar uma agente fiscal da Receita.

A culpa a assaltou de súbito. Era a mim que eles queriam matar, ela pensou, e quem sofreu as conseqüências foi Sara. Soluçando ainda, enxugou os olhos e o rosto com o dorso da mão. A luva. Seu perseguidor devia tê-la achado e, por seu intermédio, tinha chegado até Sara.

Jesse abriu a bolsa à procura de um lenço e estremeceu. O homem que estava saindo de seu escritório aquele dia perguntara justamente por Sara. O retrato do sujeito na ficha da LDA. Os olhos eram exatamente os mesmos. Ela havia estado muito perto da morte.

Agora Elizabeth estava tentando desesperadamente localizá-la, a desculpa era a oferta de emprego. Por que tinha sido tão explícita sobre o motivo do telefonema? Principalmente sabendo que estava deixando recado no seu local de trabalho. Ninguém fazia uma coisa dessas. Jesse se encostou no telefone. Talvez agora tivessem descoberto o erro cometido. Haviam matado a pessoa errada. Por mais que lhe custasse admitir, David tinha razão. Era muito esquisito o *excessivo* interesse de Elizabeth em contratá-la.

Ela pegou mais uma moeda, inseriu-a no telefone e começou a digitar outro número, mas parou abruptamente. Estava ficando louca? O próprio Mitchell o havia dito. Era mais fácil fazer o jogo da empresa e ganhar 2 milhões por ano. Mas ele a tirara do apartamento e a hospedara no hotel, não? Então lhe ocorreu. Talvez a estivesse usando como refém sem que ela soubesse. O cheque para a LDA podia representar uma fraude do próprio David. Dinheiro que ele andara movimentando para si. Quem sabe se não a estava mantendo fora do alcance deles simplesmente para se safar de uma situação letal?

A moeda caiu quando Jesse desligou sem completar a seqüência de dígitos. Pegando-a novamente, enfiou-a na abertura e digitou outro número. Ficou ouvindo o sinal de chamada.

— Vamos! Atenda!

E então ficou petrificada.

— Alô.

— Todd!

— Jess?

— Sim, sou eu.

Ele tentara beijá-la à força no estacionamento, coisa que a havia irritado muito. Mas tinha sido um impulso momentâneo. Talvez ainda estivesse abalado pelas circunstâncias em que tinham fugido da LDA. Todd era a única pessoa na qual Jesse realmente podia confiar naquele momento, e ela precisava desesperadamente de alguém.

— Onde você está?

— No Shopping Towson. Todd, eu estou morrendo de medo.

— Qual é o problema?

— Acho que me meti numa grande enrascada. Preciso falar com você pessoalmente.

— Quando?

— O mais depressa possível.

— Jess, eu quero pedir desculpas mais uma vez pelo que aconteceu no estacionamento — disse ele com modéstia. — Foi imperdoável.

— Tudo bem.

— Obrigado. Olhe, eu... — Pela janela do chalé, Todd avistou o Cadillac preto que vinha rapidamente pelo caminho de cascalho orlado por duas fileiras de bordos. — A gente se encontra no bar do Restaurante Friday's, aí no *shopping*. Dentro de duas horas.

— Duas horas? Não pode ser antes?

— Vou tentar. Espere-me no bar.

— Está bem.

— Até mais.

Todd bateu o telefone, correu para o escritório, pegou o 38, colocou-o no coldre de ombro e voltou para a janela. Era Harry Cavalão. Impossível confundir o carro. Droga, por que ele sempre se envolvia com aquele tipo de gente? Parecia tão inocente no começo. Apenas uma pequena dívida de jogo e, como dissera o próprio Harry, não havia pressa para pagar. Agora lhes devia 30 mil dólares e, se não pagasse logo, os caras estavam ameaçando fazer uma visitinha a sua irmã e ao seu bebê.

O Cavalão estacionou o Cadillac atrás do Corvette de Todd, bloqueando-lhe a rota de fuga — exatamente como da outra vez. Desligou o motor, saiu do veículo e se espreguiçou como se não estivesse fazendo mais que uma visita casual. Um grandalhão saiu pelo outro lado; os dois olharam para os pára-lamas amassados do Corvette e riram. Todd apareceu à porta.

— Oi, amigão — gritou Harry de longe. — Que dia lindo está fazendo hoje, não?

— Hum-hum. — Todd desceu cautelosamente os três degraus do pequeno alpendre.

O Cavalão não perdeu tempo:

— Eu vim buscar a grana, Todd.

— Você não disse que ia me dar um pouco mais de tempo?

O outro coçou o pescoço.

— O prazo do pagamento mudou.

O sujeito que o acompanhava, um verdadeiro gorila, começou a rir baixinho.

— Por que você está fazendo isso comigo, Harry? — Todd se colocou a uns cinco metros dos gângsteres. Sentiu a arma no coldre junto ao peito. Não teria o menor problema em usá-la para se defender de quem quer que fosse, exceto do pessoal da máfia. Podia até ter a sorte de matar aqueles dois, mas passaria o resto da vida fugindo. A máfia jamais desistia de perseguir quem liquidava seus membros. — Você sabe que eu vou pagar.

O Cavalão se aproximou lentamente.

— Você sabe que eu gosto de você, Todd, gosto mesmo — mentiu. — O problema são os meus chefes. Eles não o conhecem. Não sabem que cara legal você é. Eu tentei convencê-los, mas eles não querem saber. — Parou a dois metros de Todd. — Não é verdade, Anthony? — gritou por cima do ombro para o gorila.

— A mais pura verdade, chefe. — O capanga sorriu e, saindo de trás do carro preto, começou a se aproximar. — Você bem que tentou, mas eles não quiseram nem saber.

— Está vendo? — Harry tornou a olhar para Todd. — Eu fiz o que pude para defendê-lo, mas não adiantou. Você arrumou a grana, amigão?

— Eu... está para chegar. — Ele devia ter fugido pela porta do fundo e se escondido no mato ao ver o Cadillac chegar.

— É mesmo? De onde?

Todd olhou para Anthony, que agora estava parado ao lado do Cavalão.

— Meus pais guardaram um pouco de dinheiro para mim na poupança. Só não o recebi ainda por causa da burocracia, mas logo vou poder sacá-lo.

— Puta merda! — exclamou Harry com cara de dor.

— Que houve? — Todd estava de olho na mão direita de Anthony, que descia lentamente na direção da cinta. Sacaria o 38 se fosse obrigado. Se fosse a única opção. Examinou o caminho para ver se Harry havia deixado um comparsa de vigia, mas não viu ninguém.

— "Executar" é uma palavra tão feia. Tomara que não se aplique ao seu caso.

— Não queira me intimidar, Harry.

— Intimidar? — Foi como se ele tivesse apertado um botão dentro do bandido. — Intimidar?

— Calma, Harry. — Todd ergueu as mãos num gesto conciliador.

O Cavalão já não o estava ouvindo. Com as veias do pescoço dilatadas, avançou com as mãos estendidas. Mas é que acabava de receber o último pagamento.

A bala tinha entrado bem no centro de sua testa maciça, abrindo um buraco na pele clara antes de lhe esmigalhar a parte posterior do crânio e ricochetear na capota do Cadillac. Seus olhos envesgaram instantaneamente, como se ele estivesse tentando ver o orifício enquanto cambaleava feito um bêbado diante de Todd. Então o sangue lhe banhou o rosto, e ele tombou.

Anthony fez menção de sacar a arma, mas seus dedos não chegaram a tocar no metal. A segunda bala atravessou o ar e lhe atingiu o peito largo com um baque assustador. Ele agarrou a camisa com as duas mãos, rasgando-a, tentando respirar. Mais um disparo ecoou na tarde, atravessando-lhe a mão antes de romper um pulmão. Ele caiu ao lado de Harry.

Todd se jogou no chão e, sacando o 38, rolou em busca de proteção atrás do Corvette. Estendido, apontou o revólver para o lugar de onde lhe parecia que tinham chegado os três tiros. Então um homem saiu calmamente de trás de um canto da casa e foi para junto do Cadillac, o rifle na mão. Todd apontou para ele.

— Baixe essa arma — disse o desconhecido ao passar e se aproximar dos mafiosos. Ajoelhou-se perto de Harry e lhe tomou o pulso. Nada. Examinou Anthony e obteve o mesmo resultado.

Todd continuava com a arma apontada para o sujeito.

— Quem é você? — gritou. — Que está fazendo aqui?

— Depois eu explico — grunhiu o estranho ao mesmo tempo em que agarrava Anthony pelas axilas. — Você vai ficar deitado aí, de boca aberta, ou vai se levantar e me ajudar a pôr esses dois no porta-malas?

Trêmulo, Todd se levantou devagar. O homem podia tê-lo matado facilmente. Mas não matara.

— Quem...

— Eu já disse que depois explico. Primeiro a gente precisa limpar esta merda.

— Desculpe, Jess, eu sei que demorei muito. — Todd se aproximou do lugar em que ela estava sentada, ao balcão. Passavam das onze da noite. Haviam decorrido quase seis horas desde o telefonema.

— Você está bem? — Ela se levantou e lhe deu um abraço apertado. Era tão bom sentir-se naqueles braços fortes. Enquanto esperava no bar, Jesse concluíra que podia contar com aquele homem em qualquer circunstância. A situação de David era muito mais complicada. Ele tinha outras lealdades. A de Todd era uma só.

— O *barman* me deu o seu recado, dizendo que você ia demorar.

— Quer tomar alguma coisa?

Todd percebeu que sua chegada tinha sido uma grande decepção para o *barman*. Os homens se sentiam rapidamente atraídos por Jesse. Sempre fora assim. E, de repente, ele sentiu o ciúme voltar, a mesma emoção que tanto o maltratou quando a viu beijar David aquela manhã, em frente ao hotel. Olhou cautelosamente à sua volta, perguntando-se uma vez mais porque ela o procurara e não a David. O ciúme se intensificou quando a imagem daquele beijo se tornou mais viva.

— Um Coors Light, por favor.

O *barman* pegou um copo e começou a tirar o chope.

Jesse voltou a se sentar, segurou a mão de Todd e o puxou para o tamborete ao seu lado.

— Obrigada por ter vindo.

— Ora, que bobagem. — Ele tornou a examinar o restaurante, depois sacudiu a cabeça. — Escute, eu quero pedir desculpas mais uma vez pelo modo como me comportei no estacionamento. Sei lá o que aconteceu comigo. Que vergonha!

— Não se preocupe com isso — sorriu Jesse. — Vamos esquecer.

O *barman* serviu o chope e se afastou.

— Eu perdi a cabeça. Fazia tempo que não ficávamos juntos, e acho que tinha esquecido o quanto é bom estar com você.

— Eu já disse que não tem importância.

Ele sorriu e tomou um gole da bebida.

— Obrigado. — Olhou para os lábios dela. David os havia beijado aquela manhã. — Mas me conte o que aconteceu. Você parecia muito agitada no telefone.

Primeiro Neil, agora Sara, pensou Jesse. E devia ter sido eu.

— Sara morreu. — Ela sentiu um nó na garganta ao pensar na amiga.

— Sua colega na repartição?

— É. Um acidente. O carro pegou fogo, ela morreu queimada.

— Que coisa horrível. Eu lamento muito.

— Só que não foi acidente, Todd.

— Como não?

— Eu acho que ela foi assassinada pelas pessoas que Neil Robinson suspeitava que estavam manipulando a campanha de Elbridge Coleman. As que o mataram. Devem ter pensado que foi Sara quem tirou a pasta da casa de campo de Neil. — Jesse lhe apertou a mão com força. — Eu estou apavorada.

Quarenta e cinco minutos antes, Todd e o desconhecido tinham empurrado o Cadillac preto, com os corpos de Harry e seu comparsa trancados no porta-malas. O sedã despencou num barranco íngreme que terminava nas águas profundas de um rio solitário de Loch Raven Reservoir. Flutuou alguns minutos, inclinado para a frente devido ao peso do motor, e enfim afundou com sua carga humana. Ele só esperava que o desconhecido não o tivesse seguido até lá.

— A gente vai embora em um segundo — disse Jesse a Todd, por cima do ombro, quando estavam subindo a escada escura rumo ao seu apartamento. — Só quero pegar o gato. Não posso deixá-lo aqui sem água nem comida.

Todd não respondeu. Estava preocupado, temia que o homem que matara os gângsteres estivesse lá.

Jesse enfiou a chave na fechadura, abriu a porta e acendeu a luz.

— Oh, meu Deus! — Primeiro viu a destruição, depois o gato morto num canto. Voltou-se e mergulhou o rosto no peito de Todd. — Vamos embora, por favor, eu quero sair daqui!

CAPÍTULO 30

QUANDO A LIMUSINE entrou na Interestadual 95 rumo a Washington, David olhou para a escuridão pelo vidro fumê. Sem dormir fazia um dia e meio, devia estar exausto. Mas as quatro xícaras de café e a tensão o mantinham mais do que desperto. Seu destino não estava claro, e agora ele se dava conta de que não devia ter obedecido tão prontamente a ordem de Mohler de entrar na limusine que os aguardava em frente à sede da Sagamore. Agora, no entanto, já era tarde, não havia mais nada que fazer.

Jesse não tinha passado o dia no hotel. Ele havia telefonado de hora em hora sem encontrá-la. Apesar do seu empenho em escondê-la, não era impossível que a tivessem localizado e dado a ela o destino de Neil Robinson. Talvez naquele momento ele também estivesse a caminho do mesmo fim.

Mohler viajava no outro lado do automóvel.

— Aonde nós estamos indo, Art?

— Eu já disse — respondeu o outro em voz baixa —, tenho uma reunião com a diretoria de uma pequena fábrica de *software*. Pelo que entendi, eles criaram um produto revolucionário, mas não têm dinheiro para desenvolvê-lo. Pode ser uma boa oportunidade de investimento para a Sagamore. Você tem experiência nessa área. Quero que esteja lá. Eu sou membro do comitê executivo. Discussão encerrada.

— Você marcou uma reunião com essa gente às onze e meia da noite? — perguntou David com desconfiança.

— Eles precisam do dinheiro com urgência. Há outros investidores batendo na porta da empresa. Que você quer que eu faça? A gente trabalha quando precisa trabalhar. Você sabe disso.

David apontou para a pasta de documentos de Mohler no banco.

— Você pode me mostrar alguma informação financeira sobre a empresa para que eu chegue preparado à reunião?

— Ainda não tenho nenhum material. É uma empresa privada, e a diretoria não quer divulgar nenhuma informação antes da reunião. Você sabe como são esses caras. Acham que todo mundo quer roubar a sua idéia.

Mohler estava fazendo das tripas coração para se esquivar das perguntas. David teve um mau pressentimento com relação a essa pequena excursão, como Mohler a denominara em Baltimore.

Quinze minutos depois, a limusine deixou a Interestadual 95 pela saída de Laurel, Maryland, vários quilômetros a nordeste de Capital Beltway.

— Você não disse que a reunião era no centro de Washington?

— Calma, David. — Mas a voz de Mohler nada tinha de tranqüilizador.

Como ele podia ter sido tão idiota? pensou David de repente. Era bem possível que uma câmera escondida houvesse registrado seus movimentos na seção de assentamentos na noite anterior. Neste caso, Art sabia perfeitamente que ele havia tirado cópia das transações.

Quando a limusine parou no fim da rampa de saída, David experimentou disfarçadamente a maçaneta. Estava travada. Apertou o botão da trava no painel da porta, mas nada aconteceu. O controle principal ficava na frente, com o motorista, e os de trás estavam desativados. Não seria possível sair do veículo enquanto Mohler não autorizasse.

O motorista entrou por uma estrada deserta. David forçou a vista, mas, pelo vidro, não conseguiu ver senão árvores e campos na noite. Era a zona rural próxima de Washington. Estava muito escuro naquele lugar ermo.

Ele estudou o bar embutido na lateral da limusine. Na prateleira acima do pequeno balcão de madeira havia diversas garrafas que, quebradas, podiam servir de arma. Não seriam grande coisa contra uma pistola ou um revólver, mas antes isso do que nada. O importante era ter um plano. Mesmo que não fosse o melhor do mundo.

Pouco depois, olhando pela janela, ele se sentiu mais tranqüilo ao ver a paisagem toda pontilhada de casas iluminadas. Depois de passar por um *shopping*, a limusine se aproximou do Marriott Hotel. E bastou pararem em frente à entrada principal para que o coração de David voltasse a bater em ritmo normal.

— Chegamos. — A trava das portas se soltou. Mohler pegou a pasta. — Vamos, rapaz.

Desembarcaram e, tendo atravessado o saguão do Marriott, foram para o elevador. Subiram rapidamente ao 15º andar. Saíram, viraram à direita e seguiram por um longo corredor. Por fim, Mohler parou diante da porta de uma suíte, bateu três vezes com força e a empurrou. Ela se abriu lentamente, e ele entrou.

David ficou no corredor. Será que arriscariam fazer alguma coisa ali? Não o teriam levado a um lugar menos público se pretendessem lhe fazer mal?

Mohler pôs a cabeça para fora:

— Venha.

Quando David entrou, hesitante, no *hall*, um forte cheiro de charuto lhe invadiu as narinas. Ele esperou que Mohler fechasse a porta e o seguiu à enorme sala de estar. Lá estavam o senador Webb e Jack Finnerty.

— Boa noite, David — disse este com muita calma. — Sente-se. — Sorriu educadamente, apontando para uma poltrona do outro lado da mesa de centro, em frente aos dois.

David permaneceu onde estava, ao lado de Mohler na entrada da sala, observou Webb dar uma voluptuosa tragada no charuto. Dois anos e meio antes, ele estivera com aquele homem com a intenção de suborná-lo. Acreditava que os milhões que pretendia desviar da Aços Doub o comprariam para que ele, com sua influência, favorecesse a GEA no bilionário contrato do A-100. E que a Sagamore ia ganhar milhões quando o valor das ações da GEA subisse. Então, ele não só conseguiria conservar o emprego muito bem pago como lucraria pessoalmente com as opções da GEA que tão espertamente havia negociado para si. Estava convencido de que, com ambição, determinação e coragem, tinha articulado uma transação que resolveria todos os seus problemas e o tornaria mais rico do que ele podia sonhar. Mas agora sabia que aquilo tinha sido uma ilusão, a tola presunção de um neófito ridículo. Eles eram sócios, aliados, e o levaram a fazer o que lhes convinha. Eram os donos, os senhores. David não passava de um bebê perdido na selva.

Mohler lhe deu um tapa nas costas e sorriu com cordialidade.

— Sente-se, meu jovem. — Colocou a pasta na mesa e se instalou numa extremidade do longo sofá.

David continuou na entrada da sala, olhando fixamente para os três homens que, com tanta facilidade, haviam manipulado a sua existência.

— Vocês devem ter rido muito à minha custa nos últimos dois anos e meio — disse enfim.

Pela primeira vez, Webb tirou o charuto da boca. Colocou-o num cinzeiro na mesa de centro.

— Não, ninguém achou graça nenhuma — retrucou. — Aliás, não existe nada que nós levemos mais a sério do que isso. Agora faça o favor de se sentar.

David obedeceu.

— Então, para que esta reuniãozinha?

— Informações e explicações — respondeu o senador. — Chegou a hora de esclarecer algumas coisas.

— Por exemplo?

— A transação da GEA foi uma armação. Nós deixamos o trabalho sujo para você, para o caso de alguma coisa sair errada. Para que não houvesse a menor possibilidade de nos vincularem a algum ponto do negócio.

Finnerty cruzou os braços, e Mohler tirou os óculos de leitura. Era evidente que a discussão seria um diálogo entre ele e Webb.

— Foi assim que vocês me pegaram. — Era como se David estivesse falando com seus botões. — A verdade é que o dinheiro, que eu pensei que era uma compensação pela sua interferência para que a GEA ficasse com o contrato do A-100, foi parar numa conta em meu nome. Eu sei disso.

Webb sorriu.

— Tem razão.

— De modo que vocês podiam me acusar de desfalque caso eu viesse a ser um problema. Caso eu chegasse a pensar em fazer um acordo com as autoridades. Não haveria prova nenhuma das irregularidades cometidas por vocês, mas não faltariam provas de que eu transferi 3 milhões de dólares da Aços Doub para uma conta em meu nome e encobri a operação, forjando documentos para ludibriar os contadores. As autoridades me crucificariam, mas não veriam nenhum nexo entre a Sagamore e o senhor, senador Webb, porque, na verdade, não há nexo nenhum. — David sacudiu a cabeça. — E o senhor me deu meios de restituir o dinheiro oferecendo-me opções da GEA. — Agora, pensando nisso, ele se lembrou que fora Finnerty o primeiro a aventar a possibilidade das opções.

— Muito bem, David. Nós pretendíamos informá-lo de tudo isso hoje, mas vejo que não é necessário.

— O senhor não se comprometeria tão facilmente em troca de uma propina.

— Claro que não.

— E todo o dinheiro que eu transferi para mim mesmo foi imediatamente tirado das contas para que eu não pudesse estornar a transação se descobrisse alguma coisa. Provavelmente está à minha espera numa conta na Suíça. Mas eu nunca a encontrarei.

— Mas disso as autoridades podem ficar sabendo num piscar de olhos.

— Tenho certeza. — David nunca estivera tão furioso consigo. — Caramba, eu devia ter percebido o que de fato estava acontecendo na noite em que fui conversar com o senhor.

— Não seja tão duro consigo. — Webb não cabia em si de satisfação. — Você estava louco para fazer um bom negócio. Louco para salvar seu emprego.

— Eu devia ter imaginado que o senhor jamais me deixaria enviar-lhe dinheiro desse modo. E que estava interessado numa propina muito superior aos 3 milhões de dólares que nós negociamos. — David olhou para o senador. — Sua propina é uma parte das ações da Sagamore. Uma grande parte. Provavelmente a maior parte.

— Claro. — Webb tornou a pegar o charuto. — Por que eu não haveria de ficar com a maior parte? Eu tive uma conversa com Elizabeth Gilman quinze anos atrás, quando seu pequeno fundo de investimentos não estava tendo tanto sucesso quanto hoje. Aliás, estava indo por água abaixo. Eu a salvei. Montei essa infra-estrutura e arrisquei perder tudo. É claro que me cabe a maior parte.

Finnerty e Mohler concordaram feito marionetes.

— Pois bem, digamos que a transação da GEA renda um lucro líquido de 3 bilhões para a Sagamore. Se ela ficar com 2%, que é a comissão que o comitê executivo costuma cobrar dos investidores — David se calou um instante e olhou para Mohler, que concordou com um gesto —, são 60 milhões de dólares. Senador Webb, suponhamos que o senhor tire 20 milhões. — David riu com cinismo. — Vinte milhões é bem mais do que o salário de um senador.

— Com toda certeza.

— E, naturalmente, é impossível rastrear esse dinheiro. Decerto os impostos são pagos sobre os lucros através de algum tipo de acordo de quotas, de modo que o dinheiro é distribuído numa intrincada rede que passa pela Europa, pelo Sudeste Asiático e pela América do Sul. Uma rede urdida por especialistas. Uma rede que ninguém consegue imaginar.

— Pelo jeito, você conseguiu.

— Por que vocês me trouxeram para cá? — perguntou David. — Por que essa viagem de limusine? Só para me contar que eu mandei para mim mesmo o dinheiro desviado da Aços Doub? Só para me contar uma coisa que eu já sabia?

— Por muitos motivos, David.

Eles estavam excessivamente corteses aquela noite. Não o chamaram uma só vez pelo sobrenome.

— Que motivos?

— Art. — Webb fez um sinal para Mohler.

— Sim. — Mohler molhou a garganta. — David, há anos que o Grupo Sagamore Investment Management registra resultados fabulosos de investimentos. Como você deve ter imaginado, isso nós conseguimos através da nossa relação com Carter Webb. Nós aproveitamos seu acesso à informação, como você afirmou com tanto acerto, e ele participa do nosso sucesso. Tal como estamos fazendo com você hoje, nós explicamos tudo isso a cada um dos poucos gerentes que chegaram ao quinto aniversário na Sagamore. E fomos tão sinceros com eles quanto estamos sendo com você, porque eles também estão encurralados. — Fez uma pausa para avaliar sua reação. — Seu teste foi a GEA, sem dúvida o maior projeto em que nos aventuramos até hoje. Mas os gerentes de portfólio que, antes de você, foram convidados a participar desta sociedade fechada tinham a sua própria bagagem, o mesmo tipo de fraude ou apropriação indébita que você cometeu, e, como você, podiam acabar na cadeia. — Mohler esperou alguns segundos para que a verdade assentasse. — Você vê, não é o seu desempenho nos primeiros cinco anos de casa que nos interessa. Não é o fato de você ter estado na metade inferior da classificação mensal que nos preocupa. Eu sei que é isso que todos os que estão "por fora" acreditam. O que realmente importa é saber se você está disposto a assumir a responsabilidade dessa negociação interna, no seu caso, a GEA. Se está disposto a aceitar a sugestão de Jack Finnerty de procurar o senador Webb, entrar no investimento e se comprometer conosco, enviando-lhe dinheiro desviado de uma subsidiária da Sagamore. Se está disposto a proteger o nosso comitê executivo, o senador Webb, Jack Finnerty, os outros gerentes de portfólio e o resto do grupo.

— Porque, se eu estiver disposto a isso, o meu destino é dedicar a vida ao crime — murmurou David.

— Dedicá-la a nós — corrigiu Webb. Voltou-se para Finnerty. — David já recebeu muitas notícias ruins, Jack. Dê as boas agora.

Finnerty sorriu.

— David, nós nunca tivemos um único problema, na Sagamore, depois de esclarecer tudo isso a um gerente de portfólio. Em quinze anos, ninguém se voltou contra nós. Por dois motivos. Primeiro, como disse Art, porque você está em nossas mãos. Está comprometido com o desfalque. Mas nós também reconhecemos a necessidade de um incentivo. — O sorriso se dilatou. — Se você concordar em guardar segredo, coisa que eu acho que fará, pois é a única opção lógica, vai receber um pagamento à vista, em dinheiro vivo, de 2 milhões de dólares.

David olhou para ele com incredulidade.

— Dois milhões? — Sua voz estava totalmente embargada.

— Exatamente. E pode contar com pelo menos o mesmo valor, todo ano, em salário e gratificações. Provavelmente mais, muito mais. Eu tenho razão, Art? — Finnerty se inclinou e olhou para Webb e para Mohler.

— Toda razão.

Dois milhões de dólares. Um sorriso nervoso e incontrolável dançou nos lábios de David. Ele ia mesmo ficar rico.

— Você devia se sentir honrado, meu jovem — disse Webb. — A GEA é a maior transação que nós já fizemos. E o escolhemos para executá-la. Você foi muito bem nos testes psicológicos que lhe pedimos que fizesse antes de lhe oferecer emprego. O melhor de toda a Sagamore. Você vai ter uma longa e próspera carreira na empresa, eu garanto. Já planejamos muita coisa para você. Não acho difícil imaginá-lo no comitê executivo um dia.

— Gente, vocês blefaram muito comigo o tempo todo. — David se voltou para Mohler. — Eu estava convencido de que você queria mesmo que eu vendesse as ações da GEA naquele dia em que entrou no escritório gritando que aquele era o pior investimento que a Sagamore tinha feito na vida.

— Se você tentasse vendê-las, eu teria interferido. — Os quatro explodiram numa sonora gargalhada.

— Eu tinha certeza de que você não ia com a minha cara.

— Não ia mesmo — reconheceu Mohler, ainda rindo. — Mas estes senhores me convenceram a alterar meus sentimentos. Ainda bem.

— Por que Elizabeth não veio? Afinal, ela é a fundadora da empresa.

— Normalmente, ela vem — Finnerty se apressou a responder. — Mas... hum...

— Mas tinha outro compromisso hoje — concluiu Webb sem mais explicações.

— Meu quinto aniversário é só daqui a um ano — lembrou David. — Por que vocês estão fazendo isso agora?

— Às vezes, não há necessidade de esperar até o fim do quinto ano. Às vezes, nós sentimos que podemos ganhar mais se deixarmos o indivíduo entrar no grupo antes do tempo. Esta é uma das ocasiões. — Webb deu mais uma tragada no charuto e o apagou no cinzeiro. Uma densa coluna de fumaça pairou à sua frente. — No seu quinto aniversário, Art vai convocá-lo perante o comitê executivo e sagrá-lo cavaleiro oficialmente, para manter as aparências, mas você já sabe o que se passa.

— Entendo. — David tirou um fiapo da calça. Uma recompensa de 2 milhões de dólares à vista, em dinheiro. Um salário anual fabuloso mais as gratificações. Isso significava toda uma vida de mansões nos bairros mais chiques, colégios particulares para os filhos e as melhores férias que o dinheiro podia comprar. A alternativa era a cadeia. — Que eu devo fazer para aceitar oficialmente essa oferta tão generosa?

— Basta olhar nos nossos olhos e dizer que a aceita — respondeu Webb imediatamente.

Durante alguns segundos, pairou um silêncio na sala. Por fim, David abriu um sorriso agradecido e disse:

— É claro que eu aceito!

— Não esqueça que você sempre estará sendo observado — avisou Webb. — Nós nunca precisamos chegar a tanto, mas não hesitaremos em eliminar qualquer um que nos cause problemas, que tente destruir o que construímos na Sagamore.

— Foi o que aconteceu com aqueles dois que dizem que se suicidaram? Aquele que pulou da ponte e o outro que respirou gás carbônico na garagem? Eles foram... eliminados?

— Não. Em ambos os casos, foi suicídio mesmo. Eu acabo de dizer que nós nunca precisamos chegar a tanto. Talvez esses dois tenham sido levados ao suicídio pelo que eles estavam escondendo. Talvez simplesmente não fossem mentalmente fortes. Palavra que eu não sei nem quero saber. A única coisa que me preocupou foi que esses dois fatos chamaram muito a atenção para a Sagamore. O que nos levou a implementar o teste psicológico para resolver esse problema potencial. — Webb bateu no braço da poltrona. — É com satisfação que eu lhe digo, meu rapaz, que você não tem a menor chance de se suicidar.

— Ainda bem — sussurrou ele consigo.

— David, o mais importante é que você pode contar com uma vida extremamente próspera. — Webb cruzou lentamente as pernas. — Há mais uma coisa.

— O quê?

— Nós soubemos que você conhece uma mulher chamada Jesse Hayes.

David se esforçou para evitar que a menção daquele nome lhe alterasse a expressão.

— Elizabeth Gilman nos informou disso.

Ele continuou calado.

— A informação procede? Você conhece Jesse Hayes?

— Conheço — disse David em voz baixa. Seria uma estupidez negar esse relacionamento. Obviamente, Webb sabia de tudo, do contrário, não teria dito nada.

— David, nós precisamos localizá-la o mais depressa possível.

— Por quê?

— Ela roubou uma coisa nossa e nós a queremos de volta.

— Estão falando na cópia do cheque cancelado do LDA? — David sabia que estava jogando uma bomba.

Os três homens se entreolharam.

— Como, diabos, você sabe disso? — perguntou Webb.

— Ela me contou. Eu a levei a acreditar que podia confiar em mim. — Eles ficaram visivelmente impressionados. — Elizabeth Gilman foi convidada a dar uma aula na faculdade de Jesse, e as duas ficaram se conhecendo nessa ocasião. Pouco tempo depois, Elizabeth me pediu que entrasse em contato com Jesse. Disse que ela era uma boa candidata a gerente de portfólio na Sagamore. Foi assim que eu a conheci. E acabei descobrindo que essa moça estava investigando a campanha política de Elbridge Coleman. Acho que tinha a ver com sonegação fiscal ou algo assim. Foi isso que a levou à sede do LDA, onde ela achou o cheque da Aços Doub. — David ficou taciturno. — Inclusive disse que eu tinha assinado esse cheque, mas não é verdade. — Olhou com cautela para os três. — Não consigo imaginar por que alguém, na Doub, mandaria cheques para o LDA e muito menos por que usaria o meu nome para fazer isso. Até pensei em me informar sobre isso, mas não sabia com quem falar. Então achei melhor ficar quieto.

— Fez muito bem — aprovou Webb. — Você pode entrar em contato com ela para nós?

— O telefone dela deve estar na lista.

— Ela saiu de casa esta madrugada e não voltou mais. Como eu disse, nós precisamos localizá-la o mais depressa possível.

— Para recuperar a informação?

— É.

— E eliminá-la?

Webb se perguntou se David Mitchell não era um jogador de pôquer tão bom quanto eles.

— Talvez seja necessário.

— Eu não faria isso.

— Por que não?

— Eu não entendo por que Elizabeth me pediu tanto que ficasse amigo de Jesse Hayes, mas ela mandou, e eu obedeci. Afinal, pelo que me constava, Elizabeth era a minha superiora máxima. — David notou uma sutil troca de olhares entre Webb e Finnerty. — Portanto, tratei de convencer Jesse de que eu estava apaixonado por ela e acho que consegui, pois ela me confessou que estava envolvida com uma coisa que lhe dava muito medo. Mesmo quando encontrou a cópia do cheque da Aços Doub em nome do LDA, com a minha assinatura, eu consegui convencê-la de que aquela assinatura não era minha, de que devia haver algum tipo de conspiração e de que eu estava tão confuso quanto ela. O que, aliás, é verdade. Mas, a essa altura, também tinha os meus motivos por causa da cópia do cheque. Precisava descobrir o que estava acontecendo. Por sorte, ela acreditou em tudo que eu disse.

Eles estavam atentos a cada uma de suas palavras.

— Em todo caso, Jesse disse acreditar que estavam manipulando a campanha de Elbridge Coleman — prosseguiu David, olhando para Webb. — Não me contou exatamente o que sabia, mas disse que tinha reunido um grande número de informações e que, se lhe acontecesse alguma coisa, há outra pessoa com instruções de entregar o material às autoridades federais. Por isso vocês não podem simplesmente localizá-la e eliminá-la. O tiro pode sair pela culatra. Vocês continuarão vulneráveis.

— Por que ela ainda não deu parte? — indagou Webb.

— Eu lhe disse que era muito difícil saber em quem confiar e que, se suas informações não fossem muito contundentes, se não fossem suficientes para convencer qualquer um a investigar imediatamente, ela pagaria caro. Eu a assustei, mas não tinha outra saída. Mesmo que não tendo assinado o tal cheque, não podia deixá-la entregar aos seus superiores a cópia de um documento desses com o meu nome embaixo. Seria muito ruim para mim. Isso os levaria a investigar, a passar o pente-fino na Doub, e eles acabariam descobrindo o desfalque. E eu ia parar na cadeia. Desculpem, mas isso não está nos planos de David Mitchell.

— Se isso tudo for verdade, você agiu com muita sensatez, David — disse Webb. — E eu agradeço o seu conselho de estudar com mais cuidado o que fazer com ela. Mas a questão continua sendo a mesma. Você pode entrar em contato com ela? Sabe onde essa mulher está?

— Primeiro eu quero fazer outra pergunta.

— Faça — rosnou Webb já com impaciência.

— Jesse Hayes acertou ao investigar a campanha de Coleman? Vocês estão tentando manipular sua eleição?

O rapaz era esperto, talvez esperto demais. Sabia exatamente o que estava acontecendo, mas queria uma confirmação. Queria ouvir as palavras.

— Sim, ela acertou. — Webb se inclinou para a frente na poltrona. — David, o que nós montamos aqui, a articulação da Sagamore com o orçamento secreto, é uma coisa valiosa demais para que se extinga quando eu me afastar. Sou pragmático o bastante para saber que não vou viver eternamente, e é preciso garantir que a coisa continue funcionando. Você será beneficiado com o nosso empenho pela campanha de Coleman. — Sua mandíbula estava contraída. — Agora diga, você *pode* localizar Jesse Hayes para nós?

David vasculhou o arquivo de Rebecca Saunders. Hager, Halston, Hayes. Tirou a grossa pasta da gaveta, colocou- a na mesa e a abriu. Enquanto ele a folheava às pressas, sua expressão não mudou apesar do que estava lendo. Estuprada pelo padrasto aos dezessete anos. Ódio, culpa, medo. Um aborto. Mas onde? Em uma clínica ou em um hospital? Em uma clínica Jesse não seria mais do que um número. Já em um hospital seu nome estaria no registro.

E então ele achou a resposta rabiscada na borda de uma folha datilografada. O Hospital Geral de Edgewood.

Recolocou os papéis no envelope, fechou a pasta, prendeu-a debaixo do braço e foi para a porta.

Era bom conhecer as pessoas e ter um rosto que atraía as mulheres.

— Obrigado, gatinha — o rapaz disse com doçura quando a enfermeira lhe entregou o envelope. Dentro estava a confirmação de que, aos dezessete anos, Jesse Hayes fora internada no Hospital Geral de Edgewood para fazer aborto. Coisa de que se sentia culpada. Uma informação que poderiam usar contra ela.

A enfermeira sacudiu a cabeça.

— Eu não devia estar fazendo isso.

— Não se preocupe, gatinha. Ninguém no Hospital Geral de Edgewood vai saber que foi você — ele garantiu. — Palavra de honra. Tome. — O rapaz colocou um envelope menor na mão dela. Dentro havia mil dólares.

A moça o abriu, contou o dinheiro e desapareceu na noite.

CAPÍTULO 31

SEGURANDO O COPO de café com a mão esquerda, David pegou o fone e digitou o número com a direita. Eram seis da manhã, mas o horário não tinha a menor importância agora. Se ela ainda não estivesse acordada, em breve estaria.

— Sheraton North — atendeu a voz sonora da telefonista.

— Eu quero falar com Jesse Hayes. Quarto 1011.

— Um momento por favor — disse a mulher com entusiasmo.

David resmungou consigo. Uma pessoa que se mostrava tão animada às seis horas da manhã ou não sabia o que era viver, ou tinha sofrido uma lavagem cerebral completa no período de treinamento na empresa. Por fim o telefone começou a tocar.

— Alô — atendeu uma sonolenta voz masculina.

David afastou o fone do ouvido por um segundo. Que droga está acontecendo?

— Jesse Hayes está? — perguntou com hesitação.

— Aqui não tem ninguém com esse nome.

— Desculpe. — Ele desligou rapidamente e apertou o botão de rediscagem automática.

— Sheraton North — saudou a mesma voz desagradavelmente bem-disposta.

— É, eu acabo de ligar para aí. Estou tentando falar com Jesse Hayes. Acho que ela está no quarto 1011. Você pode verificar?

— Um minuto.

David ouviu o ruído dos dedos no teclado e, pouco depois, a voz da mulher novamente:

— Ela está hospedada aqui, mas não no 1011. Eu vou transferir a ligação.

— Telefonista!

— Pois não?

— Você pode me dizer em que quarto ela está?

— Lamento, mas não é possível. Não tenho autorização.

— Ela é minha noiva — mentiu ele. — E o quarto está sendo pago com o meu cartão de crédito. O nome é David Mitchell. Pode conferir. Se quiser, eu lhe dou o número do cartão. Acho que tenho direito a essa informação.

— Sinto muito, senhor. O hotel nos proíbe expressamente de informar o número do quarto dos hóspedes pelo telefone ou no balcão de recepção — respondeu a mulher com firmeza. — Quer que eu transfira a ligação?

— Quero — disse ele em voz baixa, compreendendo que a telefonista não transgrediria o regulamento.

O telefone tocou só uma vez, e atenderam.

— Alô.

— Jesse?

— Sim.

— É David.

— Que você quer?

Ele sentiu imediatamente a hostilidade em sua voz.

— Que há com você?

— Minha amiga Sara Adams, de quem eu falei no bar aquele dia, morreu.

David registrou o tom acusador.

— Sinto muito.

— Você sabe que quem a matou estava querendo me matar.

— Foi por isso que você mudou de quarto? Para o caso de eles perceberem o erro?

Foi.

— Porque sabia que a telefonista não daria o número do quarto?

— É.

— Mas eu não era o único que sabia em que quarto você estava?

— Era — disse ela com indiferença.

Por ora, David preferiu não fazer caso da implicação.

— Quando trocou de quarto, por que você não usou um nome falso para que não a identificassem?

— Achei que a recepção criaria problemas se eu mudasse de nome, já que era o seu cartão de crédito que estava pagando a hospedagem. E é óbvio que não posso pagar com o meu.

— Você precisa confiar em mim, Jesse — disse ele, interrompendo o fluxo da conversa, percebendo a desconfiança em sua voz. — Eu estou tentando ajudá-la. Você tem de acreditar.

— Eles mataram Sara. Você trabalha para eles. Eles podem torná-lo rico. Você mesmo disse: o que mais quer na vida é ficar rico. Por que eu confiaria?

— O dinheiro não me interessa. O que eu quero é fazer o que é correto. E protegê-la.

— Por acaso me proteger significa tirar-me do meu apartamento para que você possa revistá-lo e destruí-lo, buscando informação? Eu disse claramente que nenhuma das informações que eu tenho está lá.

— Do que você está falando?

— Meu apartamento foi devastado. Eu estive lá ontem à noite. — Jesse ficou atenta à sua respiração, tentando descobrir como ele estava reagindo.

David sabia o que ela estava pensando.

— Eu não tenho nada a ver com a invasão do seu apartamento. Você precisa entender. — Tinha de pensar depressa. Tinha de recuperar a confiança dela. — Quando eu a deixei aí no Sheraton, você me contou que a pasta de Neil Robinson não estava lá. Por que eu iria revistar o seu apartamento?

— Muito simples. Você não acreditou.

— Eu quero cuidar de você, Jesse. — Uma vez mais, em vez de reagir às suas palavras, ele preferiu jogar com a emoção.

— Eu sei cuidar de mim — foi a resposta glacial.

Todd grunhiu ao acordar. Jesse olhou para o sofá e cobriu o fone com a mão.

— Quem está aí? — perguntou David instantaneamente.

Todd esfregou os olhos e olhou para ela.

Jesse pediu silêncio com um gesto.

— É Todd Colton. Ontem eu senti que precisava de proteção e lhe pedi que ficasse aqui comigo.

David deu um tapa violento no tampo da escrivaninha.

— Não confie nesse cara, Jesse. Fique longe dele. Eu não estou brincando.

Ela ouviu o barulho da pancada na mesa.

— Eu já disse, daqui por diante, quem toma as minhas decisões sou eu.

David pressionou o fone no ouvido.

— Jesse, eles têm uma coisa para usar contra você. — Era preciso contar-lhe agora. Era a última chance.

— Como assim? — A voz dela falhou. — Que coisa?

— Não quero falar sobre isso no telefone. Preciso lhe mostrar pessoalmente. Eu estou dizendo, é coisa muito séria, você não vai querer que a usem.

A mão de Jesse começou a tremer.

— O que é? — Mas ela já tinha uma idéia. Só podia ser aquilo.

— Venha se encontrar comigo.

— Para que me matem?

— Ninguém vai matar você — disse David com doçura. — Eles me deram garantias. Diga onde. Pode ser no lugar mais público possível. Pode vir com Todd se quiser. Eu lhes disse que você possui informações que os incriminam, mas que estão armazenadas em um lugar seguro e que um amigo seu tem instruções de acionar as autoridades se lhe acontecer alguma coisa. Disse que, com as informações que você tem, eles vão passar o resto da vida atrás das grades. Eles acreditaram. Estão dispostos a negociar. Talvez com um bom pagamento em dinheiro. Vai dar certo, Jesse. Nós todos vamos ficar em segurança. Eu a aconselho a estudar bem essa opção. Eles acreditaram em mim, agora *você* também precisa acreditar.

Que grande bastardo! Estava o tempo todo colaborando com aqueles bandidos.

Todd se sentou no sofá ao ver a tristeza no olhar de Jesse.

— Escolha o lugar — insistiu David.

Ela sentiu a emoção emergir, mas a refreou. Não havia tempo para emoções. Falou com desânimo:

— No Mercantil Bank da avenida York, perto do parque de diversões.

— A que horas?

— Às dez.

— Tudo bem. Você está fazendo a coisa certa, Jesse.

Sem responder, ela recolocou lentamente o fone no gancho.

— Qual é o problema, Jess? — Todd sentou-se na beira da cama e lhe segurou a mão com ternura.

— Nada. Tudo. Oh, Todd, me abrace, por favor.

Às dez e quinze, em meio ao tráfego intenso, Jesse e Todd atravessaram correndo a avenida York e foram para o Mercantil Bank. Tinham passado meia hora vigiando o prédio, mas nada viram que causasse preocupação. Todos os carros que entraram no pequeno estacionamento saíram pouco depois, e agora este estava vazio. Não havia nada suspeito.

Entraram pela porta de vidro da frente do prédio e se aproximaram rapidamente de um balcão ao lado do saguão. Um segurança simpático estava num canto, perto de uma samambaia enorme, as mãos às costas. Jesse olhou de relance para ele, depois para os dois ociosos caixas.

— Você está bem? — perguntou Todd.

— Estou — respondeu ela sem tirar os olhos da porta. — Você está com a arma, não?

Era a terceira vez que perguntava.

— Está bem aqui. — Ele bateu no peito.

— Jesse.

Ela reconheceu a voz e se virou. David acabava de surgir numa passagem perto do vigilante.

— Você pode vir? — fez um gesto para que ela se aproximasse.

Jesse ouviu a porta de vidro se abrir e se voltou rapidamente para trás, para a entrada do prédio. Um homem loiro, de cabelo comprido, barba e bigode estava entrando. Ela o reconheceu imediatamente e agarrou a mão de Todd.

— É o cara que esteve no escritório aquele dia — cochichou.

— Venha, Jesse — pediu David.

— Quer ir embora, Jess? — Todd observou Gordon com cautela.

— Não sei. — Ela estava com os nervos à flor da pele.

O segurança saiu de seu posto e se aproximou.

— Tudo em ordem por aqui, pessoal?

— Tudo na mais perfeita ordem, senhor. — Exalando confiança, David foi para o lugar onde os dois se encontravam. — Oi, Todd. — Seu tom era neutro, nem amigável nem hostil.

Todd o encarou. Jesse estivera apaixonada por aquele sujeito. Mas percebera o erro por si só. Ele tinha se certificado disso.

David se virou para Jesse, que, como um gato num teto de zinco quente, parecia procurar uma saída. Mas não havia.

— Jesse, eu vi como você olhou para o homem que acaba de entrar. Ele trabalha para os caras. Não vou negar. Mas está aqui para vigiar a mim, não a você. Para impedir que eu fuja com o material que vou lhe mostrar. — Se bem que até agora tivesse conseguido admiravelmente ocultar as emoções, por dentro ela estava em frangalhos. E quem podia censurá-la por isso? — Jesse, nós dois vamos para uma sala particular que eu providenciei. Esse homem não vai. Todd pode ficar vigiando-o enquanto estivermos lá dentro.

— Você enlouqueceu! — Quem havia de saber o que David pretendia fazer? Ele que agora devia estar desesperado.

David compreendeu sua expressão.

— Eu não posso lhe fazer nada lá. Sei que você tem muitas perguntas. Venha comigo até a sala, eu vou respondê-las.

— Jess, se você quiser ir embora, é só dizer. — Todd desviou rapidamente o olhar de Roth para Mitchell.

— Está bem. — Ela havia chegado até ali. E precisava saber o que David tinha. — Eu vou com você, David, mas Todd vai ficar vigiando esse cara. Se acontecer alguma coisa fora do normal, ele manda o guarda chamar a polícia imediatamente. — Calou-se um instante. — Todd, se David vier para cá sozinho, comece a gritar. — Falou alto para que David ouvisse.

— Pode deixar.

David fez que sim.

— Ótimo. Então venha. — Ele voltou para a passagem e entrou em um corredor.

Jesse o acompanhou a certa distância, hesitando a cada canto, esperando um ataque a qualquer momento. Mas enfim chegaram a uma saleta vazia, cheia de cofres particulares.

Ele fechou a porta.

— Sente-se. — Apontou para uma cadeira diante de uma mesa pequena. — Não se preocupe, Jesse. Não vai acontecer nada. — Colocou a informação do Hospital Geral de Edgewood na mesa. — Tome. Leia.

Muito devagar, ela se sentou e pegou o envelope. Examinou o seu conteúdo durante alguns segundos, depois o empurrou. — Eu não acredito em você. — Sua voz era quase inaudível. — Eu vi o cartão de Becky. Você o roubou aquela noite. Foi ao seu consultório e pegou a minha ficha, não?

David não disse nada.

— O nome do hospital. O fato de que foi o meu padrasto que me estuprou. Becky sabia disso. Devia estar tudo na minha ficha. — Jesse estava a ponto de chorar. — E, depois de ver o arquivo de Beck, você foi ao hospital e conseguiu isso. — Apontou para o envelope na mesa.

— Não. Não fui eu quem obteve essa informação.

— Pare de mentir!

— Eu não estou mentindo. Nunca mentiria para você. Olhe, eles sabem que foi o seu padrasto que a estuprou. Sabem que o filho era dele. E vão contar tudo para a sua mãe se você notificar as autoridades. — David sacudiu a cabeça. — Inclusive pretendem a dizer à sua mãe que não houve estupro nenhum. Que foi consensual. Eles sabem o quanto ela é dedicada à igreja católica. Sabem o que lhe acontecerá se descobrir.

— Seu bastardo!

— Escute. Agora já não importa o que você pensa de mim. O que importa é que eles têm a informação e pretendem usá-la.

Desesperada, ela mergulhou o rosto nas mãos.

— Jesse, eles me mandaram dizer mais uma coisa.

— O quê? — Ela mal conseguia falar.

— Querem que você receba um incentivo.

— Que significa isso?

— Significa que, além de intimidá-la, eles querem comprar o seu silêncio. Acham que essa é a melhor estratégia. Significa um pagamento de 2 milhões de dólares em dinheiro e emprego na Sagamore para o resto da vida.

— Será que você é tão ingênuo assim? Eu nunca achei que fosse possível.

— Que você está querendo dizer?

— Que eles não vão desistir enquanto não puserem as mãos no material que está comigo. Na cópia do cheque da Doub para o LDA. No dossiê de Neil Robinson. E no resto. E quando acharem tudo, e vão acabar achando, eles me matam. Nada mais simples.

— Mas, Jesse, se você tentar prejudicá-los, eles vão mostrar tudo à sua mãe. E vão divulgar essas informações de modo que toda a paróquia da qual ela faz parte fique sabendo. Isso vai destruí-la definitivamente. Você sabe que vai. E, mesmo assim, eles a matarão. A alternativa é colaborar e ficar numa ótima situação financeira. E sua mãe não ficará sabendo o que seu padrasto fez. Eles estão dispostos a negociar. E acreditam piamente que o dinheiro compra o silêncio.

— Isso você deve saber por experiência própria.

— Jesse, eu...

— Como você foi capaz de fazer isso comigo? — ela gritou. E se levantou precipitadamente, derrubando a cadeira.

Eles conheciam tão bem as pessoas. David se dava conta agora. Eram mestres em manipulação. Ele não imaginara que a ameaça de levar tudo ao conhecimento de sua mãe fosse afetar Jesse tão profundamente, mas agora, vendo as lágrimas em seu rosto, compreendia que se enganara. Ela estava se desintegrando na sua frente.

— Eu pensei que nós fôssemos juntos avisar as autoridades. — Jesse tentou se recompor um momento, enxugando as lágrimas, mas um novo tremor lhe sacudiu os ombros. — Pensei que íamos acabar com eles com o que os dois sabíamos. Eu errei muito na avaliação que fiz de você, David. Não posso acreditar que lhes tenha fornecido informações sobre o meu aborto. Sobre o fato de meu padrasto... — Mas não conseguiu concluir. A imagem de sua mãe lhe dominou a mente. A expressão de horror. A humilhação.

— Eu não contei nada a esse respeito — murmurou ele.

— Não minta! — gritou ela.

— Não é mentira. — David assumiu uma expressão sombria. — Quem contou foi o seu amigo Todd. Foi ele que tirou o prontuário do hospital. E a Sagamore resolveu um grande problema que ele tinha.

— Do que você está falando?

— Todd estava devendo dinheiro à máfia.

Jesse sacudiu lentamente a cabeça. Era absurdo.

— Meu Deus, você é doente. — Ela já não conseguia acreditar em nada que David Mitchell dissesse.

— Eu devia ter lhe contado tudo isso antes. — Ele passou a mão no cabelo e exalou um longo suspiro. — Na noite em que fui visitá-la e Todd nos interrompeu, Elizabeth estava à minha espera. Queria que eu revistasse o seu apartamento, mas não tive oportunidade por causa dele. Ela me disse que era um procedimento rotineiro investigar uma pessoa passível de ser contratada. Eu sabia que era mentira, mas queria proteger meu emprego. Quando voltei para a limusine, Elizabeth perguntou por que eu ficara tão pouco tempo lá em cima. Foi quando eu falei em Todd. Foi assim que eles o descobriram. Só pode ter sido Todd que montou essa armadilha para você, porque eu não fui. Você disse que o conhece desde a adolescência. Deve ter lhe contado o que aconteceu. Eu estou me referindo ao estupro. Ele é responsável por tudo.

Todd não era capaz de uma coisa tão sórdida, pensou Jesse. David sim. Nada mais evidente.

— Eu sei que é tudo mentira.

— Não é. — Ela fitou diretamente nos olhos. — Olhe, se eu pudesse roubar essa informação deles e ter certeza de que não seria assassinado, iria dar parte junto com você. Juro que iria. Mas é melhor a gente aceitar a proposta deles.

— Seu bastardo! Você me entregou para salvar a pele. Eu te odeio!

Jesse tentou agredi-lo. Mas ele era muito mais forte e lhe prendeu facilmente os braços. Por fim ela desistiu, e David a soltou. Ela foi para um canto da sala e lá ficou, de costas para ele, tentando imaginar como sair daquela situação. E então ouviu sua voz.

— Não compre essa briga, Jesse. Eles são muito mais poderosos do que você imagina. Deram-lhe prazo até amanhã às onze horas para dizer se aceita a oferta generosa. Eu a aconselho a aceitar.

CAPÍTULO 32

FOI SORRATEIRAMENTE pelo corredor escuro e, chegando à porta do quarto, deteve-se, tirou o lenço do bolso e o embebeu em éter. A seguir, entrou com passos decididos e pressionou o lenço no rosto adormecido de Connie Hayes. Enquanto ela se debatia em vão, tentando se livrar, ficou olhando para os seus olhos petrificados através da meia de mulher que lhe cobria e deformava o rosto.

Não demorou. Quando teve certeza de que a velha estava inconsciente, ele tornou a guardar o lenço e começou a revistar sistematicamente a casa.

Uma hora depois, viu seu esforço recompensado quando a luz da lanterna incidiu sobre uma sacola da Receita Federal socada entre pilhas de jogos e quebra-cabeças. Ele a pegou, abriu-a e iluminou o seu interior. Acabava de encontrar um tesouro.

Tendo transferido rapidamente os documentos para outra sacola, recolocou a da Receita Federal no lugar. O achado o enriqueceria. Com um sorriso nos lábios, ele olhou pela janela. A primeira luz do dia brilhava no horizonte.

— Conseguimos! — Triunfante, Mohler bateu o telefone da sala de reuniões. — Parece que havia muita coisa mesmo, muitos dados importantes: o cheque da Doub para a LDA, informações sobre como nós resolvemos a situação da Coleman Technology por intermédio da Sagamore e sobre a manipulação da eleição de Coleman. Coisas que, sem dúvida, não podiam ser divulgadas. Mas agora está tudo em nossas mãos. Jesse Hayes não tem mais nenhuma moeda de barganha.

Finnerty suspirou com alívio.

— Graças a Deus! — Voltou-se para a direita. — Acabou, hem, Carter?

Webb esfregou a testa, depois consultou o relógio. Sete e meia da manhã.

— Quando nós vamos receber o material? — A guerra não tinha terminado. Ele sabia disso tanto quanto conhecia os corredores do Congresso. A hora de comemorar ainda estava longe. Só quando tivesse em mãos o que havia sido roubado na casa de Connie Hayes e quando Gordon Roth confirmasse que Jesse Hayes estava morta é que poderia relaxar.

— Ele disse que vai marcar um encontro depois de conversar com a tal Hayes. — Durante a noite, Mohler se convencera de que tinha acabado, de que tudo que eles haviam construído continuaria prosperando. Agora a Sagamore estava a salvo novamente.

— Foi uma grande ajuda — comentou Finnerty. Virou-se para a esquerda. — Você acertou na mosca com esse sujeito, Elizabeth. Parabéns.

— Obrigada. — Ela levou a mão à boca e tossiu duas vezes.

— Você está bem? — Finnerty se mostrou preocupado. — Eu a estou achando um pouco pálida.

— Estou ótima — disse ela em voz baixa. — Só um pouco cansada. Foi uma longa noite.

Webb a observou um momento, depois tirou um charuto do bolso. Aquela mulher estava escondendo alguma coisa. Fazia muito tempo que ele tinha aprendido a ler o rosto das pessoas, e o dela parecia contar uma história. Depois de cortar a ponta do charuto com um cortador de prata de lei, voltou-se para Finnerty.

— Você consegue entrar em contato com Roth a qualquer hora, não?

O outro confirmou.

— Consigo. Ele tem celular.

— Assim que tivermos a resposta, eu quero que ele cuide de Jesse Hayes. Quero essa mulher fora de circulação o mais depressa possível.

— Está bem, Carter.

Tinham se mudado do Sheraton para o Towson Motor Inn porque lhes pareceu mais seguro. E, mediante uma pequena gorjeta, conseguiram convencer o recepcionista a receber o pagamento em dinheiro: se usassem cartão de crédito, seria fácil rastreá-los. Jesse tirou o fone do gancho e digitou um número. Eram dez para as dez, e o prazo expirava em pouco mais de uma hora. Quando o telefone começou a tocar, olhou para a porta. Onde, diabos, Todd havia se metido? Estava no sofá quando Jesse pegou no sono na noite anterior, mas havia saído quando ela acordou às seis. Queria conversar com ele antes de telefonar, mas não podia deixar isso para a última hora. Guardara tudo para si durante todos aqueles anos. Não ia deixá-los destruir sua mãe e a ela depois de tanto sofrimento.

— Alô — David atendeu ao segundo toque.

— É Jesse.

— Jesse, eu preciso me encontrar com você imediatamente.

Estava falando tão baixo que ela mal conseguia ouvi-lo.

— Como assim? Eu estou ligando porque só falta uma hora para terminar o prazo. Vou aceitar a proposta deles. A sua proposta. Acho que não tenho escolha. Minha mãe ficaria arrasada se soubesse do que aconteceu e sobretudo se seus amigos soubessem. Eu também ficaria. Não seria capaz de agüentar. Vou aceitar a proposta e tratar de aprender a viver com isso. Mas, quanto aos 2 milhões de dólares, eles podem enfiá-los onde lhes parecer mais apropriado.

— Você quer calar a boca? E esqueça o prazo.

— *Quê?*

— Não dá para falar agora, mas não se preocupe com o prazo. Eu consegui prolongá-lo um pouco. — David parecia ofegante.

— Você quer que o mundo inteiro fique sabendo o que aconteceu comigo? É isso?

— Pare de questionar a minha lealdade, droga. Ouça bem o que eu vou dizer. Você conhece o Vale do Worthington?

— Claro.

— E a Stenersen Farm Store?

— Está se referindo à lojinha de produtos agrícolas na Rodovia Falls?

— Isso. Fica na interseção da Shawn com a Falls.

— Eu sei onde é.

— Me encontre lá dentro de duas horas.

— David, diga do que se trata.

— Eu não posso. Esteja lá. E, pelo amor de Deus, não saia do lugar onde está até a hora do nosso encontro. Não saia do quarto. Se tiver de sair, tome muito cuidado. É provável que eles estejam em toda parte. — Ele fez uma pausa. — E vá sozinha. Não confie em Todd. Eu estou falando a sério.

— David!

Mas ele desligou. Foi com a mão muito trêmula que Jesse desligou o aparelho para obter novamente o ruído de discar. Tornou a digitar o número do escritório dele, mas dessa vez o telefone tocou quatro vezes e, então, foi a secretária eletrônica que atendeu.

— Eu peguei! — Finnerty anotou ansiosamente o número exposto na tela de cristal líquido do identificador de chamadas. Estava no canto da mesa enorme da sala de reuniões, conectado ao telefone do escritório de David. — Em dez minutos, nós teremos a localização exata da origem do telefonema.

— Dê um jeito para que seja em cinco. — Webb deu uma tragada no charuto. — David não tem como saber que essa coisa está ligada ao seu telefone, tem, Jack?

Finnerty sacudiu a cabeça.

A forte batida na porta da sala de reuniões sobressaltou Webb, Finnerty e Mohler.

— Veja quem é — ordenou o senador.

Chegando à porta, Mohler abriu apenas uma fresta.

— Oh, olá. Entre.

— Obrigado. — David parou na soleira. — Ela telefonou. — Estava se dirigindo a Webb. Era uma indicação de que agora o considerava seu líder.

— Com licença. — Elizabeth se aproximou de David para sair da sala.

— Pois não, Elizabeth. — Ele avançou um pouco mais para lhe dar passagem.

Uma vez no corredor, Elizabeth se afastou apressada rumo ao seu escritório. Ia murmurando consigo o número que havia lido no bloco de anotações de Finnerty. Tudo escapara ao controle tão depressa, bem mais do que ela previa. Tinha dado a informação a Webb e a Mohler, no fim da última reunião do grupo seleto, por instinto de sobrevivência. Vendo-os conversar aos cochichos, receara que estivessem falando nela. Receara que tivessem descoberto a sua traição e planejassem eliminá-la. Por isso lhes contou que forçara David a se aproximar de Jesse porque suspeitava do seu envolvimento. E falou em Todd Colton. Eles prometeram não fazer mal a Jesse, mas era evidente que não tinham a menor intenção de cumprir a promessa.

Elizabeth entrou no escritório, fechou a porta, pegou o telefone e digitou rapidamente o número memorizado. Tinha de fazer isso. Do contrário, Jesse não ficaria muito mais tempo entre os vivos. E ela, Elizabeth, já não conseguiria viver consigo mesma.

— Alô.

— Jesse, é Elizabeth Gilman. — Não esperou a resposta. — Saia daí imediatamente. Eles descobriram onde você está.

Jesse correu para a porta. David. Ele a enganara de novo. Tinha dito: não saia do quarto. Claro. Para que ela fosse um alvo fixo. Abriu-a.

— Meu Deus!

Havia um homem parado diante da porta do quarto. Ela cobriu o rosto instintivamente.

— Que aconteceu? — Ele viu no mesmo instante o seu medo animalesco. O medo de quem está sendo caçado.

— Todd! — Jesse lhe agarrou o peito, depois se atirou em seus braços. — Que bom que você chegou. — Respirou fundo. — Eles vêm vindo. Nós temos de sair daqui. — Segurou-lhe o pulso, arrastando-o para o estacionamento onde havia deixado o carro de aluguel.

— Vamos aonde?

— Eu preciso ir buscar uma coisa na casa da minha mãe. É melhor acabar com isso de uma vez por todas.

— Do que você está falando afinal? — Ele parou ao chegar à fileira de automóveis.

— Elizabeth Gilman acaba de me telefonar. É a mulher que estava me recrutando na Sagamore.

— Eu sei.

— Contou que eles vêm vindo para cá. Não sei como, descobriram que eu estou neste hotel. Nós temos de sumir daqui. Vamos!

— Está bem. Eu a sigo no meu carro.

Jesse sacudiu a cabeça.

— Não. O Corvette seria um chamariz. Vamos os dois no meu carro.

— Ok. Mas primeiro deixe-me pegar uma coisa no meu. Dê a volta por ali com o seu.

Jesse foi correndo para o automóvel alugado, ligou o motor, tirou-o da vaga e, com uma rápida manobra, parou atrás do Corvette. Todd se sentou ao seu lado e jogou no banco traseiro a sacola de lona que trazia consigo. Assim que ele fechou a porta, Jesse engatou a primeira e, com os pneus cantando, saiu à avenida York e tomou o rumo norte.

Minutos depois, Gordon Roth estacionou justamente na vaga em que pouco antes estava o carro de Jesse, desceu de um salto e, sem perda de tempo, foi para a porta cujo número lhe haviam dado. Entrou de uma vez no quarto, mas tornou a sair um segundo depois.

Do alto de uma pequena colina, de onde se avistava o hotel, Jesse viu o assassino com o binóculo de Todd. Elizabeth lhe havia salvado a vida. Tirou lentamente o binóculo dos olhos.

— Deu para ver alguma coisa? — Todd estava ao seu lado, forçando a vista na direção do hotel.

— Deu — respondeu ela em voz baixa. — Foi por pouco. O cara que estava no Mercantil Bank quando eu fui me encontrar com David acaba de entrar lá.

— David a entregou, não é?

Jesse fez que sim.

— Eu percebi que aquele sujeito não prestava no dia em que o vi pela primeira vez — murmurou Todd. — O senhor Limusine — rosnou.

— Venha, vamos embora. — Ela lhe entregou o binóculo e ligou o motor do carro novamente.

Gordon Roth estava parado diante da porta aberta do quarto, examinando o estacionamento. Jesse Hayes tinha ido embora, obviamente fora avisada em cima da hora. De súbito, seus olhos detectaram algo conhecido: o amassado Corvette branco de Todd Colton, o mesmo que ele tinha visto na casa de campo no dia anterior, quando matara os dois gângsteres e salvara temporariamente a vida daquele panaca.

CAPÍTULO 33

— MAMÃE! Mamãe, acorde!

À custa de muito esforço, Connie conseguiu abrir os olhos. Ficou algum tempo olhando para a filha, depois gemeu.

— Que aconteceu? — Jesse se ajoelhou na cama e pôs a mão na testa da mãe. — Você está passando mal?

— Oh, meu Deus, acho que eu vou vomitar. — Connie se sentou e levou a mão à boca. — Só lembro que taparam meu nariz com uma coisa. Tinha um cheiro horrível, muito forte. Eu desmaiei.

— Quê?

— É. — Connie se voltou para a porta. — Todd, você pode ir pegar um copo de água para mim?

— Claro — disse ele. E foi para a cozinha.

— Você está bem, mamãe?

— Fora o mal-estar no estômago, sim. — A velha esboçou um sorriso. — Eu sou uma mulher forte, você sabe.

Todd não tardou a retornar com a água.

— Obrigada, meu filho.

— Não há de quê, senhora Schuman.

Mais essa! pensou Jesse.

— Deve ter sido um ladrão. Eu não dei pela falta de nada quando nós chegamos, mas também não prestei atenção. Vamos ter de... — Jesse se levantou de repente e saiu.

— Que houve, Jess? — gritou Todd.

— Já volto!

Foi correndo para o seu quarto e abriu o armário. Sentiu um grande alívio ao ver a sacola da Receita Federal exatamente onde a havia deixado. Erguendo as duas mãos, tirou-a de lá. O medo retornou de pronto. Estava estranhamente leve. Abriu o zíper para verificar seu conteúdo. Vazia. Sumira tudo. A pessoa que havia atacado sua mãe entrara na casa com um único objetivo. Levar os documentos.

Ela voltou lentamente para o quarto da mãe.

— Que houve, Jess? Você está com cara de quem perdeu o melhor amigo.

— É mais ou menos isso que estou sentindo, mamãe. — Então ela notou que Connie estava sozinha. — E Todd?

— Ele desceu.

Só lhe restava uma opção, compreendeu Jesse. E não era nada boa.

— Mamãe, eu tenho de ir. Você vai para o hospital. Vou chamar uma ambulância.

— Eu não vou para hospital nenhum.

— Vai, sim, senhora! Não discuta.

Ela deu meia-volta, saiu do quarto e desceu a escada. Estava indo para a cozinha quando viu Todd telefonando, a mão a cobrir o fone. Deteve-se um momento à porta.

Ao notar sua presença, ele se despediu rapidamente da pessoa com que estava falando e desligou.

— Sua mãe está melhor?

— Acho que sim. — Jesse ficou olhando para ele sem saber se valia a pena perguntar para quem havia telefonado. — Assim que a ambulância chegar, nós vamos para a loja de produtos agrícolas, no Vale do Worthington. — Durante a viagem, havia lhe falado nas instruções de David para que se encontrassem lá. Mas dissera que não tinha a menor intenção de ir. Agora, no entanto, os documentos haviam desaparecido e tudo mudara.

— Que diabo está acontecendo — gritou Webb no telefone.

— Eu fui ao Towson Motor Inn, entrei no quarto de onde Finnerty disse que veio a chamada, mas não encontrei ninguém — disse Roth, segurando o telefone celular com uma mão e o volante com a outra. Estava na Interestadual 83, no norte de Baltimore. — Parece que eles deram o fora de uma hora para outra. Eu juro, Carter, cheguei ao hotel quatro minutos depois de receber o recado de Finnerty.

— Tenho certeza disso. — O senador deu um murro na mesa. Aquela maldita mulher estava sempre um passo à frente. A súbita desconfiança lhe alterou a expressão do rosto. O mais provável era que houvesse um motivo para isso. — Aonde você está indo agora?

— Para o Vale do Worthington. — Roth sorriu ao ultrapassar facilmente dois carros em alta velocidade. — Eu tenho boas notícias. O nosso garoto telefonou. Jesse Hayes vai estar numa loja de lá. — Consultou o relógio. — E, dentro de mais ou menos vinte minutos, estará morta.

O Vale do Worthington ficava cinqüenta quilômetros ao norte de Baltimore. Em seu solo ondulado vicejavam as pastagens dos haras de cavalos Thoroughbred e se cultivavam maçãs e pêras. A Stenersen Farm Store ficava no centro da bela região, em meio a um bosque de enormes carvalhos, no cruzamento da Rodovia Shawan com a Falls. A primeira se estendia de leste a oeste, atravessando o vale de ponta a ponta, e a segunda serpenteava a partir da floresta, percorrendo o lado sul da região. Era a estrada mais usada pelos turistas que visitavam aquele lugar pitoresco nos fins de semana.

Havia gerações que a família Stenersen possuía milhares de hectares no vale, sua propriedade de espalhava em todas as direções a partir dos quatro cantos da interseção. A sede da fazenda, uma gigantesca mansão de pedra, dominava o cruzamento do alto de uma colina a nordeste. Lá, a família contemplava o panorama de seus enormes pomares e avistava a loja no sopé do morro. Nos fins de semana, o pequeno estabelecimento de madeira ficava lotado, mas, nos dias úteis, recebia poucos clientes.

— Você sabe qual é o carro de David? — Todd perguntou quando Jesse entrou no estacionamento da loja.

— Sei, é um BMW. Aquele ali. — Ela apontou para um elegante automóvel preto que, estacionado bem em frente à loja, brilhava ao sol do meio-dia.

— Pelo jeito, ele não quer ocultar o fato de que está aqui. Mas eu não o estou vendo. — Todd examinou o terreno enquanto Jesse estacionava entre dois outros veículos junto a uma cerca alta, atrás da qual vários cavalos pastavam. — A gente precisa tomar cuidado, Jess. Pode ser uma armadilha.

— Mas, como você disse, ele deixou o carro bem à vista. Não está procurando esconder sua presença.

— Não se iluda. Lembre-se de que, há menos de uma hora, ele lhes contou que você estava no Towson Motor Inn. Mandou aquele cara ir matá-la.

Uma brisa leve agitou os cabelos de Jesse quando ela saiu do carro. Os carvalhos espalhavam os ramos por cima da loja, formando um dossel. As folhas apenas começavam a sugerir a chegada do outono. Atrás de uma cerca de pedra, à direita, havia um pomar de macieiras carregadíssimas, quase prontas para a colheita. E, à esquerda da loja, o pasto verdejante e ondulado se estendia até o alto da colina, onde ficava a mansão.

Jesse tirou os óculos escuros e olhou uma vez mais para as sombras do pomar. Algo lhe chamara a atenção, mas agora, examinando novamente, nada via de anormal. Devia ser sua imaginação fazendo hora extra, disse para si mesma.

— Jess.

Ela se voltou.

— Sim?

— Ele está ali. — Todd apontou para a entrada da loja. David vinha saindo calmamente com um saco de papel pardo nos braços.

Acenou ao vê-los. Colocou o saco no pára-lama do BMW e foi rapidamente ao seu encontro. Parou a uns cinco metros de distância. A atitude de Todd mostrava que não queriam que ele chegasse muito perto.

— Oi, Jesse.

— Olá — respondeu ela com frieza.

Com ar preocupado, David olhou de relance para Todd.

— Jesse, eu preciso conversar com você a sós, sem ele. Venha até o meu carro. Quero lhe mostrar uma coisa.

— Nada disso, Jess — Todd se apressou a dizer. — Você sabe para quem esse cara trabalha. Ele é seu inimigo. Deve ser uma armadilha.

— Pare de falar besteira! — disparou David. — Eu sei muito bem quem você é.

— Você não sabe droga nenhuma.

Todd fez menção de avançar para agredi-lo, mas Jesse lhe agarrou o braço.

— Por que não traz aqui o que você quer me mostrar, David?

Ele foi inflexível.

— Eu preciso falar com você a sós. Venha, Jesse. É importante.

Ela ia responder, mas, com o canto do olho, reparou num vulto que acabava de sair da loja e vinha se aproximando lentamente. Agora estava a pouco menos de quinze metros deles; um embrulho grande lhe encobria a parte superior do corpo e quase todo o rosto.

Acompanhando o olhar de Jesse, David virou a cabeça. De onde estava, conseguiu ver parcialmente o rosto atrás do embrulho. E, imediatamente, retrocedeu um passo.

E homem foi se aproximando devagar. De repente, Jesse reconheceu o coxear. Tinha reparado nisso no dia em que ele estivera na repartição e quase colidira com ela, supostamente a caminho do escritório de Sara. Não era preciso ver-lhe o rosto para saber quem era.

Jesse tentou apontar para ele e gritar, mas, nesse instante, a cena tornou-se surrealista, foi como se ela estivesse em meio a um pesadelo, uma força invisível paralisou seu gesto e lhe emudeceu a voz. Nenhum movimento lhe escapou, pois Todd, David e o homem que se aproximava pareciam mover-se em câmera lenta.

O grito primeiro só lhe escapou quando o homem deixou cair o embrulho, espalhando frutas no chão. David se voltou, ergueu as mãos à sua frente e caiu. Quando o homem apontou a arma e disparou, Todd saiu correndo e foi se esconder atrás do carro estacionado ao lado do deles. A bala atingiu a cerca às suas costas. Jesse se jogou no chão, e, repentinamente, tudo começou a se acelerar até chegar ao tempo real.

Engatinhando, ela conseguiu se aproximar da cerca, levantar-se e, curvando o corpo, correr no espaço exíguo entre esta e os veículos estacionados. No pasto, os cavalos saíram galopando em todas as direções ao ouvir o estampido, e, um instante depois, um belo Thoroughbred tombou atingido por uma bala perdida. Esperneou desesperadamente antes de morrer.

Sempre correndo, Jesse passou pelo último carro estacionado, cruzou a frente da loja e foi para trás do BMW de David; com a vaga consciência de estar ouvindo outros tiros, saltou a cerca de pedra do pomar e caiu de bruços.

Pouco depois, Todd estava ao seu lado. Tinha-a seguido até a cerca, por trás da fileira de automóveis, e pulara um segundo depois dela.

Sem perda de tempo, Jesse colou o corpo nas pedras do pequeno muro. Mas não podiam ficar ali. O homem não demoraria a vir no seu encalço. Quando Todd enfiou a mão por baixo da camisa para sacar o 38, ela lhe segurou o braço.

— Venha depressa!

— Um tiro — rosnou ele, levantando-se atrás da cerca. — Só um tiro.

— Não!

Ela tentou puxá-lo para que se mantivesse agachado, mas era tarde. A bala lhe perfurou o lado direito do peito antes mesmo que ele tivesse tempo de fazer pontaria. A blusa e o *jeans* de Jesse ficaram salpicados de sangue. O forte impacto jogou Todd para trás; o 38 lhe escapou da mão e foi cair num denso aglomerado de arbustos. Jesse chegou a pensar em ir buscá-lo, mas, e se não o achasse? O assassino pularia a cerca, e ela estaria indefesa — e morta.

Com muito esforço, Todd se colocou de joelhos, segurando o lado direito com a mão esquerda. O sangue lhe ensopava a camisa.

— Corra, Jess! Fuja daqui!

— Venha! — gritou ela, agarrando-lhe o pulso grosso e puxando-o, na esperança de fugir do criminoso que decerto não tardaria a aparecer diante deles.

Tentando segui-la, Todd tropeçou num galho partido e caiu pesadamente. No tombo, deixou escapar um grito, denunciando o lugar onde estavam.

Jesse parou, virou-se e tornou a ajudá-lo a se levantar.

— Não dá para continuar, Jess — disse ele, ofegante, tornando a cair de joelhos. — Vá embora.

— É claro que dá.

Todd já estava pálido devido à hemorragia, e Jesse não sabia se ele sobreviveria, mas tinha de ajudá-lo. Não podia deixá-lo ali. O pistoleiro o mataria.

— Eu não agüento...

Jesse viu o sangue que lhe cobria a camisa e os dedos. Todd não conseguiria ir muito longe. Ela olhou rapidamente à sua volta. No bosque, avistou uma macieira bem carregada. Seus ramos eram tão grossos e frondosos que encobriam totalmente o tronco.

— Venha. É só até ali. São poucos metros.

Todd gemeu quando Jesse o ajudou a se levantar e o guiou até a árvore. Depois de examinar o bosque deserto, empurrou para o lado os galhos mais baixos.

— Entre aí — ordenou.

Cambaleando, ele passou pela abertura e foi cair junto à árvore. Jesse o seguiu e tratou de puxar a ramagem por dentro, unindo-a novamente para esconder qualquer sinal de sua presença. Ajudou-o a se sentar. E assim ficaram, os dois sentados, as costas apoiadas no tronco, atentos a todos os ruídos, respirando com cautela para que o barulho não denunciasse o esconderijo.

Durante vários minutos, não se ouviu senão o doce farfalhar das folhas ao sabor da brisa do começo da tarde no vasto pomar. Então alguém passou correndo pela árvore, passos pesados na terra fofa. Jesse acompanhou o ruído, tentando desesperadamente ver quem era, mas só conseguiu distinguir um pedaço de camisa passando velozmente entre a folhagem. E as pisadas foram sumindo na distância, deixando-os somente com o rumorejar da brisa nas árvores.

Ela se voltou para Todd. Sentado na mesma posição, ele estava banhado em suor. De vez em quando seu rosto se contorcia num espasmo de dor.

— Você precisa ir para o hospital.

Ele baixou a cabeça.

— Não sei nem se consigo me levantar, quanto mais voltar até o carro.

— A gente não pode continuar aqui.

— O pessoal da loja viu o que aconteceu. Já devem ter chamado a polícia. Esse cara não pode...

Jesse lhe tapou a boca e levou o dedo aos lábios. Todd balançou ligeiramente a cabeça, e ela afastou a mão.

No começo, não viu nada; depois, por entre a ramagem, relanceou movimentos na periferia dos galhos que os encobriam. Um pedaço de camisa branca no pequeno intervalo entre as folhas, uma bota em outra abertura perto do chão. Jesse prendeu a respiração quando o vulto se aproximou. Era a morte chegando, ela sabia. Então o perdeu de vista. O ruído e o movimento cessaram. Mas ela continuou com a respiração suspensa, não podia acreditar que haviam escapado daquele segundo encontro com o assassino.

Esperou uns trinta segundos para finalmente soltar o ar dos pulmões. No mesmo instante, os galhos se separaram e, entre as folhas, apareceram o rosto, os braços e o peito de Gordon Roth. Jesse recuou instintivamente, chocando-se com o tronco da árvore. Tentou virar o rosto, mas não conseguiu. Seus olhos estavam presos àquele sorriso horrendo, e os dois ficaram se entreolhando durante um tempo que lhe pareceu uma eternidade. Então ele ergueu lentamente a arma, apontou e puxou o gatilho. Jesse fechou os olhos e tapou o rosto com as mãos, esperando sentir uma dor lancinante.

Ouviu o estampido da arma, mas não sentiu nada. Passando pouco acima de sua cabeça, a bala atingiu o tronco e esmigalhou a madeira. Ela abriu os olhos. Curiosamente, Roth não estava ali, já não a espiava entre os galhos. Tinha sumido. Então Jesse ouviu o barulho de uma luta violenta do outro lado e, a seguir, vários tiros em rápida sucessão. Com os projéteis zunindo perigosamente entre as folhas que os cercavam, ela se jogou no chão.

Mas era uma loucura. Não podiam ficar ali. Jesse agarrou Todd, ajudou-o a se levantar e o arrastou entre os grossos ramos do lado oposto da árvore. Com o corpo curvado, os dois se jogaram contra folhagem e caíram no chão, mas, ouvindo mais dois disparos, trataram de se levantar e fugir. Passaram por diversas árvores, uma após outra, sem saber ao certo de que lado haviam chegado nem para que lado estavam indo, a única coisa que importava era aumentar a distância entre eles e o matador.

De repente, deram com a cerca de pedra. Saltando-a rapidamente, entraram no estacionamento e foram para o carro alugado. Jesse se colocou ao volante, enfiou a chave no contato e ligou o motor enquanto Todd desmoronava no banco ao seu lado. Estava tão fraco que não conseguiu fechar a porta, e ela teve de se inclinar e fazê-lo por ele.

Nesse momento, Gordon Roth pulou a cerca de pedra e se aproximou correndo.

— Meu Deus, ele vem vindo! — Todd apontou com a mão esquerda, mal conseguindo articular as palavras para avisá-la. — Mas parece que está desarmado.

Jesse pisou no acelerador, e o automóvel partiu, derrapando, em direção à estrada. Quando os pneus acabavam de tocar o asfalto, Roth conseguiu alcançá-los e, aproveitando a janela aberta, estendeu os braços, agarrou a porta com uma das mãos e um tufo de cabelo de Jesse com a outra. Seu peso fez com que ela batesse o rosto na coluna, mas, apesar da dor, conseguiu manter o pé no acelerador. O carro desgovernado deu uma guinada rumo ao estacionamento novamente e foi batendo em várias pedras grandes colocadas como barreira perto da rodovia. Finalmente, Roth caiu quando as rochas começaram a abrir buracos em sua roupa e em sua carne.

— Droga! — exclamou Todd.

— O quê? — gritou ela ao mesmo tempo em que desviava para a direita a fim de escapar a um veículo que vinha em sentido contrário. Todd se voltara e estava olhando para o banco traseiro. — Que foi?

— Nada, Jess. Leve-me para o hospital, por favor. Eu acho que vou...

Mas não concluiu a frase. A perda de sangue e a dor intensa finalmente o venceram, e ele, perdendo os sentidos, tombou para o lado da porta.

CAPÍTULO 34

JESSE ESTAVA sentada perto da cama, a cabeça inclinada, segurando a mão inerte de Todd junto ao rosto, acariciando-lhe os dedos. A bala de Gordon Roth lhe perfurara o pulmão direito, provocando uma significativa hemorragia interna, e os médicos do pronto-socorro tinham resolvido operá-lo imediatamente.

— Jesse!

Ela se virou na cadeira e, ao dar com David Mitchell à porta, levantou-se imediatamente.

— Juro por Deus, David, eu vou gritar. Em dois segundos, cinqüenta médicos e enfermeiros estarão aqui dentro.

— Eu não quero lhe fazer mal. — Ele ergueu os braços num gesto conciliador e permaneceu onde estava. — Palavra de honra.

— Como você me achou?

— Foi fácil. O Centro Médico de Baltimore é o hospital mais próximo do Vale Worthington. Eu sabia que você ia trazer Todd para cá. Esqueceu que também sou de Baltimore? Verifiquei no registro do pronto-socorro ao chegar e, como era natural, lá estava o nome de Todd Colton. — David olhou para ele. — Eu vi quando o balearam. Como ele está?

— Vai ser operado daqui a pouco. — Os olhos dela brilharam. — David, você me enganou. A culpa é minha. Eu deixei. Não sei por quê, achei que você não seria capaz de fazer isso comigo. Que, no fundo, gostava de mim. Que não tinha culpa do que estava acontecendo. Deixei-me levar pelas emoções e, por causa disso, caí na armadilha do Vale do Worthington. — Jesse sacudiu a cabeça. — É mais uma armadilha, David? O seu amigo pistoleiro está aí fora? Vai aparecer daqui a um segundo, fazer pontaria e acabar com Todd e comigo de uma vez por todas?

— Não — disse David com calma. — Jesse, eu tenho muita coisa para lhe contar e pouco tempo para fazê-lo.

— Que você quer dizer com isso? — Ela tocou na bochecha e fez uma careta. Estava inchada e roxa por causa do choque com a coluna do carro quando Roth lhe puxou o cabelo.

— O cara que atirou em Todd não vai demorar.

— Oh, sim, claro, você vai telefonar para ele, imagino. Provavelmente, vocês se separaram para checar todos os hospitais da região. Eu vou ajudá-lo. Aí no corredor há vários telefones públicos. — Ela voltou a se sentar.

— Escute. — David avançou um passo, mas parou ao vê-la se encolher. Frustrado, cerrou os dentes. — Sempre que uma pessoa baleada é internada, os hospitais notificam a polícia imediatamente. — Falava com voz baixa e uniforme. — Logo eles estarão aqui. — Era isso. Jesse tinha de ouvi-lo agora, do contrário, estaria tudo acabado. — Sabe, eu já tive a minha iniciação.

— Do que você está falando?

— Agora sou um membro oficial do clube. Na noite passada, Webb, Mohler e um sujeito chamado Jack Finnerty confirmaram tudo para mim. Confessaram que Webb passa informações para a Sagamore, que Coleman é o herdeiro aparente de Webb no Senado e que eles estão influenciando sua eleição. Contaram tudo. — David fez uma pausa. — E me deram 2 milhões de dólares. — Sacudiu a cabeça. Essa importância já estava em sua conta.

— Eu sabia que você era um vendido. — Jesse continuou acariciando os dedos de Todd. — Foi por isso que os ajudou a me localizarem e que ainda não procurou as autoridades. Porque eles o tornaram rico. E, para você, essa é a coisa mais importante do mundo.

— Você está enganada. Olhe, eu podia ir para a cadeia por ter roubado uma grande quantidade de dinheiro da Aços Doub. Só que não a roubei. Foi uma armação. Mas, para mim, seria muito difícil provar.

— Claro que não roubou.

— Eu não estou brincando! — gritou ele.

— Por que você está me contando tudo isso?

— Porque você precisa entender como é difícil a situação em que me encontro. Porque eu preciso da sua ajuda.

Jesse colocou delicadamente a mão inerte de Todd na cama e se voltou para David.

— Você é cara-de-pau mesmo. — Ela mal conseguia falar. — Para salvar a pele, deu a eles informações terrivelmente pessoais a meu respeito. Uma coisa que eu guardo dentro de mim desde os dezessete anos. Uma coisa que vai deixar minha mãe e a mim arrasadas quando ela souber. E agora ainda tem coragem de me pedir ajuda! — Entrelaçou as mãos com força para que parassem de tremer.

— A documentação sobre o aborto está comigo.

Ela o encarou com surpresa.

— Tudo. A ficha do consultório de Rebecca Saunders e o prontuário do Hospital Geral. Estão no meu carro. Em segurança. Foi por isso que eu lhe telefonei de manhã. Para lhe contar que estava tudo em meu poder. Mohler deixou os documentos em sua escrivaninha. Por isso lhe pedi que fosse se encontrar comigo na loja. Para lhe entregar a ficha e o prontuário. Ninguém vai ficar sabendo do estupro nem do aborto.

Jesse ficou boquiaberta.

— Mas, e o pistoleiro?

David sacudiu a cabeça.

— Não sei como ele a encontrou. Eu não...

— Ele me encontrou porque você contou onde eu estava — atalhou ela bruscamente.

— Você está enganada. Eu não colaborei com eles. Nunca. Fingi que colaborava para ajudá-la. Não a coloquei em perigo. Pelo contrário, eu me arrisquei muito para salvá-la. Por que você acha que o cara errou o alvo quando você e Todd estavam debaixo daquela árvore? Puxa vida, eu quase morri tentando tirar a arma dele.

— Foi *você?* — Ela tornou a se levantar.

— Quem mais podia ter sido?

— Mas que aconteceu?

— Eu o vi debruçado na árvore e entendi que os tinha achado. Ataquei-o e nós lutamos. Os dois estávamos com as mãos na arma, mas eu consegui pôr o dedo no gatilho. E o puxei até detonar todas as balas. Quando a arma ficou vazia, afastei-me e comecei a correr.

— Então foi por isso que ele apareceu desarmado quando eu estava no carro, tentando tirar Todd de lá.

David fez que sim.

— Mas você os levou a Becky Saunders e ao Hospital Geral de Edgewood — disse ela com uma súbita rispidez na voz.

— Não. Fui eu que peguei sua ficha no consultório de Becky. Mas foi para protegê-la. Reconheço que queria saber por que você estava fazendo terapia. Mas não a peguei com a intenção de prejudicá-la.

— Então por que foi buscar o prontuário no hospital?

— Não fui eu, Jesse.

— Fui eu — balbuciou Todd.

Horrorizada, Jesse se virou para ele.

— Perdoe, Jess... — Era grande a sua dificuldade para falar.

— Todd? Não!

— Eu estava devendo muito dinheiro a uns bandidos. Não tinha como pagar. Eles resolveram a situação para mim. Concordaram em me proteger contra os caras para os quais eu devia. Mas ameaçaram me entregar para eles se eu não colaborasse. — Todd tentou se sentar, mas não conseguiu. — Disseram que só queriam informação em troca da proteção que me davam. Qualquer informação que pudesse ser usada contra você. E todos os documentos que você copiou. E eu lhes dei o que queriam. Estava desesperado. E eles prometeram não lhe fazer mal. — Fechou os olhos. — Então o cara começou a atirar naquela loja. A atirar em mim. Eles mentiram. — Todd sacudiu a cabeça.

— Eu não posso acreditar. Como você obteve o prontuário?

— Subornei uma enfermeira no hospital. — Sua voz estava quase inaudível. — Também roubei os documentos na casa da sua mãe. Sabia onde estavam porque eu a segui até lá na noite em que nós entramos a sede do LDA. Depois que eu a deixei no estacionamento do seu prédio.

— Então *você* está com todo aquele material? — perguntou Jesse com incredulidade.

— Estava. Os documentos estavam na sacola, no banco traseiro do seu carro, quando nós chegamos à loja de produtos agrícolas. Mas foi roubada. Acho que o sujeito que atirou em nós a encontrou.

— Você agrediu minha mãe?

— Eu não a agredi, eu...

— Você podia tê-la matado de susto, literalmente. E teve a coragem de fazer isso comigo? Depois de tudo que nós passamos? Você, que me conhece há tanto tempo? — Ela estava tão zangada que mal conseguiu articular as palavras. — Eu arrisquei a vida por você.

Jesse estendeu a mão para agarrá-lo, mas David avançou instantaneamente e a afastou da cama.

— Solte-me!

— Não! Esqueça esse cara. Você precisa sair daqui. Escute o que estou dizendo. Você precisa chamar a polícia. Precisa de proteção.

— Por quê? Agora já não importa. Eu não tenho nada para provar o que eles fizeram. A polícia riria de mim.

David a conduziu até a porta.

— Veja.

Confusa, ela olhou para ele, depois acompanhou seu dedo, que apontava para o chão. A seus pés, viu a sacola que Todd tinha jogado no banco traseiro do carro quando eles estavam saindo do Towson Motor Inn, a sacola que — agora se dava conta — continha as informações que ela escondera na casa da mãe.

— Mas como?

— Eu a tirei do seu carro quando vocês dois correram para o bosque. Elizabeth me contou que Todd tinha avisado que ia roubar esses documentos ontem à noite. Não imaginei que ele os fosse largar no carro, mas, em todo caso, dei uma olhada no banco traseiro quando vocês fugiram. E estava tudo lá.

Jesse enlaçou o pescoço de David e o abraçou com força.

— Eu o julguei muito mal. Você me perdoa?

— Depende do modo que você escolher para me convencer — disse ele com um sorriso maroto, envolvendo-a nos braços.

— Com licença. — Um médico acabava de se aproximar no corredor. — Nós vamos levar o senhor Colton para a sala de cirurgia.

— Desculpe, doutor. — Jesse e David se afastaram para que ele passasse. — Que vamos fazer agora?

— Avisar as autoridades.

Jesse sacudiu a cabeça.

— Que nós podemos dizer? Que Carter Webb, um dos homens mais respeitados e influentes do país, é o centro de uma negociata e de uma fraude multimilionárias? A polícia e o FBI não vão acreditar.

David apontou para a sacola no chão.

— Mas nós temos as informações que você colheu.

— Vai demorar para que as autoridades confirmem tudo isso. Dias, talvez semanas. Nesse meio tempo, eles podem nos matar.

— O governo nos dará proteção.

Jesse duvidou.

— Acha que Webb não consegue nos pegar? Você se sentiria seguro?

David ficou muito sério.

— Acho que não. A gente não pode confiar em ninguém, pode?

De repente, Jesse estalou os dedos.

— Já sei com quem nós vamos falar.

— Com quem?

— Venha — ela gritou. E foi pelo longo corredor.

David pegou a sacola cheia de documentos e a seguiu. Alcançou-a à porta do hospital.

— Para onde nós estamos indo?

— Para Washington.

— Vamos no meu carro — ele gritou quando estavam a caminho do estacionamento.

— Vamos.

— Ele está ali. — Apontou para o BMW.

Quando chegaram ao automóvel, David diminuiu o passo.

— Droga!

— Que houve?

— Arrombaram o meu porta-malas. — Ele contornou o BMW e abriu o porta-malas. — A ficha do consultório de Becky e o prontuário do Hospital Geral desapareceram — disse com desânimo.

— Quê? — Ela ficou instantaneamente desconfiada. — Não faça isso comigo David — suplicou, olhando à sua volta em busca de sinais de perigo.

— Pare, Jesse! — David sabia o que ela estava pensando. — Você não escutou o que Todd contou agora há pouco? Foi ele que pegou o prontuário de Edgewood e roubou o material que estava na casa da sua mãe. Você precisa confiar em mim de uma vez por todas. — Passou a mão numa mancha no carro. — Sangue — murmurou.

— Quê?

— Você disse que o assassino estava desarmado quando vocês saíram da loja. Que quer dizer isso?

— Quando eu estava saindo do estacionamento, o cara veio correndo e tentou me parar. Chegou a enfiar a mão pela janela e a agarrar meu cabelo. Eu acelerei e ele acabou caindo. Por sorte, estava sem a arma.

David balançou a cabeça.

— Roth deve estar ferido. É o que explica esta mancha de sangue.

— Então por que ele não pegou os outros documentos? — perguntou ela, preocupada. — Os que estão com você, na sacola.

— Porque, quando eu a tirei do seu carro, não tive tempo de chegar ao meu *e* seguir vocês. Tudo aconteceu muito depressa, lembra? — David estava irritado, Jesse continuava duvidando dele. — Então eu a joguei por cima da cerca e voltei para buscá-la quando vi que Roth tinha ido embora.

Jesse olhou à sua volta.

— Então deve ter sido agora há pouco que ele pegou as coisas que estavam no seu carro.

Os dois ficaram alguns segundos calados.

Jesse sacudiu a cabeça.

— Enfim, depois de tudo, Webb e Mohler continuam com a documentação sobre o meu aborto, e minha mãe vai acabar sabendo.

— Talvez não.

— Por que não?

— Entre no carro. Eu tive uma idéia.

CAPÍTULO 35

JOHNNY ANTOLINI entregou o copo de água a Jesse.

— Tome.

— Obrigada.

Ela estava com muita sede, bebeu tudo rapidamente.

— Quer mais?

— Não, obrigada.

— Johnny, você pode telefonar para o pessoal e perguntar se o dinheiro já chegou? — pediu David com impaciência. — Eles ficaram de fazer o depósito imediatamente.

— Calma. — Johnny estava começando a se aborrecer. Tinha feito tudo que David pedira: abrira uma conta no First Maryland Trust, em nome de Jesse Hayes, sem que ela fosse ao banco apresentar o documento de identidade; havia instruído o pessoal do setor de compensação para que checasse a conta de cinco em cinco minutos em busca de uma transferência; depois, deixando o local de trabalho, tinha ido se encontrar com eles em seu apartamento e os deixara usá-lo como esconderijo: sem fazer nenhuma pergunta. E, depois de tudo isso, David continuava dando ordens. — Eles vão telefonar quando a grana chegar.

— A gente precisa ficar sabendo no minuto em que chegar — insistiu David.

— Pare. — Jesse estendeu a mão e lhe acariciou o joelho. — Johnny já fez muita coisa por nós. — Respirou fundo. — Eu ainda não entendi por que os mandamos depositar esse dinheiro.

— Porque... — porém David não concluiu a frase.

— Eu não quero ouvir mais nada — disse Johnny. E, levantando-se, foi para a cozinha do pequeno apartamento.

Quando ele desapareceu no corredor, David pegou a mão de Jesse nas suas.

— Porque de dinheiro eles entendem. Você concordou em aceitar o emprego para o resto da vida, na Sagamore, em troca de 2 milhões de dólares e do prontuário de Edgewood. Eles concordaram em lhe dar tudo isso em troca dos documentos que você tem sobre suas operações ilegais. Acate rigorosamente os termos negociados. Se você aparecer antes que o dinheiro seja depositado, os caras vão ficar desconfiados.

Quando David terminou de falar, o telefone tocou. Eles ouviram Johnny atender, mas não conseguiram distinguir suas palavras.

Pouco depois, ele saiu da cozinha.

— O dinheiro chegou — disse em voz baixa.

Todd abriu os olhos quando a anestesia finalmente começou a perder o efeito. A cirurgia lhe havia curado o pulmão e, embora o aguardassem meses de convalescença, com o tempo, estaria completamente recuperado. Ele gemeu ao sentir a náusea e a dor.

— Pare de choramingar, bebezão — sorriu a enfermeira.

Ele também esboçou um sorriso.

— Falar é fácil. Não é você que está com um buraco no pulmão.

— É, acho que é verdade.

A enfermeira olhou para o velho na cama ao lado da de Todd. Acabava de sair de uma cirurgia de câncer na garganta e ainda passaria horas inconsciente. Inclinando-se rapidamente, tirou a pistola calibre 22 da sacola preta que levara para o quarto, atarraxou o silenciador no cano, enrolou-o numa toalha grossa, levantou-se, apontou com cuidado para a cabeça de Todd e disparou três tiros à queima-roupa.

Ele morreu instantaneamente.

— Lembrança de Harry Cavalão — a mulher murmurou. E, guardando a arma na sacola preta, fechou o zíper e saiu do quarto.

CAPÍTULO 36

— EU ESTOU COM MEDO. — Jesse segurou com força a mão direita de David quando o BMW entrou na propriedade de Jack Finnerty, em Middleburg, e começou a percorrer o longo caminho até a casa.

— Você tem todo direito de estar. — David diminuiu a velocidade ao contornar o círculo em frente à porta de entrada. — Nós dois temos.

— Não diga isso — ela implorou. Olhou para a mansão enorme e para os estábulos. — Nossa, que lugar incrível!

— É o que o dinheiro proporciona — suspirou ele. — Você pode não acreditar, mas essa mansão é apenas a casa de hóspedes daquela fazenda. — Apontou para a suntuosa propriedade instalada no alto de uma montanha, a uns oitocentos metros de distância. — Durante a viagem de Washington para lá, David havia explicado o papel de Finnerty na conspiração. — Chegamos. — Estacionou o BMW em frente ao caminho de tijolo que levava à entrada principal.

Ficaram alguns momentos no carro, em silêncio, contemplando a enorme edificação. Por fim, Jesse abriu a porta.

— Chegou a hora — disse com determinação. — Quero que me devolvam o prontuário de Edgewood.

— Certo. — David saiu do carro. — Não esqueça, Jesse — cochichou por cima da capota. — Assim que você pegar o material, jogue-se no chão.

— Não se preocupe. Eu vou ficar tão comprimida no piso que vão precisar de uma espátula para me tirar de lá.

— Ótimo.

Ao contornar o automóvel, ele fez um leve sinal na direção do porta-malas agora amarrado com uma corda fina. Gordon Roth havia quebrado a fechadura no dia anterior, na loja de produtos agrícolas, ao arrombar o porta-malas em busca do prontuário do Hospital Geral.

Jesse não reparou no gesto de David. Tampouco viu Gordon Roth escondido num canto do estábulo.

— Pronta?

— Não — respondeu ela com franqueza. — Mas acho que isso não importa.

— Acho que não. — David sorriu para animá-la. — Tudo vai dar certo.

Cautelosos, foram pelo caminho de tijolo até a porta dupla.

Quando eles entraram na casa, Roth saiu de seu esconderijo e foi para o BMW. Mitchell havia indicado que deixaria no porta-malas a documentação que Jesse Hayes reunira, convencendo-a a não entregá-la enquanto não tivesse em mãos o prontuário de Edgewood. Com um sorriso nos lábios, Roth atravessou correndo o gramado bem cuidado. Webb lhe ordenara que entrasse na casa assim que se apossasse do material. Ali mataria Jesse Hayes e levaria o corpo a um lugar remoto da Serra de Shenadoah. E a vida retornaria ao normal na Sagamore.

— Olá, senhorita Hayes — disse o senador com muita calma quando ela e David entraram na vasta sala de estar. Estava postado bem em frente à enorme lareira de pedra que dominava uma das paredes. — É um grande prazer finalmente conhecer a mulher que me causou tanta preocupação nas últimas semanas — disse com sarcasmo.

Jesse continuou calada.

Art Mohler estava à esquerda de Webb, e um homem ruivo e muito bem vestido, que ela imaginou que fosse Finnerty, colocou-se à direita.

O senador se dirigiu a Mohler.

— E Elizabeth, onde anda?

— Eu não sei. Estava aqui agora há pouco.

— Vá chamá-la.

— Ok. — Obediente, Mohler saiu da sala.

Webb se dirigiu a David.

— E os documentos?

— Estão lá fora, no porta-malas do meu carro. — Ele hesitou um instante. — Como ficou combinado.

Jesse se voltou imediatamente.

— Quê?

Roth tirou a faca da cinta e cortou a corda que mantinha o porta-malas fechado. Dentro de alguns segundos e estaria tudo resolvido. Ergueu a tampa.

O agente do FBI se pôs joelhos no momento em que o porta-malas se abriu. Num movimento ágil, apontou a Glock 17 diretamente para o rosto de Gordon Roth.

— Não mexa um puto de um músculo, cara!

Roth ficou momentaneamente petrificado, incapaz de acreditar. Sua pressão subiu vertiginosamente, turvando-lhe o cérebro, embaçando o rosto do policial à sua frente. Porém, a lucidez retornou quase instantaneamente, e ele recordou a promessa que tinha feito a si mesmo quando tudo começou. Não seria apanhado vivo. E partiu contra o agente.

Mas este também tinha uma promessa. Nunca vacilar. E descarregou a pistola em seu peito.

Roth cambaleou até a lateral do BMW, inclinou-se para o lado e caiu morto no caminho de tijolo.

— Entreguem-me o prontuário do hospital — pediu Jesse pela segunda vez.

— Está aqui, na lateral da lareira. — Webb fez um gesto por cima do ombro com o polegar. — Nós o entregaremos assim que...

— Não consegui encontrar Elizabeth — interrompeu-o Mohler, que acabava de entrar na sala. — Procurei em toda a casa.

Webb o encarou com desconfiança. Alguma coisa estava errada. Olhou pela janela, no lado oposto da sala, e viu de relance de um homem de blusão azul-marinho escondido atrás de uma árvore.

— Vermelho, Jack! — Era a senha que tinha combinado com Finnerty, esperando nunca ser obrigado a usá-la.

No mesmo instante, Finnerty sacou um 38, apontou para Mohler e disparou. Este caiu feito uma pedra, o sangue a jorrar no ferimento na têmpora.

A seguir, voltou a arma para David e atirou. O projétil o atingiu no ombro esquerdo, fazendo-o rodopiar e cair no sofá. Levantando-se com esforço, ele foi rapidamente procurar refúgio na espaçosa sala de jantar.

Webb detectou os gritos dos agentes do FBI que, tendo ouvido os disparos, acabavam de sair dos esconderijos e estavam avançando para a casa.

— Esqueça esse cara — Webb gritou para Finnerty, que estava a caminho da sala de jantar para liquidar David. — Pegue a mulher, vamos sair já daqui!

Finnerty deu meia-volta e, com brutalidade, agarrou Jesse pelo pescoço.

— Vamos! — rosnou, arrastando-a para a cozinha e, depois, obrigando-a a entrar na enorme despensa. Quando os três estavam lá dentro, fechou a porta, voltou-se para uma fileira de prateleiras na parede e as empurrou.

Para o espanto de Jesse, a parede cedeu, abrindo-se para uma escada.

Com o 38, Finnerty lhe fez sinal para que descesse.

— Não se preocupe, é um lugar muito seguro. Faz parte da ferrovia subterrânea usada durante a Guerra de Secessão para contrabandear escravos — disse com um sorriso maligno. — E eu a conservei muito bem. — Sem deixar de apontar a arma para ela, pegou uma lanterna numa das prateleiras e a entregou a Webb.

Este a acendeu, iluminando a escada e o túnel, lá em baixo, que era amplo o suficiente para que pudessem ficar de pé.

— Nunca vão nos encontrar, Carter.

— Tomara que não.

Guiados pela luz da lanterna, os três avançaram rapidamente no túnel.

— Onde é que isto termina, Jack? — quis saber o senador.

— Perto de uma antiga estrada de lenhadores, no meio da floresta, a uns oitocentos metros daqui. O jipe está esperando.

Web riu consigo. Durante um breve instante, chegara a ficar em pânico. Mas como duvidar de Finnerty. Ele era o homem mais confiável do mundo. Olhou para Jesse.

— Você fez questão de dar parte, não? — rosnou. — Não podia ter deixado tudo como estava?

Ela não disse nada, sua única preocupação era encontrar um modo de escapar. Aqueles dois não a soltariam. Era óbvio que não. Iam matá-la. Jesse engoliu a seco. Podiam liquidá-la ali mesmo ou mantê-la refém até que estivessem a quilômetros de distância. Então a matariam. Mas ela não ia morrer sem lutar.

— Então você acreditou mesmo que podia nos vencer? — riu o senador.

— Eu...

— Pare aí! Solte essa arma, Jack! — Elizabeth Gilman estava diante deles, no túnel, empunhando um revólver pequeno. O cano tremia muito, embora ela segurasse a coronha com as duas mãos. — Largue a arma! — tornou a gritar. — Do contrário você vai morrer aí mesmo. Juro por Deus! — Estava com o rosto banhado de lágrimas.

— Calma, Elizabeth — disse Webb com mel na voz. — Solte a arma, Jack.

Finnerty deixou o 38 cair no chão de terra batida.

— Como você conseguiu entrar aqui? — perguntou o senador com voz glacial.

— Eu escutei você e Jack conversarem sobre isto uma noite em que estávamos todos aqui. Vi quando foram para a despensa e os segui. Suspeitei que uma das paredes era falsa. Mais tarde, naquela mesma noite, quando vocês não estavam, fui até lá e experimentei. E vi que era verdade.

Webb a encarou com ferocidade.

— Foi você que nos entregou a Neil Robinson. Foi você que o mandou investigar a campanha de Elbridge Coleman. Não foi, Elizabeth?

Ela confirmou.

— Eu não agüentava mais, Carter. Não podia aceitar o que vocês andavam fazendo. As mentiras. As fraudes. O serviço que Gordon Roth prestava para nós. Tudo isso me dava nojo. — Fez uma pausa. — E não agüentava mais obedecer as suas ordens.

Jesse arregalou os olhos.

— Por que só agora? — perguntou Finnerty entre os dentes.

— Porque ela está morrendo — respondeu o senador com um leve sorriso nos lábios. — Só tem mais alguns meses de vida. Câncer no pulmão, não é, Elizabeth?

— É. Como você sabe?

— Mandei Roth fazer uma visitinha ao consultório do seu médico e dar uma olhada na sua ficha. Finalmente descobri por que você não conseguia se livrar dessa tosse. É engraçado como a iminência da morte tem a capacidade de purgar a alma. — Webb riu. — E isso parece tão heróico. Entregar-nos. Mas você escolheu a saída dos covardes. Deu a Robinson somente o suficiente para que ele começasse. Sabia que demoraria a descobrir tudo. De modo que você já não estaria viva quando a coisa estourasse.

— Você me censura? — Não havia sinal de remorso na voz dela.

— Mas nós descobrimos o que Robinson estava fazendo — prosseguiu o senador. — E então esta idiota se envolveu. — Apontou para Jesse. — E tudo escapou ao controle, não é mesmo?

— É — respondeu Elizabeth em voz baixa.

— E você resolveu protegê-la.

— Sim.

— Foi você que telefonou para ela ontem, quando nós localizamos o hotel.

— Fui.

Webb sacudiu a cabeça.

— Você desfrutou do sucesso que eu trouxe para a Sagamore. Do dinheiro, do prestígio. Você não passa de uma hipócrita, sabe? Uma hipócrita filha da puta!

— Venha para cá, Jesse — ordenou Elizabeth sem se importa com o xingamento do senador.

Jesse se afastou dos dois e se pôs ao seu lado.

— Nós vamos sair do...

Porém antes que Elizabeth pudesse concluir, Webb apagou a lanterna e o túnel mergulhou na mais completa escuridão.

Simultaneamente, os agentes do FBI tinham saído por todas as portas exteriores da casa de Finnerty, revistando sistematicamente a estrutura maciça. Quando o agente no comando garantiu que a mansão estava segura, o senador Walker, escoltado por cinco policiais, subiu rapidamente o caminho de tijolo. Na sala de estar, encontrou o cadáver de Art Mohler no chão e David

Mitchell deitado no sofá, o sangue a lhe manchar a camisa azul e a salpicar a pasta de papel em seu colo.

— Que aconteceu? — perguntou ao comandante da operação.

— Eu...

— Webb percebeu que nós estávamos lá fora — disse Mitchell com voz quase inaudível. Olhou para o agente. — Onde está Jesse? E Webb? E Finnerty?

O policial sacudiu a cabeça.

— Eu não sei. Não estão na casa.

— Quê? — perguntou David com raiva. — Como eles conseguiram sair daqui com ela? Vocês não cercaram a casa?

— Ninguém saiu da casa — garantiu o agente. — Mas eles não estão aqui dentro. Já revistamos tudo. Mandei buscar os cachorros, mas vai demorar alguns minutos.

— Droga! — gritou Walker. — Eu sabia que não devíamos ter agido assim. — Pegou uma fotografia na mesa ao lado do sofá e a jogou na lareira. Apontou o dedo para David. — Ontem, quando você e Jesse me procuraram e propuseram isto, eu sabia que não ia dar certo. Sabia que devíamos mandar o FBI prender essa gente imediatamente.

— Não — disse David com serenidade. — Jesse queria recuperar isto aqui. — Apontou para o prontuário do hospital em seu colo. — Tinha medo de que acabasse se perdendo no caos.

— Nenhum documento pode ser tão importante assim — retrucou o senador com uma careta.

— Era o que eu pensava. Mas estava enganado. Isto significa tudo para ela.

O agente do FBI apontou para o ombro ensangüentado de David.

— Senhor Mitchell, eu acho melhor ir para o hospital.

Ele sacudiu a cabeça.

— Não. Eu não saio daqui enquanto não souber onde Jesse está.

Instintivamente, Jesse se jogou no chão quando Elizabeth disparou na direção de Webb e Finnerty. Ouviu o grito de um deles e, a seguir, diversos estampidos e clarões do 38 de Finnerty. Elizabeth caiu com uma bala no coração.

Jesse se levantou de uma vez e se afastou na escuridão, apalpando a parede para se orientar e andando o mais depressa possível. Ouviu gemidos às suas costas e o ruído de alguém se levantando. Depois mais um tiro e logo outro. Os projéteis passaram zunindo e ricochetearam nas paredes, ecoando assustadoramente na escuridão. Qual era a carga de um 38? Cinco balas? Seis?

E, então, surgiu um pequenino facho de luz à sua frente. Ela apertou o passo. Era a outra extremidade do túnel. De repente, bateu a canela num degrau de maneira e deixou escapar um grito de dor. Mas não havia tempo para pensar nisso. Alguém vinha correndo na sua direção.

Com os olhos fixados no pequenino raio de luz, ela subiu a escada, chegou a uma pequena porta dupla e a empurrou, tropeçando na densa camada de folhas que cobria o solo da floresta lá fora. Os passos que a seguiam começaram a subir rapidamente os degraus. Ela se levantou às pressas e correu para o jipe a cinco metros de distância.

— Pare senão eu atiro! — gritou Webb já no alto da escada. Empunhava o 38 de Finnerty com ambas as mãos.

Jesse obedeceu, estava a pouco mais de um metro do veículo.

— Droga! — sussurrou.

— Mãos para o alto — ordenou o senador, aproximando-se. Talvez Jesse tivesse pegado a arma de Elizabeth, pensou.

Ela ergueu as mãos e se voltou lentamente.

Webb se deteve a poucos metros de distância e tentou tomar fôlego. Olhou para o jipe.

— Eu estava pensando em mandar você dirigir. Mas seria uma burrice. Nunca se deve deixar o controle com os outros. — Ergueu o 38 e apontou para o seu peito.

Jesse compreendeu que o senador ia atirar. E se encolheu, horrorizada, ao vê-lo apertar o gatilho. Mas não ouviu senão um clique. Não houve estampido. A arma estava descarregada.

E, sem perder tempo, avançou contra o senador, a adrenalina a lhe inundar o corpo como a água de uma represa. Arrancando-lhe o revólver, atirou-se por cima dele, derrubando-o, comprimindo seu rosto nas folhas do chão. Mas Webb era um homem corpulento, ainda estava em boa forma física apesar da idade, e bastou um safanão para jogá-la longe, feito uma boneca de pano. Levantou-se e, caminhando com dificuldade, foi para o veículo.

Jesse esticou a perna e lhe passou uma rasteira, derrubando-o novamente. E tornou a atacá-lo, tentando prendê-lo no chão. De súbito, no túnel, ouviram-se os latidos dos cães que conduziam os agentes.

Webb também os ouviu. Deixando escapar um gemido, empurrou Jesse uma vez mais, porém ela lhe agarrou as pernas, impedindo-o de se levantar. Ofegante, dominado pelo cansaço, ele lhe desferiu um pontapé no rosto e, engatinhando nas folhas, conseguiu chegar até o jipe, levantar-se e abrir a porta.

Os pastores alemães saíram do túnel como a lava de um vulcão em erupção. Os agentes também saíram da escuridão, gritando, e em questão de segundos os animais estavam sobre Webb, mordendo-o, puxando-o com ferocidade, rasgando-lhe a roupa e os braços e as pernas. Ele começou a gritar, pedindo ajuda. E então tudo terminou.

EPÍLOGO

Apoiado no parapeito, David ficou observando o suave e repetido movimento da água azul-turquesa no branco da areia. Visto do décimo andar, no fim da tarde, o panorama caribenho era simplesmente fascinante.

— Tão cedo Carter Webb não vai negociar contratos com o orçamento secreto.

— Acho que não — concordou Jesse sem tirar os olhos do mar sereno.

Webb, Coleman, Rhodes e Pierce tinham sido condenados a pesadas penas por causa do papel que desempenharam na conspiração. Ted Cowen havia se enforcado em sua própria cela antes do julgamento. E Finnerty morrera no túnel — assim como Elizabeth.

Jesse sacudiu a cabeça.

— Palavra que você me deixou desesperada na casa de Finnerty.

— Como assim?

— Quando Webb disse que você havia telefonado para ele e contado que ia deixar os documentos no porta-malas do BMW.

— Ah.

— Eu confesso, David, cheguei a pensar que...

— Eu só queria que Webb continuasse acreditando que eu trabalhava para ele.

— Quase morri de susto.

Ficaram alguns momentos em silêncio, olhando para o mar. David lhe segurou a mão e lhe acariciou os dedos.

— Como vai sua mãe?

O rosto de Jesse se iluminou.

— Muito bem. O senador Walker arranjou uma ótima casa de repouso em Baltimore. Ela se mudou para lá na semana passada.

— Foi rápido. Às vezes demora muito para conseguir vaga num lugar desses.

Jesse tentou ocultar o sorriso.

— Acho que ele usou um pouco de sua influência.

— Ahá! — disse David, assumindo um ar solene. — A verdade sempre acaba aparecendo. — Também sorriu. — E aposto que o senador também usou sua influência para encontrar um programa governamental que pague toda a despesa.

— Sem comentários.

Ele sacudiu a cabeça.

— Bom, afinal de contas, Walker lhe deve a carreira política, de modo que faz muito bem em ajudá-la tanto quanto possível. Com certeza, não teria sido reeleito sem você.

— Acho que é verdade. — Jesse tomou a mão de David nas suas. — Nem sem você.

— Eu ajudei. Mas você fez a parte mais difícil.

Ela lhe apertou a mão e começou a rir.

Intrigado, David a fitou.

— Qual é a graça?

— Eu estava conversando com o senador Walker, no telefone, antes de vir para o seu quarto.

— E?

— Ele quer que eu me candidate a senadora por Maryland nas próximas eleições. Prometeu me apoiar, ajudar na campanha e tudo. Acha que eu tenho futuro na política. Um de seus consultores disse que eu estava muito bem na televisão durante o inquérito e o julgamento. — Jesse tornou a rir. — Já imaginou? Eu na política?

— Claro que sim. Você é ótima. Seria uma boa dose de oxigênio no Senado.

Ela o encarou.

— Sei lá. — Notou-o subitamente constrangido. Mudou de assunto. — O senador Walker disse que a GEA vai fornecer os primeiros cinqüenta A-100 para a marinha esta semana. Ele ficou decepcionado.

David balançou a cabeça.

— Com certeza.

Os dois se calaram novamente, perdidos em pensamentos.

— E você, David? Que vai fazer agora que tudo acabou?

— Não sei. — Ele olhou para o horizonte. — Eu me livrei da cadeia, graças ao meu depoimento, mas duvido que alguma empresa queira me contratar agora. Ainda bem que consegui ficar com os 2 milhões. — Olhou de lado para ela.

— Quê? — Jesse lhe soltou a mão.

— Eu contei que a Sagamore me pagou 2 milhões de dólares logo depois da minha iniciação. Nos termos do acordo, as autoridades me deixaram ficar com esse dinheiro. Se bem que, depois de pagar os impostos, restou pouco mais de 1 milhão de dólares.

Jesse levou as duas mãos à boca, depois lhe cutucou as costelas.

— Seu vigarista. E eu preocupada com o seu futuro. E você ainda me fez pagar o meu quarto aqui.

Tentou cutucá-lo novamente, mas David lhe segurou os pulsos e fez com que ela lhe enlaçasse o pecoço. Abraçou-a com ternura.

— Bom, você também seria dona de 1 milhão se não tivesse sido honesta a ponto de entregar ao governo o dinheiro que a Sagamore lhe pagou.

— Eu não podia ficar com ele. Não seria correto.

David a fitou. Tinha lhe pedido que ficasse com ele, mas ela recusara, preferindo hospedar-se num quarto à parte. Os dois dias passados naquela ilha paradisíaca tinham sido muito românticos, mas, à noite, ele continuava se despedindo dela à porta do quarto.

— Eu tinha intenção de pagar sua hospedagem.

— Entendo. — Jesse o mirou nos olhos, depois lhe segurou o rosto e o beijou intensamente. — Sabe de uma coisa? Hoje eu quero ter um jantar bem agradável. Na volta, a gente pára na recepção e eu devolvo o quarto. — Abriu um sorriso provocador. — Quer dizer, caso você saiba de um lugar onde eu possa ficar.